魔药课、巨龙咆哮、巫师诅咒，
魔法璀璨之光照耀知识灯塔！
流浪的蛤蟆

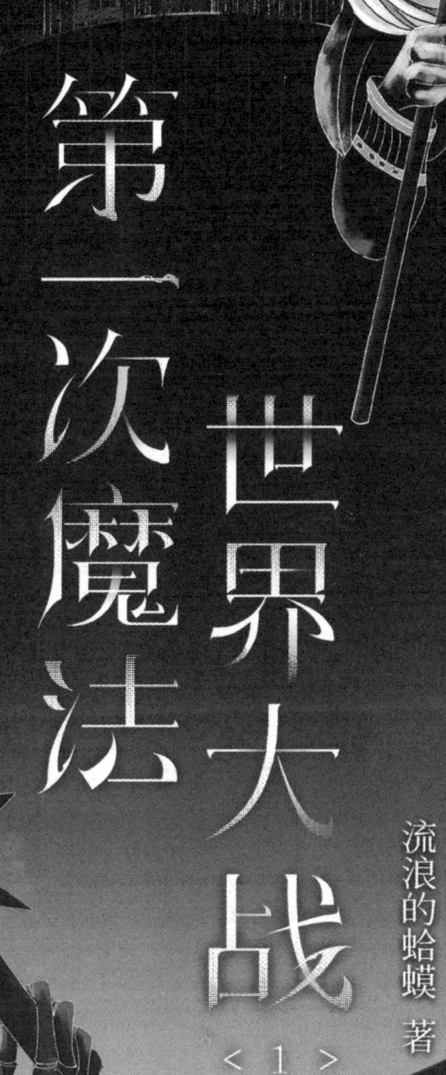

第一次魔法世界大战

<1>

流浪的蛤蟆 著

江苏凤凰文艺出版社
JIANGSU PHOENIX LITERATURE AND ART PUBLISHING, LTD

图书在版编目（CIP）数据

第一次魔法世界大战．1 / 流浪的蛤蟆著．— 南京：江苏凤凰文艺出版社，2025．5．— ISBN 978-7-5594-9507-5

Ⅰ．I247.5

中国国家版本馆 CIP 数据核字第 20251XG672 号

第一次魔法世界大战．1

作　　者　流浪的蛤蟆
责任编辑　王昕宁
出 品 人　余　言
特约编辑　赵　迎
装帧设计　张文靓
责任印制　杨　丹
出版发行　江苏凤凰文艺出版社
　　　　　南京市中央路 165 号，邮编：210009
网　　址　http://www.jswenyi.com
印　　刷　长沙鸿发印务实业有限公司
开　　本　880mm×1230mm　1/32
印　　张　11.5
字　　数　353 千字
版　　次　2025 年 5 月第 1 版
印　　次　2025 年 5 月第 1 次印刷
书　　号　ISBN 978-7-5594-9507-5
定　　价　48.00 元

目录

一次以魔法为主，
超凡骑士为战力的战争即将开启……

楔子 苏醒日记

从这个世界醒来的第一天——

震惊！幸亏是一个人住，躲在家里，没敢出门。

从这个世界醒来的第二天——

战战兢兢出门，尝试熟悉环境，小心翼翼，不敢跟人说话。

从这个世界醒来的第三天——

没有那么慌了，还吃了点东西。

这个世界的食物巨难吃，只有水果、酒还不错，甜度很低，很适口。

从这个世界醒来的第四天——

找到了一些书籍和报纸，开始疯狂阅读，想要了解这个世界。

是的，我懂这个世界的语言。这可能是给外来者的小福利。

从这个世界醒来的第五天——

读书，看报！了解世界。

从这个世界醒来的第六天——

读书，看报！了解世界。少许社交（注：跟附近的邻居说了一句“天气好”）。

从这个世界醒来的第七天——

读书，看报！了解世界。

参加了一次宴会。这个世界的女性真豪放，居然会主动摸我的大腿。

我的身份肯定不是普通人，至少也是个优质交往对象。

从这个世界醒来的第八天——

读书，看报！了解世界。少许吃惊。

这个世界真的有神祇！也许还有恶魔之类。

从这个世界醒来的第九天——

读书，看报！了解世界。回忆起了自己的身份。

一个帝国公务员，商人之子，没有后台和背景，目前在休假，假期就要结束。

从这个世界醒来的第十天——

读书，看报！深入了解这个世界雌性生物的身体构造。

发现了一个小秘密，我好像有少许异能。记忆中，这股微弱至几不可察的奇异能量名为“血腥荣耀”。

从这个世界醒来的第十一天——

读书，看报！了解世界。

准备结束休假，面对熟悉的同事们。就算是来到了异世界也不能免俗，一样要工作。

日子总还得过……

从这个世界醒来的第十二天——

收拾行李……

天哪，我发现了什么？

某人的日记本？！他居然死于召唤邪神！

…………

卷一：基尔迈纳姆监狱的文书长

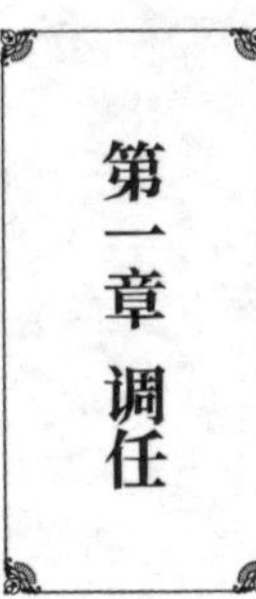

第一章 调任

“如果有人打招呼，就热情拥抱；如果是女性，就夸赞对方好看；如果遇到突发情况，就哈哈一笑说，今天天气真好……”

夏洛特·梅克伦不断给自己打气，并尽可能表现得淡定自若，不慌不忙。

十几天前，夏洛特·梅克伦还叫黄海生，是个出生在地球，完成了标准大学本科教育的高中数学老师。

他不知道自己是怎么“去世”的。

关于生命最后的时光，他完全没有任何记忆，再次清醒过来时，黄海生就成了夏洛特·梅克伦，一个正在度假的帝国政府职员。

夏洛特·梅克伦在中央政府办公厅供职，是名一级文书，在帝国官僚体制中位列四十一等，负责一些文牍工作。

他为之努力工作，并且获得薪水的国家叫作法尔斯帝国。这是黄海生记忆中从未有过的一个强大国度。

夏洛特·梅克伦是土生土长的旧大陆人士，出生在贝希摩斯公国（注：法尔斯帝国的藩属国之一），长大后来到帝国求学，毕业后成功在首都斯特拉斯堡拥有了一份条件优渥的工作。

刚醒过来的那几天，他很是恐慌——任谁遇到这种事儿都没法淡定。

好在……那时候的夏洛特·梅克伦在度假。

一个人在赛尼斯的海边租了一栋小屋，周围的邻居都是陌生人，让他

有足够的时间，也有合适的环境冷静下来。

黄海生很快就判断出来，顶替夏洛特•梅克伦的身份，按部就班地生活，是他最好的选择。

醒来之后，他得到了“夏洛特·梅克伦”这具身体的大部分记忆，获得了一部分知识，可以完美地融入这个偏古典欧洲风格的奇幻世界。

是的，这是个奇幻世界。这个世界有诸神，有神奇的生物，有禁忌的远古造物，有巨人，有蛮巫，有血族，有魔法，有斗气，有炼金术，还有超凡和超凡物品。

这个世界由九位正神执掌。九位神明在无法追溯的远古时代，缔结了一个神圣的盟约《诸神之律》，盟约规定九位神明以百年为单位，轮流执掌世界，号为纪元。

现在是黑月女士执掌世界的第三十五年，亦是法尔斯帝国建立的第五个纪元。

夏洛特·梅克伦踏入了政府办公厅，露出从容的微笑，见到任何人，他都温柔地抢先打招呼。

每一个从他面前路过的人，他都相当陌生，脑海中关于大多数同事容貌的记忆太模糊了，根本不足以让他辨认出每一个人。

一路来到记忆中的办公室，同夏洛特·梅克伦一个办公室的，还有二十余位文书，尽管不是独立的办公空间，但已经比在大厅办公的那些同僚好上太多。

他刚刚推开大门，就听到一个中年女士严肃地叫道：“梅克伦先生，你这几天会有一项特殊工作。”

夏洛特微微一笑，搜索记忆拼凑出说话者的形象。

这位中年女士是他的直属领导阿尔德冈德夫人，一位古板威严的资深政府工作人员。

“好的，阿尔德冈德夫人。我会竭尽全力完成这项工作的。”

阿尔德冈德夫人微微诧异，她本来以为夏洛特·梅克伦会拒绝，因为这项工作非常难搞，几乎没有人愿意接手。

不过，既然夏洛特已经答应，她也不会节外生枝，淡淡地说道：“你拿上这份身份证明去基尔迈纳姆监狱，会有人给你安排下一步工作。

“这是一埃居，作为你这次临时工作的补助。”

夏洛特微微一笑，一面接过阿尔德冈德夫人递来的信封，一面搜索记忆，很快就回想起帝国货币的相关知识。

帝国有三种货币单位：埃居、佛尔和生丁。

一埃居等于十佛尔，一佛尔等于一百生丁。

埃居在帝国语里是盾牌的意思，有一埃居和五埃居两种面额，埃居都由黄金铸造，价值高昂。如今只有富豪和大贵族家里才藏有大量埃居，它已经成了收藏品，市面上很少流通，几乎没人会拿出来花掉。

佛尔最初作为货币的重量单位，相当于一磅白银，三世改为铸造银币，帝国人都称之为老佛尔，四世发行等额纸币，被称为新佛尔，有一、五、十、二十、五十五种面额。

改为纸币之后，银铸的佛尔跟埃居一样，极少在市面上流通，事实上退出了市场。

生丁有一生丁、五生丁、十生丁、二十生丁和五十生丁五种面值，没有发行过纸币，是现在唯一还大量流通的硬币。

不过，帝国有个令夏洛特费解的事情，即人们习惯性地把十佛尔纸币叫一埃居。

一埃居已经算是非常丰厚的额外差事报酬，约等于夏洛特一个半月的薪水。

没错，夏洛特身为帝国一级文书，是周薪一佛尔七十生丁的高薪人士，甚至拥有每年度假的权利。

除了因为工作年限太短，还未有太多积蓄，没能购买居所，只能租房，他在帝国年轻人中堪称俊彦。

这也是在社交宴会中会有女性主动与他搭讪的根本原因，夏洛特·梅克伦是非常优质的帝国男士，前途一片光明。

阿尔德冈德夫人为人严肃，话很少，交代完工作就回了自己的办公位。

夏洛特转身出了办公室，离开了政府办公厅的大楼，在街上随意招手，一辆公共马车悄然停下，马车夫等夏洛特登上马车后，重新让马儿跑起来。

夏洛特坐在车厢里，一面体验着这种古老的交通工具带来的颠簸感，一面打开了信封，抽出了一张面额为十佛尔的纸币和一封正式的官方介绍信。

夏洛特把这张十佛尔的纸币放入了自己的钱包，把介绍信揣入外套的里兜，把装它的信封捏成一团，随手轻轻抛出马车，纸团落在一处街角的垃圾桶里，准头令人惊叹。

帝国的第六任皇帝朱利叶斯陛下天生洁癖，对城市里随处可见的横流污水和任意堆放的垃圾忍无可忍，推动了关于放置垃圾桶的市政。

事实证明，皇帝也有做不到的事，这项市政没有彻底成功，只在瓦勒德瓦兹区实行并保留了下来。

瓦勒德瓦兹区是皇宫、中央政府办公厅、九大正神教堂和最著名的四所大学所在的区域。这些高贵的老爷也愿意享受整洁的生活环境。

至于其他的区，一如既往吧。

基尔迈纳姆监狱在马恩区，和瓦勒德瓦兹区之间隔了两个大区。

马车的速度并不快，夏洛特在马车上假寐了一会儿，听到马车夫小心翼翼地提醒道："先生，基尔迈纳姆监狱到了。"

夏洛特下了马车，面带微笑跟马车夫道别，匆匆走向基尔迈纳姆监狱。他向监狱的守卫递上了介绍信，微笑道："这是中央政府办公厅开出的身份证明，我是正式职员夏洛特·梅克伦，来做一项协助工作。"

监狱的守卫仔细查看了介绍信，然后把它还给了夏洛特，一脸尊敬地说道："梅克伦先生，请直行到第一办公楼，询问接待秘书帕斯卡尔夫人，她会带您去见梅尼尔曼小姐。"

夏洛特的微笑有些僵硬，问了一句："我要去协助梅尼尔曼小姐？是那位小姐？"

监狱的守卫露出一个与有荣焉的笑容，答道："没错，就是'帝国第一玫瑰'，梅尼尔曼小姐。"

夏洛特不敢再多问，匆匆进了基尔迈纳姆监狱，并轻而易举地找到了第一办公楼。

在接待秘书帕斯卡尔夫人的指引下，进入了一间独立的办公室，并且见到了那位传说中的“帝国第一玫瑰”。

梅尼尔曼是帝国的传奇。她美貌无双，但能够成为帝国最出色的女性代表却与美貌无关，这位小姐是纵观整个帝国都非常稀少的高阶超凡。

这位小姐穿着一身帝国军队的制服，宛如一朵盛放的玫瑰，如水的美眸荡漾着怒气，身上的斗气凝若实质，浓烈得都快点燃了。

房间内几个文书都是一副战战兢兢的样子，办公室的地上散落着数十份文件，显得房间内略凌乱。

夏洛特顾不得去偷瞧这位“帝国第一玫瑰”的美貌，冲房间内的同行微微点头，匆匆捡起地上的文件，开始了工作。

夏洛特在来的路上，抽空看了书信的内容，除了是身份证明，还简单地描述了他的工作内容，即协助基尔迈纳姆监狱典狱长办公室整理案件卷宗。

众所周知，缓解办公室尴尬最好的方式，就是佯装工作很忙，当然也可以真的很忙。

虽然夏洛特在大学学的是数学教育，对统计学、档案学和图书馆学涉猎甚浅，但在这种古老的国度仍旧能显露才华，他忙忙碌碌，很快就把地上和办公桌上的文件尽数分类归纳。

梅尼尔曼在夏洛特进来后，一直压抑着怒火，冷眼旁观着这个淡定的文书。当夏洛特把文件整理完毕，她才说了一句：“我要知道三月十八号发生了什么。”

夏洛特淡定地回道：“跟三月十八号相关的文件，一共有二十八份，分别在四个年份。梅尼尔曼小姐是需要全部的信息，还是某一年份的？”

“黑月女士纪元三十一年。”

“总共二十一份。”

“全部找出来。”

夏洛特面上不动声色，内心却快要绷不住了——他刚才整理的时候，看到了不该看的东西。

当他把二十一份文件找出来时，梅尼尔曼一把抓过，手上冒出了明亮的火焰。斗气火焰催动，瞬息间就把她手里所有的文件都化为灰烬，她拍了拍手，说道：“再给我找出关于夜窗事件的文件。”

夏洛特一声不吭，按照这位小姐的吩咐，轻松找出了七份文件。

梅尼尔曼扫了一眼房间内其余的文书，说道：“你们可以滚了。”

几个文书如蒙大赦，感激地瞧了夏洛特一眼，鱼贯离开了房间。

梅尼尔曼说道：“把房间内所有的文件都整理一遍，我需要有关齐摩尔曼·阿克瑟尔·罗宾的全部文件。”

夏洛特瞧了一眼这间办公室里的几个巨大的文件柜，淡淡地答道：“好的。”

梅尼尔曼不住地发号施令。

夏洛特每次都能完美完成，很快房间内的文件都被重新整理了一遍，他也了解到了很多不该他了解的内幕，比如……算了，还是不要在梅尼尔曼小姐面前有这些心理活动了。太过……龌龊。

梅尼尔曼销毁了数十份文件，瞧了一眼外面夕阳初现的天色，说道：“你是哪个机构派来的职员？”

夏洛特不卑不亢地答道：“中央政府办公厅。”

“你叫什么？”

“夏洛特·梅克伦。”

“毕业于哪所学院？”

夏洛特抬起头，语气淡淡，却毫不掩饰骨子里的骄傲，答道：“谢菲尔德大学！”

梅尼尔曼终于微微动容，问道：“谢菲尔德大学？”

夏洛特简短答道：“是的。”

这位有“帝国第一玫瑰”称号的小姐，露出了夏洛特进入这间办公室以来第一次的笑容，说道：“我是你的学姐。”

夏洛特也还以一个微笑，说道：“谢菲尔德大学，黑月三十三年毕业生夏洛特向学姐问好。”

帝国的教育分为六等：初等教育、中等教育、高等教育、公学、国家学院和帝国大学。

能够完成高等教育，已经是社会上难得的人才，贫民家庭培养出一个完成高等教育的孩子，可以骄傲地宣称：家族已经跃迁了社会阶层。

公学一般由贵族出资兴建，公学的毕业生已经跟平民不在一个层次了。

国家学院更是号称——为皇室服务！主要给各级政府培养基层人才，毕业生的待遇优渥至不可想象。大概跟夏洛特之前生活的那个世界里，20世纪五六十年代的大学生差不多。至于帝国大学，跟他之前世界的大学完全不是一个概念。

帝国教育界有句话说得好：国家学院服务于皇室和帝国，帝国大学服务于神明。每一所大学都代表了一位神明的眷顾，毕业生的身份尊贵无比。

这也是夏洛特为什么能进入中央政府办公厅工作，拿帝国高薪，拥有每年度假的权利。

因为他毕业于谢菲尔德大学——法尔斯帝国仅有的四所大学之一。

梅尼尔曼点头微笑，伸出右手作下垂式。

夏洛特双手轻轻提起这只右手，用额头轻轻一碰对方纤细的指尖。

在帝国，这是很重要的礼节，表示男女双方从此有了纯洁的友谊。

未婚少女，男士只能用额头轻触指尖；已婚的夫人，男士要轻吻手背。

夏洛特听说过，这位学姐曾订婚，但因为某个尽人皆知的缘故解除了婚约，至今仍旧是单身。他以额头轻触对方指尖，方不失一位绅士的风度。

梅尼尔曼低声说道："调来做我的手下吧。"

夏洛特微露反抗之色，说道："降职调动吗？"

他充满愤懑地反问，只是以进为退的一项策略。一般情况下，文书这种低级政府职员，每三年都会有一次升迁，但若是调动至新的工作岗位，升迁年限就要从头计算。

帝国政府内历来有"调动不升职，等于降职"的说法。

梅尼尔曼冷哼一声，问道："你下次晋升在什么时候？"

夏洛特毫不犹豫地答道："一个半月后，应该会晋升三级文书。"

夏洛特毕业于谢菲尔德大学不假，也凭着这份学历进入了中央政府办公厅，做了一名文书，享受高薪。但是他出身商贾之家，没有官场上的门路，进入中央政府办公厅两年，一直都没有获得任何额外的升迁机会，仍旧要熬年头，按部就班地等待升迁。

作为外来者，夏洛特拥有的胆略，远超这个世界的土著。他把自己的职务稍微提了一级，又表示很快还会再次升迁，简直是胆大包天，闻所未闻。

梅尼尔曼摇了摇房间的铃铛，不多时就进来一名中年军官，她指着夏

洛特说道：“把这人调来基尔迈纳姆监狱，职务是我办公室的文书长。”

夏洛特本来以为，这位学姐会答应给他二级文书待遇，允诺将来会升迁，已经是大赚特赚；若是直接给了三级文书职务，就是跨越式晋升了，没想到梅尼尔曼直接许诺了文书长的职务。

帝国的官僚体制相当复杂，分成五十三等。帝国文书作为政府人数最多的职员，从最低的四十一等一级文书，到最高的三十七等五级文书，就已经到了职务的尽头，只有转职才能继续升迁，文书长是文书转职的最常见选择。

一级文书长和五级文书一样，都是三十七等帝国官僚，但晋升的前途却截然不同，前者一片光明，后者黯淡无光。

他从四十一等的一级文书，升到了三十七等的一级文书长，看起来只晋升了四级，实际上是晋升了五级，其中还隐含一次跨越阶层的升职。

顺带提一句，执掌一间办公室至高权柄的阿尔德冈德夫人，从四十五等的协理员晋升到三十七等的五级文书，足足花去了二十一年漫长时光。因为迟迟不能转职，阿尔德冈德夫人大概率会在这个职务上干到退休。

夏洛特很想说一句：“愿为学姐效死。”又或者来一句：“拜见学姐主公大人。”也想过引用经典的那句：“某飘零半生，穿越两界，未逢明主，如学姐不弃，愿拜为义母。”但考虑到两个世界的文化传承不同，他只能悻悻地放弃这些念头，很绅士地微笑道：“今后请梅尼尔曼学姐多多关照。”

梅尼尔曼微微颔首，说道：“你今天也累坏了，先回家休息，明天搬来监狱，这几天要加班，记得带足生活用品。”

夏洛特并不在意。不就是加班吗？

夏洛特见梅尼尔曼没有别的表示，退出了办公室，接着匆匆离开了基尔迈纳姆监狱。

马恩区可没有招手即停的公共马车。夏洛特只能步行到另外一个区，才遇到一辆公共马车，招手令其停下，回到了在亚历山大区的住所。

亚历山大区虽然远远比不上瓦勒德瓦兹区，但也属于帝国首都斯特拉斯堡的上七区之一，主要居民为富庶的商人，社区相当繁华，有几处大型的商场和市场。

夏洛特在亚历山大区租住了一间公寓。

这间公寓是储蓄联合会建造，名为储蓄会公寓，专门提供给有一定数额储蓄的单身年轻人，居住环境非常优质，提供的服务亦十分完善。

夏洛特是“第一次”光临储蓄会公寓，上一次以这具身体回到公寓的还是另外一个人。夏洛特貌似轻车熟路，其实非常忐忑地进了这栋公寓。公寓的门房大爷很友善地笑了笑，没有对他进行盘问。

夏洛特松了口气，上了二楼，因为临街的低楼层相对吵闹，所以租金稍微便宜。

他用钥匙开了房门，推开自己的房间，忍不住摇了摇头。房间内颇为凌乱，原主人不是个干净人。除了随处乱放的男士衣物，房间内还有一些凌乱的女性衣物。

按照记忆提示，这些衣物来自不同的女性，至于模样和姓名早已经模糊了。

夏洛特随手收拾了一下，把男士的衣物和女士的分开，准备明日一早，把属于“自己”的衣服都拿去洗涤一番，把不属于“自己”的那些统统扔掉。

瘫坐在房间内的一张藤椅上，夏洛特忽然有些情绪崩溃，什么也不想说，什么也不想做，只想静静地待一会儿。

他莫名其妙地来到了一个完全陌生的世界，还换了身份，成了另外一个人。

这里可是有神明的世界。

夏洛特几乎每一分钟都担心街上忽然跳出来一个陌生人，高呼“代替神明惩罚你”，然后把自己架上火堆，浇上火油，并且点燃。

嗯，还有邪神！真正的夏洛特就是死于召唤邪神。

这个世界上的每一个祂都是“危险”的。也许稍稍应付失当，灵性就会被污染，化为怪物，甚至灰飞烟灭。

他身上的负重感简直无法用语言来形容。

今天是他作为夏洛特度假归来的第一天，也是他尝试新生活的第一天。

他选择融入这个世界，而非反抗。

这一天，有个异常完美的开局，甚至超乎他本人的预料。

夏洛特并不能想到，自己会被派去基尔迈纳姆监狱公干，还得到了学

姐梅尼尔曼小姐的赏识，甚至有了一次意外的升职加薪。

可是，再完美的开局也无法缓解心里的压力。

房间内渐渐暗下来，夏洛特没有开灯，也无灯可开，窗外的马路上没有路灯，入夜后漆黑一片，跟他以前生活的那个世界迥然不同。

每一座城市都有路灯，入夜之后，灯火通明，甚至亮过了天上的繁星，那样的世界已经是过去式了。

良久后，夏洛特轻轻握紧拳头，挥舞了一小下，低声说：“黄海生老师，你今天做得很好。明天请继续努力，加油。”

他给自己鼓励，摸出煤油打火机，轻轻拨动齿轮，摩擦火石，点燃了房间内的一盏油灯。

无灯可开，有灯可燃。虽然昏黄黯淡，但油灯也是灯。

夏洛特打量了一会儿这个属于他的房间。

储蓄会公寓只提供给单身的年轻人，所以公寓里都是小户型。

房间内的格局是卧室和书房合一，有一张书桌，不太大但足够用于书写，还有一个放衣服的柜子，以及一张单人沙发。

屋内有独立的卫生间，代表这个时代已经有了下水道工程，但没有独立的厨房，只能用煤油炉煮个咖啡，弄一些汤，或者简单的麦片粥。

夏洛特在看到煤油炉的时候，感到有些饿了，他一整天都没有吃东西。

梅尼尔曼小姐似乎忘了这件事，她也没有吃任何东西，自然不会给夏洛特准备食物。

夏洛特站了起来，就着幽幽的煤油灯，点燃了煤油炉，在房间内找到了几个土豆，一些看起来像豌豆的蔬菜，一瓶看起来像咖喱、闻起来也像咖喱的调味品，还找到了半截又黑又硬的面包。

这个时代并没有电力，但公寓有自来水，夏洛特接了半锅清水，把土豆削皮切块，扔了一把豌豆，放入两羹匙调味品，等水开之后，把黑面包掰碎了扔入。

几分钟后，他把晚餐盛入了盘子。

老实说，味道很糟糕。但已经饿了一天，夏洛特也不计较味道了，很快就把这一锅食物吃光，又烧了半锅水煮了点红茶。

红茶也是存货，味道很浓重，跟他以前世界上的红茶味道相差甚远，有点掺了辣椒的花椒水味儿，很古怪，很醒脑。

夏洛特皱眉喝了一口，坐回了藤椅上，取出了日记本，犹豫了一下，没有打开。

从赛尼斯回来，他把行李交付给帝国邮政托运，随身就只带了这本日记本。因为临行前才发现这本日记本，夏洛特只匆匆翻阅了最后几页，确定它的原主人死于召唤邪神，还未仔细翻阅整本日记本。

煤油灯的光亮微弱，这种照明条件下，他不想看任何东西，对视力不好。

更让人担心的是，这本日记沾染了邪神气息，真正的夏洛特就死于召唤邪神，有可能是看到了一些“不干净”的东西。

小口品着红茶，他慢慢地回忆白天看到的文件，聊以打发时光。

老实说，他也没想到会看到那么多劲爆的秘闻。

白天被梅尼尔曼小姐处理掉的那批文件大多数跟一个人有关——齐摩尔曼·阿克瑟尔·罗宾！

那家伙出身高贵，原名是齐摩尔曼·罗宾。

五个纪元以前，萨罗塞斯·罗宾辅佐阿克瑟王从一介平民登基国王宝座，以忠诚和勇猛、铁血和功绩，是罗宾家族成为法尔斯帝国最高爵位的永继者。

罗宾家族在萨罗塞斯横空出世之前，就是英格利玛帝国最古老的贵族，家族涌现过无数学者、军事家、冒险家，以及绝世猛将和横行无忌的剑客。

在新生的法尔斯帝国，罗宾家族的权势、威望、地位更超过了英格利玛帝国时代。

齐摩尔曼从小就展露了极高的才华，六岁就进入了哈博斯克公学，并且在第三年以第一名的成绩毕业，考入了第一国家学院。

帝国所有的公学都执行学分制，修完所有课业的平均时间是六年半。

哈博斯克公学是帝国排名第一的公学，学业要求尤其严苛，八年以上才能完成学业者比比皆是，甚至有十年以上才完成学业的老生。

齐摩尔曼能于三年内完成学业，并且拿到第一名的毕业成绩，足以傲视所有的同龄人，说是帝国未来之星，简直不算是恭维。

夏洛特是五年毕业，但他的毕业成绩排名八十九，所在的勒曼公学也远远逊色于哈博斯克公学，只是一所二流学校。

齐摩尔曼·罗宾的履历尚不止于此，他于十三岁那年，从容完成第一国家学院的学业，再次以惊人的成绩考入了皇家霍格威治大学，并作为皇家霍格威治大学百年难得一出的天才，二十岁不到就修完了学业。

毕业后，他谢绝了优渥的工作分配，选择加入帝国海军，并在一年之内，从一条三级舰的船长升为一支拥有五艘战舰的海军舰队的指挥官，指挥舰队连续横扫了八支海盗舰队，拿下了帝国一直头疼的东丽国，使之成为帝国的海外属国。

本来他应该顺理成章地成为东丽国的总督，但这家伙却拒绝了这份任命，并且挥军叛变，加入了最大的海盗集团。

这位天之骄子立刻就成为帝国悬赏榜第一的极恶大盗，赏金高达五十万金埃居，史无前例。

他上榜之前，原本排名第一的海盗王，悬赏不过才十一万六千金埃居，排名前十大盗的悬赏加起来也只有四十八万六千金埃居。

当时的帝国掀起了一股无以描述的热潮，没有人猜到他为何会放着大好前途不要，自甘堕落。

国王震怒万分，把罗宾家族的族长当众羞辱了数次。

族长怒不可遏地宣布废除了他的姓氏，登报声明："罗宾家族永远不会接纳帝国叛徒。"

谁也想不到，这个胆大妄为的家伙居然做出了更为惊天动地的大事情！

齐摩尔曼·罗宾加入了海盗王舰队不到半年，就正面挑战海盗王，并在设计好的公开场合，击杀了这名纵横七海、臭名昭著超过五十年，甚至隐隐能够跟帝国海军抗衡的海盗之王。

他又花了三年时间，统一了七海的十六支海盗舰队，以崇高威望成为新生海盗王。

然后，齐摩尔曼·罗宾做了一个震惊世人的决定，他指挥海盗联合舰队回归了帝国。

据说当海盗王的旗帜飘扬在帝国最大的港口——明福斯特港之外的时候，帝国海军的某位将军直接被吓得尿了裤子。

当时的明福斯特港只有不到二十艘正在休整的战舰，归来的海盗舰队有大小三百艘战舰，规模庞大，战力强横，足以一战推平这座帝国最大的港口，沿着水道急行军，一个星期就能攻入帝国首都斯特拉斯堡。

当时这座繁忙的港口城市，每一个居民、每一个商人都心丧若死，只觉得世界末日就要来临，能够鼓起勇气战斗的军人不足五成。

当海盗王的旗舰和麾下战舰上升起投降旗帜的时候，明福斯特港就好像在庆祝最盛大的节日一样，无数人冲上街头载歌载舞。

齐摩尔曼•罗宾率领海盗舰队归来，重新投入帝国怀抱，声望一时无两。

短短数年，齐摩尔曼·罗宾的名望，从高峰跌落谷底，又从谷底猛然拔升到就算以他的绝世天资也应该终生难以企及的高度。

在那一年，齐摩尔曼·罗宾才望兼隆，甚至比肩五个纪元之前的祖先萨罗塞斯·罗宾，被视为当世最为桀骜不驯的人物，注定要青史留名，他的经历堪称帝国传奇。

国王接见齐摩尔曼·罗宾的时候，笑着说："除了王位，你可以跟我要任何封赏！"

当时的齐摩尔曼要了一个谁也想不到的东西，他拒绝回归罗宾家族，向国王讨了阿克瑟尔这个姓氏，把名字变成了齐摩尔曼·阿克瑟尔·罗宾。

指挥舰队回归帝国之后，齐摩尔曼·阿克瑟尔·罗宾就好像完成了全部的人生目标，整个人的性格都发生了奇异的改变。

在率领舰队叛变之前，齐摩尔曼•阿克瑟尔•罗宾是一个沉默寡言的人，沉迷于学业，视一切娱乐为不必要，严于自律，作风古板。

他的师长形容齐摩尔曼："他的作息宛如时钟一般精准，生活如圣徒一般自律，这家伙除了学业和真理，目无一切！"

回归帝国的齐摩尔曼，却好像放弃了一切伪装，短短数日，就成了帝国最老到的花花公子。

梅尼尔曼·苏玫，也就是夏洛特的那位传奇学姐，曾经是齐摩尔曼的未婚妻。

有一天，她去看望母亲，却看到了和母亲幽会的齐摩尔曼……

当时的场面，被梅尼尔曼视为奇耻大辱。

气愤到了极致的"帝国第一玫瑰"，当场就拔出了佩剑，要跟这个花花公子决斗。

夏洛特看了整整一天不该看的东西。他知道了梅尼尔曼小姐为什么要

焚毁那些文件。

如果不是这件事传播得非常广，夏洛特甚至怀疑这位学姐会杀人灭口。

以这位学姐的家族出身和身份地位，砍死几个四十一等的一级文书，并不是什么帝国重罪。

这场决斗并没有如期进行，齐摩尔曼·阿克瑟尔·罗宾一个翻身撞破了窗户，以最快的速度消失在梅尼尔曼的视线里。

这位“帝国第一玫瑰”根本没有来得及阻止这个无耻的男人。

梅尼尔曼第二天发出公开声明，不但撕毁婚约，还要跟齐摩尔曼·阿克瑟尔·罗宾决斗至死。

这位出色的帝国玫瑰裙下有无数忠贞之臣愿意为她奔走，替她去挑战这位前任未婚夫。

一天之内，齐摩尔曼·阿克瑟尔·罗宾就接到了数百封决斗书，无论他出现在任何地方，都会有人堵住他，当街要求决斗。

齐摩尔曼·阿克瑟尔·罗宾身为罗宾家族的子孙，一身剑术深得家族真传，凶狠毒辣之处，甚至还超过其五百年前那位先祖的全盛时期。

齐摩尔曼几次当街决斗都大获全胜，却在第十八场决斗中被某位挑战者激怒，当街杀人。

那场决斗之后，他对所有的挑战者都不再手下留情，决战一百一十五场，击杀了一百一十五人，彻底得罪了帝国大多数贵族。

毕竟，够资格挑战他的人都是帝国的贵族子弟，出身也都高贵不凡。

这场波及甚广的大决斗，史称“帝国玫瑰事件”。

它是齐摩尔曼·阿克瑟尔·罗宾的人生分割线，是他大堕落的开始。

就好像一夕之间，齐摩尔曼变得不可理喻，他不但要在决斗场上挫败敌人，几乎每次决斗之后，还会去挑衅对方家族中的年长女性，包括但不限于：母亲、姨妈、姑母、长姐、表姐、堂姐……

实在没得下手，妹妹、表妹、堂妹，甚至世交的妹妹等亲眷女性也不计较。

从帝国的大贵族堕落成了一个犯下谋杀、强暴、纵火、抢劫、偷窃、绑架、恫吓等二百五十七条罪名的囚犯。甚至还破了帝国犯罪纪录！

如果不是他之前立下的功劳太大，皇帝陛下连续七次签署了特赦令，这位齐摩尔曼先生早就上了绞刑架。

夏洛特回忆文件稍微告一段落，他忽然觉得这才叫人生。比起这位齐摩尔曼先生，自己一觉醒来，来到异世界，生活也是枯燥乏味，了然无趣。

齐摩尔曼·阿克瑟尔·罗宾现在就关在基尔迈纳姆监狱，等待他的也许是皇帝的第八次特赦，也许是一纸执行绞刑的判决。

夏洛特揉了揉眉心，再不想勉强自己喝这个世界的红茶，他决定明天去买一些别的茶叶，比如东丽国运输过来的花茶。

放下茶杯，夏洛特脱掉了衣服，爬上了床，很快就沉沉睡了过去。

第二章 血腥荣耀

翌日。

夏洛特在晨曦中揉了揉眼睛，醒了过来。

这一夜他睡得很舒服，爬出被窝，稍微洗漱了一下，换了一身衣服，并且把脏衣服打包放在了门口。

储蓄会公寓的侍女会把房客放在门口的脏衣服拿走，洗涤、熨烫干净再送回来，费用记入房租，每个月结算一次。

稍微收拾了一下房间，夏洛特来不及把家里的女士衣服处理掉，匆匆离开了公寓，他今天还要办理一些工作上的手续。这个时代可没有办公信息化，一切公务流程都需要靠人力去完成。

这也是夏洛特敢公然撒谎的根本原因，想要查一位帝国官僚的资料，需要专门去翻阅卷宗，在目录检索都没普及的法尔斯帝国，翻阅卷宗是个辛苦活，没有人能当场拆穿他的谎言。

夏洛特也不相信事后会有人查阅卷宗，就为了抓出他这个“蛀虫”，这件事要得罪的人可太多了，整个体系都会抗拒“纠错”。

夏洛特先回了中央政府办公厅，路上还买了些面包圈做早餐，只可惜法尔斯帝国全境都没有售卖新鲜牛羊奶的沿街商铺，不然就更加完美了。

夏洛特边吃面包圈，边推开办公室的门，见到了阿尔德冈德夫人，出示了昨天拿到的调令。

阿尔德冈德夫人颇为惊讶，难得地挽留了一句：“基尔迈纳姆监狱的工作环境和升迁机会可没有中央政府办公厅这么好，你是否要多加考虑？”

夏洛特无奈地耸了耸肩膀，说道：“我要是有办法拒绝，早就拒绝了啊！”

阿尔德冈德夫人叹了口气，签下了自己的名字。

办公室里的同事们，人人都是一副幸灾乐祸的表情，好几个人都在心里暗暗揣测：亏得是夏洛特去了，不然被调入基尔迈纳姆监狱的倒霉鬼，说不定就是我了。

这张调令上并没有夏洛特调入基尔迈纳姆监狱后的具体职务。

夏洛特也不会故意炫耀。

这是不必要的幼稚行为，只会给自己的仕途带来麻烦和困扰。

他匆匆离开待了两年的办公室，又去人事部门办理相关手续，一个小时不到，就把所有的手续都办完了，随后离开了中央政府办公厅，招手叫了一辆公共马车，径直去了基尔迈纳姆监狱。

第二次光临帝国最古老的这座监狱，夏洛特堪称轻车熟路。

他在接待秘书帕斯卡尔夫人的协助下，很快就办理了入职手续，成了一名帝国三十七等的官僚，基尔迈纳姆监狱典狱长办公室的一级文书长。

夏洛特之前的周薪是一佛尔又七十生丁。升职为帝国一级文书长，三十七等国家职员，他的周薪涨到了六佛尔又十五生丁，大概是原来的三点六倍。换算成地球的购买力，等同于月薪近五万块，已经是金领级的高收入人群。

办完职务上的事儿，夏洛特谢过了帕斯卡尔夫人，礼貌地问了一声：“我应该在哪里办公？”

他肯定不能跟梅尼尔曼小姐一起办公，这不合规矩。作为文书长，理论上应该有属于自己的独立办公室，夏洛特很期待新工作环境。

帕斯卡尔夫人微微一笑，说道：“您还需要去领狱警的装备，包括手枪、手杖和佩剑。虽然是文职人员，但您也是狱军了，很可能会遭遇威胁和战斗，这些东西必不可少。”

夏洛特忍不住问道：“在基尔迈纳姆监狱会遭遇暴力事件吗？”

帕斯卡尔夫人微微一笑，说道：“上次监狱里发生暴力事件，还在黑

月女士执掌世纪之前。不过，请您不要拒绝武器。”

夏洛特微微一笑，答道：“我并不拒绝武器。”

他已经从毫无危险的政府办公厅调迁到了隶属于国家暴力机关的监狱，持有武器是必然选项。当然，夏洛特并不觉得在这里会遭遇危险，整个帝国比基尔迈纳姆监狱安全的地方都不多。

他跟着帕斯卡尔夫人到了武器室。

一个满脸络腮胡子的中年军人嘟囔道：“又有新人了？”

帕斯卡尔夫人答道：“典狱长亲自抽调过来的文书长。”

满脸络腮胡子的中年军人嘿嘿一笑，说道：“那就照顾一下这个小家伙吧！跟我来。”

帕斯卡尔夫人说道：“我的工作到此为止，祝你好运。你的办公室在典狱长大人的隔壁，门上面有你的名字。”

夏洛特急忙回首，礼貌地笑了一下，跟帕斯卡尔夫人道别，目送这位夫人离开。

满脸络腮胡子的中年军人等了一会儿，问道：“想要制式武器，还是挑一些特别的货？”

夏洛特挑了挑眉头，问道：“有什么区别？”

满脸络腮胡子的中年军人答道：“武器室里会有一些收缴的武器，品质比制式武器略高。”

夏洛特问道：“能亲自挑一挑吗？”

满脸络腮胡子的中年军人笑道：“随便你！”

他带夏洛特进入了武器室，伸手一指，说道：“这些都是制式武器，最里头的那个小房间里放的是收缴的武器。”

“络腮胡子”的暗示非常明显——里头的小房间存放有超凡武器。

这个世界有神明，有神奇的生物，有禁忌的远古造物，有巨人，有蛮巫，有血族，有魔法，有斗气，有炼金术，还有超凡和超凡物品。

基尔迈纳姆监狱的狱军武器室，当然不可能会有特别精良的超凡武器，最好的货一定早就被有权有势的人“捷足先登”，但剩下的货色也弥足珍贵，在外面绝对无法轻易得到。

从这个世界苏醒后，夏洛特还没有见过超凡物品，他的记忆里每一件超凡物品的价格都极其高昂。比如市面上最常见，也最便宜，仅能用来照明的魔术灯也要十二埃居，远远超过他的薪水承受能力。

能够用于战斗的超凡武器，价值往往要超过一百埃居。

除非有一笔巨额“外快”，不然夏洛特有生之年都不会有冲动去消费如此昂贵的奢侈品。

外面的武器架上摆满了各种枪支。

这个世界制造枪械的技术发展相当迅速，火药武器的性能接近地球一战时期的水平，造型设计甚至超过二十一世纪的地球。

帝国没有警察这种职业，所有应该由警察干的活都是军人在做。服役于监狱的军人，官方正式称作狱军。

给狱军配发的手枪，官方名称——马格南手梭，装弹量十八发，近战性能优越。还有一种近似地球上霰弹枪的短枪，名为雷鸣铳，装填爆炸弹，是深受狱军喜欢的巷战重火力武器。

放置枪支的陈列架的后面，就是放置冷兵器的陈列架，主要是手杖、刺剑和短刀。其中以手杖为最多，因为它算是唯一兼具日常用品功能的武器，平时可以堂而皇之地随身携带。

帝国军队配发的制式手杖，大概有五种。战场使用的金属手杖分量沉重，挥舞起来，力量极大，足以击碎人的头盖骨，内藏一把刺刀，用于近身搏杀。

执法用的红梨木杖，这种木杖质地坚硬，价格便宜，最主要的是它天生木质泛红，盘摩得越久，木质就越红润，在执法的时候，几十根红梨木杖翻飞，相当醒目。

还有一种短木杖，本身不适用战斗，但握住杖头，就能抽出一把匕首，官方叫法是便利型军用手杖，俗称短杖剑。它深受军人喜爱，在民用市场也流通极广，是很多地区黑帮的标配，地下黑帮斗殴的时候，放眼望去，大部分是这种军用短杖剑。

另外两种军用手杖相对简陋，主要是给工兵和后勤兵配备的，这里根本就没存货。除了手杖，短刀和刺剑也是常见武器。

帝国的刺剑跟地球上的迅捷剑形式相近，只是剑刃更厚更宽，分量也更重一些，护腕没那么华丽，剑术也跟西方剑术差不多，但更重步伐，出

手更快，多了劈斩的招数，是纯粹的杀人技。

从公学开始，学校里就会有剑术课，主要教的就是刺剑的剑术。

夏洛特并不算是剑术高手，最多能算是熟手，基本式没有问题，用于战斗就只能哈哈哈，倒是枪术还不错，算不上神枪手，但二十步内能打灭蜡烛。

他没有继续看这些制式武器，抬脚进入了最里头的那个小房间。

“络腮胡子”的声音从背后传来：“如果你挑选一件武器，看在典狱长的面子上，就不做额外要求了。如果你挑选两件武器，就要卖掉一件，但收入你只能留一半。如果挑选三件武器，你可以留下两件。

“上限三件。”

夏洛特微微一笑，没有回头，说道：“三件！”

帕斯卡尔夫人为什么会亲自送他过来，又在他挑选武器之前离开，背后的原因意味深长。这就是潜规则，属于基尔迈纳姆监狱的潜规则。

夏洛特完全没有对抗潜规则的意思。他来到这个世界，只想随波逐流，并不想改变它。

“络腮胡子”低声说道：“不错的新人。”脚步声簌簌，他转身离开了。

夏洛特思忖了一会儿，开始打量这间藏有收缴武器的小房间。它四面都是木架子，木头的质量很一般，没有摆放很多东西，只有三四十件。

这寥寥可数的陈列品里，几乎没有热武器，大多数有很重的岁月斑驳的痕迹。夏洛特很快就被一把小小的手斧吸引了注意力。

“吸血武器！”

夏洛特惊讶地拿起这柄手斧，他完全没想到会见到这种武器。

这把手斧只有半臂长，比短杖剑还短一些，通体暗红，那是血族特产血钢的天然色泽，锻造精良，斧刃和手柄上都绘有复杂花纹。

夏洛特在大学里专门学过相关知识，知道这是梵歌家族的饰纹。

吸血武器几乎全部产自血族，据说需要使用男爵以上的高等血族的血核，才能打造这种邪门的武器，在血族中都很罕见，持有者往往都是血族中的大贵族，每一柄吸血武器都是这些非人怪物的传家宝，几百名普通血族战士也不见得有人拥有一件。

它能够吸食敌人的精血，给主人提供源源不绝的力量，在战斗中极占便宜。对人类来说，吸血武器就更罕见了。

它是血族专属武器，只有在血族手里才能催动吸食敌人精血的异能，其他种族的持有者不仅无法催动吸血异能，甚至还会被吸血武器反向汲取生命力。

在人类帝国，吸血武器素有“克主邪兵”之名，除了极少数收藏家，几乎没人对这玩意感兴趣。

他握紧小巧精致的手斧，深深地吸了一口气，掌心顿感微微刺痛。

夏洛特·梅克伦亦是一名超凡。他拥有少许异能。他所掌握的奇异能量名为“血腥荣耀”。

这是夏洛特·梅克伦在谢菲尔德大学学习期间选修的一门非常古老，也非常冷门的超凡秘法。

血腥荣耀运转，这柄手斧顿时绽放出诡异的红光。

从赛尼斯归来，他体内的血腥荣耀每天都在增长，如今已经不是微不可察，若有若无了。

公学只会教一些凡俗武技，国家学院却会传授骑士呼吸法，指点学生凝聚力量种子，引导学生觉醒斗气，大学则会更进一步，接触到超凡知识，踏上追求真实的道路。

尽管毕业时，一百名大学生也未见得有一两个能够掌握超凡力量，但这仍旧是唯一的神赐。

血腥荣耀是人类学习血族，开发出来的一条超凡道路，是除了血族外，唯一能够催动吸血武器的力量。它也是专门为了猎杀血族而开创出来的战斗技巧，绝大多数血族对血腥荣耀深恶痛绝。

原来的那位夏洛特·梅克伦先生选择它，并非对血族有什么仇恨，只是因为一个小小的理由：血腥荣耀是少数几种可以提高魅力值的超凡力量，还有一定的延长时限效果。

嗯，这很夏洛特！他大学四年屡次尝试“开启超凡”都失败了，所以才会尝试危险的“召唤邪神”。

他成功了，完成了启灵仪式，正式成为一名超凡。他也失败了，被邪神取走了灵魂。黄海生从这具身体里苏醒过来，继承了一切。

夏洛特端详了好一会儿，毫不犹豫地把这件吸血武器列入了第一选择。

他从没有想过靠薪水积攒出一件超凡武器，尤其是得到一件能与血腥荣耀产生共鸣的吸血武器。就算资金充裕，这种事都比中彩票还令人难以想象。何况新晋的一级文书长还没什么钱，突然有了这样一个机会，又怎么可以错过？

收起了吸血手斧，夏洛特在房间里转了一圈，又挑了两件东西。一件是比较罕见的冷兵器——多头链枷。还有一件是一把陈旧的魔法刺剑。

夏洛特选好了武器，昂然离开了武器库。

他把陈旧的魔法刺剑递给了满脸络腮胡子的中年军人，对方收了这件东西，查看了他手头另外两件物品，做了登记，就不再管他了。

夏洛特压着心底的紧张，按照帕斯卡尔夫人的提示，很快就找到了自己的办公室。那是一间独立办公室，相当宽敞，甚至还有一面很大的窗户，可以看到基尔迈纳姆监狱外面的街道，只不过一大半都被文件柜占据，尽管如此，夏洛特也非常满意。

跟文件柜为伍，比跟同事一起工作，显然要轻松太多，至少不会有办公室里的钩心斗角。文件柜可都是“乖宝宝”。

他把自己挑选的两件东西放在办公桌上。

夏洛特不会使用链枷，更不要说多头链枷。他瞧上这玩意，是因为这件多头链枷用了星陨铁打造，星陨铁可是罕见材料，就算当废铁卖也能值几十个埃居。

夏洛特打算在黑市出手这件多头链枷，另行购买一批武器。

军队的制式手枪，最多也就能卖到两到三个佛尔，刺剑价格略贵，但手杖几个生丁就能搞定。卖掉多头链枷，买上几件制式武器，夏洛特还能剩下几十个埃居，可以发一笔小小的横财。

显然不是每个入职基尔迈纳姆监狱的新人都能拥有这一笔外快。

不问可知，是梅尼尔曼小姐青睐，让夏洛特有机会享受这么一次优待。以后还有没有机会捞这种外快，就要看他是否能够得到这位学姐的欢心，以及是否有执行特殊任务的机会了。

夏洛特没有再多看一眼多头链枷，却把玩了好一会儿吸血手斧，对这件武器越来越喜爱。

这一天，梅尼尔曼小姐直到中午才赶到基尔迈纳姆监狱，并且立刻就给夏洛特分配了极其繁重的文书任务，让他在更换新工作的第一天就忙得团团转。

本来夏洛特还对跟学姐一起加班小有期待，但到了晚上，他只想找个地方好好地睡一会儿，就算是石板地面也无所谓。

这种忙碌的状态足足持续了一个星期又三天，手头上工作告一段落的梅尼尔曼给夏洛特放了一天的假期，他这才第一次从新的工作岗位下班回家。

夏洛特离开基尔迈纳姆监狱的时候，深深地感觉到，不管是在地球还是异界，能够按时下班，都不失为一种幸福。

回到储蓄会公寓，他美美地睡了一觉。

第二天，起床之后，稍稍填了一下肚子，夏洛特离开了储蓄会公寓，直奔自己的母校——谢菲尔德大学。

夏洛特并不是想回母校重温旧日时光。他是打算去谢菲尔德大学附近的武器市场瞧一眼。

作为狱军不可能不佩带武器，那会让他成为异类，谢菲尔德大学附近的武器市场相对物美价廉。

夏洛特难得地没有乘坐公共马车，选择了步行。

谢菲尔德大学附近的武器市场，供给的主要目标客户，自然是谢菲尔德大学的学生，以及附近的居民。

上大学的时候，夏洛特经常会来这边闲逛，尽管几乎没有买过东西，却很熟悉这地方。那时候不需要私人武器，学校有配发教学武器，他也不是武力爱好者，没有购入私人武器的需求。

到了武器市场，夏洛特轻车熟路地逛了起来，在一家卖二手武器的店铺门前徘徊了一阵，才踏入了这家店铺的大门。他还记得这家店铺经常有二手好货，就是店主总是坑人，名声不算太好。

这家店铺的主人并不记得夏洛特这种没有消费过的闲散客人，笑呵呵地迎了上来，说道：“我们这里有斯特拉斯堡最好的武器，客人不管是需要刺剑、军刀，还是骑士长枪、盾牌，我们这里应有尽有，品质也是最好的。”

夏洛特冷笑一声，暗忖道：你们家的店铺以收购倒卖二手武器为主，廉价出售劣质武器以次充好，连自有武器作坊都没有，说什么最好品质？

也就是哄骗外乡人。

他并没有揭穿店主的把戏，微微一笑，说道：“我需要一把手枪，或者还要一根手杖，你这里有什么好推荐？”

店主顿时就提不起兴致了，二手的手枪很难卖得起价钱，因为全新的手枪都不贵，价格还相当透明。至于手杖，几个生丁的生意有什么好上心的？他叫过来一名伙计，说道：“这是我们最好的店员，请让他给你推荐几件合用的武器。”

此举正中夏洛特的下怀——这个店主足够狡诈，很不好应付，但他的伙计比较容易对付。

夏洛特也不理会喋喋不休地不断推荐烂货的伙计，在店铺里转了一圈，微微失望，这一次似乎没什么好货可捡便宜。

夏洛特正要离开这家店铺，眼睛微微一亮，他看到了一把灰扑扑的刺剑，它被随意地摆放在角落里，跟十多把刺剑放在一起。

他大步走了过去，抓起这把刺剑轻轻抽出，只看了一眼，就笑了一声，说道：“假古董吗？”

伙计急忙说道：“这是真正的古董，客人您可真识货！”

夏洛特忍不住莞尔，说道：“如果它真的是歇洛克王朝的旧物，怎么也要以埃居计算价格了，你真打算给我开出几个埃居的价格吗？”

伙计讪讪了一会儿，说道：“它的确是真货，没有五个佛尔绝不可能让您带走。”

夏洛特把刺剑扔回原处，说道：“我最多出五十生丁。”

伙计见夏洛特一脸意兴阑珊，打算走的模样，看起来并不着紧这把“古董剑”，忍不住说道：“就算是假古董，也没有这么便宜的道理。三佛尔五十生丁，这是本店最大的诚意，不能再少了。”

夏洛特摆了摆手，打算出门，伙计一咬牙，喝道：“一佛尔，一佛尔！先生，这可真的是打折了，没有再便宜的道理。”

夏洛特留下一个地址，昂然离去。他作为一名正式的政府职员，又有固定的住所，是可以订货的，在送货的时候交付款项便可，不一定非要当场掏钱。

夏洛特身为谢菲尔德大学的毕业生，经受过严格的通识教育。

歇洛克王朝，又名魔法王朝，以魔法刺剑闻名遐迩，后来被阿克瑟王灭国，歇洛克王朝的魔法刺剑工艺就此失传。

现今流传于世的歇洛克王朝古董刺剑，每一把都是精品，要以金埃居论价。一把保存完好的歇洛克王朝古董刺剑，叫价绝不会低于一百八十金埃居，甚至少数精品的成交价能超过三百金埃居。

正因为如此，市面上有许多仿制的歇洛克王朝古董刺剑，夏洛特购买的这把魔法刺剑百分之百是仿制品。他愿意出手购买这把仿品古董刺剑，只有一个理由，就是这把刺剑装配的是真正歇洛克王朝时期的剑鞘。

歇洛克王朝时期的剑鞘，比完好的魔法刺剑还要稀少，正因为太过稀少，又不是正经的珍物，所以根本没人炒作。

极少有人知道，歇洛克王朝时期的剑鞘部分配件和魔法刺剑使用的是同一种钢材，只有原配的剑鞘才能遮掩魔法刺剑的魔法波动，不至于被敌人提前觉察，只是没有附魔，不是魔法物品。

法尔斯帝国的收藏家们恨不得手中的藏品尽人皆知，所以会更换全新的剑鞘以提升成色，过于陈旧、损坏严重的原配剑鞘经常会被人处理掉，流落到二手武器店。

在地球上，随便去个古董园区，遍地都是精于“古董术”的骗子，想要捡漏淘到一件真正的古董，怕是天方夜谭。

但在法尔斯帝国，这种中古时代，连真正的古董商贩都没有，只有二手旧货店，经常会有这种不为人注意的古董存在。

夏洛特准备找个可靠的铁匠，把剑鞘熔铸了，淬炼成一把新刺剑，若是还能加入一点星陨铁，品质会比军用刺剑更优越，只是整个过程会很麻烦。

夏洛特在武器市场又转了一会儿，用八十九生丁的价格购入了一把二手的马格南手梭，以及二十发子弹，老板还送了肋下枪套，可以隐藏在外套里的那种。

全新的马格南手梭，黑市价格最多也就两到三个佛尔，二手九成新的马格南手梭价格折半。

夏洛特买的这把超级便宜，自然磨损也高一些，只有八成新，但没有部件损坏，他还试射了一发，准头也毫无问题。

夏洛特并不觉得自己会经常用它，没有在乎新旧，只要够用就好。

搞定了两件武器，夏洛特又给吸血手斧配了一个方便随身携带的皮鞘，就离开了武器市场，步行回了储蓄会公寓。

刚到公寓的楼下，夏洛特就微微感觉不妙，储蓄会公寓楼下居然停了四五辆巡逻队的马车，还拴着十余匹军马，几名巡城军在马车边闲聊，显然出事儿了。

他上前友善地打了个招呼，说道：“我是中央政府办公厅的一等文书夏洛特·梅克伦，是住在这里的房客，想知道这里发生了什么。”

夏洛特实在太年轻了，自称文书长很容易被当成骗子。而且，基尔迈纳姆监狱肯定不如中央政府办公厅的名头好使，所以他报上了过时的身份。

几名巡城军互相对视了一眼，一起笑了，说道：“发生了一起入室抢劫案，还闹出了人命。我们很快就能处理好，梅克伦先生。”

夏洛特还是有点不安，问道：“我可以回家吗？”

几名巡城军答道：“当然没有问题，已经勘探过现场了。”

夏洛特进入了公寓，上了二楼，却看到走廊上满是巡城军，他不妙的感觉更强烈了。当夏洛特看到自己的房间房门大开，几个巡城军站在门口交谈，更加确定自己就是那个倒霉蛋。

他走上前去，问道：“这里是我的房间，请问，发生了什么事？”

一名年轻帅气的巡城军下意识地抽出了长剑，面露警惕。一位年长同僚按住了他的手，说道：“杜宾！这人是从外面回来的，身上干净，没有血迹。他应该是门房描述的那位房客，夏洛特先生。”

抽出了长剑的巡城军耍了一个剑花，还剑入鞘，同情地说道：“这位先生，您怕是要跟我们走一趟了。您的家里发生了一起入室凶杀案。有人在您的家里杀害了一名女士。”

夏洛特忍不住隐隐头疼，问道：“这位杜宾先生，我能知道案件的细节吗？”

年轻的巡城军答道：“下午有位先生跟一位女士来拜访您，并且不顾门房的阻拦，强行闯入了公寓。那位先生用暴力破坏您房间的大门，并且跟那位女士在您的房间厮打起来。

“那位先生把同行的女士杀死在您的房间，并且跳窗逃走了。

“很遗憾，您的生活不得不因这件事而改变。”

夏洛特从记忆和房间内凌乱的女士衣物，大致就能判断出来，“自己”原来的私生活怕是不那么纯粹，但是他也没想到，麻烦鬼这么快就登门了，而且还造成如此严重的后果。

他揉了揉眉心，问道：“我能回房间查看一下东西吗？”

年轻的巡城军点了点头，做出了请的姿态。

夏洛特踏入了自己的房间，首先看到的是被扔得满地都是、凌乱不堪的衣物，好几件衣服上都有血迹，显然房间内发生了一场很激烈的厮打。

夏洛特瞧了一眼扔在角落里的多头链枷和吸血手斧，以及书桌上的日记本，悄悄地松了口气，并决定以后都把吸血手斧随身携带。

他转身出了房间，对一直站在一旁陪着巡城军的公寓管理员说道：“抱歉，我需要一个新房间。”

管理员沉吟片刻，无奈地说道：“公寓只有几间套房了，价格相对昂贵。如果是意外发生的案件，我们会负起责任，但这次的案件，只怕夏洛特先生您也有些微的责任……”

夏洛特微微一笑，说道：“这间公寓下降的房租，我会负责补足一年份。我现在要跟几位巡城军出去一趟，等我回来，带我去看新房间吧。还有，请找个人帮我看着房间里的东西，勿让它们丢失。”

管理员得到了夏洛特的承诺，顿时轻松了许多，说道：“我会让玛丽在这里一直等您回来。您也知道，玛丽一直都很可靠。”

夏洛特点了点头，对两位巡城军说道：“我随时可以配合调查。”

几位巡城军早就确定了案情，夏洛特这位当事人回来，他们的任务也就完成了。

这个时代的法尔斯帝国，用巡城军负责地球上警察的工作，并没有那么多规矩，以及细致的办案程序。换句话说，这个时代的办案过程很粗糙，没什么专业性可言。

据说巡城军的破案率不足百分之三，盗窃案在很大程度上依赖私家侦探，抢劫案、绑票案、凶杀案则是靠私人悬赏。比没有法律的社会强，但也没强出很多，是个不那么令人愉快的粗糙的法制社会。

巡城军们匆匆撤出了公寓，把夏洛特请上了一辆马车，接着一同向巡

城军的办公地点疾驰而去。

夏洛特在马车上，暗暗思忖道：丢了几件昂贵的饰物，价值一两个埃居，不过被凶手拿走的概率相对很低，反而是被人趁火打劫的可能性高一些。至于凶杀案本身，无论如何不能被梅尼尔曼小姐知道。

夏洛特揉了揉眉心，心头甚是烦恼。

一男一女登门，还发生了厮打，甚至演变成凶杀案，就算不是一名逻辑严缜的私家侦探也能轻易推测出来，这件案子八成跟男女私生活有关系。

夏洛特，他本人！只怕还是三角关系中不甚光彩的一员。

梅尼尔曼有过齐摩尔曼·阿克瑟尔·罗宾那样一位未婚夫，必然对花花公子深恶痛绝，绝不会允许自己手底下有个未婚夫同款的“渣男”。一旦事情公布于众，就算他能够从这场丑闻中脱身，只怕工作也要丢了。

这可不是地球，帝国政府职员也不是不能随意开除的公务员。

梅尼尔曼只需要一句话，就能让夏洛特丢掉报酬优厚的工作，甚至能让他再也无法在政府序列供职。

“这一次也是个警醒，我要尽快出手那件多头链枷，然后在别处购买一处住宅，搬离亚历山大区，跟以前的社会关系脱钩。”

夏洛特揉了揉眉心，梳理了一下“自己”的社会关系。

夏洛特·梅克伦的朋友关系淡薄，跟所有人都交情泛泛，几乎没有称得上好友的人物。他的父母都是商人，颇为富庶，拥有充裕的财力，夏洛特能上谢菲尔德大学，依靠家庭的财力供养。

如今夏洛特的父亲，因为身体越来越差，渐渐把生意转给了大儿子经营，即夏洛特的兄长。这位兄长对他防范甚严，几次进言父亲：“给夏洛特一笔财富，让他放弃继承权。”

只要熬过几年，父母过世，夏洛特就可以名正言顺地跟兄长一家分道扬镳，老死不相往来。

唯一还有牵绊的，是夏洛特的姐姐，两姐弟感情甚笃，不过这位姐姐嫁到了远方，来往的机会也很少了。

除了这一兄一姐，夏洛特再也没有直系亲属，倒是还有个未婚妻，甚至结婚日期都已经提上了日程，让他有些难办。

“听说我的这位未婚妻很不满意这场婚姻，几次闹着解除婚约，可以试试推波助澜。”

马车很快到了巡城军的办公地点，那是一栋独立的当街小楼，有三层高，典型的歇洛克风格，是前朝的旧建筑，很有些岁月沧桑感。

例行问话很快就结束了。夏洛特也凭此确定了闯入自己公寓的一男一女的身份。

他们是一对夫妇，姓杨米尔斯。他并不认识那位先生，却和杨米尔斯夫人有着不可告人的关系。

至于杨米尔斯先生怎么发现了夫人和夏洛特的亲密关系，还找上门来，并且在争吵和撕扯中杀死了自己的夫人，就是另一个悲催的故事了。

也亏得当时的夏洛特在武器市场流连，不然事情很难收场。

巡城军记录下夏洛特的描述，作为辅助档案，归入档案室，发布了对杨米尔斯先生的通缉令，这件事就算是暂时了结了。

巡城军的通缉令一般没有悬赏，也很少会有热心的好市民帮巡城军抓捕逃犯。

不管是法尔斯帝国，还是其他国家，也包括以前的几个灭国的王朝，都发生过通缉令发布几十年，最后发现通缉犯本人就在自己家中优哉游哉地生活，照常工作，一切如常的新闻。

这个时代的法制风气，就是如此荒诞不经。

离开了巡城军的办事处，夏洛特身心俱疲，尽管他不是这件案子的嫌疑人，仍旧心情颇为低落。他也没想到自己的新生活一波三折，刚刚升职加薪，转眼就卷入了一场凶杀案。

夏洛特赶回了储蓄会公寓，给了帮自己看家的女仆玛丽两生丁的小费。在这个时代，两生丁的小费已经算是出手很豪爽了。

在管理员的帮助下，夏洛特匆匆搬了家，入住了四楼的一间套房。

他搬到新房间，躺在沙发上，松了一口气，感觉到饿了。

夏洛特望了一眼天色，确定这会儿出门也找不到营业的店铺，只能又弄了一锅几天前吃过的东西。味道一如既往地一言难尽。

吃过东西，夏洛特躺在床上，下意识地把日记本摸过来，又随手放在了一边。他虽然知道原主的日记本有助于他了解新的身份，但跟邪神有牵扯的物品又让他避如蛇蝎，非常矛盾。

夏洛特开始认真思考，决定正经地规划一下自己的人生。

“明天要恳请梅尼尔曼学姐再多给一天假期。先把多头链枷出手，换个地方居住，然后买一些衣物。”

夏洛特把所有染血的衣物，不管是自己的衣物，还是女士的衣物，搬家的时候都丢给了女仆玛丽，所以他现在很缺日常服装，也缺男士必备的礼服。

夏洛特想到了搬家，情不自禁地搜索关于上七区的记忆。

瓦勒德瓦兹区的房价太过昂贵，亚历山大区肯定不能继续住了，这两个区果断放弃。

另外三个区不在选择之内，它们相对遥远，去马恩区上班太不方便。

经过简单的筛选，放在夏洛特面前的就只有两个选择，瓦勒德瓦兹区和马恩区之间的两个大区：阿尔卡特拉斯区和皮卡第区。

阿尔卡特拉斯区因为紧邻瓦勒德瓦兹区，房价较为昂贵，距离上班的基尔迈纳姆监狱有点远，而皮卡第区的房价便宜，上班也稍近一些。一番权衡之后，前者被他果断放弃。

夏洛特决定明天出手了多头链枷之后，就去皮卡第区的房产局，看有没有合适的房屋出售。

在这个时代，各国都没有房产中介一类的机构，任何人想要出售房屋，都只能挂在政府设立的房产局，大家想去买房产，也只能去房产局。

交易双方往往并不需要见面，卖家只需要给房产局一个报价，买家直接付款给房产局，并且缴纳税金，就可以拿到房产证明了。

夏洛特思考了一会儿，身体上的困意渐渐不可抵挡，他甚至连衣服都没有脱，就陷入了迷迷糊糊的梦境。

漆黑的夜晚，无灯的长街。飘曳的星光，呼啸的长风。

夏洛特有些茫然，他环顾四周，不明白自己怎么会到了外面，明明是躺在床上的。

“有点问题。”

夏洛特试着提聚血腥荣耀，十余天来，这股异能又有所进境，已经在眉心凝聚了一团小小的旋涡，一股奇异的能量流转全身，让他心头大定。

一个柔柔的声音忽然在背后响起：“你害了我。”

夏洛特讶然回身，见到了一个颇为美貌的年轻夫人，身上衣裙血迹斑斑，脸上还有瘀青，十分狼狈。他想起来白天的凶杀案，问道：“你是杨米尔斯夫人？”

年轻的夫人忍不住笑了起来，夜色之下，有些诡异，她幽幽地问道：“你连我是谁都不记得了吗？你害我被丈夫杀死，就没有半点内疚吗？”

一只纤弱的手掌搭上了夏洛特的肩头，年轻的夫人贴着他的脸，呵气寒意逼人，说道：“你不觉得要补偿我吗？”

夏洛特微微一笑，非常淡定，说道：“你不是杨米尔斯夫人，不然早应该发现认错了人。”

一声充满怨恨的娇笑响彻耳边，年轻夫人狂喝道：“你还想推卸责任，装作不认识我！请跟我一起去下地狱，重温我们曾在一起的那些旖旎风光。”

夏洛特闭上了眼睛，血腥荣耀灌注到了拳头上，一拳捣出，跟一个不明物体硬碰了一下，他很明确地感受到自己的拳头占据了上风，把一个东西击飞了。

夏洛特用只有自己才能听到的声音，幽幽说道：“原来在梦里，我还是黄海生啊！”

他早就发现自己是在梦境中。因为他的相貌变回了黑发黑眸、双手白皙柔弱的模样。

血腥荣耀归于邪能总属！邪能分为很多种，但每一种都来自灵魂本源。

梦境会屏蔽纯粹的肉身能量，却不会屏蔽来自灵魂本源的邪能。血腥荣耀虽然刚刚觉醒，修为甚浅，却并不因为是梦境而有丝毫的减弱。

一个气急败坏的声音响起：“你居然是超凡？”

夏洛特仍旧闭着眼睛，行了一个绅士礼，微笑着说道：“是的！”

“该死的！”

夏洛特只觉得身体一沉，睁开了双眼，看到的是卧室的天花板。

他一跃而起，推开窗，街道对面停着一辆马车，马车上挂着一盏马灯，照耀得街道幽暗昏黄。夏洛特从容一跃，从窗户跳了出去。

两世为人，第一次尝试从四楼的高度自由落体，耳边风声呼呼，他却并不害怕。血腥荣耀灌注双腿，让他的双腿宛如羚羊一般有力，落在地上，

微蹲，卸去了高处跃下的冲击力，优雅地走向街道对面的马车。

夏洛特微微一笑，说道："随便闯入别人梦境，是不礼貌的行为，能够告诉我，您究竟是谁吗？"

马车内传出了一个年轻女孩慌乱的声音："你说什么？我只是路过，请让开。"

夏洛特低声说道："我并没有拦住您的路，若是您什么也不愿意说，我亦不会勉强。如果您对杨米尔斯夫人的死因有所探求，我愿倾尽所知，有问必答。"

良久后，马车里的年轻女孩才低声说道："抱歉，看来我是真的认错人了，这位先生，您上马车吧。"

马车门微微开了一条缝，夏洛特没有犹豫，拉开了车门，一步就踏上了马车。

马车需要马匹拖曳，轮子极高，导致马车的车厢比后世的汽车要高很多，常人需要借助踏板才能自如上下。

如夏洛特这样一步就能从容踏上，除非是身体素质一流的武者，要么就是超凡，又或者两者皆是。

马车内有一个年轻的女孩，她穿着长裙，一副居家的打扮，样貌精致，戴了一副黑边眼镜，白皙的俏脸上一派淡定，但微微晕红的耳轮和藏在手里的短匕首却暴露了她的紧张。

"夏洛特·梅克伦，毕业于谢菲尔德大学，就职于中央政府办公厅，一阶超凡。"简短的介绍打破了尴尬，也缓解了少女心头的不安，让她收起了几分敌意。

她低声说道："安妮·布列塔尼，高尔吉亚大学三年级，一年级的时候，成了梦境行者。"

夏洛特对布列塔尼这个姓氏稍稍投入了关注，这个姓氏尊贵非凡，但显然这种情况不适合追问什么，他一笑，说道："高尔吉亚大学可是我曾经梦想的学府。"

安妮·布列塔尼显然不知该怎么应付这种跳脱的对话，柔声说道："谢菲尔德大学也是一所好大学。"

夏洛特莞尔一笑，说道："每一座大学都是好大学。"

这是一句无可争议的废话。这个时代的大学不是后世那种普及教育的知识海洋，而是神明的恩赐之地。

执掌纪元的神明有九位，但只有四位神明的信徒创办了大学，每一所大学都是人类至高学府，每一所大学培养的都是神选之子。

安妮对这句话生出了赞同，浑然没有察觉交谈的节奏给夏洛特带偏了。

“发生了这种事儿，我很难过，但我跟杨米尔斯夫人并不熟悉，杨米尔斯先生一定是误会了自己的夫人，这才导致悲剧发生。

“你如果去中央政府办公厅调查，可以轻易知道，我最近一直在赛尼斯度假，几天前才回来。”

安妮·布列塔尼犹豫了一下，说道：“我相信梅克伦先生，是我误会了您。”

夏洛特微微一笑，他用了一个很常见的话术，用毫不相关却无可非议的事实，证明某个远隔千里的结果，很多人相信了那个无可非议的事实，却会下意识地忽略它跟结果毫不相关。

夏洛特也是没办法，他并不想替之前的夏洛特承担责任，只能用这种手段“洗白”自己。

安妮沉默了一会儿，才低声说道：“索菲……杨米尔斯夫人是我姑妈。”

夏洛特立刻正色说道：“我坚信杨米尔斯夫人是一位坚贞的女士。”

安妮顿感十分安慰，她低声说道：“我也不相信索菲姑妈会做不光彩的事情，所以忍不住半夜来……”

她的小脸微微晕红，偷瞧了夏洛特一眼，忽然心头暗忖道：怪不得索菲姑妈会跟他有传闻。夏洛特先生帅气又温柔，毕业于顶尖学府，是大有前途的政府工作人员，又是一位罕见的超凡，的确是任何女孩子心目中最合适的恋爱对象。

安妮·布列塔尼感觉自己的小脸又在发烧，急忙中断了这些乱七八糟的想法，站了起来轻扯两边裙角，微微下蹲，行了一个非常隆重的礼，充满歉意地说道：“我跑来试探夏洛特先生，闹出了这场乱子，还请您原谅。”

夏洛特若有所思，问道：“如果我是那种不正经的男子，安妮小姐打算让在下永久安眠吗？”

安妮·布列塔尼俏脸绯红，再也压不住羞涩，低垂了脑袋，她的确是

这么想的。

作为大学一年级就成了超凡的天之骄女，安妮·布列塔尼知道自己最爱的姑母死于非命，起因是一个浪荡男子，第一个念头就是给姑母报仇。

她半夜独自驱车过来，就是想要以梦境之术，装作姑母从地狱归来，把夏洛特活活吓死在梦里。

以前的夏洛特·梅克伦的确不是什么干净人，纵然身为超凡，但心里有鬼，虽然未必会被“梦中幽灵”吓出个好歹来，却有不小的概率露出马脚。安妮在梦中探知到“真相”，情况肯定会糟糕得无以复加。

安妮低声说道：“我愿意做出赔偿。”她是真不知道该怎么收场。

夏洛特微微一笑，说道：“设身处地，如果我的亲人遭遇这种事情，我一定会比安妮小姐冲动百倍。

“当务之急是尽快洗刷杨米尔斯夫人的污名，让她能够安然长眠。如果安妮小姐有需要，我愿意尽力帮忙。

“不过，现在已经是深夜了，十分不方便，让我把安妮小姐先送回家，等过几天我们再商议这件事吧。”

安妮·布列塔尼微微低头，道了声谢。

夏洛特出了车厢，坐上了驾者的位置，轻轻催动了马儿，车厢内传出了一个清丽的声音：“瓦勒德瓦兹区第六大道58号。”

作为从帝国教育体系出来的合格人才，学校里教过很多必备技能，开车是每个绅士必学的三大神技之一。

剑术、骑马和开车……错了，是驾车。

夏洛特答了一声：“知道了，安妮小姐。”

马蹄嗒嗒，车轮隆隆！

马车的速度，从来都不会太快，甚至不如地球上限速后的电动车。

从亚历山大区到瓦勒德瓦兹区，大概用了一个多小时，若非有血腥荣耀护身，半夜的冷风足以把夏洛特冻出感冒来。

夏洛特把安妮送到了第六大道58号，看到了一栋巍峨的古老住宅，心下甚是羡慕，也知道自己猜测得不错，安妮·布列塔尼的确是位贵女，并非出身普通人家。

安妮下了马车，正要从一个隐蔽的暗门走入大宅，忽然又回头，对下了驾者位子的夏洛特说道：“这么晚了，还要麻烦夏洛特先生送我回来，深感过意不去。

“这会儿也没有公共马车了，不如您驾驭我的马车回去，明天我让人取回。”

夏洛特微微犹豫，他也真不想步行一两个多小时回去，步行比马车慢得多，就答应了下来，说道：“多谢安妮小姐的好意。”

安妮盈盈一笑，冲着夏洛特微微挥手，转身走入了大宅，大宅内有人影晃动，显然一直都有人为这位小姐守护大门，等候她归来。

夏洛特来到这个世界后，虽然日子过得还不错，甚至凭借自己的聪明成功升职加薪了一次，但这种贵族生活仍旧遥不可及。

他叹息一声，驾驭马车踏上了返程。

把马车在公寓楼下拴好，夏洛特回到了自己租住的新公寓，躺在床上一时间有些睡不着。

他一会儿睁眼，一会儿又闭上，尝试了很多次，才半惊半喜地喃喃自语道：“果然不是错觉。”

闭上双眼，夏洛特以自身为圆心，可以感知到大概方圆十五步内的一切。他知道这是什么原因！

在眉心有一团小小的血腥旋涡，无数细碎的淡金色符文组成了一个奇妙的构造，藏于血腥旋涡内，载沉载浮，飘然流转，正是这个奇妙的符文给了他如斯奇异的能力。

夏洛特在谢菲尔德大学曾学过相关知识，知道这个符文叫作“洞察”。

血腥荣耀虽然归入邪能总属，但战斗方式跟斗气几乎一样，同样是增幅肉身，提升力量和速度。

缺点是：相等能量层级，威力中等偏下，只有速度略微见长。

优势是：血腥荣耀能让驾驭者拥有几项特殊异能，名为“十三奇技”。

“洞察”是血腥荣耀的十三奇技之一。

它能让人的视野形成一个球形，拥有此异能的超凡，再也不会被偷袭。在群殴的场面，可以应付四面八方的攻击，即便是单挑也占大便宜，是一项非常强力的辅助战斗技能。

夏洛特·梅克伦在赛尼斯的海边召唤邪神，开启超凡之路，第一选择

就是凝聚眉心的血腥旋涡，他也曾幻想凝聚洞察符文，可以看到某些美妙的东西。只可惜，他没能活着度假归来。

从赛尼斯回来，夏洛特一直没时间修炼，但血腥荣耀却以一种匪夷所思的速度增长，这件事儿非常古怪，让人百思不得其解。

开启洞察非常消耗灵力，夏洛特折腾了大半夜，也有点疲倦了，很快就沉沉睡去。

没多一会儿，就天亮了。

夏洛特惦记自己的发财大计，一大早就起来了。

虽然晚上休息得并不好，但凭着超凡的过人精力，倒也没有多困倦。

他写了封书信，写明了请假的事儿，付了一个生丁，请了公寓专门跑腿的男仆去基尔迈纳姆监狱送信。

夏洛特稍微收拾了一番，用一块棉布包裹了多头链枷，准备去卖掉这件东西。

刚刚出门，他就看到一个贵族少女从一辆装饰豪华的马车上轻盈跃下，并冲着他微微一笑，说道："又见面了，夏洛特先生。"

夏洛特微微惊讶，说道："安妮小姐！您怎么这么早就来了？我刚要去办点私事儿。您的马车就在那边，多谢您把它借给我。"

安妮冲马车上另外一名车夫点了点头，那位车夫跳下了马车，去把昨晚停在这里的马车驾走。她对夏洛特说道："您要去哪里？我送您一程。"

夏洛特十分羡慕有马车代步的生活方式，坐马车比步行要舒服得多，尤其是在雨天，徒步出行简直是一种灾难。

他倒是买得起马车，但停放马车需要庭院，拉车的马需要马厩，还需要雇用一位车夫。

马车所附带的种种支出，四十一等的一级文书也负担不起，三十七等的一级文书长也不太负担得起，这是有阶级差距的生活方式。

他说道："有位朋友托我去卖掉一件魔法物品。"

安妮眼睛一亮，说道："我刚好知道一场魔法物品拍卖会。"

夏洛特也是微生欢喜，他也没什么门路，想要卖掉东西，就只能找二手旧物店，这种店铺一般出价都不会太高。

魔法物品拍卖会往往可以拍卖出高数倍的价格。

这种集会是高端人士的聚会，举办者一般非常有身份，只有富可敌国的大商人或者大贵族才会被邀请。

梅克伦家也算是有钱，但仍旧够不上参加魔法物品拍卖会的门槛，夏洛特作为梅克伦家族的次子，根本不得其门而入。

安妮伸出小手做出邀请状。

夏洛特没多犹豫，拉开了车门请安妮上了马车，自己也随即登车。

这辆马车比昨天的那辆稍微朴实，仍旧很宽敞，足以坐下七八个人。

夏洛特在安妮对面坐下，问道："安妮小姐，今天没有课吗？"

作为大三学生，学业应该会很忙碌，夏洛特随口一问，展开今天的话题。

安妮有点小骄傲地答道："我已经完成了主学分，只差一些实习课，所以课业时间相当宽松，并不需要每天都去学校。"

夏洛特这才醒悟过来——不该用"学渣"的视角去看待"学霸"的世界。

安妮·布列塔尼比昨天要从容得多，这位小姐的身量，其实相当高，按照地球上的度量衡，大概有一百七十厘米，就算鞋底的厚度有误差，也不会低于一百六十八厘米，也算是高挑的女孩子了。

她今天换了一副玳瑁边框的眼镜，没有穿长裙，齐膝盖的长靴，皮质的猎装裤，勾勒得双腿修长，上身穿着贴身的小外套，柔顺的金发扎了一个马尾垂在脑后，英姿飒爽，座椅旁边还放了一个三角帽子。

寒暄过后，夏洛特问道："安妮小姐今天可有其他活动？若是因为我改了行程，就十分不好意思了。"

安妮微微犹豫，答道："我也要去魔法物品拍卖会。"

安妮低声说道："不过，有件事情必须跟梅克伦先生说明。我去魔法物品拍卖会，不是为了购买东西，而是……杀害我姑母的人，就在今天的拍卖会上。"

夏洛特惊了，问道："杨米尔斯先生也在？我们不是应该报告给巡城军吗？"

安妮咬了咬嘴唇，说道："举办魔法物品拍卖会的人是梅苏女公爵，巡城军无法进入会场。"

夏洛特顿时了然，法尔斯帝国虽然是法治社会，但跟后世截然不同。

黄海生原来生活的那个世界，绝没有任何一个人敢公然招待通缉犯，

但这个世界的法律，在贵族面前就是一堆废纸。权力高于法律！

巡城军才不会为了一个通缉犯去得罪一位公爵，尤其是梅苏女公爵这种实权贵族。夏洛特听说过很多梅苏女公爵的传闻，但所有的传闻都可以归纳为一条——她执掌了帝国六分之一的海军。

北境舰队是梅苏女公爵家传的军队，从不效忠于皇帝陛下，只效忠梅苏家族。如果不是齐摩尔曼·阿克瑟尔·罗宾带回了海盗王的舰队，而梅苏女公爵数年前又因为探索狂暴之海损失了部分舰队，那么北境舰队的规模是帝国海军的二分之一。

夏洛特正思忖，自己的这件小玩意在如此高端的拍卖会上会不会不堪入目，就听见少女有些歉意的声音："很抱歉把梅克伦先生卷入此事，但我很需要您的帮助。"

夏洛特有些疑惑地问道："我能帮什么忙？"

他并不认为，在梅苏女公爵的拍卖会上出手是什么好主意。就算布列塔尼家族也很有权势，这种事儿也绝干不得。

安妮低声说道："他认识我，却并不认识您。您可以接近他，并且帮我把这件追踪甲虫放在他的身上。这样就算他离开拍卖会，我也能追踪到他。"

安妮·布列塔尼张开手掌，纤细的手掌上趴着一只小小的黑甲虫，这只黑甲虫栩栩如生，却并非生物，而是魔法炼金造物，甚至还能看到纤细如发丝的齿轮。

夏洛特并不明白，魔法炼金造物究竟怎么活动。地球上的科技虽然也能办到这一点，但原理清晰，一切都很科学；魔法炼金造物却处处混沌，至今连完整的理论都没有。他只能赞叹这个世界的确另有神奇之处。

这件事颇有些举手之劳的意味，也不会招惹来什么麻烦，夏洛特一口答应，笑道："愿意为安妮小姐效劳。"

两人商议了一些行动的细节，马车就到了一栋古老的住宅前。

第三章 次元回廊

夏洛特也没想到，这次魔法物品拍卖会的举办地居然就在亚历山大区。

他一直都以为魔法物品拍卖会应该开在瓦勒德瓦兹区，并没想到它就在亚历山大区，甚至距离储蓄会公寓都不算太远。

亚历山大区这种商业性质浓郁的区域，放在地球上，相当于CBD（中心商务区），是一座城市当之无愧的核心区域，但在法尔斯帝国，瓦勒德瓦兹区才是文化和行政的中心。

两人下了马车，安妮递上了一张请柬，守门的老管家礼貌地恭迎两人入内。

这栋古老住宅占地约有五亩，进入之后，可以看到来来往往的各色客人，非常热闹。

夏洛特略有好奇地问道：“如何才能在魔法物品拍卖会上出售自己的魔法物品？”

安妮还未来得及回答，就有一个爽朗的声音说道：“不知这位先生有什么魔法物品想要出售？”

夏洛特微微抬头，就看到一个穿戴整齐的年长绅士正冲着自己微笑，他也礼貌地回以一个微笑，说道：“是一件多头链枷。”他把手里的包裹打开，露出了多头链枷的把柄。

这位年长绅士说道：“可否容我仔细看一下？”

夏洛特把手里的包裹递了过去。

年长绅士稳稳地接过包裹，看了一会儿，笑道：“自我介绍一下，我开了一家魔法物品店，叫作‘路易的店’，我的名字叫路易·司米。”

夏洛特微微一笑，说道：“司米先生，我希望有机会经常光顾您的店。”

路易·司米递过了一张卡牌，上面写着他的名字、店铺的名字以及地址。

夏洛特很有兴趣地接过了名片。在他原来的世界，名片这种东西已经被淘汰掉了，大家都只交换电话号码和微信。

路易·司米说道：“我并不想收购这件多头链枷，但我可以帮您推荐一位好买家。”

夏洛特甚是欢喜，说道：“多谢司米先生。”

路易·司米笑道：“您可以叫我路易。我还未问过您的名字。”

夏洛特回道：“夏洛特·梅克伦，您叫我夏洛特好了，朋友们都这么称呼。”

他向安妮发出了一个征询的眼神，安妮从容地跟上了他们。

夏洛特本想先搞定自己的小买卖，再陪安妮搞定杨米尔斯，但既然安妮愿意陪同，他也没有理由拒绝。

路易不露痕迹地恭维了安妮的美貌，安妮礼貌地表示接受，两人的态度都透露出上流社会的虚假和娴熟。

夏洛特也会这个技巧，但并不想参与这种虚伪的社交，默默跟着路易·司米到了一处房间。

路易大声说道：“卢卡斯先生，您要找的多头链枷，我帮您收集到了一把。”

一个正在跟朋友交谈的壮汉看了过来。这家伙一身军装，看肩章军衔还颇高，夏洛特不是很擅长辨认这些徽章，只能从复杂程度略作判断。

卢卡斯看到路易·司米取出了多头链枷，眼睛顿时一亮，他大步走了过来，轻轻抓起，抖了一下，说道：“附魔已经彻底崩坏，您能修补吗？”

路易·司米含笑说道：“李奥大师刚好在，修补附魔绝无问题。”

卢卡斯点了点头，说道：“东西我要了，多少钱？”

路易说道：“我们是老朋友了，我只收您一百四十埃居。”

卢卡斯点了点头，说道：“修补好附魔，送到我的府上。”

路易含笑答应，卢卡斯再没说别的，又回去跟朋友聊天了。

路易带着夏洛特到一旁没人的角落，低声说道："这件多头链枷需要重新附魔，修复成本大概五十埃居。我愿意支付七十五埃居收购这件多头链枷，您看如何？"

夏洛特微微一笑，说道："没有问题。"这个价格已经比他预想的高。

路易掏出钱包，爽快地数了十五张五十面额的佛尔纸币递给了夏洛特，说道："合作愉快。"

老实说，夏洛特还从未接触过这种最大面额的纸币，不要说五十佛尔，他连二十佛尔也没接触过，接触过最大面额的纸币是十佛尔。

夏洛特接过纸币，用学校里学过的手法验证了一下真假，把纸币放入了钱夹，微笑着说道："路易，幸亏碰上你，不然我都不知道该怎么办。我可是第一次做生意。"

路易哈哈一笑，说道："今后这种生意，请多关照我的小店。"

两人闲聊几句，路易·司米说道："有安妮小姐陪伴，我继续留在旁边，就显得很不识趣儿了。我不再打扰两位，下次我会专程给你讲解生意场上，还有拍卖会的一些小秘密。"

他把手里的包裹递给了一直跟随身边的仆人，笑眯眯地离开了。

安妮低声说道："路易是个很厉害的商人，你跟他交易一定要小心些。"

夏洛特点了点头，他真不觉得会有很多机会跟这位路易·司米先生做生意。他哪来的魔法物品货源？对方经营的可是高端生意。

夏洛特不露痕迹地把钱夹放入衣服内侧的衣兜，还压了一压，钱夹内厚厚的纸币，让他很有安全感。

他从来没有拿过这么大一笔钱。七十五埃居大概相当于两百万到两百二十万人民币。就算是在他原来生活的世界，也足够他买房了，再不济首付也够了。

夏洛特跟安妮在这栋古旧老宅内走了几圈，也大致明白了这个时代的拍卖会是什么样子。

拍卖会正式开始前，会允许客人们私底下交易，无法完成交易，或者不满意价格的人，才会把手中的魔法物品正式提交给拍卖会。

法尔斯帝国还没有正式的拍卖机构，商业也并不算发达，所以这种拍

卖会非常依赖主办方的威望。

夏洛特和安妮逛了没一会儿，安妮就低声说道：“我看到他了。我们暂时不要交流，装作不认识。”

夏洛特微微一笑，在安妮的指点下，也看到了跟他颇有纠葛的杨米尔斯先生。

杨米尔斯是个身材高大、神情阴鸷的男子，大概四五十岁，衣品很好，身上的每一件衣物的细节都很考究，搭配亦很有范儿，一手持着手杖，上面镶嵌了金丝和一枚宝石，显得昂贵异常，跟军用货有天壤之别，一手握着拳头，折射出一小部分激荡的情绪。

夏洛特从杨米尔斯的身后大步走过。夏洛特经过杨米尔斯身边的时候，把安妮交给他的魔法甲虫偷偷放入了对方的衣袋。

杨米尔斯也只以为夏洛特是遇到了熟人，根本没想到这个擦肩而过的年轻人，就是他的大仇人，没有之一。

几分钟后，两人再次碰面。

安妮的俏脸上微微泛着红晕，低声说道：“谢谢您，夏洛特先生。”

夏洛特微微一笑，说道：“举手之劳，我也想为杨米尔斯夫人的名誉做一点什么。”

这句算是发自肺腑的真话，因为这位夫人的名誉与夏洛特的名誉息息相关，她的名誉完美无瑕，他的名誉就能坚如磐石。

若是杨米尔斯夫人的名誉一败涂地，夏洛特的名誉也会如山倾倒。这个世界上再没有人如夏洛特一般，更希望这位夫人的名誉纯净无瑕了。

杨米尔斯并没有走来走去，他在一处客房静静地等候，直到拍卖会开始才进入会场。

安妮和夏洛特躲在会场的角落，两人装作不认识，却都盯着杨米尔斯，想要知道他究竟是来干什么的。

很快，那位著名的梅苏女公爵骄傲地出场了。

她的年纪并不算大，三十余岁，保养得非常好，美艳照人，除了身材太过高大，甚至超过了寻常男子，几乎就是男人心目中理想的女性。

在梅苏女公爵念完开场白之后，很快第一件拍卖品登上了拍卖台。

那是一把魔法长剑，起拍价就是一百八十埃居，远远超过了夏洛特的全部身家。

这把魔法长剑很受追捧，几轮叫价之后，超过了三百埃居，最后被一位豪客以三百七十埃居的价格收入囊中。

第二件商品的起拍价亦超过了夏洛特的全部身家，他再也没有兴趣关注拍卖会，便去大厅一旁提供食物和饮品的长桌，拿了几块小糕点填了一下肚子。

他从早上起来到现在，还没有吃饭，有些饿了。

法尔斯帝国没有吃早餐的习俗，是标准的两餐制，只有午餐和晚餐，少数贵族会有下午茶和午夜茶点的习惯，夏洛特并不习惯这一点。

他经常给自己买早餐，尽管早晨能买到的只有隔夜的面包圈。

填了一下肚子，夏洛特又拿了杯葡萄酒，一饮而尽，然后满意地回到了角落。

这会儿已经是第七件拍卖品出场了。这件拍卖品是一幅据说绘制了海外邪神真容的古画。梅苏女公爵介绍的时候，有意无意提及，至少有十二件诡异凶案，超过两百二十条人命与这件魔法物品有关。

这并未影响这件古画受到疯狂追捧，仍旧拍出了一个极高的价格。

让夏洛特和安妮惊讶的是，杨米尔斯居然也加入了叫价的行列，并且在第四轮以五百零七埃居的价格，拿下了这件拍卖品。

杨米尔斯拿到古画后便匆匆离开，显然他的目标非常明确。

安妮给了夏洛特一个暗号，两人也一前一后离开了魔法物品拍卖会。

这次的魔法物品拍卖会，让夏洛特颇觉开眼，增长了不少见闻。虽然要提前退场，但他也并不觉得可惜，毕竟这里的东西，没有一件是一位监狱文书长能消费得起的。

夏洛特出了拍卖会，提前一步离开的安妮已经在马车上等候他了。

夏洛特登上马车，安妮让车夫立刻启程。安妮无暇跟夏洛特寒暄，闭着双眼，念念有词，偶尔会提高声音，指示车夫方向。

夏洛特并不熟悉梦境体系的超凡力量，无所事事的他开始盘算，下午若是有空，是不是该去看看房子。

夏洛特偶尔挑开马车的窗帘，微觉道路有些熟，随着马车的疾驰，这条道路让他越来越熟悉，不由得心底暗暗惊呼一声：“这是去杨米尔斯夫

人家的路。”

他可没敢跟安妮提及，因为这种熟悉可不太正经。

随着马车在一栋很气派的住宅门前停下，夏洛特的脑海里浮现出许多熟悉的记忆。

夏洛特很有些“汗颜”，尽管这些年少轻狂的浪荡史可以推诿给之前的夏洛特，但后果却必须由他来承受，他只能如履薄冰，小心翼翼，以求顺利渡过一切难关。

安妮低声说道：“我要小睡一会儿，麻烦夏洛特先生守护我半个小时。”

她说这句话的时候，俏脸绯红。任何一个时代的少女，在一个陌生男子面前，说自己要小睡一会儿，还需要对方在身边守护，都隐含某种情愫。

尽管两人都知道，这是梦境之术所必需的，无关风月，仍有一丝旖旎气氛悄然诞生。

夏洛特淡淡一笑，说道：“安妮小姐尽管放心。”

安妮谢过了他，握紧了双拳，合上了双眼，长长的睫毛微微颤动，进入了梦乡。

夏洛特无所事事，拔出了新购买的马格南手梭，用一张布巾仔细地擦拭起来。刺剑实在不方便携带，又太过碍眼，夏洛特并没有带在身上，何况手枪作为防身武器比刺剑好用太多了。

这把二手短枪，虽然保养得不错，枪身却颇有污垢。夏洛特是个微有洁癖的人，早就想要把它仔细擦一遍了。

夏洛特把短枪擦拭得光洁如新，又把子弹检查了一遍，他把十八发子弹压满了弹仓。只要打开保险，这把八成新的短枪便随时处于击发状态。

安静地停靠在街道边的马车，睡梦中的少女，擦枪的年轻人。

这是一幅非常唯美的画面。

夏洛特把擦拭如新的短枪插入了外套内的枪袋，忽然心头微生警兆，急忙开了洞察之眼，一个以自身为中心、十五步距离为半径的球体立刻弹开。

他看到杨米尔斯家的气派大宅冒出翻滚的黑气，不由得有些惊骇。

陷入沉睡的安妮露出了痛苦之色，不住地呻吟，却怎么都醒不过来。

夏洛特并无犹豫，立刻跃出了马车，直奔杨米尔斯家的大宅。他刚闯入宅院，就感觉好像进入了另外一个世界。

一条长长的走廊，两边是无数紧闭的房门，不属于这个世界的邪恶气息弥漫开来。

夏洛特拔出了短枪，把血腥荣耀提聚，洞察之眼全开，向宅院深处闯去。

这栋大宅幽深无比，夏洛特跑了十多分钟，仍旧不见尽头，还是只有漫长的走廊，以及无数紧闭的房门。

他根本没有去探索走廊两边的这些房间，洞察之眼可以“看到”房门内尽是黑暗，根本不属于人间。

一个奇异的嗡嗡声音由远及近，夏洛特刚举起短枪，就看到一只黑甲虫飞了过来，在他身边盘绕不去。

夏洛特微微犹豫，向前迈了一步，黑甲虫立刻飞出几米远，似乎在引路。他毫不犹豫地跟上了黑甲虫。

这只黑甲虫左右盘绕，眼前的走廊生出了变化，有无数的回廊出现，岔路数之不尽。

夏洛特微微有些后悔，但此时已经没有了退路，他可以肯定，安妮在梦境中被困住了。

至于闯进来救一位泛泛之交的女孩，究竟值不值得？

现在说这个话已经迟了。

在黑甲虫的带领下，夏洛特跑了足足有半个小时，他知道这件事绝不正常，这栋宅院虽然气派，但并没有这么庞大。

夏洛特越来越焦躁，忽然听到了一声尖叫，黑甲虫也加速振翅，引领他转了几条回廊。

夏洛特抢前几步，看到一个只有上半身的年轻女仆躺在地上的一片血污里，肚子下一团狼藉，见到他经过，女仆的眼神里闪出了希望，颤声叫道：“救我，救救我。”

夏洛特心头难受，他就算成为大师级的超凡，也做不到起死回生，那是神明才有的能力。

这个年轻的女仆只剩下上半身，他根本没能力救活。夏洛特也做不到送这位女仆一程，他没有那么狠心。他能做的……只有掩面而过。

女仆的叫声越来越凄厉，夏洛特的心情亦非常糟糕。他很确定一件事，

杨米尔斯正在举行什么邪恶的仪式，这间住宅里已经非人间化，只怕这会儿里头已经没多少活人了。

“不知道安妮·布列塔尼小姐怎么样了，是否遭遇了不测。”

夏洛特绝没有预料，他不过是帮个小忙，就遇到了如此高层次的战斗。

他跟着黑甲虫继续往前闯，一个穿着猎装的陌生少女狂奔过来，见到夏洛特又惊又喜，叫道：“梅克伦先生，救我！”

夏洛特微微惊讶，高举八成新的马格南手梭，问道：“你怎么知道我？”

穿着猎装的少女俏脸微红，说道：“我是安妮！安妮·布列塔尼！”

夏洛特来不及搭话，就看到一个身高超过三米，全身赤红，宛如没有皮肤的怪物，拎着一把巨大的钉锤，缓步追了过来。

如此危险的场景，夏洛特反而冷静下来，闭上了双眼，然后高举马格南手梭，冲着猎装少女连开了三枪。

硝烟袅袅，猎装少女的身影渐渐模糊，化为一个高大阴鸷的男子，他难以置信地叫道：“你怎么能冲我开枪？”

夏洛特的回答是——赶紧补了两枪。

同时他的内心十分庆幸，自己觉醒的第一个异能是洞察。

夏洛特也不明白，为什么杨米尔斯不伪装成真正的安妮·布列塔尼，而是幻化成一个陌生的少女，但这并不影响结果。

他生出了警惕，使用了一次洞察之眼，发现了猎装少女的真正身份，用五发子弹结果了这个试图唤醒邪神的家伙。

杨米尔斯倒在地上，身上的五个弹孔汩汩冒出鲜血。

身高超过三米，全身赤红，拎着一把巨大的钉锤，宛如没有皮肤的怪物并未消失，仍旧步步迫近。

夏洛特深吸了一口气，探手握住了藏在腰间的吸血手斧，血腥荣耀涌入吸血手斧，斧刃泛起微微的血芒。

当年在大学，夏洛特主攻的专业方向是政府文职，并没有打算做战斗人员。他的武技相当一般，近身战斗技巧尤其糟糕，也缺乏搏杀经验。

若非必要，夏洛特不想选择战斗。此时此刻，战斗也不是最好的选择。

夏洛特甚至不敢使用洞察之眼。如果对方就是那个海外邪神，直视邪神最好的下场是变成盲人，稍好的结果是彻底疯癫。

最糟糕的结果不是死亡，而是血脉被诅咒，后代从出生起就要背负厄运。之前那位真正的夏洛特试过一次，结果不好不坏，干脆地消失了！

还有一个可能，这个怪物是——安妮·布列塔尼。

少女被邪异的力量幻化成如此猛恶的形象。不管是击杀布列塔尼家贵女，还是被安妮击杀，都是非常糟糕的结果。

“为什么要战斗？”

“我也不过是个数学老师，并不是战斗人员啊！”

夏洛特望着越来越近的怪物，进退两难。

杨米尔斯家宅外围满了巡城军。其中甚至有夏洛特熟悉的几张面孔，是曾经去过储蓄会公寓办案的军官。

年轻帅气的巡城军官杜宾，他望着翻滚的黑气，非常头疼地问道：“谁能告诉我，这里发生了什么？”

一名巡城军说道：“这里是杨米尔斯的家宅，他前几天杀了自己的老婆。谁知道他是不是心头懊恼，打算用什么邪法，把那位夫人的灵魂召唤回来继续折辱。”

这个糟糕的笑话并没有引起哄笑，反而让这批赶来的巡城军的心情变得非常差。如果这个笑话一语成谶，他们就有大麻烦了。

从冥界召唤灵魂，可是超级大场面！

杜宾对这个说法嗤之以鼻，他望着冒着滚滚黑气的杨米尔斯家，并不打算进去探勘。

这位年轻的巡城军官低声说道：“上头什么时候会派超凡过来？”

刚才开玩笑的巡城军说道：“超凡可比我们惜命多了。”

杜宾呵斥了对方一声，却不得不同意对方的看法，每次遇到这种事，军中的超凡都不会“迅速赶来”，只会等到情况明朗，才施施然出现，并把所有功劳据为己有。

杜宾自负剑术出众，但他不是超凡，遇到这种事情，剑术靠不住，徒自鲁莽，只会白白送命。他叹了口气，说道：“等上头的命令吧。我们守住这里不让人靠近就可以了。”

杨米尔斯的宅院里，滚滚的黑气越发浓烈。

一辆异常华贵的马车轻盈地驶过，车夫本能地想要避开麻烦。

马车上有人发出了轻“咦”，接着一个温柔的声音从马车里传了出来：“稍停！”

马车夫不敢怠慢，急忙勒住了马儿。

一个雍容华贵的夫人走下了马车，她看着杨米尔斯的家宅，戴着丝绸长手套的小手轻轻一捏，就有无数黑气冲上高空，汇聚成一幅古典油画。

这位夫人懒洋洋地说道：“把它送去米格南大街25号。”

高空上的古典油画，就好像被人取走了一般，消失不见。

这位夫人重新上了马车，吩咐了一声，车夫重新抖开缰绳，把马车驾驭离开。

看到这一幕的巡城军并不敢去拦阻这位夫人，因为他们都看到了马车上的金雉尾花的标志。

那代表着，马车里坐着连他们最高上司都不敢去招惹的存在。

无穷无尽的回廊和身高超过三米，全身赤红，拎着一把巨大的钉锤，宛如没有皮肤的怪物一起消失了。

骤然间回到了真实世界，夏洛特还有些不太习惯，他没敢选择走大门，直接打碎了一扇窗户，冲出了这栋豪宅。

远远地看到了几名巡城军，夏洛特可不想再跟杨米尔斯家扯上关系，急忙改变方向离开了。

在街上兜了一圈，夏洛特听到马车疾驰的声音在身后急促而来，一个清脆的声音叫道：“梅克伦先生，请上车。”

夏洛特犹豫了一下，还是上了马车。他看到安然无恙的少女，出于情理问了一句：“安妮·布列塔尼小姐，你有无受到伤害？”

安妮·布列塔尼心有余悸地说道：“我没事，多亏你闯入，救了我一命，不然我就要失陷在那幅绘制了海外邪神真容的古画制造的次元回廊之中了。”

她站起来行了一个贵族礼节，俏脸上全都是对夏洛特的感激。

夏洛特杀了杨米尔斯先生，但并没有救出这位小姐，甚至他自己都差点失陷在次元回廊，那么最后两人是怎么出来的呢？

他没有看到那位夫人出手，也还在迷茫当中。

夏洛特知道没必要解释，微笑说了一句：“每一位绅士都会做同样的事情，我只是适逢其会。”

安妮·布列塔尼望向夏洛特的眼神，已经堪称含情脉脉了。

她是天之骄女，平时身边围绕了不少青年才俊，但此时此刻却觉得那些男子，没有一个比得上这位夏洛特·梅克伦先生，关键时刻能挺身而出，充满了勇气，事后又十分谦逊，毫不居功，尽显绅士风度。

夏洛特犹豫了片刻，还是说道：“安妮·布列塔尼小姐，如果您没什么事，我就告辞了。我只有一天的假，本打算寻找一处靠近新工作地点的住宅。”

安妮·布列塔尼露出很有兴致的神色，问道：“夏洛特先生工作有调动？”

夏洛特淡淡一笑，说道：“从中央政府办公厅调去了基尔迈纳姆监狱，我现在住的亚历山大区距离那边比较远，打算搬去皮卡第区。”

这些工作上的事，并没有必要隐瞒，夏洛特就实话实说了。

尽管中央政府办公厅的文书听起来比狱军体面，但三十七等的一级文书长，远远好过四十一等的一级文书。

夏洛特并没有打算炫耀此事，跟一位顶流大贵族出身的少女炫耀自己的公务员序列，并非明智之举。

安妮·布列塔尼眼神里微微有些波漾，略带欣喜地说道：“巧了，我有位亲戚在皮卡第区的房子要卖。我可以帮您拿到一个不错的价格。”

夏洛特面有惭色，说道：“我的积蓄不多，大概只能拿出八十埃居。”

他在中央政府办公厅做一级文书，周薪只有一佛尔又七十生丁，算上外快，一年的收入也不会超过一百佛尔。再加上年轻人刚有工作，出手大方，一年能积攒三埃居已经算是会过日子。

夏洛特工作两年，还能拿出五埃居以上的存款，已经是新时代好青年的典范，储蓄联合会的重点关注目标。如果不是多头链枷卖了七十五埃居，夏洛特根本不敢想买一套属于自己的房子。

安妮·布列塔尼的亲戚必然也是大贵族，要出手的房子必定非比寻常，夏洛特不认为自己能够买得起。

他只想要找一处普通的住宅，而不是什么豪宅。

夏洛特直接说出能承受价格的上限，是想婉拒少女的好意。

安妮·布列塔尼微微一笑，说道：“夏洛特先生，您请放心，那套房子在您的承受价格范围之内。”

少女对车夫吩咐了一声：“去爱丽舍田园大街。”

马车再次行驶起来。

夏洛特抱着去看一眼也无所谓的态度，谢过了对方。夏洛特还真没有去过爱丽舍田园大街，但他的记忆中有对这条大街的印象。

皮卡第区和亚历山大区一样都属于商业区，或者按照地球的习惯叫作手工业区。后者以大型商场和市场为主，以高端消费场所众多著称。皮卡第区相对平民化，贩卖的都是日常商品。

爱丽舍田园大街是皮卡第区最繁华的大道，商业氛围浓郁，有很多斯特拉斯堡著名的面包店、糕点店、咖啡店，以及各种杂货铺、香料铺、裁缝店，甚至还有人口市场。

据说很早的时候，爱丽舍田园大街那里是一片农田，后来被扩入了市区。大多数农场主拿到了足够的赔偿，去乡下购置新的庄园，但也有极个别的旧居民留在了原地。

爱丽舍田园大街也因此不受贵族们待见，贵族们嫌弃此处住户的成分不够纯粹，几乎没有大贵族在这里置业，觉得有失身份。

去爱丽舍田园大街购物的人，不是平民就是大贵族的仆人，大贵族们自己很少会出现在这里。

也因为商业氛围浓郁，爱丽舍田园大街吸引了很多商人去购买房产，只不过多半都是商业房产，那里的商铺交易极为活跃，住宅市场却很冷清。

夏洛特挑开马车的窗帘，当他看到爱丽舍田园大街，饶是有两个世界的记忆，仍旧忍不住赞叹了一声。

这条大街按照帝国的公制长度单位，是两千六百皮米，换算成地球的长度单位，大概是三公里，因为当初是农田，所以修建得非常宽阔。

爱丽舍田园大街有一条足以容纳十六排马车并行的车道，两边还有超过五皮米的步行路，从任何一个角度望去，都可以看到气势恢宏的光辉之门。

光辉之门就在爱丽舍田园大街的正中，那是九大正神之一光辉之主赐予斯特拉斯堡的神迹。它是一座四方形的建筑，分别向四个方向敞开四座拱门。

光辉之门有个极著名的神迹，任何人进入都会随机从四座门之一走出来，而不是指向前进的方向。

据说，那个方向指示了这位行人当天最好的运势。

除了令人无法忽略的光辉之门，爱丽舍田园大街两侧店铺林立，极少数店铺装饰了高阶炼金术制造、昂贵得令人发指的水晶玻璃，把店铺内的奢华商品展现给每一位行人。

除了这条大街，帝国再无第二处有如此喧嚣和热闹。

安妮·布列塔尼轻盈一笑，说道："去 58 号！"

马车隆隆，沿着爱丽舍田园大街行驶了没多远，很快就转入了一条小巷。说是小巷也不准确，因为它足以让两辆马车并列行驶。

小巷并不深，马车走到了尽头，便有一栋独立的三层小楼，它的前面有一个能停五六辆马车的小广场，正面有入户门，门前还有几步台阶，侧面有一个通行马车的门垛，显得非常气派。

安妮下了马车，夏洛特也只能跟上。他看着安妮伸手一按，这栋建筑的大门就自动打开，忍不住挑了挑眉头。

夏洛特知道这是一种低级炼金术，名字就叫开锁术。

他还真没想到，安妮·布列塔尼这种贵族小姐居然还精研这种法术。

夏洛特再一想到那个追踪杨米尔斯先生的机械甲虫，对安妮·布列塔尼小姐有了全新的认知。

安妮推开了大门走了进去，对夏洛特微微一笑，给随后进入房间的夏洛特介绍道："这栋住宅是我一位远房亲戚新近继承的遗产，他嫌弃这里的商业氛围太浓烈，环境太喧嚣，不够清净，一直都想要出手。

"你也知道，爱丽舍田园大街的商铺一直很抢手，但住宅却总是无人问津，所以他要价并不高。

"我的这位亲戚对外报价是两百埃居，但我知道他最近急着用钱，一百五十埃居也能接受。"

夏洛特心道：我全部身家也只有八十埃居。这也是我能够承受的价格？安妮小姐是对我的财产状况有些误会，还是对金钱的数字不敏感？

安妮似乎知道夏洛特的疑惑，挑了挑好看的眉毛，说道："他接受分

期付款，首付只要五十埃居便可以入住此地。

“我甚至还能说服对方放弃分期的利息。”

夏洛特跟着安妮在一楼走了一圈，就喜欢上了这栋房子。

它的一楼有一个非常大的宴会厅，也许在贵族的眼里，这个宴会厅算得上寒酸，因为它最多只能举办一场不超过五十人的小型舞会。但在以前生活在地球的夏洛特眼里，这个宴会厅简直大得离谱，周围无遮无挡，有三四百平，比标准的篮球场小一圈，却足够打半场比赛了。

这还不是一楼的全部，它还有一个会客厅、一个餐厅和两个书房，在餐厅的一侧还有明显通向地下室的楼梯。按照法尔斯帝国的习俗，地下室必然有厨房和储藏室。

至于通向楼上的楼梯，在宴会厅的一侧，跟通向地下室的楼梯完全分开。

夏洛特暗忖道：这么大的房子，在地球上绝对不可能两三百万就能买到，就算去农村也不能。何况，还允许分期付款，没有利息，这个卖家简直是我遇到的最大慈善家。不过我到哪里去弄到另外的七十埃居？凭我三十七等公务员，六佛尔又十五生丁的周薪，要还到什么时候？

夏洛特花费了几秒，心算出数字之后，忽然就惊到了。

他靠目前的薪水，大概三年不到就能还清房子的欠款。

“赞美正神。”

“也赞美安妮小姐。”

夏洛特按捺住心情的澎湃，说道：“我的周薪大概只有六佛尔，对方能接受漫长的数年付款期吗？”

安妮·布列塔尼扑哧一笑，说道：“当然没有问题，能够在十年内还清买房欠款的人，都可算作优质买家了。

“不过……梅克伦先生居然已经是三十七等公务员了吗？

“您看起来毕业没有多久。”

夏洛特微微一笑，说道：“毕业两年。”

安妮·布列塔尼惊呼一声，眼波盈盈，玉颊生晕，对他更增好感。

一个毕业两年就能升为三十七等公务员的年轻才俊，显然比按部就班还在一级文书上熬年限，等待每三年一次升迁机会的普通公务员要更有人格魅力。

这栋住宅相当古老，仍旧显得非常坚固，在法尔斯帝国，数百年的老建筑比比皆是，有年代感的房屋非但不会贬值，反而会因为悠久的历史而令人津津乐道。

夏洛特没有去看二楼和三楼，跟安妮敲定了一些细节，就把身上卖多头链枷收获的十张面值五十佛尔的纸币递给了少女。

安妮把车夫叫了进来，嘱咐了一声，车夫驾车而去。

这栋住宅虽然偶尔有人来打扫，但仍旧积了一层薄薄的灰尘，并不适合久待。

夏洛特非常绅士地请对方去附近喝咖啡。安妮也欣然允诺。

爱丽舍田园大街绝对不缺少有品位的咖啡馆，尽管很少有贵族光顾，但帝国的文学家、画家、雕塑家、音乐家，乃至演说家都特别爱光顾这里的咖啡馆，甚至很多咖啡馆都留下了这些人物闻名遐迩的佳作和传奇故事。

夏洛特和安妮没有走远，在距离 58 号数十米的地方，找了一家叫作猫与四叶草的咖啡馆。

这个世界很多东西都跟地球相似，比如也有猫科动物，但这个世界的家猫没有地球上的种类繁多，也没有培育出各种好看的花色。

这家猫与四叶草咖啡店，养了一只“肥胖”的半大伶俐猫，长得很像地球上的豹猫。这只猫天生具备稀薄的灵力，性格温柔，可以替主人看家护院，是法尔斯帝国常见的几种宠物之一。

夏洛特点了两杯咖啡，自己要了一杯口味近似摩卡的西摩，安妮要了一杯口味近似卡布奇诺的奶泡咖啡。

这个世界咖啡的口味跟地球相近，只是更酸一些，夏洛特不是很喜欢，只能多加了一些糖，压一压酸味。

两人虽然见过两次面，还差一点同生共死，但其实相互间的了解并不多。有了这么一点闲暇时间，边喝咖啡，边闲聊各种事情，两人的关系迅速亲密了起来。

夏洛特凭着娴熟的聊天技巧，以及储备的来自两个世界的知识和冷笑话，把安妮逗得好几次笑得花枝乱颤。

安妮说起在学校的一些事儿，也让夏洛特很有兴趣。

夏洛特来到这个世界面临的第一个问题就是生存。他开始融入这个世界，接受了新的身份，生存问题渐渐不成困扰。他甚至还活得不错。

比生存更进一步的需求，就是——吃好喝好！不管从哪一个角度，“吃软饭”都是个相当不错的选择。

安妮·布列塔尼绝对是个合适的结婚对象。当然，他要先解决自己那个素未谋面的未婚妻。

好消息是，那个未婚妻不满意这份婚约。坏消息是，正因为对方不喜欢他，他没有对方的联系方式，一时间无从解决这个令人困扰的问题。

不管从道德的角度，还是实际情况上，他必须在跟安妮·布列塔尼的关系有所进展之前取消婚约。若是两人的关系已经到了某个程度，他才取消婚约，必然会有名誉上的损失。

夏洛特决定，今天晚上就给哥哥写信，表明愿意放弃继承权，同时委托哥哥帮忙联络那位未婚妻小姐。

安妮·布列塔尼在夏洛特这里得到的是全新的体验，拥有两个世界知识体系的男人要是还不够新鲜，就连这个世界的神明都不能做得更好了。

她现在有些庆幸自己那天的鲁莽。如果不是为了给姑妈“复仇”，安妮绝不会半夜去一位年轻男子的窗外，也就不会认识夏洛特，两人的社交圈相差太远，根本不会有任何产生交集的机会。

安妮·布列塔尼暗暗想道：难道是姑妈在天有灵，特意指引我认识梅克伦先生？她想到这里，小脸忍不住又微微红润了。

夏洛特并不知道安妮为何忽然俏脸羞红，却明智地做出没有看到任何东西的模样。

就在这时候，布列塔尼家的马车出现在窗外，夏洛特正要出去招呼，安妮低声说道：“不用出去，我的机械甲虫会给车夫指路。”

果然几分钟后，车夫停好了马车，带了一份文件和一串钥匙走了进来。他把文件和钥匙放在两人面前的咖啡桌上，恭谨地退到一旁。

夏洛特翻开了这份文件。这是一份政府房产局的制式文书，是一份房屋转让契约，一式三份，一份给夏洛特，一份给原房主，一份要归入房产局的档案处。

三份文书都已经有了房产局的官方印契和买家的亲手签名。

夏洛特匆匆浏览了一遍，确定没有任何问题，签下了自己的名字，车夫拿了其他两份匆匆而去。

夏洛特收好了属于自己的房契和那串钥匙，忍不住有些感慨，贵族的生活就是这么轻松惬意，所有的事情都有仆人去做，他们需要做的事情并不多，有大量的空闲时间。

这样的生活放在地球上也是让人梦寐以求的。

夏洛特看了一眼天色，微微一笑，说道："不如我请安妮小姐吃个晚饭吧。"

安妮·布列塔尼看了一眼天色，露出了一点慌张的神色，低声说道："抱歉，我必须回家吃晚餐。"

夏洛特表示理解，很多贵族享用家庭晚餐时必须聚集在一起，这是一种很肃穆的仪式。他不太喜欢，也不太习惯，没法接受，也无可奈何。

这里是异世界。

夏洛特拒绝了让安妮送自己回家，他目送这位年轻的小姐登上马车匆匆离去，然后把咖啡店的店员招呼了过来，问道："能否帮我找几位打扫卫生的女佣？"

店员礼貌地回答道："没有问题。先生，您什么时候需要？"

夏洛特微微一笑，说道："现在。"

他非常想跟过去的生活割裂，今天能够搬家，就不想拖到明天。

咖啡店的伙计匆匆而去，很快就叫过来五位体格健壮的中年女佣。这五名女性都有一股常年劳作的气质，让人感到非常亲切。

夏洛特匆匆交代了几句，带着女佣们浩浩荡荡地回了 58 号。

这些女佣都是很娴熟的工人，很快做好分工，开始打扫。

夏洛特在一楼转了一圈，满怀好奇地登上了通向二楼的楼梯。

此时天色渐晚，房间里已经颇为幽暗。

他在二楼随意逛了一会儿，对这一层有了大致的了解。

二楼有十五间房间，最大的房间超过了七十平方米，最小的房间也有二十多平方米，虽然并没有比他原来住的储蓄会公寓大，却显得更为敞亮。

在二楼转了一圈，夏洛特又走上了三楼。这一层负责清扫的女佣见到他，急忙躬身施礼。夏洛特摆了摆手，表示不在乎。

这一层的房间较少，只有五间房，每一间面积都接近一百平方米，是非常豪华的套房，两侧还有露台，一侧露台冲着爱丽舍田园大街，因为前方的店铺只有一层，视线毫无遮挡，他几乎能看到整条街景。

另外一侧露台带给夏洛特的惊喜，尤甚于爱丽舍田园大街的街景。他也是站在这一边的露台上，才知道这栋房子的另外一面是卢卡瓦罗河，对岸是卢卡瓦罗区，那边已经是外城区了。

帝国首都斯特拉斯堡分为上七区和外十五区。

上七区分别是瓦勒德瓦兹区、亚历山大区、加龙区、罗赛区、马文萨多区、阿尔卡特拉斯区和皮卡第区。

外十五区的名字，夏洛特根本背不下来。

新家的院墙外是卢卡瓦罗河，风景非常优美。

基尔迈纳姆监狱所在的马恩区和卢卡瓦罗区都属于外十五区，在斯特拉斯堡的老城墙之外。

从露台上往下看，首先映入眼帘的是夏洛特新家的院子，院子还挺大，约有六七百平方米，有一处马厩和一口水井，非常令人惊喜。

女佣们干活很卖力，因为天色渐晚，她们点燃了煤油灯，提着水桶，拿着抹布，在房间里出出进进，忙忙碌碌。

夏洛特在一间房间的沙发上小睡了一会儿，等他醒过来，看到的是非常整洁的房间，几名女佣工作了整整一夜，把这栋楼房打扫得干干净净。

夏洛特微微内疚，支付了双倍薪酬，打发走了这几名女佣，出门招手叫了一辆公共马车，直奔马恩区。

他只请了一天的假，今天仍旧要去基尔迈纳姆监狱上班。

夏洛特的顶头上司，那位梅尼尔曼·苏玫学姐，并未过问他昨天请假的事，只是给他安排了三倍的工作量。

夏洛特忙得头昏眼花，这一天他又没能按时下班，甚至就没能下班，晚上睡在了办公室。等他再一次从办公室里醒来，映入眼帘的是盘膝坐在自己办公桌上的军装美人。

夏洛特第一反应居然是：“梅尼尔曼学姐好像总是一身军装，没见过她穿其他类型的衣服。”

夏洛特急忙起立，整理了一下外套，说道：“典狱长，今天还有什么工作？”

梅尼尔曼心情似乎很不一样，有些低沉地说道：“今天不用处理文书，你跟我来。”

夏洛特什么也没有说，跟上了这位学姐。

梅尼尔曼·苏玫带着他，进入了监狱深处，一路向下。

夏洛特在这座监狱工作已经有一段时间了，但从未离开过办公区，这还是头一次进入监狱深处。

让夏洛特比较意外的是，这座帝国最大的监狱，关押的囚犯居然很少，很多监牢里都空空荡荡的。

他不怎么关心囚犯的事儿，也没多想这意味着什么。

基尔迈纳姆监狱是碉堡式建筑，高大厚实的围墙内只有五栋建筑——第一办公楼、第二办公楼、狱军兵营、马厩和监狱的本体。

夏洛特也是才知道，这座监狱的地下部分如此深邃，楼层比地上部分多太多，他跟着梅尼尔曼·苏玫一直走到了地下十七八层，这才到了监狱的底部。

监狱底层并不幽暗，一扇充满神圣气息的大门耸立在地下室中央。

数十名佩带武器的狱军严阵以待。

梅尼尔曼·苏玫到来，狱军们匆忙行礼，这位典狱长摆了摆手，踏入了这座建造在地底的大门。

夏洛特犹豫了一下，跟着走了进去，并没有人拦他。

穿过大门，夏洛特体内的血腥荣耀骤然沸腾，身上冒出了隐约的红光。他忙强行把眉心处的血腥旋涡开启，收束血腥荣耀，平复了体内的骚乱，心底却有些惊讶。

血腥荣耀可不会无缘无故沸腾起来。

大门的另外一边仍旧是重兵把守的地下密室。

当然，它更像是一处矿井。

守护地下密室的狱军身上都有超凡气息，浓郁的杀气让夏洛特非常不舒服，他甚至摸了一下藏在衣服里的吸血手斧。

梅尼尔曼·苏玫带着他，连续穿过了几重重兵把守的门户，从一座黑塔走了出来。

再一次踏上地面，夏洛特惊讶地叫出声音来，他此刻已经能够确定一件事——这里不是法尔斯帝国了。

梅尼尔曼用低沉的声音问了一句：“你知道什么是次元位面吗？”

夏洛特点头表示知道，大学里学习过相关的知识。

梅尼尔曼说道：“这里是真正的基尔迈纳姆监狱，一处被诸神抛弃、曾有过璀璨文明的半位面。

“每年帝国都会运送过来大量的囚犯，抹去记忆，伪造身份，让他们成为这里的居民，给帝国探索遗迹，并挖掘财富。”

夏洛特的声音都有些发涩，他想到了很多不妙的事情，胆战心惊地问道：“学姐，你带我来这里，是有什么事情交代我去做吗？”

梅尼尔曼说道：“跟我来。”

大概几分钟后，夏洛特看到了一个令他意外的人。

齐摩尔曼·阿克瑟尔·罗宾！

夏洛特看过很多有关齐摩尔曼·阿克瑟尔·罗宾的档案，但他跟这位帝国的传奇男士一点也不熟。

齐摩尔曼正被控制在一张石床上，周围有无数穿着黑大褂、戴着头套的人在忙忙碌碌。

梅尼尔曼语气涩然，低声说道：“再有一会儿，这个世界上，就再也没有齐摩尔曼·阿克瑟尔·罗宾这个人了。只会有一个失去了全部记忆、对帝国忠心耿耿的汉丁顿队长。”

夏洛特无话可说，梅尼尔曼·苏玫来送前未婚夫最后一程，他在这里明显多余，但又不能躲开。

齐摩尔曼要么被注射了能抑制超凡的麻醉剂，要么被施以特殊的禁锢法术，他现在非常安静，直到炼金法阵绽放奇光，才微微挣扎了一下。

当然，更像是抽搐。

一本厚重古朴的大书的虚影缓缓浮现，无数飘荡若无物的灰色雾气，从齐摩尔曼身上冉冉上升，接着汇入了这本奇异的书籍中。在一股神秘力量的牵引下，梅尼尔曼·苏玫身上绽放出明耀的斗气光辉。

夏洛特体内的血腥荣耀亦再次沸腾，并且隐隐跟这本厚重古朴的大书虚影生出了丝丝缕缕的隐秘联系。

夏洛特忍不住低声惊呼：“翠玉书！”

他没有见过，却听说过这本书。

它是九大正神之一——命运之蛇赐下的神器。

大学里专门有一门课程讲述翠玉书的来历和功用，以及从翠玉书上的知识衍生出来的魔法炼金学。

命运之蛇赐予人类的翠玉书，光辉之主赐予信徒的太阳金书和提灯老人遗留的死海羊皮卷，被誉为人类文明的三大基石。

当然，作为一个外来者，夏洛特并不怎么相信这个说法，但这并不能抹去他心底的震撼。

梅尼尔曼·苏玫低声说道：“是摩尼大师仿制的翡翠秘卷，真正的翠玉书在命运法庭。”

夏洛特仍旧非常震撼。

摩尼大师的翡翠秘卷也在大学的教科书中出现过，被誉为人类炼金术的最高造物。

他同时也注意到，梅尼尔曼的表情非常复杂，包含了痛恨、惋惜、难过、释然，以及很多无法解读、无以形容的情绪。

夏洛特尽力压抑体内沸腾至极点的血腥荣耀，在翡翠秘卷的影响下，它越来越不受控制了，好奇地问道：“这些记忆还能被翻阅吗？”他上学的时候就一直好奇这个问题，但教科书上没有答案，教授们也不给解答，只说这是他不该接触的知识。

梅尼尔曼说道：“它们会被翡翠秘卷粉碎，并且转化为纯粹的知识，翡翠秘卷不会保留被它提取的普通记忆。”

夏洛特明白了，被翡翠秘卷提取记忆的人，跟被杀死没什么区别。

抹去记忆的过程波澜不惊，齐摩尔曼·阿克瑟尔·罗宾很快就变得呆若木鸡。

厚重古朴的翡翠秘卷虚影缓缓消失，无数飘荡若无物的灰色雾气亦随之不见。

梅尼尔曼身上的斗气光辉随即收敛，夏洛特体内的血腥荣耀也不再沸腾，收束回眉心的血腥旋涡。

翡翠秘卷这件炼金术至高秘宝，对超凡力量的影响实在太强烈了。

夏洛特并不轻松。

穿着黑大褂、戴着头套的炼金术士们，一顿操作之后赋予了齐摩尔曼·阿克瑟尔·罗宾一个全新的人格，以及伪造的身份。

他的新名字叫作汉丁顿，是基尔迈纳姆监狱的一名队长，武技出众，对皇室忠心耿耿。

这些炼金术士做完事后，递上了一份文书，梅尼尔曼签上了名字，交给了夏洛特，说道："按照帝国法律，这份文书必须有两人签字。"

夏洛特这才知道，梅尼尔曼为什么带自己过来，他也没敢仔细看文书的内容，匆匆扫了一眼，签上了名字。

梅尼尔曼没有再多逗留，带着夏洛特通过那座神秘的大门，回到了马恩区的基尔迈纳姆监狱。

这段简短的旅程让夏洛特感觉非常压抑。

梅尼尔曼给他放了半天假，自己也提前下班了。

夏洛特甚至还蹭了直属长官的马车，直到进入瓦勒德瓦兹区才被放了下去。

他回到亚历山大区，先是跟储蓄会公寓解除了租房合同，赔偿了一笔费用，又雇用了一辆运货的马车，让公寓的男仆把所有私人物品搬上了马车，离开了这处居住了足有两年的地方，跟夏洛特·梅克伦的过去彻底告别。

第四章 邪神降临

到了爱丽舍田园大街58号，夏洛特这才发现，“自己”的私人物品还真不少，其中有一部分是书籍。

他把杂物都放到了大书房，书籍都搬到了小书房，准备单独放置。

上一任房主把值钱的物件都搬走了，两间书房里没有一本书——这个世界的书都很贵，只留下了笨重的家具。

大的那间书房有六七十平方米，四面墙上都是书架，有一张很大的会议桌，配套的椅子也留了下来。

小的书房更应该叫休息室，摆放了一张很古老的书桌和配套的椅子、两张会客用沙发、一张用于小憩的躺椅，更合适日常休息，只有一面墙的半边定制了书架，原来大概不用来摆放书籍，而是放置一些杂物，现在只剩下一些空置的盒子，以及一些信件之类。

他没管其他行李，稍微整理了一下小书房，清理了杂物，把搬过来的书籍放入了小书房的书架，也把那本日记插进了书架里。

这些书籍有助于他了解更多新的身份，他准备有空时多翻阅一下，至于那本日记，他总觉得不妥，一直都没敢翻阅。

因为衣物被丢弃了大半，除了书籍，就只有一些日常用品，比如餐具之类。

在法尔斯帝国，餐具一直都是重要的家庭财产，就算是穷苦人家，也

会很注重这方面。有钱人家的餐具大多数是银制的，少数是更昂贵的瓷器，原主人当然不会留给夏洛特，一楼的餐厅空空如也。

夏洛特的餐具数量很少，而且还是锡制的，便宜很多。

把餐具放入餐厅后，夏洛特感觉到肚子饿了，家里并无食物，他倒是带过来了一些食材，可实在不想亲自做，因为那些食材做出来的东西很难吃。

夏洛特不想把一下午都浪费在收拾东西上，准备出门去吃点东西，离开了 58 号，拐入了爱丽舍田园大街，很快就看到了一家面包店，他没有考虑太久，进去问道：“今天有什么面包？”

法尔斯帝国的面包店，大多是某某夫人独立经营，从烤面包到出售全部来自一人之手。

所以，每家面包店的风格都不一样，出售的面包口味差异颇大。

这家面包店的女店主是一位红发的年轻夫人，大约二十七八岁，身材娇小，微笑着答道：“我们家的牛角包远近闻名，您要来一些吗？”

夏洛特微笑说道：“那就来二十个吧。”

红发的女店主手脚麻利地给他包了二十个牛角包。

夏洛特又问了几句，欣喜地发现，这家店居然有东丽国的花茶，这东西可比帝国的红茶口感好多了，于是也购买了一些，然后才离开了面包店。

虽然爱丽舍田园大街非常繁华，这会儿也是逛街的好时间，街道上人来车往，但夏洛特并没有继续闲逛，直接回了 58 号。

回到家，他就着清水吃了两个牛角包，把剩下的放入了餐厅的边柜，准备当作今后几天的食物。

这个古老的异时空帝国可没有冰箱这种东西，食物并不能放很久。

稍稍犹豫了一会儿，夏洛特决定去地下室看一眼，他已经逛过了三层的小楼，但还没去过地下室，趁这会儿天色还好，正好去巡视一圈。

夏洛特点燃了一盏煤油灯，法尔斯帝国的建筑师绝不会给地下室留窗户，这是帝国的特色，就算是白天，地下室也必然阴暗。

若是天黑了，就不太方便去地下室了。

通往地下室的楼梯很长，共有三个转角，每个转角的墙壁上都有放置煤油灯的灯台，这意味着地下室的层高可能超过五皮米。

夏洛特换算过，帝国的皮米比地球的公制米略长，一皮米大约等于一点一五米，地下室有这个层高，已经算是很宽敞了。

就如夏洛特预料的一样，这栋小楼的地下室的确相当大，紧靠楼梯的厨房足够容纳七八个厨娘，虽然没有窗户，却有通风口和烟筒，并不幽暗，也不会让人感到气闷。

其余区域分成了四个大型储藏室和一个小型储藏室，分别用来储藏食物、酒、烧柴和稍珍贵一些的东西，其中一个储藏室有一小堆烧柴，另外几个都空空如也。

夏洛特也没待多久，确定没有碍眼的东西就上了楼。

虽然新家还缺很多东西，比如衣服就很不足，但夏洛特还是决定好好休息一下，不出门了。

他回了小书房，把外套脱了，藏在袖中的吸血手斧放在书桌上，把枪套摘了下来，和新买的仿品古董刺剑一起挂在了墙上。

夏洛特躺在沙发上，修炼了一会儿血腥荣耀。

这是之前的夏洛特每天都会做的事，可是他来到这个世界后心绪不宁，工作又太忙碌，已经有一段时间没修炼了。

生活终于安定下来，夏洛特决定以后每天都花费一些时间来修炼这门超凡秘术。

数百年前，人族大哲普罗泰戈拉年轻时，最爱的妻子被血族掳掠，生死不知，他悲痛之下，发誓要创出一门屠戮世上一切血族的秘技。

这位人族大哲游历天下，学习了数十种技艺，并且深入血族，跟无数血族高手战斗，后来在旧大陆第一高峰——乔歌儿峰闭关四十五年，这才创出了血腥荣耀这一秘法。

血腥荣耀分为普罗泰戈拉呼吸法和血宴冥想术两部分。

普罗泰戈拉呼吸法共可淬炼十三处血族秘窍，凝炼十三团血腥旋涡；血宴冥想术可以孕育十三枚奇术符文，从而让修行者拥有十三种奇异能力。

凭此秘法，普罗泰戈拉单枪匹马屠杀了数以千计的血族，甚至把血族的三十七氏族灭掉了六支，让血族只剩下了三十一氏族，威名最盛的时期，可止血族幼崽夜啼。

暮年之时，普罗泰戈拉把此一秘法无偿奉献给了四所大学：皇家霍格

威治大学、哈廷根雷霆与暴风大学、谢菲尔德大学和高尔吉亚大学。

正因为这位人族大哲的无私，作为谢菲尔德大学的学生，夏洛特才有机会修习此一秘法。

普罗泰戈拉所创的奇异呼吸法，让夏洛特躁动的血液应合着一呼一吸，生出了宛如潮汐般的澎湃。

从来到这个世界到现在，夏洛特还是第一次沉浸于修炼之中。

普罗泰戈拉曾在手书的秘卷中写过一句话：

血族有三十七氏族，血腥荣耀理论上可以凝练三十七处血腥旋涡，只可惜我未能穷尽此法之奥妙，望后世学者能补全此法。

理论上，凝练一处血腥旋涡，就可以尝试以冥想术孕育符文，从而获得一项奇技。

可实际上，修行血腥荣耀的人，大多是凝练了七八处血腥旋涡，才开始着手修炼血宴冥想术。很多人终其一生也未能冥想成功任何一种符文，只有极少数人才能修成一两门奇技符文，获得异能。

夏洛特只凝练了眉心一处血腥旋涡，就能够获得“洞察”符文，颇有几分莫名其妙，纯粹是运气太好。

洞察之力随着血腥荣耀的凝练微微散逸。

夏洛特虽然闭着双眼，也能感应到小书房内的一切。

血腥荣耀的波动，卷过放在书桌上的吸血手斧。

这件血族的专属武器，跟他体内的血腥荣耀生出微妙的呼应。

夏洛特顺其自然，激发体内的血腥荣耀延伸了过去。

这把吸血手斧微微轻颤，忽然生出一股无限饥渴，开始疯狂吞吸夏洛特凝练的血腥荣耀。夏洛特并未睁开双眼，任由它吞吸自身的血能，很想知道这件吸血武器获得血腥荣耀的灌注之后，会有什么样的奇异变化。

十余分钟之后，吞吸足够的吸血手斧猛然传回了一股奇异的血能，夏洛特欣喜之余，藏于书架上的日记本却似乎被气息牵引，跳了出来，飘浮于空气中，哗啦啦地翻页。

一个威严的声音，从遥远的未知处传出，直接响彻在他的脑海中：“你怎么还活着？”

“凡人，你居然欺骗了我！”

夏洛特心头骇然，手足冰冷，全然不知道究竟发生了什么。

他从赛尼斯回来，一直都没翻阅过那本日记，总担心再次跟邪神扯上关系，现在终于不用担心了……

因为，邪神并未远离！

面对绝境，夏洛特不甘心俯首就戮，正要抓起吸血手斧，负隅顽抗，身上忽然冒出了大片翻滚的黑气，吞吐着不属于这个世界的邪恶气息，眼前出现了无尽回廊，一个身高超过三米，全身赤红，宛如没有皮肤的怪物，拎着一把巨大的钉锤，缓步走出虚空。

威严的声音响彻天地，带着无穷愤怒：“凡人，你还妄图勾结阿格米拉司与我对抗……祂一个区区海外邪神……”日记本中散发的邪异气息卷向无尽回廊中的怪物，威严的声音，宣布了战斗开启：“阿格米拉司！你只剩下一缕微不足道的残念，也要阻挡我吗？”

身高超过三米，拎着一把巨大的钉锤，全身赤红，宛如没有皮肤的怪物忽然仰天咆哮，如洪荒巨兽嘶吼，无尽的回廊层叠，迸发出超乎凡人想象的浩荡邪能，要阻止另外一头邪神试图借助日记本降临。

两股磅礴的力量以夏洛特的意识为战场，如天雷勾动地火，狠狠地撞击到了一处。夏洛特忍不住惨叫出声，他的大脑宛如被人无情地打入了一根楔子，剧痛至无以复加。

只是一瞬间，就超出了承受能力的极限，意识被两股强大的邪能撕得粉碎，只感觉世界都不复存在。

原本平平无奇的日记本，无数书页乱飞，封面不停隆起，时而出现一座城堡，时而是无尽回廊，有时是一位坐在奢华椅子上的威严中年人，有时是全身赤红、没有皮肤的怪物，一只血焰大手从日记本中探出，随即就有一把巨大的钉锤将之搅散……

也不知道过去多久，杂乱的房间内，只剩下了躺在地上，几乎没有了呼吸的夏洛特·梅克伦。

他的身边是封面漆黑一片的日记本，地面上有一行鲜血淋漓的潦草字迹：

我会归来，按照契约取走我的灵魂。

一点意识碎片忽然诞生了一个念头：“我是谁？”

随即就有无数意识碎片被吸引，聚拢过来，诞生了第二个念头：“我是夏洛特·梅克伦！”

第三个念头油然而生：“不，我是黄海生。”

当这三个念头依次出现，越来越多的意识碎片汇聚过来，属于两个人的记忆交错杂糅，但很快就有一个主意识将各种杂乱的念头压了下去：“我是黄海生，意外来到这个世界，代替某人成了夏洛特·梅克伦。”属于两个人的记忆顷刻间泾渭分明，代表黄海生的意识毫不犹豫地吞掉了另外一人的记忆。

夏洛特微微睁开眼睛，只觉得头疼欲裂，全身难受得无以复加，就好像刚刚承受了酷烈的刑罚。

偏偏此时此刻，他的大脑清晰无比，不管是属于黄海生的记忆，还是真正的夏洛特·梅克伦的记忆，事无巨细，纷纷陈列，就算极细小的事情也都记了起来，甚至就连黄海生精通的汉英两语，夏洛特·梅克伦精通的七种旧大陆语言，每一个单词都清晰得好像刚刚背过一样。

他记得因为修炼血腥荣耀，引动了夏洛特·梅克伦曾召唤过的邪神降临，这还不是最糟糕的，这位邪神的降临，让不久前意外沾染的海外邪神阿格米拉司残念具象化，两位邪神交战的能量把他的意识狠狠轰成了碎片。

夏洛特都不知道自己为何还能重新聚拢意识，并且恢复过来，却无暇思考这一点，他的身体实在太糟糕了。

夏洛特伸手撑住地面，挣扎着站起来，颤颤巍巍地倒了一杯清水，强迫自己喝了下去，神志清醒了不少。

“太可怕了！”

“这个世界的邪神，居然这么可怕吗？”

“都过去那么久了，那本日记还能招惹来邪神！”

“我只是稍稍接触了那卷古画，就能被它的意识残念污染？！”

“普通人遇到邪神，岂不是根本没有活路？”

“如果不是它们开战……”

“我一定没命了。”

夏洛特还不能完全控制的身体，一屁股坐在沙发上，骤然感觉到了不对劲。

几分钟之后，他骇然地叫道：“怎么回事儿？”

眉心的洞察符文比原来复杂了好多倍，隐隐组成了一只眼眸的模样，洞察的范围也从十五步扩张到了百步以上，整个爱丽舍田园大街58号尽在异能的笼罩之下，从鸟瞰到仰视，从东至西，从南至北，可以任意调整视角。

大概半个小时之后，夏洛特才接受了一个旧大陆土著尽人皆知的观念！召唤邪神——危险与机遇并存。

直视邪神会带来灵性的急剧提升！

灵性的无节制、非正规途径提升，会使人癫狂或死亡，甚至会湮灭！但如果抵抗住了，提升的灵性就是邪神馈赠。

这是极度危险，也是极其讽刺的收获。

直视两头邪神又没有死，让夏洛特的灵性获得了无与伦比的提升，洞察异能也因此增幅了十余倍。

一般来说，往往修炼血腥荣耀数十年，并在血宴冥想术上有极其深邃的修为，才能把洞察符文提升到凝若眼眸的地步。

过了好一会儿，夏洛特的头疼才减弱到可以承受的地步，他也想起来，自己不是第一次直视邪神……

这样就能解释了，为什么从赛尼斯归来，血腥荣耀每天都在提升。

看了一眼地上的日记本，夏洛特整个心脏都骤然停了一下。

这一次，他没有退缩，反正邪神都来过了。

来都来了……也就无所谓了。

夏洛特抓起日记本，随着手指的轻触，漆黑的封面上出现了一行字迹：

《阿格米拉司的迷宫》作者：夏洛特·梅克伦。

他深深惊讶，不知道日记本怎么会变成《阿格米拉司的迷宫》，自己

又怎么会变成作者。

他翻开第一页，原本的日记内容已经都不见了，满页再无一个字，却绘制了一座迷宫。

手指接触到这一页，就有一股意识泛起：夏洛特·梅克伦召唤血族邪神卡恩司坦，击溃了来自阿格勒斯海的迷宫邪神一缕邪念，收入日记本，化为一册《阿格米拉司的迷宫》，共计十五页，绘制了十五座迷宫。作者若是不能在规定时间内娴熟地掌握十五座迷宫，并绘制出第十六座迷宫，以此证明自己，将会失去作者的身份，并被《阿格米拉司的迷宫》吞噬灵魂。倒计时：256 天，又 21 小时，3 分 17 秒！

“见鬼！这件事还没结束？”

“该怎么掌握这十五座迷宫？！”

他琢磨了好一会儿，仍旧毫无头绪，把日记本丢在书桌上，深深地感到绝望。看到地上的宛如鲜血写出来的字迹，忍不住伸脚擦了擦，却未能擦去，这行血色字迹就如烙印留在了地板上。

夏洛特决定明天换块地毯，遮住这行字迹，不然万一有客人过来，不好交代其来历。难道跟人说这是某位邪神留下的？

夏洛特忽然有些饿了。

他知道这是因为灵性骤然提升，身体消耗太大，需要补充能量。他去餐厅取了一个牛角包吃了，还是觉得饥饿，就又拿了一个，不知不觉把今天买回来的牛角包都吃了。

夏洛特吃掉最后一个牛角包后，又喝了一点清水，感觉稍微好了一些，发现房间内的储水罐已经空了。他暗暗忖道：应该抽空回大学一趟，跟大学的教授们请教如何掌握阿格米拉司迷宫。大学里的教授们有女神庇护，想必不会惧怕这些邪神。

谢菲尔德大学供奉的是黑月女士，当初夏洛特·梅克伦选择这所大学，主要原因——现在是黑月纪元！

这是女神力量最强大的时光！

夏洛特从院子里的水井里打了一些水，用冷水洗了一把脸，然后把储水罐灌满，回到房间放下储水罐，这才开始整理变得清晰的记忆。

他仍旧不记得黄海生“去世”前的那一段时光，却能“回忆”起来夏洛特·梅克伦是怎么作死，召唤邪神的事儿了。

普罗泰戈拉创立的血宴冥想术，是冥想血族的三十七位原祖，并把这些血族原祖一一切割，做成盛宴吃掉。

冥想步骤之复杂，场面之血腥，在人族诸多秘法中，堪称……第一凶戾！至少有九位血族原祖在上古时代晋升邪神，所以血宴冥想术一般都要求避开这九位血族原祖，如果非要强行冥想，那就等于召唤邪神了。

夏洛特随手拿起日记本，正要揣摩一会儿《阿格米拉司的迷宫》，忽然心头一动，把日记本翻了过来。

这一边的封面宛如滴血般红，随着手指的轻触，血红的封面上出现了一行字迹：

《吸血密卷Ⅱ亖》作者：夏洛特·梅克伦。

翻开封面，就有一股意识涌出：夏洛特·梅克伦召唤海外迷宫之神阿格米拉司，击退了血族邪神卡恩司坦的一缕邪念，收入日记本，化为一册《吸血密卷Ⅱ亖》，共计十七页，记录了亚度尼斯氏血族秘法。作者若是不能在限定时间内掌握吸血密卷，将会失去作者的身份，并被重新降临的血族邪神卡恩司坦取走灵魂。倒计时：6天，又20小时，23分57秒！

夏洛特暗忖道：怎么会如此急迫？

《阿格米拉司的迷宫》有将近八个半月的缓冲时间，《吸血密卷Ⅱ亖》却只有区区七天不到，让夏洛特油然生出了一股强烈的危机感。

他在大学选修了血腥荣耀，也顺带接触了一些关于血族的知识。

旧大陆有三十三个国家，其中最为强悍的五个国家是英格利玛帝国、法尔斯帝国、拜罗恩帝国、黑凰王朝和狮心王朝，称为五大帝国。

拜罗恩帝国由血族三十一氏族建立，是一个不折不扣的吸血鬼帝国！

拜罗恩帝国的建立，跟创下血腥荣耀的人族大哲普罗泰戈拉有非常大的关系。

这位人族大哲单枪匹马屠杀了数以千计的血族，让血族只剩下了三十一氏族，威名最盛的时期，可止血族幼崽夜啼，导致这群吸血鬼被迫举行了一次会盟，这次会盟完成了血族的两件大事。

第一件事是各氏族的族长和长老出马，组成了一个庞大的密卷编纂委员会，汇编了三十七氏族的一切秘法。

第二件事是策划了组建国家的议题。

几十年后，拜罗恩建立，扛住旧大陆的人族国家联军的近百次战争，奠定了新帝国的根基。

《吸血密卷Ⅱ亖》亦即《吸血密卷》第二十八卷，又被称作《亚度尼斯密卷》，是吸血鬼六王族之一——亚度尼斯氏族的嫡传秘法。

卡恩司坦这位血族邪神，就是亚度尼斯氏族的原祖。

《吸血密卷》的编纂工作开启，是在人族大哲普罗泰戈拉创出血腥荣耀数十年后。那时候，这位大哲已经到了暮年，几次想要去抢夺编纂中的密卷，却出于种种原因作罢。

直到去世，这位人族大哲都并未见过《吸血密卷》，只留下一句：只可惜我未能穷尽此法之奥妙，望后世学者能补全此法。

四所大学的学生们都曾讨论过：如果普罗泰戈拉获得《吸血密卷》，补完血腥荣耀，是否会成神？当然，这个问题没有答案。

《吸血密卷》编纂成功之后，就只有血族高层以及血族最了不起的年轻天才方有资格翻阅，从无人类观阅的记录。

夏洛特叹了口气，暗忖道：真的应该抽空回大学一趟，向教授们请教一些事情了。明天请个假吧！

他的新家比原来的居住环境好了不知道多少倍，但也有些不方便，比如没法随时叫一个储蓄会公寓的仆人帮自己送信了。

此时天色已晚，外面漆黑一片，只有小书房里的煤油灯带来了微微光明。夏洛特翻开了《吸血密卷Ⅱ亖》第一页，仔细看了一会儿，微微松了一口气。

他完全看不懂《阿格米拉司的迷宫》，但毕竟在大学里接触过一些血族的知识，又有血腥荣耀的底子，阅读《吸血密卷Ⅱ亖》倒是没有障碍。

亚度尼斯氏血族秘法的根基，名曰：血焰气！

《吸血密卷Ⅱ亖》第一页上，正是记载了这门秘法。

“血焰气”亦是血腥荣耀十三奇技之一。

普罗泰戈拉所创的血焰气，跟亚度尼斯氏血族秘法迥然有异，更为霸道激进，但少了千锤百炼的圆熟狠辣。

夏洛特一面阅读，一面尝试按照密卷上所述，把血腥荣耀汇聚在胸口。修习血焰气的基础，须得开启心脏处的血腥旋涡，他本来以为这一步甚难，却没想到容易之极，只是半个小时，就在胸口凝聚了第二团血腥旋涡。

第二团血腥旋涡成型，代表夏洛特·梅克伦正式踏入了二阶超凡。

按照正常修炼进度，哪怕资质上上等，凝聚一团血腥旋涡最少也要苦修一年，很多天赋中等的学徒往往要苦修三年以上，才能凝聚一团血腥旋涡。

如夏洛特·梅克伦这样资质中等偏下的学徒，大学四年都未能完成修行，还得借助邪神之力开启超凡。

一想到之前那位夏洛特的经历，以及给自己留下的烂摊子，夏洛特嗟吁不已。

血腥荣耀从眉心流淌入心脏，又从心脏回流到眉心，在两团血腥旋涡之间，形成了一个微妙的循环。

夏洛特本来只想修炼一会儿血腥荣耀。根本也想不到会招惹来邪神！而且还是两位。

现在终于回到“修炼一会儿血腥荣耀”的时候了，还晋升了一阶，让人不得不感慨世界之奇妙。

几个小时后，夏洛特睁开双眼，只觉得胸膛内的血腥旋涡已经稳固下来，眉心符文构成的眼眸似乎更清晰了，洞察的范围也有少许扩增。

他刚刚清醒过来，就有一股意识从日记本上涌出：“血族邪神卡恩司坦降临倒计时——26 天，又 5 小时，16 分 7 秒！”

夏洛特又惊又喜，暗忖道：凝聚第二团血腥旋涡，就能让卡恩司坦降临推迟十八天！若是继续修炼下去，能否让他永远不会出现？

他也知道这事不太可能。

因为直视两位邪神而不死，灵性得到了提升，短时间内修行必然突飞猛进，但到了某个瓶颈之后，不可能还如此迅猛了。

不过，这总是一个好消息。

此时天色快亮了，夏洛特压下泛滥的感慨，准备出门，先去基尔迈纳

姆监狱一趟。

他才调到新岗位没多久，已经请过一次假了，短时间内请第二次假，不太好随便找个仆人过去，还是亲自去请假为好。

夏洛特相信梅尼尔曼学姐是个容易沟通的人。

不过令人没想到的是，早上他到了基尔迈纳姆监狱，却发现梅尼尔曼今天根本没来上班。夏洛特等了两个小时，果断提前翘班……

夏洛特身为一级文书长，帝国三十七等职员，已算是步入了帝国的权贵阶层，尽管只是最下级权贵。在基尔迈纳姆监狱，除非是梅尼尔曼，没人能够对他下达指令，也没有人能管束他迟到早退。

夏洛特走出基尔迈纳姆监狱，意外地看到一辆马车，这辆马车非常眼熟，从车窗向外张望的小脸，比马车还要眼熟。

夏洛特微微惊讶，打了一个招呼：“安妮小姐！你怎么在这里？”

安妮·布列塔尼俏脸上全都是盈盈笑意，欢快地说道：“我恰好路过。梅克伦先生今天下班这么早，是有其他事情吗？”

安妮·布列塔尼心情略有忐忑，她其实来得很早，只是不知道怎么找借口进入这座帝国监狱，她家族的亲戚可没人在里头。

夏洛特微微一笑，说道：“提前翘班而已，今天没什么事情要做。”

安妮·布列塔尼立刻说道：“我刚好有个私人聚会，缺一位男伴，不知梅克伦先生是否能帮忙？”

夏洛特可不是笨蛋，恰好路过这种借口真的烂透了。

活了这么久，他头一次遇到这种事儿。

居然被女孩子倒追了？！还是一位标准的白富美。

安妮·布列塔尼从容貌、身段、气质，到学识、教养，乃至家世都无可挑剔。

夏洛特在回谢菲尔德大学和跟安妮·布列塔尼约会之间稍稍犹豫，果断做出了选择，答应道：“非常荣幸得到安妮小姐的邀请。”

同时心底暗暗忖道：给哥哥写信的事，须得尽快提上日程了。

夏洛特乘坐安妮的马车，离开了基尔迈纳姆监狱。

安妮·布列塔尼要参加的私人聚会，是高尔吉亚大学黑月纪元三十三年同好会。

旧大陆几乎每个国家都有这种风气，各种社交小团体十分盛行。底层人会流行针织会、洗衣会，主要功能是招揽活计；稍微富裕的人家就会参加读书会、烹饪会，用于扩张人脉。

如大学同好会这种小社团，已经是极高端的社交聚会了，毕竟法尔斯帝国也只有四所大学，每一所大学都是神眷之地，每个学生都是天之骄子，毕业后工作优渥，前途不可限量。

这次聚会的地方，是在一位叫贝琳娜的年轻女士的家里，她是安妮•布列塔尼的大学同学，两人的关系不算差，也不算特别好。如果是其他时候，安妮会拒绝这种聚会，她并不喜欢热闹。

这一次是为了夏洛特，她才接受了邀请，毕竟单独约一位男士出门，实在太需要勇气了，而参加这种聚会就显得没那么唐突。

夏洛特担心自己的未来，他既不想被迷宫吞噬灵魂，也不想再见到卡恩司坦，所以在马车上也缓缓运转血腥荣耀，维持修炼状态。心脏处的血腥旋涡，有数枚金色符文若隐若现，因为有过两次直面血族邪神卡恩司坦的经历，他的血宴冥想术突飞猛进，已经有了细微成果。

当马车停下，他睁开双眼，只觉得血腥荣耀又稍稍进步了一些。

安妮一路上都在观察夏洛特，她敏锐地觉察到对方处于修炼状态，这让她有些惊喜，又有些钦佩。

“很多人毕业后，就停止了对超凡的探索，毕竟这一条路太艰难，但夏洛特仍有努力之心，将来的成就必然不可限量。”

“若是他能够成为高阶超凡，我们之间……怕是会有更多可能。”

安妮小姐想到这里，俏脸不由得又生绯红。

夏洛特忽然睁开双眼，见到安妮•布列塔尼脸色微红，明艳飞扬，顿时眼睛一亮，不过他识趣地什么也没说。

安妮是真的有些羞涩，微微低头，让夏洛特先下马车，然后才把小手伸出，让对方把自己搀扶下车。

一位管家见到两位客人到来，抬手示意，就有仆人帮两人推开大门。

贝琳娜的父亲虽然也在帝国供职，并有一个荣誉爵位，但只能算是小贵族，跟布列塔尼家族完全不能相提并论。

安妮的到来，让这位小姐欣喜万分，亲自出来迎接。她看到安妮手挽

着夏洛特的胳膊，微微吃惊。

安妮在学校是出名的冷美人，从不跟任何男孩子约会，也从不对任何异性假以辞色，她也是第一次看到，这位布列塔尼家的小姐跟同龄异性如此亲密。

贝琳娜用小扇子遮住了半张脸，一来免得露出什么过分表情惹得安妮不快，二来也不让自己失去优雅仪态，她轻笑道：“安妮，大家等你好久了。

“这位先生可否做个自我介绍呢？”

安妮矜持地一笑，说道：“夏洛特·梅克伦先生，毕业于谢菲尔德大学，目前就职于基尔迈纳姆监狱，一级文书长。”接着跟贝琳娜手挽手向客厅走去。

这种公开场合需要把身份交代清楚，不能过分谦虚，但由夏洛特来自我介绍，显然不及安妮代替更为恰当。

夏洛特跟安妮自我介绍的那次，没有强调公职身份，重点突出了一阶超凡，是为了更能取信于对方。如今场合变了，安妮调整了介绍的内容，隐去了夏洛特超凡的身份，突出他的公职身份。

贝琳娜的俏脸微微变色，就连手里的小扇子都遮不住她的惊讶，低声反问了一句：“您是一级文书长？”

夏洛特若是自我介绍他是一级文书长，贝琳娜绝不会相信，只会以为遇到了骗子。

大学毕业两三年，在政府内几乎都是一级文书，少数家庭背景雄厚的家伙，或许能提前升职成为二级文书。一级文书长实在有些骇人了，只有大贵族出身的子弟，才有如此升迁速度。

一级文书和一级文书长的差距可不是一般大，从四十一等到最高的三十七等，还有一次难得的转职，代表了最少十余年的升迁磨砺，很多公务员可能一辈子都达不到转职的门槛。

这种身份上的变化，可不仅仅是三点六倍的薪水，还有身份、地位、待遇、福利、权力等一系列东西。

贝琳娜的父亲在政府的公务员序列中，也只比夏洛特高了两级而已。

安妮盈盈一笑，答道：“是的，梅克伦先生不久前还购买了一栋房子，花了不到两百埃居。”

贝琳娜再也没法质疑了，能购买这样一栋价值两百埃居的房子，代表夏洛特的薪水绝非一级文书的等级。

夏洛特心底暗暗叹了口气，他知道这才是帝国，充斥着势利、阶级、鄙视、特权、财富和腐败……他还得适应一段日子。

安妮很快就成了聚会的焦点。

这一次聚会的大多数参与者是高尔吉亚大学的学生，且都是黑月三十三年入学的同期生，只有少数被邀请来的“外人”。

夏洛特作为“外人”，识趣地选择了低调，在宴会厅的角落坐下，随手摸出了日记本研究了起来。他现在有两件东西总是随身携带，须臾不离，一件是吸血手斧，一件就是日记本。

在这种场合下，不太方便修炼血腥荣耀，所以夏洛特翻开的是《阿格米拉司的迷宫》的那一面。似乎是因为钻研了一阵子，他也略微琢磨出来一点感悟。

夏洛特正进一步解析第一幅阿格米拉司迷宫的时候，一位男士走了过来，露出洁白的牙齿，笑道：“我是安德烈，跟大家一样都是高尔吉亚大学的三年级生。不知这位先生贵姓？是否有兴致跟我们一起玩牌？”

夏洛特微微一笑，答道：“夏洛特，毕业于谢菲尔德大学。我不太会玩牌，还是不了。”

安德烈并未退却，随即又有两三位年轻人凑过来，跟安德烈一起鼓动夏洛特加入，他们的盛情邀请让夏洛特不好拒绝，推辞了几句，只好答应了下来。

他刚跟安德烈他们坐在牌桌上，就觉察到几分不对劲，却装作什么都不知道，微笑着开始了第一局。

安德烈他们玩的牌，叫作塔库洛牌，共有一百四十四张，最好的牌是九大正神牌，也是塔库洛牌唯一不变的主牌，其他的主牌每套都不同，但大多数是旧大陆著名的人物，有国王，有猛将，有著名的学者，也有诡异的邪神，以及各种辅牌。玩法倒是不难，但有很多翻倍的机制，往往一局下来，输赢差距会特别大。

因为这个，塔库洛牌只在贵族和有钱人之间流行，会玩塔库洛牌甚至算是一种身份象征。

夏洛特·梅克伦本来就擅长玩牌，重新拾回记忆，在牌桌上倒并不显得生涩。

连续两局下来，夏洛特输了一佛尔又二十生丁，他不但没有懊恼，反而越发淡定从容。

这群年轻人在出老千！他们大概是从贝琳娜那边听说夏洛特薪资不菲，还新近购买了一套价值两百埃居的豪宅，生出了别样的心思。

不过，若论出老千，数学系毕业的夏洛特怎么会比不过这群“野生丁”？

更不要说，他还有洞察之眼了。

夏洛特做了两三局的试探之后，确定了这些年轻人的贪婪，故意抛了点诱饵，然后就让牌局僵持不下了。虽然他输的次数多，但每过几局都会有一次“运气特别棒的手气局”，往往一次就扳回来大部分本钱。

安德烈眼看已经打了二十多局牌，输赢差距却不大，有些焦躁，他给几个同伴打了暗号，微笑说道：“输赢太小了，这么打下去实在没什么意思，不如我们提高赌注如何？”

夏洛特欣然允诺，在提高赌注之后，他的“运气”似乎一下子就差了，连续输了十多把，已经输了七十多佛尔出去。

当夏洛特表现出输红了眼睛，也提议抬高赌注的时候，这群年轻人可开心坏了，很有默契地答应了下来，但这一次，夏洛特的手气忽然转好，十几把牌打下来，不但把输掉的钱都赢了回来，而且还赚了差不多十三埃居零六佛尔。

这群年轻人输得脸色都白了，他们完全不明白，为什么大家齐心合力又作弊，还能把牌打成这样。

夏洛特在最后赢了一把之后，笑眯眯地说道：“抱歉，我要送安妮小姐回去了，她必须在晚餐前到家。”

这个借口，无可指摘。

毕竟布列塔尼家族的规矩的确是出名的严格，谁也不敢阻拦安妮回家。

夏洛特摆脱了这群好赌又爱出千的年轻人，走到了安妮身边说道：“不知道，我是否有荣幸送安妮小姐回家呢？”

安妮微微一笑，跟几个女伴告辞。她在离开宴会厅的时候，低声说道：

“安德烈那几个人非常讨厌，经常会在学校里引诱人去打牌，并且集体作弊骗取钱财。不过，他们中没有人晋升超凡。”

说到这里，安妮狡黠地一笑，她身为梦境行者，早就观察到了那边的牌局，见夏洛特一副稳操胜券的模样，就没有出言阻止。

夏洛特忍不住笑道：“安妮小姐，您有时非常淑女。”

安妮捂住了小嘴，但眉毛弯弯，笑意遮掩不住。

她一下午都在跟人闲扯，其实还挺气闷的，但看到夏洛特大杀四方，把安德烈一伙人赢得脸色发白，顿时就觉得今天的聚会也挺有意思。

安妮虽然胆子大，但还真不敢让夏洛特送她回家，反倒是她把夏洛特送回了爱丽舍田园大街 58 号，这才依依不舍地告别离开。

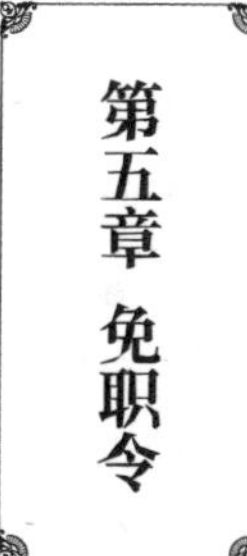

第五章 免职令

夏洛特目送安妮的马车离开，心头也颇轻松。

虽然耽误了一天时间，但他相信这不会影响他解决目前的难题。

如果他最后解决不了两位邪神的威胁，也不会是因为今天的约会。

接下来的数天，梅尼尔曼·苏玫都没有来上班。

夏洛特从不迟到，但早退得不亦乐乎，他跟安妮·布列塔尼的约会频繁至触目惊心的地步，两人的关系也迅速升温。

约会之余，他也没耽误正经事儿，回了几次学校，找了谢菲尔德大学学识丰富的几位教授咨询，但几位教授都不熟悉迷宫学，对阿格米拉司迷宫的研究仍旧毫无进展。

至于《吸血密卷Ⅱ亖》，他反而不敢提起——召唤邪神是要承受火刑的！跑去黑月女士庇护的谢菲尔德大学，兴致勃勃地说自己召唤过血族邪神，教授们会亲手帮他架个火堆。

好在血腥荣耀修行与日俱进，血族邪神卡恩司坦再次降临的日期一再推迟，让他稍微松了一口气。

帝国的邮政系统还算给力，夏洛特很快就得到了一个好消息。

他的哥哥在得到弟弟放弃继承权的书面允诺后，念及兄弟情义，在回信里附带了一份储蓄联合会的储蓄单，面额是五百五十埃居，并且非常愉快地答应了帮忙解除婚约。

他哥哥的回信还提供了一个消息，那位未婚妻小姐决定亲自来斯特拉斯堡一趟，跟夏洛特当面签订退婚的正式文书。

夏洛特收到回信的第二天，跟安妮完成了一次非常惬意的约会，两人去看了一场歌剧，接着乘坐公共马车回家。

夏洛特悠然步行走入了小巷，在家门口，他意外地看到一个非常靓丽的女孩子坐在58号的台阶上，她有些狼狈，额头上甚至有些灰土，好看的眉毛微微蹙起，显然心情极度糟糕。

这个女孩子穿着法尔斯帝国常见的枫叶长裙，这是很多女性出远门的标准服装，厚实，抗风寒，还能藏下很多小东西，比如防身短匕首。这个女孩子的身边没有任何行李。

她没有安妮那么美貌，但也绝对是一位美女，脸上略带稚气，满满的胶原蛋白，秀气的眉毛微微蹙在一起，看起来心情非常糟糕。

夏洛特对比了一下脑海中的记忆，虽然形象有些模糊，但他很确定这位小姐就是他的未婚妻——希尔薇·马丁。

夏洛特这几天没敢蹭安妮的马车，坚持乘坐公共马车回家，就是怕被安妮小姐看到眼前这一幕。

他耸了耸肩膀，大步走了过去，用尽可能温和的语气说道："马丁小姐，别来无恙。"

希尔薇·马丁有些后悔孤身一人从贝希摩斯公国跑来斯特拉斯堡，她应该跟人结伴同行。

斯特拉斯堡比想象中要大得多，治安也比想象中差得多。希尔薇踏入斯特拉斯堡的第一个小时就丢了全部家当，身上已经连一个生丁都没有了。

夏洛特给哥哥的回信地址是爱丽舍田园大街58号，她按图索骥足足花了整整一天，才找到了这栋住宅。希尔薇十成十肯定自己找错了地方。

爱丽舍田园大街58号是一栋豪宅，实在不像是她那位周薪只有一佛尔又七十生丁的前未婚夫能够住得起的地方，但她真没别的地方可去了。

希尔薇·马丁听到有人叫自己的名字，微微抬头，果然看到了熟悉又令人讨厌的一张脸。

她没好气地说道："为什么给我一个假地址？"

夏洛特并没有解释，取出钥匙打开了房门，补充了一句："我现在就

住这里。”

希尔薇惊讶太甚，夏洛特叫了两次，她才跟着对方走入屋内。

夏洛特不知道这位未婚妻为什么讨厌自己，也许是从前的“自己”私生活不检点，也许是从前的“自己”有些坏习惯，但这并不重要。

夏洛特把希尔薇带到了小书房，示意对方随便坐，还给她递上了一杯清水，并随意地问道：“怎么没有行李？”

希尔薇恼羞成怒，回答道：“在车站被人抢走了。”

夏洛特忍不住笑了，他是真没想到，这位未婚妻小姐居然如此呆萌。

希尔薇更加生气，她咬牙切齿地说道：“可以不嘲笑我吗？你比以前更令人讨厌！”

夏洛特点了点头，立刻就不笑了，嘲笑一个女孩子的确不对，尤其是他跟对方并不熟。

脑海中关于希尔薇·马丁的记忆很少，他们应该的确不熟。

夏洛特把早就准备好的文书取了出来，递给了希尔薇，说道：“我已经签好了名字，就等你签下名字，婚约就可以解除了。

“如果你不放心，还可以去政府办公厅做一份公证，钱我来出。”

希尔薇气鼓鼓地接过了鹅毛笔，用一手漂亮的花体字快速地签下了自己的名字。

夏洛特大大地松了一口气。他今后跟安妮谈恋爱，可以光明正大，不用担心会被人指责了。

夏洛特把属于自己的那份文书小心翼翼地吹干了墨水，收入一个空盒子，笑着说道：“接下来马丁小姐打算做什么？”

希尔薇犹豫了好一会儿，才低声说道：“如果可以，我想要借住几天。等父亲汇款过来，我立刻就搬出去。

“我已经完成贝希摩斯国家学院的教育，应聘成了一名帝国公务员，大概半个月后，就会接到工作分配，不会麻烦你太久。”

希尔薇·马丁说到最后，眼神坚定，一双眸子充满了顽强和勇气。

夏洛特微微恍惚，这种眼神他曾经经常见到，那是独立自强的女性特有的自信。尽管，就算在那个世界，这种女性也很少。

夏洛特耸了耸肩膀，说道：“马丁小姐，纵然我们已经解除了婚约，但我仍有责任在你有需要的任何时候照顾你。

“你尽管放心在这里住下来。”

这位前未婚妻小姐给他解决了一个大麻烦，夏洛特并不打算翻脸无情。

何况，这个世界的治安并不良好。

他自己就是监狱的狱军，当然知道，就算是首都斯特拉斯堡也很混乱。放任一个年轻女孩子在外面乱跑，良心是会不安的。

希尔薇若是一个人离开，十成十会出事。

希尔薇·马丁微微松了一口气，她悄悄摸了一下藏在枫叶长裙里的匕首，说道：“你晚上不能靠近我。”

夏洛特指了指宴会厅一侧的楼梯，毫不在意地说道：“二楼有十五间房间，你可以随便挑一间。

“另外，我也才搬过来不久，这栋住宅缺很多生活用品。你若是有什么需要，请尽快跟我说，趁着天色还没彻底黑下来，还来得及去买。”

希尔薇放下了手里的水杯，拉扯长裙行了一个日常礼，这才走出了小书房，沿着楼梯上了二楼。

大约几分钟后，她就重新下来，说道：“我需要一盏煤油灯，一些换洗的衣物，还有被褥，我还有些饿了，家里有吃的吗？”

夏洛特微微一笑，说道：“家里还有几个牛角包，几个夹馅面包，一点东丽国的花茶，不过你应该对它们没兴趣，我们出去吃吧。

“爱丽舍田园大街上什么店铺都有，我作为东道主，也该替希尔薇小姐接风洗尘。”

希尔薇·马丁很惊讶，夏洛特一派绅士的举止让她不习惯，她可是知道自己这位前未婚夫是什么货色！

夏洛特·梅克伦是典型的恶少，仗着家里有钱无恶不作的那种恶少，更是拈花惹草的惯犯，在贝希摩斯就跟多位女士关系暧昧，非常不洁身自好。

希尔薇·马丁曾一度认定，这位前未婚夫会因为在大学里爆出丑闻，根本拿不到大学的毕业证，他被撵出大学，才是应该有的下场。

这也是为什么希尔薇小姐坚持退婚，她可不喜欢花花公子，她无法想象自己要跟这样的人间败类过一生。

夏洛特陪着希尔薇·马丁出门，没有带枪械，只带了一根新定制的魔法炼金手杖。

这根魔法炼金手杖的款式简约，又不失华丽，手杖使用了一种极为罕见的木料，轻捷坚韧，弹性十足，通体镶嵌了数十点银星，这些银星是熔炼了那把歇洛克王朝时期的旧剑鞘所得的，挥舞起来会有一片灿烂的银光，很得夏洛特喜欢。

它当然不是魔法物品，只是用魔法炼金术处理过，增加了坚韧度。

木料不管如何坚韧，在打入几十颗银星之后，也还是有开裂的概率，但在魔法炼金术处理过后，柔韧度甚至比得上钢铁。

一根好的手杖，不但是一件奢华趁手的武器，亦是绅士们最喜欢的随身物品，在旧大陆每个国家都很流行。

夏洛特最近手头宽裕，原本熔炼了旧剑鞘，是想要打造一把魔法剑，但询问后得知价格超出了预算，便放弃了打造魔法剑，定制了这根魔法炼金手杖，花掉了一佛尔零十二生丁。

反正他也不精通剑术，用手杖和刺剑没有区别。

希尔薇·马丁跟随这位前未婚夫离开了爱丽舍田园大街 58 号，心里还是有些忐忑的。

夏洛特选了路过的第一家餐馆，选了一个靠窗的座位，娴熟地点了两道菜。

法尔斯帝国的菜肴风格非常奇特，并非中国式的单点，而是以套餐形式出现在菜单上。一道菜会由主食、小食、配餐、佐餐酒、甜点、汤等部分组成。就算是极简陋的菜单，一道菜也至少有五样食物，佐餐酒和汤更是必不可少。

这家餐馆的档次还可以，夏洛特给自己点的是小羊排、牛角面包、薯块、蘑菇汤、气泡苹果酒，以及几块烤鸡肉和一些蔬菜拼盘，分量不少，是典型的男士菜。

他给希尔薇·马丁点的那道菜以甜品为主，有乳酪和几款饼干，以及一份奶茶，是典型的女士菜。

夏洛特也饿了，两人吃饭的时候默默无语，并没有交谈。

用餐完毕，夏洛特去买了单，还多要了几瓶酒。他的新家什么都缺，当然也没有存酒。他品尝过的气泡苹果酒味道不错，顺手多买了一些。

还是照旧，夏洛特并不会当场带走这些酒，而是让餐馆稍后把这些酒送去爱丽舍田园大街 58 号。

两人离开了餐馆，很快就找到了一处杂货铺。

除了采购希尔薇·马丁所需的东西，夏洛特还买了二十斤煤油，最近他经常通宵研究日记本，颇为耗费煤油灯的燃料。

付了钱，他仍旧让对方直接送货，然后带着希尔薇小姐返回了住处。

夏洛特想起自己最近正在“恋爱”，尽管跟安妮·布列塔尼的关系尚未挑明，仍需要未雨绸缪。回家之后，他叫住了准备上楼的希尔薇，微微一笑，说道：“有件事要拜托希尔薇小姐，我希望您能够在这一段时间称呼我为表哥。您也知道，孤男寡女在一起会有一些非议，这些非议对您更为不利。”

“好的，夏洛特表哥。”

希尔薇没有给他更多的时间解释原因，一口答应了下来，快步走上了楼梯。

少女并没有委屈自己，选了位于二楼最里面也是最大的一间房，屋内的三面墙上都有明亮的窗户，拥有独立的盥洗空间，还有一个嵌入墙壁的巨大衣橱。

原主人留下的大床，用料非常扎实，也是这个原因导致它太过笨重，不方便搬运，被留在了这栋房子。

对年轻的女孩儿来说，这个房间几近完美，除了因为过于空旷导致的轻微恐惧。

希尔薇·马丁站在朝南的窗户前，眺望卢卡瓦罗河的风光，心中涌起无限勇气。少女握紧拳头，低声说道：“新生活，我来了。”

年轻的女孩心中，总是有无数绮丽的梦想。

大概十几分钟后，夏洛特轻轻敲门，说道：“杂货铺的伙计来送货了。”

希尔薇打开了房门，杂货铺的伙计把各种东西搬运了进来，并且按照少女的指示放在应该放的地方。

整个过程，夏洛特都站在门口，并没有进来，非常绅士。

这让希尔薇对这个前未婚夫产生了些微的疑惑。

原来的夏洛特·梅克伦可不是这种人。这很不“夏洛特”。

伙计们搬运并摆放好了东西，夏洛特就礼貌地跟希尔薇道别，他把伙计们送出了一楼大厅，并且上好了门闩，折返回了三楼自己的房间。

夏洛特选择了靠近楼梯、最东边的套房，这间套房有一间卧室、一间书房、一间洗漱室和一间客厅。从客厅出去，就是靠爱丽舍田园大街一侧的露台，这个露台东西贯通，有齐胸高的短墙，五间套房的入口都在这边的露台上。

朝南一侧的露台却并不贯通，每间套房单独享有一个独立的露天区域，坐在朝南的露台上，可以在饮茶的同时欣赏卢卡瓦罗河的秀丽风光。

他躺在房间里原主人留下的一张旧沙发上，默默地计算自己手里的财产。

“我原来有五埃居的积蓄，卖掉多头链枷得了七十五埃居，上次打牌赢了十三埃居，哥哥又汇来了五百五十埃居，扣掉买房的首付五十埃居，我还有……五百九十三埃居！”

“不小的一笔资金了。”

“最近对阿格米拉司的迷宫的研究不顺利，就连母校谢菲尔德大学的教授们都对这种海外迷宫毫无研究，我应该购入一批资料，又或者找迷宫学的专家。”

第二天一早，夏洛特如往常一样，去基尔迈纳姆监狱上班。

才踏入办公室没多久，就有一个意外的人物来拜访，是接待秘书帕斯卡尔夫人。

这位夫人带来了一个令人震撼的消息，她压低了声音说道：“梅尼尔曼·苏玫小姐可能会调离基尔迈纳姆监狱，卸掉典狱长职务，进入军队任职。”

夏洛特听了这个消息，大为惊讶。

那天之后，梅尼尔曼·苏玫就再也没回基尔迈纳姆监狱，虽然这位学姐待他确实不错，但可以不用天天加班，夏洛特忐忑之余，还是更希望这位小姐暂时不用归来。

可暂时不会回来和永远都不回来区别可就大了，他算是梅尼尔曼的嫡系学弟，一旦这位顶头上司离职，他可就没人罩着了，对他未来的前途十分不利。

帕斯卡尔夫人显然不是来传八卦的，她眼睛一眨不眨地盯着夏洛特，显然在等他的回答。

夏洛特虽然不算谙熟职场，但也很快就明白过来，帕斯卡尔夫人是想从他这里打听出一些消息。告知梅尼尔曼可能会卸掉典狱长职务，调离基尔迈纳姆监狱的消息，不过是这位夫人的投石问路之举。

如果是以前的夏洛特，估计会实话实说，但现在的夏洛特却不会那么老实了，他淡淡一笑，说道："也许梅尼尔曼学姐会去海军吧。"

帕斯卡尔夫人微微一笑，说道："也许吧！"

她似乎达成了某个目的，很快就告辞而去。

夏洛特在办公室待了一会儿，处理了一些公务，从容翘班回家。

今天他跟安妮没有约，因为这位布列塔尼小姐面临期末考试，纵然天资横溢，她还是不能无视大学的规矩，这几天都出不来了。

夏洛特乘坐公共马车到了爱丽舍田园大街，吃了饭才回到 58 号。

自从灵性提升后，他的修炼速度就又提高了一个级数，这段时间血腥荣耀即将突破，故而回到家中就紧锣密鼓地开始修炼。

几个小时后，心脏处的血腥旋涡生出了令人意想不到的变化，无数细碎的淡金色符文诞生，组成了一个奇妙的构造，宛如一颗小小的金色心脏。

一项全新的异能悄然诞生。——血焰气！

夏洛特身上冒出了血色焰气，吸血手斧上也同样冒出了血色焰气，两股血色焰气遥生感应。挂在墙上的吸血手斧宛如倦鸟归巢一般，自动飞起，投入了主人的手里。

夏洛特惊喜不已，睁开了双眼，吸血手斧绕着双手转了一圈，犹如被一只无形大手投掷出去，快如闪电。手斧要斩入墙壁的一刹那，血焰气爆发，它牢牢钉在了空气中，斧刃震动生出轻微的颤鸣。

夏洛特一招手，它又飞到了主人的手里。

这就是血焰气的基本功用！

血焰气能灼烧敌人的生命，反哺生命力给主人，它还能增幅武器的杀伤力，让武器与主人之间有极其微妙的感应，随时能用意念召回。

在夏洛特的心里，他此刻想的绝对不是召回武器，而是当年人族大哲普罗泰戈拉限于知识体系，从未想过，也不曾开发的一项战技——虚空驭物！

夏洛特一想到自己驾驭飞斧百步之外击杀敌人的场面，就忍不住心情荡漾。之前的夏洛特剑术平庸，也不擅长近身战斗。

现在的夏洛特本身也不喜欢跟人肉搏。若是能够以血焰气驾驭吸血手斧，跟敌人隔空战斗，夏洛特感到十分兴奋。

帝国的官僚体系对超凡有优待，超凡凭借超凡之力，比普通人更容易建功立业，借助功劳升职。比帝国的官僚体系待遇更好的是加入正神教派，拥有一份神职就能获得种种特权。

只可惜，加入正神教派，再也无法染指世俗的权力，生活也要被教条约束，比如终生不能结婚，不能拥有世俗财产，非常不方便。

夏洛特并不打算做西洋和尚。

跟吸血手斧产生了羁绊，夏洛特对这件武器多了几分偏爱，他把手斧重新放在了书桌上，坐回了沙发。

接着修行了一会儿血腥荣耀，直到下午四五点钟，夏洛特吃了两个牛角包，准备出门去散散步。

他原本是打算老老实实地在家宅一天。但血腥荣耀凝聚出了第二种异能，还是亚度尼斯氏血族秘法的根基，血腥荣耀十三奇技威力最大的一种，让他的情绪激荡，无法平复，出门散散步有助于身心健康。

夏洛特锁好了门，沿着小巷转入了爱丽舍田园大街。

这条长两千六百皮米的繁荣商业大街，到了这个时候仍旧人来车往，非常热闹。

下午四五点钟，距离爱丽舍田园大街的商铺歇业的时间，还有两三个小时，法尔斯帝国没有路灯系统，所以纵然是最繁华的商业街也只能营业到傍晚。

夏洛特闲逛了半个小时，先后走进了四五家商铺，并没有看上任何东西，正打算再逛一会儿就回去，就听到有人叫他的名字。

他抬头望去，看到一辆稍微陈旧但大气古朴的马车疾驰而来，一个脸上略带稚气的美貌少女正把身体探出车窗，跟他摇手招呼，正是前未婚妻希尔薇·马丁小姐。

她容光焕发，笑靥如花，显然遇到了喜事。

这几天希尔薇·马丁早出晚归，夏洛特从不过问她的行踪，此时见这位前未婚妻小姐如此开心，忍不住问道："希尔薇小姐，您有什么开心的事儿？"

马车在夏洛特身边停下，跟随希尔薇一起下马车的还有一位女士。

这位女士身段高挑，步伐轻盈，身姿非常矫健，二十七八岁的样子，金色的头发盘在脑后，穿了一身女式猎装，手里拎着一根小巧纤细的手杖。

她有一双湖蓝色的眼眸，五官立体精致，是一个绝不输给安妮·布列塔尼小姐的美貌女孩儿。

当然绝对比不上梅尼尔曼·苏玫，毕竟那位小姐绰号"帝国第一玫瑰"，在法尔斯帝国就没有男士会把其他女性跟她并列，那是一种会引起当街决斗的亵渎。

希尔薇给两人互相做介绍道："这位是我的表哥，夏洛克·梅克伦。"

"这位好心的薇妮小姐，帮我找到了丢失的行李。"

这位女士一只手轻抚胸口，行了一个标准的帝国礼，用令人舒适的嗓音，从容自若地说道："薇妮·亚尔赛奴，猫侦探社的社长！听说梅克伦先生在基尔迈纳姆监狱工作，以后若是有案件涉及相关专业，不知可否请求您帮忙呢？"

夏洛特微微一笑，答道："一切都没问题，有什么需要请薇妮小姐尽管开口。"

希尔薇欢快地说道："刚巧薇妮小姐的侦探社需要雇员，就去市政府调了我的档案，把我的工作关系转入了猫侦探社，现在我是一名见习侦探了！"

夏洛特微微吃惊，他虽然已经跟这位前未婚妻小姐解除了婚约，但还是忍不住劝了一句，说道："你是否想好了？私人雇员的待遇可比不上政府公务员。"

国立公学主要给各级政府培养人才，但也允许毕业生自行找工作，只不过私人雇员待遇较差，极少有人愿意放弃进入政府的工作机会。

希尔薇·马丁说道："我已经打听过了，我大概会被分去乡下，成为一名三级登记员，大概率几年内都不会有升职机会。"

夏洛特大吃一惊，难以置信的神色，叫道：“怎么可能？你可是贝希摩斯国家学院毕业生，不是公学毕业生！至少也应该是二到三级的协理员，就算是一级协理员也不过分，五级登记员都实在太过分了，怎么会是三级登记员？”

帝国的登记员从一级四十九等，到五级四十五等，算是文职的底层，授予公学毕业生算是优待，让一位国家学院毕业生担任此职务，摆明了有人在搞黑手。

希尔薇·马丁淡淡说道：“没什么！因为我是女孩子。”

夏洛特明智地换了个话题，问道：“侦探小姐给你开的周薪是多少？”

薇妮·亚尔赛奴微笑答道：“八十五生丁，还包住宿和两餐。”

夏洛特微微点头，暗忖道：这个报酬非常合理，跟一级协理员同酬，因为包食宿，生活水平甚至比进入政府公务员序列的新人还好一些。

薇妮·亚尔赛奴继续说道：“希尔薇小姐是个非常优秀的人才，我的猫侦探社刚好有位助手要结婚了，只能辞职，因此有了人手缺口。”

法尔斯帝国虽然允许女性工作，但传统势力相当强大，夫家除非家境实在一般，需要女方这份薪水，不然都会要求女方辞职。

夏洛特表示明白，他不打算再劝，毕竟已经是前未婚妻小姐了，他管不到那么宽。正要问对方打算什么时候搬出去，就听到希尔薇有些不好意思地说道：“我还没拿到薪水，虽然拿回了行李，但只有一些物品，现金都没找回来，父亲的汇款也要过一段时间，昨天你买东西的花销，我要过一段时间才能还。”

夏洛特微微一笑，说道：“您不必跟我客气。”

这位活泼的前未婚妻小姐说道：“薇妮小姐陪我过来，是帮忙搬家的，不知道表哥你是否方便？”

夏洛特微微一笑，说道：“薇妮小姐，希尔薇表妹，还是请跟我到家里聊天吧，在大街上太不礼貌了。”

他把两位女士带回了58号，请到了会客室，取了一瓶气泡苹果酒斟了三杯，自己先举杯示意，并一饮而尽，然后笑着说道：“这家的气泡苹果酒还不错，两位小姐可以品尝一番。”

薇妮·亚尔赛奴进来之后，就四处打量，她举杯小酌一口，好奇地问道："夏洛特先生一个人住？"

夏洛特答道："是的！"

薇妮小姐并未再说什么，换了个话题问道："不知道夏洛特先生对女士工作的事情，有什么看法。"

希尔薇有些不爽利地说道："我结婚后也不想辞职，如果对方不能接受，我就不结婚。"

夏洛特作为一个现代人，对女性工作当然没任何看法，他微微沉吟，答道："我希望女性可以像小鸟一样，有随心所欲、自由选择生活的权利。"

一个清脆又熟悉的声音从门外传来，叫道："梅克伦先生，你居然这样想？实在太好了！"

夏洛特差点就跳起来，他也没想到安妮·布列塔尼小姐会忽然来拜访，急忙说道："安妮小姐，请进。"

同时也给两位女士介绍道："安妮·布列塔尼小姐！我的一位好友。"

安妮·布列塔尼俏脸上全是开心和喜悦，她其实一直都担心，结婚后不能工作，只能困于家中，与无味的贵族社交。

夏洛特刚才的回答，让他在安妮心中的分数提高了很多。

安妮轻扯裙子行了一个日常女士礼。

希尔薇回了一个日常礼，薇妮仍旧回了一个标准帝国礼。

夏洛特硬着头皮给安妮·布列塔尼介绍道："这位希尔薇·马丁小姐是我的表妹。这位薇妮·亚尔赛奴小姐是猫侦探社的社长。我表妹毕业于国家学院，刚刚从贝希摩斯公国来斯特拉斯堡，即将进入猫侦探社工作。"

安妮微微露出惊讶的神色，叫道："薇妮·亚尔赛奴小姐？那位鼎鼎有名的猫精灵侦探吗？我可是听说过您不少的事迹，一直都很仰慕，也曾想过毕业后去猫侦探社工作呢！"

她见夏洛特似乎不了解猫侦探社，低声解释道："猫侦探社是帝国唯一一家女性雇员占七成的侦探社，所有的女性雇员都可以在加入侦探社后学习猫之精灵魔法。

"薇妮·亚尔赛奴小姐是帝国七大侦探之一，号称猫精灵侦探，也是法尔斯帝国所有女性的骄傲。"

安妮重新郑重地向薇妮·亚尔赛奴行了一个宫廷礼。宫廷礼是日常礼

的完全版，多了几个复杂又非常优雅的手势，不像日常礼只是轻轻扯一扯裙子了事。

薇妮小姐微微一笑，幽默地说道："我只是天性自由得过分了！我代表猫侦探社，欢迎安妮小姐毕业后来应聘。"

她在听说布列塔尼这个姓氏后，就知道这位小姐身份高贵，绝无可能来做女性侦探，这句话只是普通的客气之词。

安妮也知道家族绝不会允许自己做一名抛头露面的侦探，心底深感惋惜。三个女孩子倒是很快就聊到了一起。

安妮在知道希尔薇是夏洛特的表妹之后，几次旁敲侧击，想要探问夏洛特的事情。希尔薇倒是很给面子，居然难得地替这位"表哥"说了几句好话，让一直提心吊胆的夏洛特微微松了一口气。

他坐在一旁基本不插嘴，只是偶尔充当临时接待生，给几位小姐斟上气泡苹果酒。

大约一个小时后，夏洛特见三位小姐仍旧谈兴甚浓，忍不住建议道："请允许我失陪片刻，去买一些气泡酒和小点心回来，家里太简陋了，什么都未准备，招待得有些失礼。"

安妮·布列塔尼和薇妮·亚尔赛奴一起叫道："不用！"两位貌美的女士相视一笑，忽然就有了一些默契。

薇妮·亚尔赛奴微微一笑，说道："还是我来吧，我的猫咪们更有力气一些。"

她伸出五指纤细的右手，捏了一个奇特的法印，就听到一声腻人的喵喵猫叫，这位猫精灵侦探小姐宠溺地说道："去附近的店铺买一些气泡酒和小糕点回来。"

一声拉长的猫叫之后，外面再没了声音。

薇妮·亚尔赛奴说道："我让自己的猫去买东西了，不需要夏洛特先生亲自劳累。"

夏洛特满心惊讶，他虽然获得了一部分关于这个世界的记忆，却真的不了解何谓猫之精灵魔法。

没一会儿，就有敲门的声音响起，夏洛特去开了门，门外是一只三花肥猫，叼着一个硕大的提篮，这只三花肥猫放下提篮，"喵喵"叫了两声，甚是傲娇。

夏洛特在地球上也是养过猫的，他手法娴熟地轻轻撸了几下，它哼哼了几声，然后满意地跃上了附近的一辆马车，蜷缩着身子小憩起来。

爱丽舍田园大街 58 号门外的小广场上停了两辆马车，一辆是安妮的马车，一辆是薇妮·亚尔赛奴的马车。自从他搬进 58 号以来，这里还是第一次这么热闹。

两位邪神联袂“拜访”那次不能算……

他一面惊讶于猫之精灵魔法的实用性，一面把提篮拿进了房间，并且给三位小姐送了过去。

夏洛特见过安妮的机械甲虫，但机械甲虫显然不可能购买东西，只能用来通知外面的仆人，再让仆人去购买物品。

薇妮·亚尔赛奴的猫之精灵魔法可以直接驱使猫咪，的确比机械甲虫方便许多。

夏洛特甚至生出向薇妮·亚尔赛奴求教这门魔法的冲动。

薇妮·亚尔赛奴小姐的聊天技巧很高级，这会儿三个女孩子已经开始讨论最近的一个奇特案件了。

夏洛特听了一会儿，稍微了解了一点情况。

最近在阿尔卡特拉斯区出现了连环失踪案件，而且还不是孤身失踪案件，而是全家失踪，已经有七个家庭，总计六十余口人消失不见了。

每一户人家的境况，都呈现出一切正常的样子，似乎家人们都是暂时离开，他们的家里也都没有盗贼闯入的迹象，但消失的人却再也没有出现，没有留下任何蛛丝马迹。

失踪案附近的居民完全不敢指望巡城军，而是对私家侦探社开出了高额悬赏。他们都很担心，哪一天就轮到自己失踪了，所以赏格开得很高。

薇妮·亚尔赛奴很想拿下这笔赏格，她把话题引入这个案子，也是想借助两位小姐的智慧，不管是希尔薇还是安妮，都是这个时代难得的高知女性，但很显然，她这一次失望了。

这么悬疑的案子，两位年轻小姐完全没有头绪。

夏洛特听了有一会儿，他也没什么想法。

安妮·布列塔尼忽然发出一声惊呼，叫道：“糟糕了！太过投入，我

已经到了该回家的时间。”

薇妮·亚尔赛奴也微微一笑，说道：“我是来接希尔薇搬去侦探社的宿舍，没想到聊了这么久，实在太打扰梅克伦先生了。”

夏洛特急忙说道：“不打扰，跟三位小姐度过一个美妙的下午，我只有开心和欣喜。”

安妮离开了座位，拉住了夏洛特的手走到了一边，说道：“我今天过来是有一个内幕消息告诉你。”

夏洛特微微惊讶，问道：“什么消息？”

安妮低声说道：“梅尼尔曼最近被牵扯到一个案件，这个案件波及甚广，你要多加小心。”

她说完这句话，就匆匆跟他告别。

时间的确有点晚了，安妮小姐在很多时候都是个乖乖女，除了……偶尔半夜入梦吓人。

希尔薇上了二楼，把前几天买的东西都带上，居然也有两个大行李箱。

在薇妮小姐的帮助下，这位前未婚妻小姐上了马车，接着便跟夏洛特道别了。

目送两辆马车先后离去，夏洛特回了爱丽舍田园大街58号。虽然希尔薇在的时候，他总担心有麻烦，但忽然又变成了一个人，心里还是有些空落落的。

爱丽舍田园大街58号实在太大了，一个人居住的确有些难以言喻的孤独。夏洛特忍不住想道：我要不要雇用一个厨娘？几个仆人？又或者养个宠物？

他虽然陪几位小姐吃了些糕点，但并未吃饱，所以稍稍犹豫之后，去家附近最近的餐厅点了一份套餐。吃过晚饭之后，他想起上次去的猫与四叶草咖啡店。虽然这个时代的咖啡微酸，但口味浓郁，也算是不错的饮品，比起味道很浓重、有点掺了辣椒的花椒水味儿的红茶好不少，也比东丽国的花茶更适合熬夜提神。他决定去买一批咖啡，不光自己可以做日常饮品，也能用来招待客人。

夏洛特步行到猫与四叶草咖啡店时，就听到了“喵喵”的声音，这声音非常稚嫩，随即他就看到了那只半大的伶俐猫警惕地看着自己，还护住了三只出生没多久的猫崽。

夏洛特想起上次看到的，还以为这只猫是肥胖，忍不住微微一笑，说道："这些猫崽很可爱。"

咖啡店的主人是个有些年纪的女士，听到客人的夸赞，露出了微笑，说道："先生若是喜欢，可以领养一只，不需要任何费用，只要善待这些小东西就好。"

夏洛特微微犹豫了一下，蹲下来看着三只小家伙，那只半大的伶俐猫似乎觉察到这个男人没有恶意，也没有那么警惕了，有些慵懒地躺了下来，三只猫崽奋力地爬上母猫的肚皮，开始嘬食奶汁儿。

夏洛特看了一会儿，说道："我要一批咖啡，各种都要一些。这三只猫崽很可爱，请允许我把它们都带走吧。

"不过它们太小了，不能离开母亲，暂时还劳烦夫人多照顾几天，这里是二十生丁，算是小家伙们寄养期间的伙食费吧。"

咖啡店主人微微惊喜。她的咖啡店营收并不算丰厚，养一只伶俐猫已经很吃力，所以没法留下三只猫崽。夏洛特不仅愿意收养三只猫崽，还支付了寄养费，可以让猫崽多留一段时日，对这位夫人来说，简直是太好的事情了，她忙不迭地答应下来。

收养了几只小家伙，夏洛特很开心。上辈子少许的养宠物经验，让他知道猫崽不能太早离开母猫，不然不容易养活，所以他纵然喜爱也没有立刻带走，准备等几个小家伙满月了再说。

二十生丁的购买力，换算成人民币近四百元，足够养这三只小东西很久了。要知道，希尔薇·马丁小姐的周薪，也不过区区八十五生丁。

因为购买的咖啡不算多，夏洛特没有让店主夫人送货，随手带着回家了。

连续几天，夏洛特都没有再见到梅尼尔曼学姐。

他也听说了一些消息，甚至有人说梅尼尔曼小姐已经被关入了监狱底层，但这些八卦并无可靠来源。

夏洛特调过来没多久，在基尔迈纳姆监狱里没有熟人，无从打听并验证这些消息。

又一次提前下班，夏洛特陪安妮去看了一场歌剧，并且蹭坐布列塔尼家的马车回了爱丽舍田园大街。他跟安妮互相道别，步行回到了58号。

让他意外的是，在自家门外看到了两位狱警，而且是熟面孔。

夏洛特问了一句："约翰，托尼！你们两个是找我有事儿？"

"这么晚了，难道是梅尼尔曼小姐有什么指示？"

两位狱警互相望了一眼，一起说道："梅尼尔曼典狱长已经调走了，是新任命的马格鲁典狱长叫你过去。"

夏洛特望了一眼天色，忍不住说道："这么晚了？"

两位狱警说道："没办法，新来的马格鲁典狱长脾气很糟糕，他下午过来监狱，先点了一通名，得知您不在，已经签了免职令，也许您现在回去，还来得及挽救。"

"免职令？！"

夏洛特这次是真的惊到了。

只是下午早退而已，新典狱长抓到这么小的错误，就要免除他的职务？

这件事并不合帝国法规，但帝国本来也不是法治社会。

夏洛特没有多说什么，跟上了两位同事，匆匆回到了基尔迈纳姆监狱。

夏洛特迈进熟悉的办公室，看到的不再是美貌学姐，而是一个大腹便便的中年男士，把大码的军服都撑得滚圆，满脸怒容。

夏洛特急忙行了个礼，心道：这家伙不会一直在等我吧？

一个生冷带有讽刺意味的声音响起来："梅克伦先生，你身为一级文书长，居然连续早退，甚至在我上任的当天，失踪了整个下午，请问——

"你是否适合这份工作呢？"

夏洛特无话可说，他最近的确一直早退，那也是因为监狱根本就没什么事儿，又加了太多天的班。

对方虽然说得义正词严，但在他回来之前就已经签发了免职令，都没有给他辩解的机会，显然不是因为早退这点小事。

按照帝国法律，迟到早退最多罚薪，绝无免职的道理，这个大腹便便的家伙八成是想要清除梅尼尔曼留下的"心腹"。

夏洛特没有说话，让新任典狱长认为他已经开始害怕了。新任典狱长很满意自己的威吓，故作愤怒地说道："我已经免去你一级文书长的职务，但作为新上任的长官，我特意给你一份优容，允许你作为临时狱军继续在基尔迈纳姆监狱工作。若是你肯努力工作，改掉早退的小毛病，我也不是不能恢复你的职务。”

“临时狱军？那根本不是帝国公务员！”

夏洛特在中央政府办公厅待过两年，熟悉帝国的法律，他听出了一点不对劲，大脑全速运转：“免职令下达，就是彻底剥夺帝国公务员的身份。

“根据帝国法律，典狱长能签发免职令，却不可能让我重新回到一级文书长的职位，除非有更高一两级的官员出面干涉。

“他下手这么黑，直接就签了免职令，还忽悠我，只要努力工作就能恢复原职，究竟想要做什么？”

基尔迈纳姆监狱的新任典狱长马格鲁·特勒，以为已经镇住这个小小的一级文书长，当然免职令已经签发，对方已经不是一级文书长了，现在的夏洛特·梅克伦，只是一个他想要拿捏就能随意拿捏的小人物。

马格鲁露出一个微笑，说道：“我相信你知道该如何表现了。

“我想要知道，梅尼尔曼最近都干了些什么，你又参与了哪些事件。她点名把你从中央政府办公厅调过来，必然是有特别的事情让你去做，我想知道详细情况。”

夏洛特立刻就反应了过来，暗道：这是针对梅尼尔曼学姐的政治斗争？

“可恶！卷进这种级别的政治斗争，我这种小人物会死啊！”

马格鲁见夏洛特还不说话，语气严肃地补了一句：“你现在是临时狱军，是管理那些死囚的人，但也不是不能转变身份，成为被关押进去的垃圾。

“我这里还有一份‘你借取了三件超凡武器，一直扣作私用，没有归还监狱’的报告。

“我耐心有限！不要挑衅我的底线。”

夏洛特深深吸了一口气，私底下倒卖超凡武器是监狱的潜规则，潜规则就意味着不能摆在台面上。新任典狱长把这事儿都拿出来说，是没打算给他选边的机会，非要把他逼上绝路不可。

这件事既然被翻了出来，就算他顺从对方，下场也绝对好不了。

夏洛特不知道梅尼尔曼卷入了什么样的政治斗争，但既然新任典狱长

决计不会顾及他的死活，出卖这位学姐也不会有好果子吃，最大可能是被过河拆桥，死得不明不白，那出卖还有什么意义？

那就只有选择另外一边了。

尽管，他也不知道选择梅尼尔曼会是什么下场。

虽然这段日子他过得很快乐，但作为这个世界的外来者，他并没把这种生活看得有多重要，没有那种患得患失的心态，也没有侥幸的心理。

夏洛特抬起了一直低着的头，说道："我愿意举报……"

马格鲁很讨厌这个年轻人的清澈眼神，但对方的话让他决定给对方一点耐心，说道："临时狱军夏洛特，你果然是个识趣的人。"

他特意在"临时狱军"这个词上加重了语气，就是为了增加威胁的气势。狱军好歹也是帝国公务员，但临时狱军可不是，就连最低的五十三等都不是。

夏洛特走上前一步，手中突然出现了一把吸血手斧，他将其奋力抛掷了出去，大叫道："马格鲁典狱长，你休想逼我污蔑梅尼尔曼小姐……"

吸血手斧飞出的一刹那，夏洛特催动血腥荣耀，奋力向后弹起，用背部狠狠撞破了典狱长办公室的大门。

卷二：战争的导火索

第一章 逃亡

办公室里爆发了澎湃的斗气，吸血手斧被斗气崩开，打着旋儿跟着夏洛特飞了出来。

能够成为基尔迈纳姆监狱典狱长的人，也许人品不好，但无论如何也不可能是个废物，夏洛特深知这一点，他刚才那一击，只是为了牵制对方的行为，并没有妄想能伤到这位新典狱长。

面对被斗气弹飞回来的吸血手斧，他随手一接，重新收入掌中。夏洛特没有向监狱外跑，而是转身冲入自己的办公室，一边跑一边反复高声喊着刚才的那句话——

“马格鲁典狱长，你休想逼我污蔑梅尼尔曼小姐！”

马格鲁也微微惊讶，他知道这个一级文书长有些本事，本以为被自己高达七级的斗气弹飞的手斧足以把对方劈成两半，却没想到夏洛特从容地把这件武器纳入掌中。

他不知道，夏洛特觉醒了十三奇技之一的血焰气，可以隔空操纵吸血武器，并非纯凭手法收回。

马格鲁愤怒咆哮，大喝道：“抓住这个叛贼！”

夏洛特的血腥荣耀只修炼到第二层，就算拥有“洞察”和“血焰气”两大异能，也根本没有可能冲出重兵防守的基尔迈纳姆监狱，但他的办公室有一面很大的窗户，窗户外就是马恩区的街道。

马恩区作为外十五区，情况非常复杂，只要能混入居民区，就有一定概率逃出生天。

他冲入自己的办公室，没有丝毫犹豫，从窗户奋力一跃而下，人在半空连续几个翻滚卸势，落在地上虽然摔得有些狼狈，却没有受伤。

夏洛特迅速爬起来，催动血焰气，撒腿狂奔，几分钟后才有一批狱军追出来，却早就不见这位前一级文书长的踪影了。

马格鲁脸色难看至极，他没想到区区一件小事居然出了这么大的岔子！夏洛特逃走时喊的那句话，肯定有不少人听到。

他成为典狱长没有多久，还未能够执掌所有权力，彻底控制基尔迈纳姆监狱所有的狱军，肯定会有人把这个消息传播出去。

他虽然得到某个背后势力授意，要调查梅尼尔曼，且私底下悄悄搞事，对方没有证据，也拿他无可奈何，可他没有胆量公开跟苏玫家族撕破脸。这个消息传出去，他肯定会吃不了兜着走，背后的势力也不见得会保他。

马格鲁在办公室里狠狠地一拍办公桌，他无论如何也想不透，为什么夏洛特丝毫不妥协，连一丝犹豫都没有，甚至立刻就想出来这么狠毒的反击。直接把他架在火上烤？！

他抱着一丝侥幸，吼叫道："今天的事情，谁也不许说出去！只要让我知道，有人把刚刚那句话传出去，我让你们都尝尝蹲监狱的滋味！"

众人听到这句话，几乎都心底暗道：新的典狱长果然要诬陷梅尼尔曼小姐。

夏洛特逃出基尔迈纳姆监狱，雇了一辆公共马车，以最快的速度冲回了爱丽舍田园大街58号。

夏洛特喘着粗气，闯进了爱丽舍田园大街58号，把藏在卧室的几张储蓄联合会存款单翻了出来。

得罪了新典狱长，对方百分百不会放过他，放在储蓄联合会的存款十成十会被没收。

他已经打定了主意，先逃亡一段时间，身上没有钱可不行。

这个时代没有电话，没有网络，调动狱军和巡城军没那么快，夏洛特只要动作够快，还是有一定机会取走全部存款，飘然远走高飞的。

夏洛特拿到了存单，有些庆幸自己这段时间没怎么挥霍，除了定制那根通体镶嵌了数十颗银星的新手杖，没有购买任何贵重物品。

既然准备逃亡，当然得轻装简从，除了储蓄联合会的存单、吸血手斧、日记本、新买的手杖和几件衣服，他还取走了那把二手的马格南手梭，毕竟这玩意儿防身还挺靠谱。

收拾了东西，他正要离开家门，就听到外面嘈杂的声音。

夏洛特果断放弃了走正门，冲入了院子，然后奋力一跃，翻过围墙，跳入了卢卡瓦罗河。

他刚刚跳入河水，就有一支狱军冲进了爱丽舍田园大街 58 号，沉重的皮靴踏着地板，开始了搜查。

半个小时后，夏洛特从另外一处地方爬上了岸。

他首先查看了储蓄联合会的存单，虽然已经被河水浸湿，但还算完整。

夏洛特没敢耽搁时间，脱掉了身上的衣服，稍稍拧干之后，就飞奔向最近的储蓄联合会办公点。

夏洛特办理完手续，把存款全数换成了佛尔纸币并取出来时，大大地松了一口气。手里有钱，还是五百九十三埃居这么一笔巨款，即便是逃亡也没那么慌了。

尽管他知道五十面额的佛尔纸币只要一出手就会惹来很多关注，但还是兑换了一百一十张五十佛尔纸币，五百多埃居兑换成小面额的纸币实在不方便携带。

剩下的四十三埃居，他兑换成了四十张十佛尔纸币和三张一佛尔纸币。

好在他身上还有一些零钱，不太会因为购物而引人注目。

取了钱之后，夏洛特有些茫然。他从这个世界醒来并没有多久，满打满算还不到一个月，对整个旧大陆并不算熟悉，至于遥远的新大陆，脑海中更是搜索不到一点有用的信息。

“肯定不能回老家，那边认识我的人太多，最容易暴露身份。要不……离开法尔斯帝国？可恶，还以为接下来工作优渥，还有白富美倒追，会有一段安逸又丰富的生活呢！怎么会搞成这样？”

夏洛特思忖良久，准备先去买一套方便逃亡的衣服。他脚上还是一双薄底的皮鞋，在城市里行走非常舒适轻便，却不适合野外活动，也不适合长途跋涉。至于身上的衣服，更要换一套旧大陆最流行的猎装。

夏洛特深深吸了一口气，正要找一家陌生的裁缝铺子，就看到两个穿着黑色大衣、面容冷峻、拄着连鞘刺剑的年轻人，分别站在长街的两头，堵住了自己的道路。

两个穿着黑大衣的年轻人，身上都有一股几经生死磨砺的凌厉之气。

其中一个脸上有十字伤疤的年轻人，露出洁白的牙齿微微一笑，说道：“我们早就盯上你了。不过，我觉得等你把存款取出来再出手抓捕，会比较仁慈，毕竟这是你临终前最后的愿望了。

“艾狄生觉得，纵然有联合储蓄会的存单，但不知道密码，把钱取出来还挺麻烦的，就答应了我的请求。”

夏洛特没想到自己居然早就被人盯上了，完全没打算使用新定制的炼金手杖。论近身搏杀，他就是个生手，所以他毫不犹豫地拔出了马格南手梭，冲着说话的年轻人，把子弹发射一空。

这位脸上有十字伤疤的年轻人，面对枪口，从容不迫，拔出刺剑，轻盈一抖，一瞬间连出了十余剑，地上叮叮当当，落下了十余枚被切成两半的子弹，剑术神妙如斯。

普通人的身躯有其极限，根本不能完成如此高超的剑术。

夏洛特吸了一口凉气，问道：“超凡？”

长街的另外一头，一个冷冷的声音传了过来：“韦尔斯是占卜师，他的绝活是占卜子弹的痕迹，你也看到了，非常灵验。”

夏洛特握住了藏在衣袖里的吸血手斧，问道：“占卜师？你们是纯靠灵性找到我的？”

脸上有十字伤疤的年轻人说道：“没错，所以不要想着逃走了，不管你逃去天涯海角，都躲不开我的占卜术。”

夏洛特抛下了没有子弹的马格南手梭，问道：“你们是谁？为什么盯上我？”

韦尔斯刺剑前指，答道：“我们是烈马侦探社的侦探，雇主来自基尔迈纳姆监狱，是官方提请的协助调查。”

“基尔迈纳姆监狱那边给出的指令是，死活不论，最好是死的。”

夏洛特一直都觉得法尔斯帝国的执法队伍效率不怎么样，却忘记了，

这个有异能的世界，还有超凡侦探这种选择。

烈马侦探社的社长奥布里条顿·亚特伍德，亦是帝国七大侦探之一，排名在猫精灵侦探薇妮·亚尔赛奴之上。

烈马侦探社的规模亦比猫侦探社大了十余倍，雇用了一百余名侦探，正式的侦探中甚至有十余名超凡，还有两三百名侦探助手和人数不少的见习侦探，以及各种事务员，业务范围非常广泛。

面对会占卜的追杀者，夏洛特非常头疼。他没有尝试用金钱收买对方，两位烈马侦探社的侦探已经表明了要吞掉他身上的现金，再用这种手段，未免太幼稚了。

夏洛特在一瞬间就镇定下来，毫不犹豫地发动了“洞察”，全息视角笼罩了整条街，吸血手斧破空飞出，斩向了另外一名侦探。

吸血手斧斩中了目标，生出一声沉闷的响动。然而叫作艾狄生的侦探身上出现了熊熊烈焰，炽烈的火焰形成了一团旋风，吸血手斧斩入了火焰，却未能突破火焰旋风，伤害到这位侦探。

艾狄生脸上露出残忍的笑容，说道：“我是烈马侦探社的火焰龙骑士，你的小伎俩根本攻不破我的异能。”

也不见他有什么动作，一道火焰把吸血手斧卷开。吸血手斧跌落在地上，但它“余势”未衰，有力地弹起，冲着韦尔斯的方向飞出了数十步，才势道垂尽，跌落在街边。

夏洛特心头微微一紧，却故意表现得惊慌失措，叫道：“三阶超凡！”

艾狄生使用的“斗气”，是骑士的看家本事！

在旧大陆有个说法，骑士是道路最宽广的超凡，也是最易成就的超凡，门槛甚至低到就算一介平民也有机会获得一门修炼斗气的秘法。

在法尔斯帝国，国家学院就有完整的骑士体系教学，只要考入国家学院，就可以学习呼吸法。

其中最优秀的学生凝聚了力量种子，觉醒生命底蕴，破茧而出，拥有斗气，便可得到骑士称号。

即便没能考入国家学院，旧大陆的很多民间社团也会传授某种呼吸法，比如烈马侦探社就流行火焰龙息呼吸法，以此法觉醒斗气，可以自称火焰龙骑士。

夏洛特在国家学院没能觉醒斗气，上了大学之后，完全放弃了这方面的修行，但对很多常识还是了如指掌。

他从艾狄生的表现，可以判断出对方的斗气大概是三级，在超凡行列，就是三阶超凡。

韦尔斯手持刺剑，大步向前，笑道：“还是选我做对手吧！我可是不善战斗的占卜师，而且实力也只是二阶。”

从资料上看，夏洛特就是个没有任何实战经验的文职公务员，从表现上看，他最多就是一阶超凡，而且所精擅的血腥荣耀，战斗方式跟斗气相近，但威能偏弱，尽人皆知。

两位烈马侦探社的侦探带着三分游戏心态，并没有怎么认真对待这场战斗，就如老猫耍鼠，甚至有一点懒散。

夏洛特默默计算，待韦尔斯踏入某个范围，他用只有自己能听到的声音，淡淡地说道：“不管是东方还是西方，不管是仙侠还是神话，从没有任何一种占卜，能够不付出代价，且全知全能。”

跌落在地上的吸血手斧，宛如灵巧的小鸟，悠然飞起，从一个诡异的角度，砍中了韦尔斯的脖子。

在血焰气的操纵下，这件吸血邪兵狂吞这位侦探的精血和生命力，韦尔斯几次伸手，想要拔出脖颈上的手斧，但每次手抬到中途，就无力垂下。

只是几十个呼吸，一身旺盛的生命力，被吸血手斧尽数吞噬，整个人就如秋风中的枯叶，瞬息枯败，年轻矫健的身体，枯槁得如风烛残年的老人。

艾狄生脸色骇然，面对如此突如其来的变故，他没有第一时间上前，错过了救下队友那稍纵即逝的机会。

接下来，他做了一个令夏洛特都意外的决定，全身火焰翻腾，爆发斗气，以最快的速度逃跑了。

夏洛特是大学生，在谢菲尔德大学经历了完整且专业的超凡知识学习。两位侦探各自出手，他就觑出破绽，并针对性地设计了战术。

烈马侦探社的两位侦探连国家学院都没考进去，进入侦探社后才有机会接触呼吸法。他们虽然实力不俗，战斗经验也丰富，但学识可就差很多了，根本没有看穿夏洛特的底细。

艾狄生虽然知道血腥荣耀，但对血腥荣耀十三奇技的了解不多。这种

能隔空操纵武器的手段，在他的认知体系里是高阶超凡才能拥有的异能。

尤其是夏洛特先声夺人，一出手就杀了韦尔斯。他用吸血武器致人死亡的模样，又很有“反派”大魔王的气势，让艾狄生错误地判断了他的实力，选择了“聪明人”的做法——独自逃走。

艾狄生虽然是正式侦探，周薪也不过才两佛尔四十生丁，比一级文书也只高不到一佛尔，拿这么点钱跟人玩什么命啊？

夏洛特没有追上去，他摇了摇头，走到了韦尔斯身边，摸出了他的钱包，还从这位侦探身上摸出了一把全新的马格南手梭，以及一个牛皮子弹包。

至于对方那把刺剑，虽然看着价值不菲，他却没要，一来他不擅长剑术，二来逃亡期间，这东西也不好脱手。

夏洛特把自己的二手马格南手梭也捡了回来，然后扬长而去。

吞噬了韦尔斯这名二阶超凡的生命力，他需要找个地方消化。

夏洛特离开之后，整条街道才渐渐重新有了行人。

这种当街杀人事件，在小地方司空见惯，即便在首都斯特拉斯堡都不算罕见，甚至没有什么行人打算去报巡城军，倒是有人好心地通知了一下市政的收尸人。

夏洛特没有直接离开，他折返回了上七区，匆匆穿过斯特拉斯堡的中心城区，进入了和马恩区隔着市中心遥遥相对的弗朗什孔泰区。他虽然没什么反侦察经验，但看过不少相关的报道，知道这样做能迷惑一下追兵。

只要离开上七区，狱军一般就不会追上来了，巡城军的力量也变得薄弱。如果狱军被他误导，向马恩区和卢卡瓦罗区方向搜索，他就更安全了。

虽然外十五区也有驻军，但对这种小案子一般兴趣不大。他也不担心全城大搜索这种事儿。他是跟新的典狱长闹翻了，属于私人恩怨，还没有明确的罪名。就算罪名确凿，因为身份太低微，犯的也不是什么大案子，倒卖监狱的超凡武器能算多大罪名——还不至于造成这种大场面，帝国没那么多巡城军的治安力量可供挥霍。

夏洛特虽然在马恩区上班，但进入了弗朗什孔泰区，还是明显感觉到了外城区和上七区的不一样。

这里更为脏乱差，建筑也更为杂乱，街上走过的人都面无表情，显然生活压力太大，完全没有活力。

他也无暇发出感慨，匆匆找了一家还过得去的裁缝店，进了店铺，就开门见山地说道：“我要出一趟远门，需要一套耐磨的衣服。”

这家名为野百合的裁缝店里只有一个老裁缝，甚至没有助手。他看了夏洛特一眼，淡淡地说道：“需要五天！”

夏洛特微微一笑，说道：“我现在就要，给你加三成的钱。”

老裁缝慢条斯理地说道：“的确有几套成品衣服，但跟你的尺寸不太符合，得改一下。”

夏洛特说道：“那就请尽快吧！”

老裁缝把店内的几件成品衣服拿了过来，夏洛特选了一双小牛皮靴、一身厚实的猎装，还把店内放了很久的一个旅行箱买了下来。他要长途跋涉，却没有带任何行李，会显得异常。

老裁缝的手艺不错，大概半个小时就改好了衣服。

付款的时候，夏洛特选择把旧衣服抵押给老裁缝。

他身上的衣服都是在上七区的裁缝店定制的，用的都是好料子，虽然不算高档，又是二手旧货，但依旧比老裁缝店里的衣服值钱。

老裁缝做生意还算诚信，估算了一个合适的价格，找给了夏洛特两个生丁，两人愉快地完成了这笔交易。

虽然衣服拧干过，但夏洛特的身上仍湿漉漉的，他跟老裁缝借了一条毛巾，擦干了身子，换掉了身上的衣服，顿时觉得神清气爽多了。

他拎着自己的手杖和新买的旅行箱，走出了裁缝店。

夏洛特步行了一会儿，找到了一辆待客的公共马车，他上了车之后，给了马车夫一个城外的著名庄园地址。

他并不是要去那个庄园，而是那里足够远，一路上至少要五六个小时，这么久的时间，足够他消化掉吞噬的生命力了。

韦尔斯作为二阶超凡，生命力异常旺盛，夏洛特体内的血腥荣耀都快“炸”了。

马车夫欣喜若狂，这可是个好活儿，立刻就催动了拉车的马儿上路。

夏洛特调整了一下呼吸，运转体内的血腥荣耀，开始炼化吞噬来的生命力。

几个小时后，他左腿轰然一震，第三团血腥旋涡凝练成型。

虽然是在逃亡途中，夏洛特还是微微欢喜，按照正常修炼进度，纵然安妮小姐这样的天才，也要毕业五六年之后才有可能晋升三阶。

他张开双手，血腥荣耀在掌心喷薄，至少比原来强大了三四分。

稍稍尝试，夏洛特就把血腥荣耀收敛起来，心头暗道：不知道什么时候才能让右腿也凝聚出血腥旋涡，并把“轻捷”和“灵蛛”两枚奇术符文冥想成功。

他选择凝练双腿上的血腥旋涡，就是寄希望早一日能冥想出来这两枚奇术符文。

轻捷术能让人身轻如燕，快如奔马，灵巧如猿猴，弹跳力如铃鹿。

灵蛛术能让人飞檐走壁，登山越岭如平地，甚至还能凝聚灵力丝线，荡空遁行，有一点点特殊的应激灵感。

一旦他修成了这两门奇术符文，身法变化，奔行速度，就再不是普通人的层次，纵然遇到高阶超凡也能从容逃走，更不怕普通的追杀了。

夏洛特消化了吞噬的生命精华，终于有心思把韦尔斯的钱包翻了出来。

这位侦探应该是刚拿了新典狱长马格鲁·特勒给的报酬，钱包里居然有五埃居之巨，还有几佛尔的零钱。马格鲁出手也算是慷慨大方了。

钱包里还有一张提货单据，写着“刺剑一把”，夏洛特猜想是这位精擅剑术的侦探订购了新武器，但还未来得及取回。他把现金纸币和提货单据收了，随手把钱包掷出了车窗，此时马车已经离开了城区，道路两边都是荒野，钱包滚落在草丛里，大概再也不会被人发现了。

在马车路过一个村庄的时候，夏洛特留下车费，没有惊动马车夫，悄然下了马车。

目送马车疾驰而去，夏洛特微微放松了下来。他本来就不是要去那座庄园，消化了吞噬来的生命精华，他选择半路上溜走，会让追兵更难以琢磨行踪。

这处村庄人口不多，大概只有几十户人家，一条小街贯穿了整座小村庄。此时天色已经擦黑，夏洛特虽然是超凡，但也不敢半夜在荒郊野外赶路。

这个世界的野外并不安全，即便是首都斯特拉斯堡附近，也有食人的恶魔、凶猛的野兽，以及各种说不清楚的危险。

夏洛特试着敲了两家村民的大门，第一家传出粗鲁的声音，拒绝了他投宿的请求，第二家就好说话许多，虽然也拒绝了他，却指点他去村头的老约翰家里。

老约翰是个猎人，也偶尔做点接待陌生人住宿的生意。

夏洛特找到这位猎人家的时候，天色已经完全黑了。他敲响了大门，提出了投宿的请求，一个身材高大健壮的老头拉开了房门，说道："进来吧！"

让夏洛特意外的是，这位老猎人并不是一个人，他的房间里还有一支小型的冒险队伍。

这支队伍有五个人，三男两女，为首的是个使用巨斧的中年战士，他很警惕，没有跟夏洛特说话。

另外两个男人稍稍年轻，也有三十多岁，腰挂军刀。刺剑在街边决斗时是非常棒的武器，但在野外以及军队中，有厚脊的军刀才是常见武器。

这两人显然都是经验丰富的冒险家，他们打量夏洛特的眼神也带有几分审慎。

两位女性都十分年轻，一个是典型的法尔斯人，有一头带有波浪卷的出色金发，一个大概有点旧大陆南方血统，是一头微棕色的短发。两位女性都是二十出头，比希尔薇大不了几岁。

公学会教各种武技，国家学院会传授呼吸法，纵然是女性也会练出不俗的身手。比如夏洛特的前未婚妻希尔薇·马丁小姐的剑术就在他之上。

很多女性在毕业后选择放弃进入政府工作，凭借娴熟的武技，或者正规训练获得的知识，成为冒险家。

因为帝国在分配工作上确实存在一些性别歧视，希尔薇被发配去乡下做登记员，并非特例，旧大陆的其他国家也好不到哪里去。

金发年轻女士对夏洛特很感兴趣，问道："你也是为了那头白狼去约克镇的吗？"

夏洛特微微一笑，说道："我只是路过，并没有听说白狼的事。那是一头什么样的野兽？"

几个冒险者都笑了起来，金发的年轻女士说道：“白狼可不是一头野兽，他是最好的猎魔人，非常擅长斩杀魔物。最近他放出口风，说得到了一个魔物的心核，想要选择一名传承者。”

夏洛特微微惊讶，猎魔人是一种“就业”面非常广泛的超凡职业，不管是接受政府雇用，还是接受贵族又或者商人的聘请，甚至走单帮，都是不错的选择，是超级高薪的行业。

他有两位大学同学，在毕业前成功开启超凡之路，成为猎魔人，毕业后选择了猎魔人职业，如今每周收入在十佛尔以上，非常让人羡慕。

不过，虽然猎魔人“就业”范围广，但这个超凡职业有两大缺陷：“就职”需要魔物的心核，这玩意非常稀罕，而且价格超级贵，普通人根本找不到；面对魔物时刻需要战斗，虽然收入丰厚，但也极其危险。

夏洛特当年也考虑过要不要选择猎魔人，最后还是选择了血腥荣耀，他实在没什么战斗天分。

扫了一眼五位冒险者，夏洛特立刻就判断出来，这五个人没有人晋升超凡，顿时生出了一个念头，笑道：“我对成为猎魔人没有兴趣，但对参与这件事有很浓厚的兴趣，不知道能否跟你们结伴同行呢？

“别担心，我不会跟你们争夺成为猎魔人的机会，因为……”

夏洛特轻轻一捏手指，空气发出了噼啪的轻微响声，他含笑说道：“我走了骑士道路，已经是一名超凡了。”

夏洛特当然不会斗气，他的力量种子至今还是种子，但用血腥荣耀模拟斗气并不难，毕竟血腥荣耀跟斗气的路子接近。

五个冒险者顿时动容，使用巨斧的中年战士稍稍犹豫，说道：“我叫马逊，欢迎你加入巨斧冒险团。”

另外两个稍稍年轻的男士也报上了姓名。

金发的年轻女士叫汉娜，一头微棕色短发的年轻女士叫何蒙莎，这个名字果然有点旧大陆南方风俗的味道，对正宗的法尔斯帝国人来说，有点古怪。

夏洛特不可能报上真实姓名，他从何蒙莎的名字得了灵感，捏造了一个也偏旧大陆南方风俗的名字，叫钱南。

单独一人还是比较惹眼，容易被追兵找到行踪，但跟一支冒险队伍一起行动，就不太会有人注意了，能更好地隐藏身份。

加入了巨斧冒险团，夏洛特丢出了一个生丁铜币，叫道：“老约翰先生，有酒吗？我请队友们喝一杯。”

法尔斯帝国的生丁硬币颜色暗红，看起来很像铜币，也被大家认为是铜币，但实际上是一种合金。夏洛特也不知道这种铜币的配方，反正很耐磨损，而且不易变形掉色。

老约翰抓住了铜币，淡淡说道：“一个生丁可不够。”

夏洛特耸了耸肩膀，又丢出了两个生丁，老约翰抓住了铜币，这才转身去拿酒。

夏洛特不是不知道一个生丁不够买酒，他是故意制造一种他不是很富裕，但又非常豪爽的形象。

虽然贫穷，但是慷慨，很容易让人把他跟那个薪水不菲又没什么朋友的前一级文书以及前一级文书长区别开！

老约翰很快就拿过来六大杯麦酒，分别递给了六个人。

马逊接过麦酒，顿时对夏洛特生出了无限好感，叫道：“钱南！你是我见过最棒的新团员。”他举杯狂饮了一口，脸上有说不出来的满足。

夏洛特举杯跟其余四位队员碰了一下，也饮了一小口。

老约翰的麦酒比他平时喝的气泡苹果酒要差不少，有些苦涩，口感更近啤酒，只是酒精度数明显比啤酒高得多。

巨斧冒险团很明显是个不算富裕的冒险团，他们也极少有闲钱买酒喝。夏洛特请他们喝酒，不要说三个男性成员，就连金发的汉娜和微棕色短发的何蒙莎都很开心。

老约翰还送上来一块烤制好的山猪肘子，算是夏洛特买酒的赠品，大家用小刀削出薄薄的一片，用来佐酒，气氛很快就热络起来。

夏洛特进入村子两个多小时后，一支七人的队伍也进了这座小村庄，这些人都穿了跟韦尔斯和艾狄生一样的黑色大衣，这是烈马侦探社的标志性服装。这些黑色大衣有极强的防水防风特性，甚至能抵挡一些刀剑刺击，而且大衣内有多个暗袋，非常方便远行。

温特伯恩说道：“天色太晚了，我们不能继续前进，就在这座村庄待

一夜吧。艾狄生，你去问问村子里谁家可以投宿。”

温特伯恩是这支队伍的首领，今年四十八岁，四阶超凡，是烈马侦探社的中层干部，在同行间名气不小，在侦探社也颇有威信。

艾狄生匆匆而去，不多时就回来了，说道：“村头的老约翰家里可以留宿。”

这支队伍很快就行动起来，当他们敲开老约翰家大门的时候，已经睡下的夏洛特被声音惊醒，他立刻就开启了洞察，覆盖了老约翰的整个房子。

“烈马侦探社？他们怎么追上来了？”

夏洛特心头震惊，犹豫了一下，没有立刻逃走，他这会儿有什么动作，就等于不打自招了。

这支烈马侦探社的队伍，显然没发现他们要追杀的目标就在眼皮底下。温特伯恩问过老约翰，得知前面投宿的是一支冒险团，就没有再多说什么，要了一些食物，匆匆跟侦探们吃了，在老约翰的安排下睡到了别的房间。

夏洛特不敢再睡了，他闭上眼睛缓缓运转血腥荣耀，非常艰难地熬到了天亮。

天刚亮，烈马侦探社的人就启程了。夏洛特大大地松了一口气。

又过了一会儿，巨斧冒险团的人才一一醒来。毕竟是冒险团，基本的警惕性还是有的，都知道昨天晚上又来了一伙人，不过对方什么也没做，他们也就没有任何反应。

夏洛特跟大家凑到了一起，也吃了一顿简单的早餐，就启程往约克镇走去。

夏洛特感觉有些不适应，他在斯特拉斯堡极少步行，早就习惯了乘坐公共马车，这一次去约克镇却要全程步行，因为一路上都是山路，马车根本走不了，就算走得了，巨斧冒险团也不会雇马车，因为在城外雇马车长途跋涉太贵了。

虽然晋升三阶超凡，夏洛特仍旧觉得甚是辛苦，暗忖道：我得多努力修炼，把右腿的血腥旋涡也凝聚出来，尽快修成轻捷术和灵蛛术的符文。又或者买一辆马车，自己当车夫赶路也好……

温特伯恩带领的队伍，已经到了夏洛特昨天指定的庄园，在庄园内停留了一个多小时，四下探问了一遍，确定夏洛特不在，就继续出发，沿着一条道路追了下去。

烈马侦探社虽然侦探不少，但如韦尔斯那种走占卜师道路的超凡却只有一个，他们出发前让一位巫师尝试追索夏洛特的踪迹，那位巫师只给出了方向，并无太多细节。

夏洛特还不知道，自己暂时逃过了一劫，在暗自抱怨中，终于到了约克镇。

这是一座挺大的镇子，有近千人，著名猎魔人白狼在镇子中央用原木修建了一个巨大的木屋，木屋前已经有四五十人，分成了十多个小团队在交头接耳。

巨斧冒险团的到来，遭到了大家的一致“敌视”——毕竟又多了一群竞争者。

夏洛特一路上跟五个队友已经混得很熟，他知道是团长马逊想要成为猎魔人，其余四个队员都是陪他过来的。

作为一支底层的冒险团，他们都学了一些呼吸法，但只有马逊和何蒙莎凝结了力量种子。何蒙莎年轻一些，还有机会突破，马逊已经过了四十岁，已经很难有机会破茧成为一名拥有斗气的骑士。

汉娜对夏洛特很感兴趣，一路上反而是这位金发姑娘跟他聊天最多。

夏洛特知道这是为什么。他好歹也展露了超凡的修为，是一名拥有斗气的“骑士”，对汉娜来说算是一个不错的交往对象。

当然，更优先的理由是，夏洛特相当帅气。

要不然，他也不会得到安妮·布列塔尼的欢心。毕竟英雄救美的结果，有时候是以身相许，有时候是下辈子结草衔环……

巨斧冒险团在巨型木屋前占了一个位子，马逊去找了个熟人打听了一番，回来对大家说道：“白狼今晚不会出现了，他现在还在一天的路程之外，要明天才会回来。

“大多数人在镇子里找了住处，这些人是找不到地方才会守在这里，我们今晚怕是也要在这里露宿了。”

除了夏洛特，其余五个人都有野外生活的经验，何况镇子里的空地比真正的野外安全得多，几个人很快就弄了个小火堆，或坐或卧，稍作休憩，缓解赶了一天路的疲劳。

夏洛特对成为猎魔人毫无兴致，汉娜也不觉得自己有机会。当汉娜提议两人去找个地方喝一杯时，夏洛特欣然同意了，他没想到的是，何蒙莎也要一起。

夏洛特跟团长马逊打了个招呼，带着两位女士扬长而去，倒是让另外两名男性队友腹诽了一通。

夏洛特虽然赶了一天的路，但他好歹是三阶超凡，稍稍运转血腥荣耀，就缓解了大半的疲劳。

两位女士显然没他这个本事，脸上的倦色已经遮掩不住了。

夏洛特找了两家约克镇上的酒店，都是满座，没有空位子，这几天来的冒险团队太多了。他没有去找第三家，干脆在第二家买了一堆食物，还有一大桶麦酒，带着两人回到了巨型木屋前。

当夏洛特把食物和麦酒跟队员们分享的时候，刚才两位男性心中的些许不快，也就烟消云散了。

汉娜回来之后，吃了点东西，就枕着背包沉沉睡去。

何蒙莎稍微好一点，还陪大家说了一会儿话，但也显得有些坚持不住了，马逊和两位男性队友也没好多少。夏洛特干脆提议，他守上半夜，下半夜大家再轮班。

即便是在镇子里，还是需要守夜的。

长途跋涉赶路非常辛苦，大家因为都太疲倦了，没喝多少麦酒，略略吃了些东西就沉沉睡去，还剩下了大半桶麦酒。

夏洛特靠着自己的旅行箱，摸出日记本，开启了异能洞察，一面琢磨第一幅阿格米拉司迷宫，一面警惕有人过来动手脚，还随手给自己倒了一杯麦酒，配着刚买的肉干，时而小饮一口，吹着夜风，倒是有几分惬意。

白狼的巨型木屋之外，虽然人数不少，却相当安静，时而有呼噜声此起彼伏，倒是增添了几分静谧。

第二章 亡命之徒

天色微微放亮的时候，夏洛特感觉灵性消耗不少，关了洞察，他揉了揉眼睛，游目四顾，正考虑唤醒哪个同伴来代替自己，就听到了嘈杂的脚步声，有一队人从镇外进来。

很快这队人就到了巨型木屋前，为首的两个人，一个身材高大，已经超过了两米，即便在地球上，甚至斯特拉斯堡都很少见到这么高大的人，他身上背了一把巨剑，腰上还挂了一对流星锤。

看到另一个人，夏洛特感到很意外，这个人他认识，就是那位在梅苏女公爵的魔法物品拍卖会上见过的商人路易・司米，两人还做过一笔多头链枷的生意。

夏洛特微微一惊，但很快就盘算起来，路易・司米看起来刚从远方回来，一定还不知道斯特拉斯堡最近发生的事儿，现在可不是信息时代，纵然是最劲爆的新闻，传播的速度也很迟缓，与其刻意躲避，还不如主动过去说话。

至于路易・司米回到斯特拉斯堡会不会举报他……

一来，这件事牵扯极大，路易这种精明的商人肯定会权衡利弊；二来，那时候他早就远走高飞了。

夏洛特站了起来，迎着这队人走了过去，跟那位资深猎魔人白狼微微点头示意，就冲着路易・司米张开了双臂，说道："路易，没想到会在这里见到你，我是钱南，上次在梅苏女公爵的魔法物品拍卖会上聊过一次。"

路易·司米微微惊讶，但身为一个成功的商人，他并没有问出“你上次似乎说自己叫夏洛特·梅克伦”这种坏气氛的话，而是笑呵呵地说道：“人生真是奇妙，你也想要成为猎魔人吗？”

两人拥抱在了一起，互相贴了贴脸，这可是男人友谊极深才会有的正式礼节。

夏洛特笑道：“我没法走第二条超凡之路了，要不然还真舍不得这么好的机会。”

两人聊了两句，路易·司米就把夏洛特介绍给了那位猎魔人，说道：“钱南，我的好朋友，一起做过几笔魔法物品的生意。”

白狼伸出手跟夏洛特握了一下，这是旧大陆陌生人初次见面的礼节，淡淡说道：“白狼，一名猎魔人。”

路易·司米很会活跃气氛，插了一句：“我刚从拜罗恩回来，进了一批那边的特色货物，路上雇用了白狼先生，他是一位很可靠的猎魔人。”

夏洛特顿时放心了，刚从拜罗恩帝国归来的路易·司米，肯定不知道斯特拉斯堡最近的发生的事。

白狼不是真名，而是绰号，但夏洛特自己也用假名字，当然不会介意这个，笑道：“我新得到了一张藏宝图，所以加入了一支冒险团队，准备去探索一番，希望能有点小收获。”

白狼眼睛微微一亮，问道：“什么藏宝图？”

夏洛特笑道：“在一家旧货店买的，据说是古代兽人王国的宝藏。”

白狼顿时就没了兴趣，淡淡说道：“这种藏宝图都不靠谱。”

夏洛特信口胡扯，主要是为了掩盖自己为什么会出现在约克镇这种地方，白狼的态度变化，本来就在意料之中。

几个人随便闲聊，进了那栋巨型木屋，夏洛特也没忘了冲自己的冒险团队友们招了招手，把巨斧冒险团的人也带了进去。

白狼显然不在乎这个，并未阻止巨斧冒险团的浑水摸鱼，他进了巨型木屋后就指着一名壮汉说道：“我要去洗个澡！你们想要喝什么，尽可随意跟山姆要，记得付钱。”说完就扬长而去了。

这支队伍只有两人是白狼的助手，其余都是路易·司米的手下。

路易见白狼离开了，笑道：“去探索宝藏需要更多装备，我刚好有点适合野外的货，你若是看上了尽可以拿走，只需给个友情价。”

路易·司米抬手比了个手势，就有手下送上来一堆装备，其中还有几件超凡武器。

夏洛特正在逃亡之中，恨不得轻装到极致，哪里有兴趣购买什么装备？至于那些超凡武器，他虽然小有积蓄，但还真消费不起如此高端的玩意儿。

他装模作样地看了一会儿，发现这批货物里居然混了一枚黑铁指环，这枚铁指环黑黢黢的很不起眼，却有亚瑟家族一个分氏族的家纹。

亚瑟家族是血族三十七氏族之一，亦是三皇族之一，地位还在六王族之上。虽然夏洛特认不出来这枚黑铁指环出自哪一支分氏族，但它是吸血武器无疑。

他好奇地拿了起来，把玩了一会儿，正要放下，路易·司米笑道：“梅克伦先生也对血族武器有兴趣？这件武器来历不凡，但我一直都没有弄明白它作为武器如何使用。若是梅克伦先生知道，可以告诉我，我愿意为知识支付报酬。”

白狼已经离开了，巨斧冒险团的人没好意思凑过来，在角落里看着他们谈笑风生，没有闲杂人，路易·司米就直呼夏洛特的真实姓氏了。

夏洛特心里有鬼，讪讪地笑一声，问道：“不知道路易你打算付出多少？”

路易·司米沉吟片刻，说道：“我花了九十五埃居买下了这枚指环，当时以为自己捡到了宝贝。你也知道亚瑟家族是血族的三皇族之一，它绝对值这个价！

“但入手之后，却怎么也无法探索明白使用方式，导致它最多只能卖到一百一十埃居。

“若是梅克伦先生有方法能探索出它的真正使用方式，我可以许诺，不管它卖出多少钱，鄙人都愿意支付三成的纯利润，作为您鉴定的报酬。”

夏洛特有些好奇地问道：“路易，你没有找精通血腥荣耀的人来鉴定吗？”

路易·司米苦笑着摇了摇头，说道：“血腥荣耀是一门古老又非常冷门的超凡力量，走这条路的人并不多。我找到两位，其中一位对我开出的价格丝毫不感兴趣。另一位先生希望我能回收他持有的另外一件吸血武器，

但开价过高，我无法接受。”

夏洛特当然知道血腥荣耀有多冷门，谢菲尔德大学他那一届，只有他一个人选择了这条道路，往上算三届还是只有他一个。

他生出了一些兴趣，汇聚血腥荣耀灌入了这件吸血武器。

路易·司米眼睛微微一亮，夏洛特对吸血武器感兴趣，他已经猜到了这个年轻人的超凡道路，内心颇为期待。

黑铁指环对夏洛特的血腥荣耀并不排斥，但也没有吸血手斧那样无限饥渴，它默默地吞噬了一定分量的血腥荣耀，发出轻微震鸣，就在夏洛特的手里绽放血芒，化为一杆两皮米有余的金色长枪。

这杆长枪枪身铭刻无数花纹，隐隐有血焰流动，透露出不凡的气势。

路易·司米露出吃惊的神色，脱口叫道：“山伦士的长矛！它居然是山伦士·亚瑟家族的超凡武器。”

夏洛特也很意外，他没认出来山伦士家族的家纹，也没听过山伦士的长矛的大名，却知道这个以打造魔法武器著称的家族，也知道能够变化形态的魔法武器，每一件都品质不凡，价格尤其不菲。

很少人能驾驭吸血武器，导致血族超凡奇物比普通魔法武器价格畸低，但这种能够变化形态的极品，反而会比同品质的魔法武器价格更高。

这是由市场的供需决定。

至于是什么商业原理，一时间也没法解说清楚。

路易·司米犹豫了片刻，说道：“梅克伦先生，你可真给了我一个大惊喜。我现在有一件很难办的事，想要跟您协商。

“山伦士的长矛是顶级秘宝。若是匆忙拍卖，无法拍出合适的价格，我打算等待明年的一场顶级拍卖会，再把它送去参与拍卖。

“这样您要等很久。我愿意提前出一笔钱，可能会让您小有损失，但今日就拿到报酬。我并非逼迫您，若是您愿意等待，我亦会遵守诺言。”

夏洛特故意沉吟了片刻，笑道：“预祝路易先生在那一场顶级的拍卖会上取得空前的成功，我并不想等那么久。”

夏洛特可不觉得，等待明年的拍卖会是个好主意。

路易·司米是一位商人，利润决定了他的态度。

等他回到了斯特拉斯堡，知道了夏洛特·梅克伦已经是帝国通缉犯，十成十不会再付一个生丁。

平白得了一笔钱，怎么说都是划算的。

路易·司米大喜过望，他在货物里挑出了一把刺剑，说道："我愿意把这件超凡武器送给梅克伦先生，并另外支付两百埃居。

"这把刺剑也是吸血武器，出自阿西洛家族，虽然剑刃略微受损，仍旧能价值一百五十埃居以上。

"阿西洛氏是血族三皇族之一，跟亚瑟家族并列，精擅武技，剑术为血族三十七氏族第一，族中亦盛产名剑。"

路易·司米倒转剑柄，展示给夏洛特，在剑柄的护手部位有一个特殊的铭文，说道："这把血族超凡武器还有个非常好听，亦很优雅的名字——血蔷薇。跟你简直是绝配！"

路易·司米尽量把剑柄的铭文展示清楚，却丝毫没有拔出这把刺剑的意思。

夏洛特吓了一跳，他知道这根山伦士的长矛肯定会很贵，但也没想到居然会有这么贵。路易·司米许诺的是纯利润的三成，他想提前支付报酬，那么纯利润的三成一定比一件吸血武器加两百埃居更高。

吸血武器比普通超凡武器的价格畸低，路易·司米报价一百五十埃居，大概略有水分，但也不会低太多。也就是说，这根山伦士的长矛可能拍卖到一千两百埃居以上的天价。

夏洛特露齿一笑，说道："路易，你真是位优秀商人，跟你相处实在太舒服了。"

他接过了这把吸血武器，想起自己念过的一首小诗："一夕轻雷落万丝，霁光浮瓦碧参差。有情芍药含春泪，无力蔷薇卧晓枝。"

血蔷薇不是一把名剑。

至少夏洛特不知道它的来历，他也没打算去探问它的历史。

夏洛特并未打算持之以恒地建功立业。

这把吸血刺剑在他的手里注定要默默无闻。

路易·司米又取了一个钱袋，递给了夏洛特，钱袋沉甸甸的，显然装的不是纸币。

夏洛特接过了钱袋，很意外，路易·司米居然支付了埃居金币，而不

是佛尔纸币。

路易·司米似乎知道他的疑惑，耸了耸肩膀说道：“我刚刚去了拜罗恩做生意，那边可不认佛尔纸币，只认金埃居和银佛尔，我没带佛尔纸币，只能支付金埃居了。”

埃居有两种面额，一埃居和五埃居，被法尔斯人习惯性称为小埃居和大埃居，路易·司米支付的金币，两种面额都有。

夏洛特收了钱袋，也收起了那把吸血刺剑，两人因为这场交易，显然交情更深厚了一层。

巨斧冒险团的五位成员，看着夏洛特跟路易·司米似乎做了一场交易，但他们距离稍远，没听到两人的谈话内容，只见路易·司米不但给了夏洛特一把刺剑，还给了一袋钱币，都不知道两人究竟是在搞什么。

马逊低声说道：“钱南可不像普通人啊！”

四名队员一起点头，夏洛特岂止不像普通人，刚才的表现简直太让人震惊了。汉娜眼神微微发热，心中的小心思越发多了。

白狼在十几分钟后换了一身干净的衣服出来，他瞧了一眼巨斧冒险团的几个人，对夏洛特说道：“你的同伴都不适合当猎魔人，就算你跟路易认识，我也不会开这个后门。”

夏洛特倒是没什么，马逊却分外失落，来之前他也知道希望不大，但被人直接戳破了希望，还是感觉糟糕透了。

路易·司米笑道：“钱南！你要去寻找藏宝，我倒是有个主意。外面有很多冒险者，他们价格不贵，经验老到，比你跟着这么一支队伍要安全得多。”

路易·司米做魔法物品生意，眼光自然不差，他看得出来巨斧冒险团的五个人，没有一个超凡，遇到危险，只能充当炮灰，并不能保护夏洛特，所以建议他多招收些人。

虽然外面的冒险团队大概率也没有什么超凡，毕竟已经踏上超凡道路的人，也就不会来接受白狼的考验，想要获得猎魔者的力量，但人多了总会安全一些。

夏洛特眼睛微微一亮，说了一声：“多谢路易你的建议，我会在白狼先生选出传承者之后，招收一些新成员。”

白狼也没有休息的意思，他吩咐手下准备早餐，把路易和夏洛特请到了餐厅，也给路易的手下以及巨斧冒险团的人送了食物。

吃了早餐之后，三个人闲聊了一会儿，天色才彻底明亮了起来。

白狼精神抖擞地离开了巨型木屋，大喝道："年轻人，你们谁想要得到我的传承？"

木屋外响起了如雷的吼叫，显然这会儿又来了不少人，很多人已经离开了住宿的地方，来木屋这边等候。

人嘛，多少都会有点梦想！

夏洛特原本打算在政府里做个稳定的公务员，若是有机会，努力娶一个如安妮·布列塔尼小姐的"白富美"，提升一下社会阶层，没有太多的野心。

但他也没想到，他视为靠山的梅尼尔曼小姐居然会卷入政治风波，自己被新任典狱长马格鲁·特勒逼得不得不逃亡。

他当时若是稍稍犹豫，肯定会被步步紧逼，做很多不想做的事，最后下场也不会好，最低也是锒铛入狱，判上几十年。

毕竟这位新任典狱长已经打算彻查他挪用监狱的非凡武器的案件了，惹上这种案子，不死也要脱层皮。

路易·司米无意中的一句话，给夏洛特猛烈地推开了一扇大门。

这个世界还没有"人才是最高资源"的概念。但夏洛特知道，若是他能弄出一支几百人的冒险者队伍，那得是多么大的一股势力！

他甚至都想好了几个种地开荒、扯旗造反，或者其他发财大计，只要有足够的时间，就能像滚雪球一样扩大势力。

白狼挑选传承者，并没有多么复杂，就是先发布了标准：必须二十岁以下。让有意成为猎魔人的年轻人互相决斗，最后诞生了一个又高又壮、浑身腱子肉的人选。

在其余失败的冒险者准备离开的时候，夏洛特走出了巨型木屋，大声叫道："我是巨斧冒险团的团长钱南！我需要一批人，周薪一个佛尔，不知有没有人愿意加入？"

周薪一个佛尔不算高薪，但也绝对不低了，对冒险者们很有吸引力，尤其是他们白跑了一趟约克镇，需要填补一点收入的窟窿。

底层的冒险者收入并不稳定，整体而言远远不如政府公务员，他们基本不会放弃任何一个赚钱的机会。

当下就有人问道：“你需要什么样的人？”

夏洛特笑道：“我这一次是要搬运一些东西，人数越多越好，只要诸位自认身强力壮都可以加入。

“不过先说好，我会暂扣诸位第一周的薪水，第二周才会发薪。发薪日前，不管谁离开都不会支付任何报酬，发薪当日诸位尽可自由选择是继续跟我同行，还是离开队伍。”

扣一部分薪水，在旧大陆任何行业都是惯例，毕竟在这种时代，任何雇主先支付报酬，都要承担下一分钟就看不到雇用者的风险。

跟着出来的巨斧冒险团成员都忍不住看向了夏洛特。

马逊很想知道，他怎么就成了团长，但听到一佛尔的周薪，马逊犹豫了一下，选择了不吭声，还给四名团员飞了个暗示的眼神，他也想赚这笔钱。

汉娜和何蒙莎都没有意见，甚至她们更希望拥有超凡力量，看起来帅气多金的夏洛特成为团队的领袖。

昨天他们过来的时候，巨型木屋前有四五十人，现在有一百五六十人了，都是小型冒险团。这些冒险者跟自己的同伴商议了一会儿，很快就有十多支冒险团队表示愿意接受夏洛特的雇用。

夏洛特为了多招徕一些人手，加了个“砝码”，笑着说道：“我大概会雇用诸位一个月以上，甚至有可能两个月！”

这句话出口，立刻就又有七支队伍答应了加入，接受夏洛特雇用的冒险者已经膨胀到了近百人。

冒险者们很难拿到两个月的稳定收入，这种长期雇用，相当之吸引人。

夏洛特看着这些接受了雇用的冒险者，大声说道：“我来自南方，祖先曾有兽人的血统。”

很多冒险者都笑出了声，在旧大陆有兽人血统可不是什么光荣的事儿，尤其是兽人王国早就湮灭，子民颠沛流离，在哪一个国家都是下等人。

不过冒险者们也不是很在乎这一点，毕竟他们就是拿钱办事儿，雇主什么血统没人当回事儿。

只要给钱，大多数冒险者甚至能为法尔斯帝国的死敌黑凰王朝工作。

夏洛特继续说道：“我刚刚继承了一位叔叔的遗产，并且在他的遗物中发现了一张兽人王国的藏宝图。

“我这一次，就是要去找出那些古代的宝藏。我在这里对女神起誓，若是能寻找到宝藏，会拿出百分之五，分给跟我一起找到宝藏的人。”

这一次，就连剩下的冒险者都动容了，很多人眼里冒出了贪婪和火焰，不少人甚至心里想的是：真要是发现了宝藏，杀了这个年轻人，岂不是能拿到更多？

白狼看了一眼路易，低声说道：“你这个朋友，骗人很有一套。”

路易耸了耸肩膀，什么也没有说。

夏洛特见到他们的时候，还说藏宝图是从旧货店买的，这会儿又变成了叔叔的遗物。就算他想要替夏洛特遮掩，也不知道该怎么解释。更何况，他百分百确定，夏洛特没什么南方大陆的兽人血统，布列塔尼家的小姐绝无可能跟兽人交朋友，哪怕只有一点兽人血统都不行。

当年兽人王国和歇洛克王朝在旧大陆争霸，打得天昏地暗，战火绵延三百多年，最后兽人王国被歇洛克王朝所灭，几百万兽人被屠杀，歇洛克王朝也因为数百年的战争，耗尽了国家的潜力，被崛起的法尔斯帝国攻破。

但不管怎样，兽人王国毕竟曾经是旧大陆的顶级强国，那些被血腥屠杀的兽人贵族在临死前会藏起来很多财富，在旧大陆也是很有名的传说，也真的曾有人找到了兽人贵族藏起来的宝藏，成为一方富豪。

白狼和路易这样经验丰富的人，对一张不知真假的藏宝图，可以嗤之以鼻，但这些底层冒险者却没有这个定力，他们可以为一个猎魔人的传承会聚到约克镇，自然也会相信一张虚无缥缈的藏宝图，反正有人出钱雇用，就算白跑一趟也不亏。

尤其是，夏洛特在白狼面前碰了一鼻子灰，还很聪明地修改了藏宝图的来源，从旧货商品店变成叔叔的遗物，使之变得更加可信。

剩下的冒险者也都被煽动起来，加入了夏洛特的新团队，只有两支队伍拒绝了邀请，他们甚至都没逗留，很快就离开了约克镇。

夏洛特笑吟吟地转过身，对白狼说道：“白狼先生，把您所有的麦酒都卖给我吧！我请这里所有人一起喝一杯。”

冒险者们轰然叫好，巨型木屋前顿时就热闹了起来。

夏洛特一口气干掉了一杯麦酒，忽然把酒杯狠狠地摔在地上，仰天咆哮！

他一直都表现得斯斯文文，他也的确是个斯文人。

但是马格鲁·特勒签了免职令，把夏洛特·梅克伦毕生辛苦随意抹去，还逼他出卖梅尼尔曼，并且毫不掩饰地做出事后会把他当抹布扔掉的姿态，这口气实在憋得狠了。

夏洛特之前，也只想忍一忍，等一等。

也许梅尼尔曼从政治争斗中脱身出来，还能捞他一把，但就在刚才那一刻，夏洛特忽然想到了被烈马侦探社的两名侦探追杀的事，心里油然生出一股戾气，亲手打碎了这个幻想。

他擦了一把嘴角的酒渍，望了一眼被他忽悠的一百多名冒险者，脑海里悠然冒出了一个从小就耳熟能详，却从未付诸现实的念头。

既然都逃亡了，没法继续在政府序列内按部就班做个薪水小偷，悠闲地度过一生，何不干脆搞点大场面？

“王侯将相，宁有种乎？国王，不过兵强马壮者为之尔！”

“我现在实力低微，这群冒险者也不堪大用，但迟早有一天，我会拥有成千上万的战士，杀回斯特拉斯堡，砍下马格鲁·特勒的脑袋，让他知道欺负我没什么好下场。”

黄海生是个和平年代出生的人，一辈子都没遭遇过战争。所以他一直都没想过要亲手报仇，纵然被追杀，也就是正当防卫而已。

就在刚才的一刹那，夏洛特忽然明白了，什么叫“身怀利刃，杀性自起”。他忽悠了这些冒险者，难道真的是为了什么见鬼的古兽人帝国的藏宝吗？

他没有什么藏宝图，就算有，区区一个藏宝图有什么用？

就算真能找到宝藏，他不还是一个法尔斯帝国的通缉犯？

就算去别的国家生活，还不是要被官吏们欺压？

夏洛特想通之后，身上油然生出了一股气势，他扫了一眼正在痛饮的冒险者们，伸手指向天空，大吼道：“这一次跟我寻宝的人，我向兽人祖先发誓，保证他们以后的身家不会低于一百个金埃居！

“出发啦！”

他一脚踢碎了用来遮掩身份的行李箱，反正里头也没有任何有价值的东西，拎着魔法炼金手杖和路易所赠的吸血刺剑，大踏步地走出了约克镇。

冒险者们被他气势所摄，有人不由自主地丢下了酒杯跟了上去，有了起头的人，其余冒险者也陆续追上夏洛特。

这支队伍就这么突兀地隐隐有了一点凝聚力。

白狼瞧了一眼自家木屋前狼藉的地面，说道："路易！你这个朋友了不得，他将来一定能成大事儿。

"不过……我怎么在他身上，看到了亡命之徒的气质？你可不会跟亡命之徒打交道。"

路易·司米苦笑道："他是帝国公务员！而且是极有前途那种。"

白狼好奇地问道："哪一种有前途？"

路易·司米答道："他的女伴是某位伯爵的女儿。"

白狼惊愕了一会儿，低声说道："怪不得！想要娶伯爵的女儿，他是得有一股亡命之徒的气质。"

路易·司米摊开了双手，他可不是这个意思。

出了约克镇，夏洛特大声问道："谁知道马丘比的遗址？"

立刻有一名冒险者叫道："我去过马丘比！"

夏洛特微微一笑，说道："很好，请这位先生给我们带路。"

马丘比是古兽人王国的一处要塞，号称永不陷落的马丘比。

歇洛克王朝使用计谋攻陷这座要塞之后，放火烧了马丘比，让这座古兽人王国的要塞化为废墟。如今几百年过去，那里已经异常荒凉，甚至冒出过很多恐怖的传闻，只有少数的冒险者会去碰碰运气。

听到要去马丘比，有些冒险者微微踟蹰，但他们一想到，此时并非小型团队，而是一支过百人的中大型团队，还有超凡带队，据说那位钱南先生手里还有藏宝图，说不定能避开危险，心底一热，也就继续跟着走了下去。

夏洛特选择马丘比，有两个原因，一是这群乌合之众根本不可能长途跋涉，即便是精锐军队，长途行军也是个大难题。

马丘比很近，距离斯特拉斯堡直线距离只有两百多公里。对这群冒险者来说，不过是两三天的路程，算是个"甜点"目标。而且一周之后，他

就要支付第一次薪水了，虽然给得起，但……嗯！有点不想给。

还有一个原因，他最近钻研阿格米拉司迷宫有所心得，需要找个地方验证一下，马丘比就是一个很好的实验场所。

为了尽可能控制这群来源复杂的冒险者，夏洛特在路上调整了一下团队结构，理由是：“路上可能遭遇危险，我们需要一个战斗阵型。”

他把十几支小型冒险团的团长集中起来，又把剩下的人按照性别分成了两队，男冒险者负责辎重，女冒险者负责食物和饮水。

夏洛特表明了是临时调整，并未遭遇什么反对。

小型冒险团队，团长一般就是最高战力，也是团队的核心，队员都相当依附团长。

夏洛特暂时性地把团长和他们的队员分开，自然而然地削弱了团长的影响力，也稍微提升了一点自己的“权威”，让他稍微有了一点对团队的控制权。

一百多人的冒险团队，已经算是中大型冒险团了，方方面面都要操心，夏洛特一路上不断地利用各种机会增强自己的地位。

走了一天之后，这支临时拼凑的冒险团选择了在一个叫作枫叶村的地方暂时休息。

枫叶村不太大，根本没有那么多的空房子，也担心会被抢劫，拒绝这么多人进村。

夏洛特再次展露了相当娴熟的社交手腕，跟村民商量之后，让所有的女冒险者进入村子休息，他自己和男性队员们驻扎在村外。

夏洛特刚安排好这一切，就有一支穿着黑风衣的队伍从他们来的方向出现。

“烈马侦探社的人？！”

这些烈马社的侦探，身上的标志性黑大衣非常引人注目。

他们曾经在夏洛特遇到巨斧冒险团的村子偶遇，然后就各分东西，夏洛特还以为躲过一劫了，没想到这些侦探还是追了上来。

夏洛特心底盘算道：“这群冒险者并不可靠，一旦起了冲突，未必会站在我这边，必须先下手为强，让他们有充足的理由战斗。”

他把手一招，把那些小型冒险团的团长聚拢了过来，低声说道：“这些人是我那位堂哥雇用的侦探，他们也想要去马丘比，一旦被他们先找到了宝藏，我们就会无功而返，眼睁睁看他们发财了。

“我不能允许这种情况发生，那是我们的财富。我们人多，把这些侦探生擒活捉囚禁在队伍中，等我们找到了财富再把他们放了。”

一般冒险者都不愿意招惹厉害的大势力，烈马侦探社雇用了一百余名侦探，还有两三百名侦探助手和数目不小的见习侦探，甚至还有十余名超凡，小型冒险团根本不敢跟他们起冲突。

更何况烈马侦探社的社长奥布里条顿·亚特伍德，不但是一名高阶超凡，手腕也非常厉害，在整个法尔斯帝国都非常有名气。

让这些小型冒险团的团长去杀了烈马侦探社的人，他们绝对不敢，但夏洛特怂恿他们把这些侦探生擒活捉暂时囚禁，就有人蠢蠢欲动了，毕竟现在他们的确人多。

有个叫亚斯的冒险团长说道：“他们虽然只有七个人，但至少有两名超凡！尤其是领队温特伯恩，我认识他，那可是四阶超凡，正宗的火焰龙骑士。”

夏洛特微微一笑，说道：“这人我来对付，你们出五个人辅助我。”

夏洛特愿意啃下最难的战斗，这些小型冒险团的团长顿时意动，在这位“临时团长”的主持下，召集各自团队的好手，很快就瓜分了战斗目标。

温特伯恩面容冷峻，他其实非常恼火，侦探社的巫师在找人方面远不如占卜师韦尔斯。他很确定这次的任务失败了，他们已经跟丢了目标。

没能抓到夏洛特，还折损了一名重要的超凡侦探，这次的生意对烈马侦探社来说是赔本的。韦尔斯在烈马侦探社的地位无可取代，很多案子都依赖他的占卜能力，短时间内根本没法补充这方面的超凡人手。

他也注意到了，远处有一只中大型的冒险团队，不过他身为烈马侦探社的资深侦探，并不惧怕这些乌合之众，何况双方又没有“冲突”。

温特伯恩正要绕过这群冒险者，就听到有人招呼道：“是温特伯恩先生吗？”

温特伯恩虽然斗气浑厚，却没有暗夜视物的能力，而且说话的人他也不熟悉，并没有认出说话的人来，微微愣了一下，回答道：“是我！”

他毕竟是经验丰富的“老”侦探，并未因此稍有放松警惕。

但随即就听到对方说道：“原来就是你勾引了我老婆？”

十几个男人一窝蜂地冲了出来，温特伯恩大惊，心道：我什么时候勾引过这么多男人的老婆？

夏洛特虽然拍着胸脯说要做主力挑温特伯恩，但在这十余人围上了七名侦探之后，他却拔出了血蔷薇，一剑刺向了艾狄生。

即便是烈马侦探社也不可能全是超凡，这一次来追杀他的七名侦探中，更是只有温特伯恩和艾狄生两名超凡。

夏洛特从小就看过三十六计之类的小人书，出手之前他就打定主意，先把艾狄生干掉，没了这名超凡骑士，只剩下温特伯恩独木难支，会少去很多麻烦。

艾狄生也没想到，居然有人冲自己出手。他是三阶骑士，反应极快，拔剑出手，挡下了夏洛特的一剑，却没想到夏洛特不讲武德，拔出了马格南手梭连开了十二枪，逼得艾狄生狂啸一声，火焰斗气迸发，绕身形成了一团火焰龙卷风，在千钧一发之际挡住了射来的子弹。

夏洛特出手之前，已经算到了这一步。骑士的斗气虽然能够护身，但对敌的时候肯定分布得强弱有别，艾狄生全力抵挡正面射来的子弹，背后的防御八成不足。

他开枪的同时，把血蔷薇往地上一插，开启了洞察异能，冲着艾狄生护身斗气最薄弱处，抛出了吸血手斧。在血焰气的操纵下，吸血手斧画了一个诡异的弧形，冲破了艾狄生护身的火焰斗气。

只是区区数日不见，夏洛特就晋升了一阶，血焰气的威力也大了数成，这一击的威力远胜上次，重重劈中了这名超凡侦探的后脑，斧刃入颅三分。

艾狄生刚刚催动斗气，全力抵挡住了射来的子弹，哪里还有余力抵挡吸血手斧？血焰气的狂暴增幅下，这位超凡侦探的生命力如潮狂泻，被吸血手斧吞噬。

艾狄生的实力远胜韦尔斯，仍有能力负隅顽抗，疯狂谷催斗气抵抗血焰气的吞噬之力，他也认出了夏洛特，厉喝道：“是你！”

夏洛特微笑不答，重新拔起刺剑血蔷薇，轻轻一抖，狂攻了三剑。

若是正常剑术决斗，十个夏洛特也未必是艾狄生的对手，他的剑术相当平庸，只算是学过，谈不上精通，艾狄生的剑术却十分厉害，辛辣老练，经受过实战磨砺。

但艾狄生落入了夏洛特的算计中，已经身负重伤，如何能抵挡手持超凡级吸血武器，又开了洞察异能的夏洛特？

夏洛特轻松刺穿了艾狄生的身躯，艾狄生纵然有火焰斗气护体也再抵挡不住，委顿在地，眼神里全是怨毒的恨意。

两件吸血武器同时汲取生命精华，让夏洛特精神陡然一振，大喝一声："还不动手！"

在他的催促下，又有二三十名冒险者蜂拥而出加入了战斗。

温特伯恩又惊又怒，他虽然被五名冒险者围住，但出手尚有分寸，见到艾狄生瞬息间被击杀，如何还不知道这些人是冲着他们来的！这是一个有针对性的陷阱！

这位四阶骑士知道危险，将斗气毫无保留地喷薄而出，他的修为还在艾狄生之上，顿时让围攻的五名冒险者感到压迫感。

此时，夏洛特一面吸收吸血刺剑输送回来的生命精华，一面把吸血手斧拔下，催动了血焰气，再次抛出了这把手斧。

小小的吸血手斧，翩翩翻飞，疾斩而至！

温特伯恩亲眼看到，夏洛特就是以这件诡异的武器击杀了艾狄生，不敢小觑，火焰斗气漫卷，配合精湛的剑术，一剑崩开了飞斩而来的吸血手斧。

吸血手斧被崩飞之后，兜空一圈，又劈砍下来，灵活得宛如飞鸟。

旧大陆从未有过如此古怪的战斗技巧，温特伯恩一时间也不敢冒进，刺剑圈转，把自己守御得风雨不透。

冒险者们见夏洛特居然有如此异能，都信心大增，斗志激昂，投入了战斗。

夏洛特把吸血手斧操纵得神出鬼没，吸引了温特伯恩的大半注意力。

他一面操纵吸血手斧，一面加急消化吞噬来的生命精华。

此时此刻，若能提升一分实力，就能多出一分胜算。

艾狄生是三阶超凡，生命力宛如火焰般炽烈，比韦尔斯更为强大浑厚。夏洛特用血腥荣耀把艾狄生的生命精华裹住，催动了普罗泰戈拉呼吸法，足足三十五次呼吸，吸血刺剑才停住了震动，再也没有生命气息传来。

他抽出了吸血刺剑，任由艾狄生的尸体摔在地上，随意地瞥了一眼手中武器。

这把新得到的魔法刺剑在工艺、品质、设计上尽皆不凡，但剑刃上有无数细小的缺口，并非路易·司米所说的“剑刃略略受损”，而是残损得非常严重。

这把血蔷薇的旧主人，平生必然战斗无数，不然如此品质的魔法武器，绝不会毁坏至此地步。

夏洛特想起路易展示铭文十分热心，却根本不拔剑出鞘的一幕，心头暗骂了一句：“果然是奸商！”

夏洛特下意识地把血腥荣耀灌注到剑刃上，却见到了奇异的一幕！

这把魔法刺剑稍稍沉寂，随即发出了清越的鸣啸，剑刃呈现了轻微的液化，破损的缺口自行修补完整，宛如新发于硎，明亮如水。

他心头巨震，还未来得及细想这个变化代表了什么。

下一秒钟，这柄魔法刺剑微微发热，化为一道血色流光融入了左臂，第四个血腥旋涡悄然成型。

夏洛特此时的心情，已经不能用震惊来形容了。

能够变化形态的魔法武器，每一件都品质不凡，价格尤其不菲。

山伦士的长矛能够变化成指环，让主人随身携带，已经是顶级货色。

这把魔法刺剑能够自我修复，还能催生一处血腥旋涡，让他的血腥荣耀竟然突破到了第四层，必然更珍贵一些。

一时间，若非此时正在逃亡，根本没有出售这件超凡武器的渠道，夏洛特都想把它重新卖出去，狠狠地赚一大笔。

不过，这柄吸血刺剑血蔷薇能自我修复，还能隐藏于血腥旋涡之中，实在是一件完美的防身武器，夏洛特也不是很舍得卖掉。

他手腕轻抖，血蔷薇复又出现在手中，暗暗忖道：太可惜了！我的剑术太三脚猫，纵然神兵在手也不能做剑术大师。

温特伯恩虽然被围攻，还有一把神出鬼没的吸血手斧纠缠，但毕竟是四阶骑士，仍能够占尽上风。其余的五名侦探却不是这群冒险者的对手，在数十名冒险者的围攻下，已经有两人被击毙，三人被生擒活捉。

战斗就是这样，很难保证不出人命。

温特伯恩也没想到情形会恶化到如此地步，忍不住大声叫道："我们是烈马侦探社的侦探，你们难道不怕烈马侦探社吗？"

夏洛特立刻回应道："抱歉！我们是拜罗恩人。"

温特伯恩骇然叫道："你们是间谍？"

这一次不用夏洛特回答，所有的冒险者都纷纷答应道："没错，我们是间谍，拜罗恩的间谍！"

没人想得罪烈马侦探社，夏洛特信口胡说，这群冒险者顺势承认了下来，希望能把这场冲突引到拜罗恩人身上。

温特伯恩心里蓦然一沉，相信了八九成。

韦尔斯和艾狄生都被夏洛特使用吸血武器吸干了生命力，夏洛特的确有几分吸血鬼的风采。他再不敢保留实力，身上火焰斗气暴涨，刺剑再次崩飞了吸血手斧，顺势旋转，顿时杀了围攻他的两名小型冒险团团长。

一招得手，温特伯恩强行闯破包围，在斗气催动下，速度快如奔马，眨眼就脱离了包围圈。

夏洛特眼瞧此人逃走，也只能暗叹一声可惜，放弃追赶。

虽然吞噬了艾狄生的生命精华，突破三阶，再次晋升，又有几种异能，但他毕竟是文职出身，并不擅长战斗，孤身追上去，不一定能占上风。

夏洛特手下的冒险者里没有超凡，一名四阶骑士一心想要逃走，普通人根本追不上。何况，温特伯恩跑了也就跑了，等他找援兵回来，夏洛特早就不知道去了哪里。

就在夏洛特准备继续忽悠手下的冒险者时，就听到一声破空的锐利鸣啸，一杆骑士长枪犹如天外恶龙，带着万钧力量，把温特伯恩的身体贯穿，长枪余势不衰，把这位四阶骑士的身体带出了数十步，活活钉在地上。

夏洛特目睹此景，心里生出一股寒气，出手之人的实力之强，他平生见所未见。若此人是敌人，就算这一百多名冒险者都跟随他拼死战斗，只怕下场也不过是一场屠杀。

冒险者们也被镇住了，他们虽然都是底层冒险者，但常年在野外生活，又经常战斗，几乎没有眼力差劲的人，好多人都惊呼出声："高阶超凡！"

夏洛特深深吸了一口气，知道躲也没用，逃也不能，一手持吸血手斧，一手持魔法刺剑，大踏步走上前，喝道："谁？"

一个沉稳的声音淡淡地说道：“这一次帝国的谋划不能有任何闪失，亏得我路过，不然让此人逃走，泄露了帝国的大计，你就是罪人。报上你的姓名和官职，我会向军部投诉。”

这几句话是用拜罗恩语说出的，大多数冒险者不会说拜罗恩语，但毕竟法尔斯和拜罗恩都为旧大陆五大帝国之一，都能听出来对方是拜罗恩人，好些人都生出绝望，他们刚刚冒充了拜罗恩的间谍，这会儿就遇到了真正的拜罗恩人！下场如何，几乎每个人都能想象。

夏洛特暗道一声：感谢女神，感谢谢菲尔德大学，感谢高等教育。然后用极其纯正的拜罗恩语答道：“抱歉，我正在执行秘密任务，不能泄露身份。”

夏洛特·梅克伦精通七种语言，其中就包括了拜罗恩语，他的回答字正腔圆，没有任何法尔斯口音。

他跟这群冒险者最本质的不同，是他真的接受过帝国最高等的教育。

一个身材高大、英俊帅朗的中年人带了两个随从，从黑暗中走了出来，他皮肤白皙，金发灿烂，双眸微微有一层血色，是典型的血族，赞许地说道：“不错，不因为权威就放弃原则！我可以考虑暂时放弃投诉。你使用血焰气！是亚度尼斯氏族的人？”

夏洛特松了一口气，答道：“是的！”同时抛出了手中的吸血刺剑，贯穿了温特伯恩的身体，喝道：“我需要诸位一起动手，给这群法尔斯人补上一记。

“愿意的人，我将视为自己人。不愿意的人，只怕……就要抱歉了。

“对不起！你们知道得太多了。”

神秘的中年血族扫了一眼这群冒险者，身上涌起如山峦般沉重的威压，就如一头远古巨兽盯上了一群小白兔，让所有人都心生恐惧，战战兢兢。

这群冒险者面面相觑，很快就有人做出了聪明的选择，在一名烈马侦探社的侦探身上捅了一刀。

夏洛特这个计谋，说白了毫无技术含量，就是“上梁山”的投名状。这群冒险者来自四面八方，分成了十多个小型冒险团，根本没有团队可言，随时可以抛弃他。

借助这位神秘的拜罗恩高阶超凡的威压，夏洛特逼这些人交“投名状”，能极大地增加团队的凝聚力，以及他个人的威信，同时还能解释他作为一个“拜罗恩间谍”，身边为何跟了一群法尔斯的底层冒险者。

他精通“血焰气”，会拜罗恩语，能伪装成拜罗恩人。这群连拜罗恩话都不会说的冒险者，绝无可能冒充吸血鬼，只能是他临时收服的“血仆”，这可是拜罗恩帝国那群吸血鬼的老传统了。

在神秘的拜罗恩高阶超凡的威压之下，一百多名冒险者不管愿意与否，都捏着鼻子上来，补了一刀、一剑、一匕首，或者一钉锤。

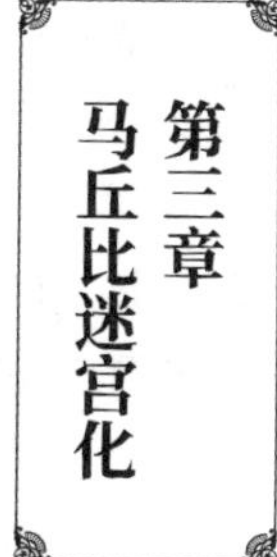

第三章 马丘比迷宫化

夏洛特伸手拔出了吸血刺剑收入左臂，又把骑士长枪拔了出来，双手递给了神秘的中年血族，这才下令搜了一遍死去侦探们的身体。

搜身得到七埃居多的现金，其中五埃居是从艾狄生身上搜出来的。这也正常，除了他这种逃亡之辈，谁会把全部身家带在身上？

他把七名侦探的装备折算了价格，和这笔现金一起，公平地发给了这群冒险者。

威胁之后，给予赏赐，方能让这群冒险者安心。

冒险者们果然都轻松了一些，冲淡了几分紧张气氛。

高大帅气的中年人微微点头，脸上露出了笑容，对夏洛特十分满意，说道：“不错！有些拜罗恩军人的风采。我是雷奥勋爵，跟你一样肩负特殊使命。你和你的部下，我临时征用了，请报上你的姓名。”

夏洛特松了口气，答道：“钱南！您可以称呼我为钱南。”

这位拜罗恩勋爵随手一摸，骑士长枪化为一把刺剑，被他随手潇洒收入了腰间的剑鞘。

这种能在两种形态之间变化的高级武器，夏洛特不久前刚刚见过，忍不住惊呼道：“山伦士的长矛？您居然出身亚瑟氏族！”

雷奥勋爵的这杆骑士长枪，比路易·司米手里的那杆还要华丽，价值定然犹在其上，最少也能卖出一千五百个金埃居。

亚度尼斯氏是六王族之一，但亚瑟是皇族，地位天然高于一切血族。

雷奥勋爵微微点了点头，把傲气隐藏得不露痕迹，说道：“贝希摩斯公国的斐迪南大公，要去斯特拉斯堡拜见朱利叶斯六世，我需要他的行动路线以及详细情报。

“钱南！你比我先一步进入法尔斯。有什么消息可以提供给我？”

夏洛特吓了一跳，暗忖道：这些拜罗恩人想要知道斐迪南大公进入斯特拉斯堡的路线做什么？

他随口答道：“我正要去马丘比，它距离斯特拉斯堡只有两百公里，据说斐迪南大公会路过这座古兽人王国要塞的废墟。”

雷奥勋爵露出喜色，说道：“钱南，你的确是个出色的军人，我不计较你刚才的失误了。我和两位仆从赶路甚久，需要休息，你帮我守夜吧。”

夏洛特把雷奥勋爵迎入了冒险营地，这位中年血族选了一株大树，背靠树干假寐起来。他的两位仆从分别守护在主人身边，显然并不信任这群冒险者。

夏洛特擦了擦额头上的汗水，躲离了雷奥勋爵，找了个偏僻的地方，一屁股坐下。

先是赶了一天的路，又战斗了一场，刚才的突发事件实在太惊险刺激，让人肾上腺素狂飙，但过后疲惫加倍，夏洛特只觉得全身酸痛，连一根小手指头都不想动了。

虽然靠着随机应变暂时躲过危机，但雷奥勋爵迟早会发现他并不是自己人。

一旦雷奥勋爵发现他不是亚度尼斯氏族的人，而是修炼了血族最为厌恶的血腥荣耀，他该怎么在这位高阶超凡的怒火下保住小命？

夏洛特现在还没想出办法。

他知道此时此刻，虽然看似安全，实际上危机四伏，稍有不慎，就要死于非命。恢复了一会儿体力，尽管身体仍旧很疲倦，还是强行提聚精神，运转普罗泰戈拉呼吸法，要尽快把温特伯恩的生命精华消化。

雷奥勋爵一枪贯穿了温特伯恩的身躯，却没有吞噬他的生命力。高阶血族更看重血能的精纯，无节制地疯狂吞噬生命力，容易堕落成怪物，所以他们不会随意吞噬超凡等级低于自己的猎物，只是偶尔补充一点。

但对夏洛特来说，一名四阶骑士的生命精华实在太过宝贵，他还没成长到需要“挑食”的层次，所以才补了一剑。

一百多次呼吸过后，当所有的生命精华都转为血腥荣耀，夏洛特没有开辟第五处血腥旋涡，而是选择了凝聚一枚血腥符文——天使之刺。

他之所以做出如此选择，是因为血蔷薇。

天使之刺是血腥荣耀十三奇技之一，也是阿西洛氏血族秘法的根基。

阿西洛氏是血族三皇族之一，精擅武技，剑术为血族三十七氏族第一。作为阿西洛氏血族秘法的根基，天使之刺不但是超凡秘法，亦是超凡剑术，在旧大陆赫赫有名。

在血腥荣耀的密卷里，关于天使之刺的记载语焉不详，没人知道大哲普罗泰戈拉是如何学到这门秘法，并且融会贯通，将其纳入了血腥荣耀之中。

帝国四所大学，修炼血腥荣耀的学生本来就少，自大哲普罗泰戈拉去世以后，其余的奇技符文都有人修成，偏偏天使之刺从无人修炼有成。

很多学者钻研普罗泰戈拉密卷和阿西洛氏的风俗之后，得出一个结论，就是修习天使之刺需要血族的“传承”。

阿西洛氏的耆老会把一身的修为凝聚成一枚特殊的“种子”，只有得到这枚“种子”的血族，方能修成天使之刺，踏入阿西洛氏血族秘法的修行。

普罗泰戈拉虽然把密卷赠给了四所大学，本人却没有收过任何门徒，后来法尔斯和拜罗恩建交，拜罗恩宣布不许修行血腥荣耀的人族入境，也就再没有人族能获得天使之刺的传承。

血蔷薇能强行撞开第四处血腥旋涡，代表它蕴藏了上一任主人对阿西洛氏血族秘法的感悟。

夏洛特可不想浪费这次的机会。

他伸手一抹，血蔷薇微微发热，化为一道血色流光融入了左臂。

在左臂的血腥旋涡里，这把魔法刺剑化为宛如剑形的符文结构，不住地震颤，不住地翩然刺击。

夏洛特微微闭上眼睛，脑海里就有无数诡异狠辣的剑术浮现，每一招都匪夷所思，快如电闪。

亏得他有过两次“直视”邪神的经历，灵性之高，已可媲美高阶超凡，才能把这些剑术深深地烙印在脑海中，完好地接受这份阿西洛氏的传承。

大约几个小时后，将近黎明的时刻，夏洛特睁开双眼，眼神中微微有血色电光萦绕，深深吐了一口气，随手一抖，血蔷薇凭空出现。

他把这把吸血刺剑捧在掌心，细细摩挲，暗暗忖道：路易所赠的这把超凡武器只怕有些来历，他能搞到山伦士的长矛，还可以说走了狗屎运，但还能搞到这把吸血刺剑，只怕别有一番隐情。路易应该不知道这两件武器的来历，不然绝不会把其中一件送给我。我有预感，这件事怕是还有些麻烦！

夏洛特听到有人叫“钱南”的名字，来不及感悟新修成的异能，匆忙站了起来，跑到了雷奥勋爵身边。

这位拜罗恩的血族勋爵已经醒过来了，见到夏洛特微微一笑，说道：“我带了血饵，你要不要来两块？”

血饵是一种用魔法制作的血食，是血族最爱的食物之一，可随身携带，又便于长时间保存。血饵的原材料十成十是人类的血液，夏洛特是个人类，对这种食物敬谢不敏，他有心理障碍。

夏洛特微微一笑，说道：“我带了血仆。”

雷奥勋爵微微点头，没有继续劝说，而是在两名仆人的服侍下，用了一顿简单而奢华的早餐。

两名仆人在地上铺了一张野餐专用的餐布，取了精美的餐具，在锡制的盘子上摆了血饵和一些糕点，还取出了一只精美的酒壶，配上同样锡制的酒杯。

雷奥勋爵用餐完毕，用一张红色餐巾擦了擦嘴巴，说道：“我们可以上路了。”

两位仆人利落地收起了餐布、餐具和酒壶、酒杯，贴身护卫在主人身后，从始至终都不发一言。

夏洛特叫人进枫叶村，把女冒险者们都叫出来，收拾了一下营地，簇拥着雷奥勋爵向马丘比出发。

一个上午的长途跋涉下来，夏洛特叫苦不迭，他实在没吃过这种苦。他收拢来的冒险者们因为收入低，所以没人拥有坐骑。

雷奥勋爵是高阶血族，不管是长途奔袭，还是短途冲刺，都在普通坐骑之上，此次作为间谍潜入他国，带着坐骑不方便，也没有什么必要，而且，他一个人也不好意思弄一匹马。

再说，这一路上逃亡也没路过什么大型城镇，根本无从购买马匹。

夏洛特愈加渴望一直没能修成的轻捷术符文了。

“可惜，开启第四团血腥旋涡，加上修炼天使之刺，把艾狄生和温特伯恩的生命精华全数消耗了，轻捷术的符文，大概要再努力个十几天。”

“不过，其实有比轻捷术、灵蛛术更好的选择！”

《吸血密卷Ⅱ☱》第一页，记载了亚度尼斯氏血族秘法根基血焰气！

第二页上则是记载了——血焰变形术。

顾名思义，血焰变形术不能变形，只能变幻成一团血焰！

夏洛特也不在乎是否能变成各种动物，或是变成不同的模样，但若是能变化成一团血焰，他就能腾空飘行了，比飞行差点，赶路足够用了。

中午休息的时候，夏洛特被雷奥勋爵叫了过去，第一句话就让他遍体生寒：“我们拜罗恩和黑凰王朝已经签订了盟约，所以这一次是要引诱南瑟拉夫的复国者刺杀斐迪南大公！从而点燃战火！”

夏洛特·梅克伦当然知道南瑟拉夫和贝希摩斯公国的历史恩怨。

简单来说，南瑟拉夫抵抗法尔斯帝国的侵略，本来胜利在望，却被贝希摩斯公国背刺导致亡国。

南瑟拉夫灭国快两百年，南瑟拉夫人对帝国还算恭顺，也承认了帝国的统治，却一直都对贝希摩斯公国恨之入骨。

曾有一个传言，有人在酒馆里喝多了，高喊“我来自贝希摩斯公国”，就被一群南瑟拉夫人活活打死了。

两国之间的仇恨可见一斑。

若是南瑟拉夫的复国者刺杀了斐迪南大公，法尔斯帝国皇室无论如何都要给他报仇，南瑟拉夫的复国者根本不堪帝国大军全力一击，必然会向外求援……

小蝴蝶微微扇动翅膀，可能引起的就是一场毁天灭地的风暴。

只不过，有时风暴是被人操纵。

虽然夏洛特对法尔斯帝国没感情，但一想到战争爆发，不知道多少无辜者会死于非命，还是有些不寒而栗。

他享受过漫长的和平，才知道和平的可贵、战争的可怕。

他低声说道：“我没接到这个指令。”

雷奥勋爵说道：“你的职务太低，不知道这次计划的全部内幕，不足为奇。不过，你必须全力配合我的行动。这次任务完成，你可以调来我的麾下，我保证至少给你擢升一级。”

夏洛特恭谨地表示感激，心底却暗暗忖道：应该想方设法破坏拜罗恩人的计划。可笑，我一个在逃人员，居然还想着帮法尔斯帝国维持和平。

雷奥勋爵很满意夏洛特的态度，又交代了几句，然后挥手让他离开，准备再次出发。

这支队伍一路上行动算是极为迅速，走了两天多，赶到了马丘比。

这座古代兽人王朝的要塞，虽然被歇洛克王朝攻破并放火焚毁，只剩下废墟，但仍旧气势雄伟。

兽人王朝的建筑以巨大为美，每一栋建筑都高达数十米，尤其是要塞的城门，更是巍峨耸立，纵然这座城市被毁灭几百年了，仍旧震慑人心。

夏洛特疲惫不已，但还是自告奋勇，要去亲自查看情况。

不管是他手下的冒险者，还是雷奥勋爵，都觉得这个人很可靠。

冒险者们觉得这个“首领”遇到事情亲自上阵，很勇敢；雷奥勋爵觉得这个未来部下勇于任事，不辞辛劳，是个做亲随的好料子。

只有夏洛特知道，他孤身一人进入马丘比，是为了验证一下最近研究《阿格米拉司的迷宫》第一页的成果。

夏洛特一手持着魔法炼金手杖，一手端着旧马格南手梭，气势汹汹地走入了马丘比。当他进入倒塌的要塞城门，废墟挡住了外面的视线，立刻就把两件武器收了起来，取出了自己的日记本，翻到了《阿格米拉司的迷宫》那一面。

他打开了第一页，把日记本按在地上，呢喃了一会儿，却没有任何动静。他正微微失望，认为自己的研究出了岔子，就有一股意识泛起：“夏洛特·梅克伦找到了古兽人王国的废墟马丘比，满足了布置第一座迷宫的要求，马丘比即将迷宫化。”

夏洛特亲眼看着《阿格米拉司的迷宫》第一页消失不见，随即感应到

手掌下的日记本似乎散发出一股无形的东西。那股无形的东西扩张开来，一寸一寸地侵蚀这座古代兽人王国的要塞废墟。

首先被侵蚀的，就是他身后的要塞入口，并以此为基础，向马丘比的深处蔓延，那一股意识再次泛起：“马丘比完成迷宫化需要十八日，在此期间，不得离开此地。”

夏洛特深吸了一口气，把日记本收了，转身走向了要塞大门，站在大门内喝道：“里面没任何问题，我还找到了一处干净的地方，可以设立驻扎营地，等待斐迪南大公路过。”

雷奥勋爵微微一笑，说道：“好！”

他虽然也听说过马丘比有一些传说，但自恃是高阶超凡，并无丝毫惧色。雷奥勋爵带了两名仆从，走入了这座废墟要塞。

夏洛特随即感知到了一股意念：“迷宫 NPC 增加三人，侵蚀进度增加 1.5%。”他又惊又喜，没想到还有这种好事儿！

冒险者们也跟着走入了这座废墟要塞，那股意念不断发出提示：“迷宫 NPC 增加十五人，侵蚀进度增加 0.8%……”

“迷宫 NPC 增加二十一人，侵蚀进度增加 1.3%……”

“迷宫 NPC 增加三十四人，侵蚀进度增加 3.3%……”

“迷宫 NPC 总计一百三十六人，侵蚀进度共增加 16.5%。”

夏洛特长长地呼了一口气，他终于确定了，自己的研究方向没有错！

这座古兽人王国的要塞极其大，当年最多曾驻扎过二十七万大军，虽然迷宫化了 20% 不到，但也足以让任何走入其中的人再也出不来。

雷奥勋爵毕竟是高阶超凡，灵性生出了警惕，左顾右盼了一番，却没发现任何端倪。他肯定想不到，并不是有什么“危险”在窥伺，而是他们已经进入了“危险”。

夏洛特找到的地方，是兽人的会议厅——兽人军官开会的地方，的确相当“干净”。

冒险者们相当满意这个“营地”，稍稍清扫了一下，整理出一大块地方。

雷奥勋爵虽然有些警惕，但也只觉得是自己疑心太重，又自持实力，并未在意，让两名仆从铺了一条厚厚的毛毯，准备休憩一会儿，恢复精力。

他的两名仆从非常尽职尽责地守在主人身边，把雷奥勋爵和这群冒险者分隔开来。

谁也没注意到，夏洛特不见了。

此时的夏洛特已经深入了马丘比要塞，孤身站在一条荒僻的道路上，盯着更深处的要塞。

这条荒僻的道路，是马丘比迷宫化的分界线。

他能够感应到，马丘比的迷宫化，正在把一些东西逼向要塞的深处。

“马丘比要塞居然还真有一些诡异的东西啊！”

“不知道能否捕捉几个，用来增强迷宫的力量。”

夏洛特在谢菲尔德大学查过一些资料，也咨询过一些教授，推敲出来一点“真相”。

那次两大邪神对战应该都遗失了一部分力量，那些力量融合到了日记本之中。

若是他能在两大邪神找到之前，把《阿格米拉司的迷宫》和《吸血密卷Ⅱ亖》蕴藏的力量吞掉，收为己用，祂们就再也无法感应到这部分遗失的邪能了。

因为这份力量再也不属于祂们。

但若是夏洛特未能在限定时间内把这一部分力量消化，阿格米拉司和卡恩司坦重新感应到自己遗失的邪能，就能锁定坐标，再次降临。

虽然时限上是《吸血密卷Ⅱ亖》的更短，但夏洛特精通血腥荣耀，学习亚度尼斯氏血族秘法反而不难。

《阿格米拉司的迷宫》的时限更长，却不会再延长，时限一到，阿格米拉司必定卷土重来，势必无可抵挡。

人类没办法抵挡邪神！只有神明才能对抗神明。

这是旧大陆的共识。

夏洛特对如何掌握十五座迷宫更为迫切。

夏洛特为人谨慎，没有踏出迷宫的范围，也没打算去冒险，但暗中窥伺的某些存在却按捺不住了。他的耳边突然响起一声低语呢喃，似乎最亲的爱人在呼唤他过去。

这声低语呢喃有无穷魔力，影响范围之下，数十头野兽从藏身处冲出，迈着僵硬的步伐，向马丘比的深处踯躅而行。

夏洛特按了一下眉心，犹豫要不要开启洞察。

他不确定发出这低语呢喃的是什么魔物，但并不惧怕，心道：我连邪神都直视过两次，区区魅惑邪术如何能影响心智？

夏洛特很确定，只要自己不离开迷宫的范围，这头藏在暗处的魔物就奈何不得自己。

“钱南！我在这里……”

就在夏洛特稳坐钓鱼台的时候，一位一头金色波浪卷发的女士，一面低声呼唤，一面快速地奔入了黑暗之中。

“汉娜？！快回来！”

夏洛特惊呼出声，却已经来不及了。

他没想到汉娜居然跟着过来，还被隐藏在马丘比深处的魔物给诱惑了。

夏洛特毫不犹豫地飞出了吸血手斧，在血焰气的操纵下，本该灵活自如的吸血手斧，却在飞出了数十步后，就失去了感应，没入马丘比深处的黑暗，再也没有回头。

夏洛特心头悸然，他醒来后就在赛尼斯——法尔斯的著名海滨度假胜地，后来回到了斯特拉斯堡。作为帝国的首都，斯特拉斯堡居住着无数大人物，甚至还有神明的注视，几乎没有遇到过魔物，也没遇到过危险。

除了参与拍卖会，被卷入迷宫的那次。

以及召唤来两位邪神的那次……

好吧！没遇到过魔物，但直面过邪神！

总而言之，夏洛特无法揣测，马丘比深处那些东西究竟有多恐怖，具备什么样的邪异力量。

夏洛特望向黑黢黢的要塞废墟，以及已经踪影皆无的汉娜小姐，强行压下了冲入黑暗去救人的冲动。

虽然他已经是四阶超凡，还有两件超凡武器，但面对隐藏在马丘比深处的魔物，仍旧不值一提，贸然闯进去救人，百分之百救不回来，还可能把自己搭上。

夏洛特闭上了双眼，深深地吸了一口气，运转普罗泰戈拉呼吸法，把不断泛起来的不忍心强行压了下去。

低语呢喃一直在继续……

无形的力量一寸一寸侵蚀黑暗，迷宫化在不断地蔓延。

几十分钟后，夏洛特精神微微一震，喝了一声，一把小巧的吸血手斧翩然飞起，重新落入他的手中。

同时，夏洛特也看到了，已经化为一具枯骨，宛如已经风化了几百年的汉娜！

这个可怜的女冒险者，已经被藏在黑暗中的魔物吞噬了所有的生命力，皴皱如老树皮的脸上，还有微微的幸福感，诡异又恐怖。

在汉娜的尸体附近，是数十头死状同样诡异、化为枯骨的动物。

夏洛特伸手一按，无数泥土翻起，把汉娜和动物们的尸体掩埋掉了。在迷宫的范围内，他能略微操纵地形，还能改变道路，甚至能略微扭曲空间。

这不是普通超凡能够掌握的力量。

这是迷宫邪神阿格米拉司遗失的邪异能力。

做完这件事，夏洛特转身，头也不回地走掉了。

虽然跟汉娜没什么感情，但他仍旧充满了愤怒，心底暗暗发誓："不管你是什么鬼东西！十八日后，我都要把你找出来，暴晒在太阳之下，看着你化为灰烬。"

"不！十五天也许就够了。"

夏洛特转身的一刹那，低语呢喃也停下来了。

十余根藤蔓簌簌爬行，穿过了某个交界处，进入了荒僻的道路。这些宛如有生命的魔藤似乎被一股神秘的力量牵动，骤然扯得笔直，甚至发出了瘆人的吱吱惊啸，却再也止不住，一直到连根须都拔了出来，整根都没入了迷宫的领域。

雷奥勋爵睁开双眼，两名仆从默默地取出了一只水壶，在清水里放入了三块血饵，并且奋力摇匀，接着倾倒在锡制的杯子中递给了主人。

雷奥勋爵喝了一杯血水，稍微精神一点，低声念了一句短促的咒语，从身上飞出了十余只巴掌大的小蝙蝠，腾入了高空。

这十几天来，他每天都会施展这门秘法，去远方侦察。

吸血鬼三十七氏族，每一族都有不同的秘法。

亚瑟家族作为三皇族之一，根基秘法是血族真言术，亚瑟一族都精通

法术，这种血蝠术可以用来攻击敌人，可以化身无数蝙蝠逃脱，但最主要的是用来侦察。

雷奥勋爵并不是完全信任夏洛特。

两三个小时后，飞出去的十余只小蝙蝠，只有两只飞了回来，它们投入了雷奥勋爵的身体，让这位血族勋爵精神陡然一振，低声说道：“斐迪南果然要从附近路过。”

“钱南没有说谎话，他还是可信的。”

夏洛特说斐迪南大公会路过这马丘比，还真不是随口胡说。

他在替梅尼尔曼学姐整理文件的时候，刚好看到了一份文件，是关于一位刚被关押的南瑟拉夫复国者，那家伙因为阴谋暴动被抓起来，文件里头就有提到斐迪南大公会走哪条路线来斯特拉斯堡。

夏洛特当时正要去马丘比，就顺口说了斐迪南大公会路过，没想到却因此得到了雷奥勋爵的更多信任。

雷奥勋爵派出了血蝙蝠侦察附近情况的时候，夏洛特都是识趣地不凑过来，继续钻研《吸血密卷Ⅱ亖》。

他看到雷奥勋爵的血蝙蝠回来，就赶紧收了《吸血密卷Ⅱ亖》，恭敬地走过来，说道：“还需要我派人去侦察吗？”

雷奥勋爵摇了摇头，说道：“南瑟拉夫复国者已经埋伏好了，你的人过去反而打草惊蛇。

“我们两个过去就可以了。”

夏洛特本来听说不用派人，还松了一口气，却没想到雷奥勋爵居然要他跟着一起过去，微微惊讶说道：“我？”

雷奥勋爵微微一笑，说道：“南瑟拉夫复国者没什么厉害的人物，他们的刺杀未必会成功，而我们的任务是在必要的时候补一枪。

“你的枪法怎样？”

夏洛特犹豫了一下，答道：“还可以，二十步内能打灭蜡烛。”

雷奥勋爵反手探入衣领，扯出了一把巨大的枪械。

它长一点五皮米以上，折算成地球上的公制大概一米八，枪管比手臂略细，作为枪械却粗得可怕，九成以上零件都泛出金属光泽，通体就透出一股粗犷、结实、沉重的特点，不但能射击，作为步战武器威力也不会差。

旧大陆还没有狙击枪这个分支，但有步枪。

这支步枪的设计风格跟血族截然不同，明显出自法尔斯帝国高阶炼金术工坊，且是特殊型号。

雷奥勋爵笑道：“便宜你了！这是法尔斯六大炼金工坊之一火克威尔工坊的招牌货——反空间远程步枪！空间装备是容纳，反空间是藏觅，你可以把它藏于任何日常物品里，非常便于携带。

“这把枪带一个空间弹匣，从藏觅物品里取出来，它的反空间就会转换为空间弹匣，但空间不能兼容，所以它藏入其他物品的时候，空间弹匣转换成反空间，会把弹药吐出来，子弹平时需要随身携带。

“除此之外，它也可以转化斗气、血能、魔力等各种能量为子弹，不过低阶超凡打不了几枪，只能临时应急。它的有效射程是三千七百皮米！

“当然，除非超凡射手，没人能打那么远还有准头。

“这一次我带了两杆反空间远程步枪，这一杆归你了。

“到时候，你也可以开几枪试试，反正有南瑟拉夫复国者们承担罪名。公然冲着一位大公开枪，就算打死人也不会上绞刑架的机会可不多。”

夏洛特咽了一口口水，他开始还以为雷奥勋爵身上有空间装备，不然区区一件衣服，如何能藏住这么粗长的一杆步枪？

听到“反空间”三个字他更加惊讶了，反空间超凡物品是这个世界独有的奇物。具有反空间特性的魔法装备，可以藏匿于任何地方，相当于把普通物品临时变成一件专用空间容纳装备。

这种特性令人匪夷所思，极具创意。

旧大陆的魔法装备可不都是冷兵器，只是热兵器更罕见，价格也更贵。

这杆反空间远程步枪是魔法装备，再加上反空间属性，它的价格绝对不会低于路易·司米手里的那根山伦士长矛！

听雷奥勋爵的意思，这杆远程步枪就不收回了！

这是什么天降横财的好事儿？

不过夏洛特只是几秒钟就清醒了，暗忖道：击杀斐迪南大公的武器，若是反空间远程步枪，那么谁的手里有这种武器，准就有嫌疑！这是让我背黑锅啊！吸血鬼果然没好人！呸！他们就不是人。

夏洛特装作没想明白其中关键，满脸喜色地把这支反空间远程步枪接

了过来，往片刻不离身的炼金手杖上一拍。

反空间远程步枪果然名不虚传，这杆造型粗犷的步枪，毫无阻碍地融入了炼金手杖，只让这根手杖稍微沉了一点。

雷奥勋爵又递过来一包子弹，说道：“这是一包特制的破魔轰甲弹，一发足以击毙泰坦人魔，斐迪南虽然也是高阶超凡，但绝对顶不住一枪。”

夏洛特接过了子弹包，打开看了一眼，破魔轰甲弹可比普通子弹大了七八倍，这一包只有二十发，却非常沉重，根本没法随身携带。

他冲着一名冒险者招手，说道：“我记得你有一个空背包？”

那名冒险者取了一个皮质的单肩包，把里面的杂物取出来，说道：“我换了新背包，没舍得把它扔掉，除了有点旧，倒也还算结实。”

夏洛特把子弹包装了进去，说道：“勋爵！我们出发吧。”

雷奥勋爵微微一笑，走出了马丘比要塞，他就好像老马识途一般，越走越快，最后狂奔起来。

夏洛特拿着魔法炼金手杖，却没有动身，他正在犹豫，要不要现在就冲雷奥勋爵开枪，一股意念入脑：“马丘比完成迷宫化。”

他微微一笑，催动了血腥荣耀，但特意压制在二阶，也跟着出了这座要塞，不过不久就落后雷奥勋爵很远。

他一面做出拼命奔跑的姿态，一面留意高空，果然看到了几个黑点在天空徘徊。夏洛特暗道：那应该是雷奥勋爵的血蝙蝠，有这玩意指路，怪不得他跑得那么快。

每次夏洛特眼看就要追丢的时候，雷奥勋爵就会特意停下来，等一等他。两人奔跑了两个多小时，远远地听到了爆豆一样的密集枪声。

夏洛特颇为担忧，他可没有韦尔斯那种剑斩子弹的本事，血腥荣耀催动至极限，虽然能够抵挡子弹，却撑不住太久。

这也是低阶骑士的通病，单打独斗的时候，斗气抵挡十几发子弹没问题，可是到了战场上，四面八方都有流弹飞来，那点斗气就不够用了。

夏洛特暗暗忖道：我要是能够修成血焰变形术就好了，化为一团血焰，物理伤害会减弱至极低。修成轻捷术和灵蛛术也行，说不定能躲一躲子弹。

雷奥勋爵跳上了一处山崖，凝神眺望了一会儿，对“气喘吁吁”追上来的夏洛特说道：“南瑟拉夫复国者们失败了。”

夏洛特往下看了一眼，两伙人激战正烈，可他是个战争的门外汉，也看不出来战况如何，问道：“何以见得？”

雷奥勋爵淡淡说道：“斐迪南的六亲卫不在战场。”

夏洛特毕竟出生在贝希摩斯公国，立刻就醒悟过来，斐迪南大公的六亲卫十分有名，据说都是中阶超凡，六人联手就算面对高阶超凡也能一战，他们不在战场，就只能是护着大公退走了。

他说道：“既然任务失败，我们留下也没价值，不如离开吧。”

雷奥勋爵摇了摇头，一跃而起，叫道：“跟上！”

夏洛特抬头望了一眼天空，看到了那几个黑点，知道雷奥勋爵必然是发现了什么，无奈之下只能跟上。

两人速度都不慢，夏洛特虽然有意压一点速度，但仍旧比普通人快上许多。

转过了一处山坳，就听到了呼喝之声。

雷奥一摆手，夏洛特立刻就趴在旁边的一块石头上，从炼金手杖里取出了反空间远程步枪，并且把子弹压上了空间弹匣。

这把反空间远程步枪的空间弹匣不小，但藏匿起来的时候，空间弹匣要转为反空间，会把弹药吐出，普通人携带二十发破魔轰甲弹已是极限。

夏洛特架好了枪支，做出开始寻找目标的模样。

雷奥勋爵微微点头，心道：钱南是个优秀军人，不过为了这次战争，也只有牺牲他了。这是为了拜罗恩的未来。每个拜罗恩的子民都要有牺牲的觉悟。

山坳里有十余人在搏杀，地上还躺了六七具尸体。

人数较少的一方，正在尽力保护一个五十多岁的小老头，他一头银发略略缭乱，一小撮胡须却仍旧干净整齐，穿得异常华丽，身上没有佩带武器，正一脸惶急地蹲在一具女尸身边，难过地抹眼泪，纵然手下拼命催促也不肯走。

夏洛特在节日盛典的时候见过斐迪南大公，认出来这个小老头正是贝希摩斯公国的主人，也是南瑟拉夫复国者要刺杀的目标。地上躺着的女尸，是斐迪南公爵夫人，据说两人年轻的时候还有过一段凄婉美丽的爱情故事，大公夫妇感情甚笃，在法尔斯帝国都家喻户晓。

夏洛特嘀咕了一声："在这个时候都不肯离开夫人，斐迪南大公倒是真爱啊！"

雷奥勋爵轻笑了一声，说道："南瑟拉夫复国者们还差了点火候，钱南你可以帮他们一把。瞄准斐迪南，送他上路吧。"

夏洛特深深地吸了几口气，先熟悉了一下手里的枪械，他拿到这玩意儿还没摸两下，接下来要做的事情不能出错。

在确认只要扣动扳机就能发射之后，夏洛特猛然一拧腰，把手里的反空间远程步枪指向了雷奥勋爵，他知道机会只有一次，所以毫不犹豫地来了一次三连发。

破魔轰甲弹划破长空，发出凄厉的呜咽，不知飞出去多远。

夏洛特望着不知为什么忽然高高跃起的雷奥勋爵，整个人都有点呆。

雷奥勋爵忽然跃起，夏洛特原本预计必中的三枪都射击到了空气中。

夏洛特咬了咬牙，正要抽出血蔷薇拼命，就看到了一抹"黑夜"卷向了雷奥勋爵。

出手之人是他尊敬的学姐梅尼尔曼·苏玫，这位帝国第一玫瑰一身军装，手中的刺剑似乎与黑夜凝成一体，当空怒绽。

雷奥勋爵不愧是高阶超凡，提前觉察了这一剑，在奋力跃起半空，跟梅尼尔曼交手的同时，也无意中避开了夏洛特的偷袭。

他没想到夏洛特是冲自己开枪，还以为这个"忠心耿耿的帝国军人"是在帮自己阻拦梅尼尔曼。

雷奥勋爵的刺剑都来不及变化成骑士长枪，就跟梅尼尔曼结结实实地硬拼了一记。

两柄刺剑交手只一招，雷奥勋爵就发出长声惨号，胸口中了一剑，深深的伤口不断泄出血能。他匆忙施展血蝠术，整个人化为了数百只小蝙蝠，簇拥成一团，向着来时路飞去，临走前还没忘了用"血族真言术"发出一道魅惑法术："钱南！帮我拦住这个疯女人。"

夏洛特丝毫不受影响，他毕竟是直视过邪神的男人，抵抗魅惑法术只是小意思。

正要再补两枪，打两只小蝙蝠，就听到梅尼尔曼的声音悠悠响彻耳边，说道："你刚才的反应好快，如果跟我配合得再协调一点，这个拜罗恩的吸血鬼就走不掉了。”

夏洛特一脸赧色，他刚才出手再早，或者再晚一点，的确有机会重创雷奥勋爵。

梅尼尔曼的角度跟雷奥勋爵不同，所以雷奥勋爵会误会夏洛特是在帮自己，冲梅尼尔曼射击，梅尼尔曼却不会。

梅尼尔曼把刺剑收入腰间的剑鞘，说道：“我们去看一眼斐迪南大公吧！保护斐迪南大公安全进入斯特拉斯堡，才是我此行的目的，暂时放过那头吸血鬼，以后还有机会杀他。”

夏洛特点了点头，跟上了这位“学姐主公”。

老实说，见到了梅尼尔曼，他放松多了，很想问一句：“学姐，您的事情如何了？”

但梅尼尔曼已经跟那群刺客交上了手，他也只能收了手中的反空间远程步枪，拎着自己的魔法炼金手杖加入了战斗。

他剑术不精，杖法跟剑术一脉相承，也是不精，加入战斗只是做做样子，正经的战斗主力，还得是梅尼尔曼·苏玫，这位帝国第一玫瑰。

梅尼尔曼不愧是高阶超凡，只是几分钟就结束了战斗。她站在斐迪南大公身边，默默等了一会儿，却不知道该怎么劝说。

斐迪南大公夫妇的爱情故事传遍旧大陆的每个角落，梅尼尔曼虽然自从“渣男”未婚夫之后，就再也不相信爱情了，但仍旧十分尊重这对相濡以沫的爱人。

夏洛特走到了梅尼尔曼身边，察言观色了一会儿，压低声音说道：“尊敬的大公，地上太凉了，我们不能让公爵夫人这么躺下去。”

谁也劝不住的斐迪南大公，听到这句话却有了反应，伸手按住了胸口，低声说道：“你说得对，地上太凉了，帮我把约瑟芬抬上马车。”

侍卫们七手八脚把公爵夫人抬上了马车，斐迪南大公就那么握着夫人的手，如泥雕木塑，一言不发，只是默默流泪。

梅尼尔曼冲着夏洛特比了一个赞许的手势，指挥这些人离开了山坳，一行人直奔斯特拉斯堡。他们离开没多久，就不断有援兵赶来，数队巡城军开拔过来。

夏洛特在路上终于找到了一次机会，凑在梅尼尔曼的身边，问道：“学

姐，您现在调去了什么部门？”

梅尼尔曼瞧了他一眼，说道：“你这次的表现，我都知道了。”

这位小姐答非所问，却让夏洛特悬着的心落地了。

梅尼尔曼目眺远方，说道：“给你两个选择：一个选择是，我会把你调离基尔迈纳姆监狱，替你谋求一个职务，继续做文职工作。

“还有一个选择是转入军职，不过去向就不一定了，也许很远，可能会调离斯特拉斯堡。”

夏洛特伸手按住胸口，说道：“我愿意转入军职！”

有梅尼尔曼学姐这么好的靠山，怎么可能不依靠一下？继续做文职，可没有这么厉害的靠山了，以后升职的机会等同于没有。

梅尼尔曼低声说道：“不管你这一次看到了什么，都不要跟任何人说起，也包括看见了我，一句话都不能说。不然，我也保不住你。”

夏洛特还琢磨过，发现拜罗恩和黑凰王朝勾结，插手刺杀斐迪南大公的情报，能否让自己再升职加薪，听到了梅尼尔曼的警告，顿时如一桶凉水从头浇下，立刻答道：“我会谨记学姐教诲。”

整件事很复杂，夏洛特知道自己是个“意外”，所以他选择了相信梅尼尔曼，老老实实，决不自作聪明，什么也不说。

到了斯特拉斯堡附近，最少有两百名巡城军簇拥着斐迪南大公进了帝国首府。

夏洛特微微松了一口气，护送这位大公可不是一件轻松的活，他很担心忽然就蹿出来一群暴徒，不分青红皂白把他也杀了。

他虽然是贝希摩斯公国的人，但对斐迪南大公可没那么忠心。

进了斯特拉斯堡，梅尼尔曼就把巡城军交给了一位匆匆赶来的军官，并没有继续护卫斐迪南大公，夏洛特自然也跟着这位学姐脱离了队伍，正要问一声接下来该干点什么。

他身上还有免职令呢！

就听到了三声枪响，不住地有人高喊：“有刺客，费迪南大公被打死了！”

“有刺客，大公被打死了，快抓住刺客！”

“费迪南大公被打死了，快开枪……”

随即就是一阵嘈杂的枪声，显然那位刺客也已经被乱枪打死。

夏洛特忽然心底冰凉，斐迪南大公进了斯特拉斯堡还会被人打死，只怕希望他死的人里头，不光是南瑟拉夫人和拜罗恩人，至于还有什么人，他可不敢想象了。

梅尼尔曼明显地松了一口气，对大公之死无动于衷，说道：“不是在我们手里被刺杀的，这事儿跟我们没关系了。

“对了！监狱丢失的一百多件超凡武器，应该都是被新任狱长马格鲁·特勒偷偷卖掉了，据说一件都没追回来。

“因为你，接待秘书帕斯卡尔夫人和几位经手人都一口咬定是新任典狱长指使。

“谢谢了！”

夏洛特微微躬身，想起帕斯卡尔夫人来找自己那次，他好像随口说了一句什么，但又跟这位夫人咬定新典狱长有什么关系？

他也没有深入探究，心底松了口气之余，也有些愤懑，暗忖道：还想亲自动手报仇的，没想到新任狱长马格鲁·特勒就这么倒台了？

这一口气可不好撒出来。

梅尼尔曼拍了拍他的肩头，说道：“我会把这件案子交给你办理，算是一份小小的奖赏。”

夏洛特顿时又振奋起来了。

他微微一笑，说道：“我必然会秉公办理，严守法律条文，务必不让马格鲁·特勒先生受到半点冤屈。”

梅尼尔曼微微一笑，说道：“我相信你的人品！

“给你放三天的假期，然后去监狱处理好这件案子，就等着调令吧！

“帝国就要大战了！旧大陆的帝国都会卷入其中，甚至新大陆那边也会有国家参与。

“你准备建功立业吧！”

夏洛特点了点头，目送这位学姐洒脱而去，低声呢喃道：“也不知道会死多少人啊！”

他微微叹息了一声。

这次的事件，他是亲历者，眼睁睁地看着战争导火线被点燃，却什么也做不到。

这种感觉并不好受。

尽管他也知道自己根本阻止不了战争。

阴谋家们已经把战争摆上了餐桌，他区区一个四阶超凡，目前还只能随波逐流。

夏洛特再次叹息一声，叫了一辆马车，回到了爱丽舍田园大街58号。

卷三：权贵底层

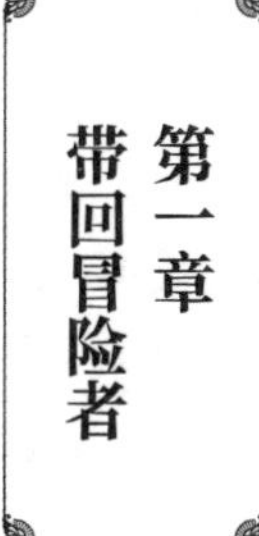

第一章 带回冒险者

这所住宅明显被搜查过，大门都被踹坏了，好在这栋房子里也没什么贵重物品，夏洛特检查过后发现，虽然损失了一些财物，但也不算严重，折合起来还不到一个埃居。

好在这里是爱丽舍田园大街，他很快就找到人来给自己修理大门，顺带请了几个女佣把房间重新打扫了一遍，又雇用了两个跑腿的孩子分别给安妮·布列塔尼小姐和希尔薇·马丁小姐送了平安信。

他跟过去断得干干净净，除了学姐梅尼尔曼，在斯特拉斯堡也就两个社交关系。

晚上，安妮和希尔薇都让人回了信，因为天色太晚了，人都没有过来，却都在信里表示明天一早会过来拜访。

夏洛特没有回楼上的房间，而是在一楼的小书房睡下了。

这一次逃亡时间并不长，却让夏洛特的精神非常疲累，这种经历他绝不想有第二次。

第二天一早，刚刚睁开眼睛，夏洛特就想起来自己好像忘了点事。

他把那些冒险者都扔在马丘比了。

马丘比已经彻底迷宫化，换句话说，没有他的允许，几乎没人能再踏入这座古代兽人王国的要塞，里头的人、魔物、邪祟，都没办法离开。

“我是不是该抽个时间回马丘比一趟？”

“我还不知道，一座古代要塞完成迷宫化之后，会是什么样子呢！”

“刚好有三天假期，我接待了安妮和希尔薇之后，就动身去马丘比吧。”

安妮·布列塔尼小姐来得非常早，她甚至在敲开房门的时候，还有些气喘吁吁，显然一路上虽然有马车代步，但也跑了一段不近的距离。

看到了夏洛特，安妮小姐几乎扑入了他的怀里，盈盈的眼睛里都是情意，她有些哽咽地叫道：“你为什么不跟我说？区区一个典狱长还未有资格一手遮天，我可以帮你。”

夏洛特作为外来者，真不敢把身家性命放在一个还未有真正交往的贵族小姐身上，也许安妮足够单纯，但她背后的家族可都是权贵，绝不会讲究什么情面，只会讲究利益。

他对法尔斯帝国的权贵可不熟悉，不知道谁跟谁是盟友，谁跟谁是仇家。万一布列塔尼家族和苏玫家族有仇呢？

但嘴上他可不会那么煞风景，夏洛特很感动地顺手抱了回去，没有顺着安妮的话说，而是另起了一个话题：“安妮小姐，我这几天时时都恐慌，以为再也见不到你了。”

安妮听了大为感动，两人拥抱在一起，明显已经突破了友谊的界限，踏入了……

还没等两人继续做点什么，就听到了希尔薇充满活力的声音：“夏洛特！你真的没事了吗？”

安妮吓了一跳，急忙从夏洛特的怀里挣扎出来，取了一块手帕，擦了擦眼泪，又随手递给了夏洛特。

夏洛特也硬是挤出来几滴眼泪，只不过他的眼泪远没有安妮小姐那么真诚。

希尔薇·马丁和薇妮·亚尔赛奴一起走了进来，这位猫侦探社的社长见到夏洛特，说道：“梅克伦先生，我必须得承认小觑你了。

“你居然能够在逃亡中，杀掉八位烈马社的侦探，其中还有三位超凡，实在令人赞叹。这是什么样的实战能力？

“我从事侦探行业多年，也只见过一两位穷凶极恶的罪犯有如此彪悍的战力。

“哦哦哦！抱歉，我知道梅克伦先生是无辜的，跟那些罪犯不能相提并论。”

安妮吓了一跳，问道：“怎么跟烈马侦探社扯上了关系？”

夏洛特故作不经意地收起了手帕，答道：“马格鲁·特勒先生希望我举报梅尼尔曼学姐，我不愿意同流合污，拼命逃走。他怕泄露了这些龌龊勾当，就诬陷我盗取监狱扣押的超凡武器，并重金请了烈马侦探社的人一路追杀。

“我其实也想跟那些侦探先生解释，奈何他们没有给我机会。”

安妮惊道：“你在八名烈马社侦探的追捕下，居然还反杀了他们？”

不要说安妮，就连早已经知道这件事的希尔薇·马丁小姐都忍不住对夏洛特刮目相看，只觉得这个前未婚夫的确有点英雄气概，自己都快不认识了。

薇妮·亚尔赛奴绘声绘色地说道：“韦尔斯是占卜师，据说能占卜弹道，可以用刺剑格挡子弹。

“艾狄生和温特伯恩修行的都是烈马侦探社的火焰龙息呼吸法，一个是三阶的火焰龙骑士，一个是四阶的火焰龙骑士。他们几个人联手，就算我也未必能轻松赢下。

“夏洛特先生，请问您修炼的是黑暗呼吸吗？

“如今是几阶骑士？”

夏洛特微微有些尴尬，低声说道：“我的骑士之路走得并不顺利。希尔薇知道，我在贝希摩斯国家学院曾选修过拉弥亚呼吸法，但直到毕业也只堪堪凝聚了力量种子，始终无法破茧。

“在大学期间，我放弃了黑暗呼吸法，选择了血腥荣耀，如今勉强突破了四阶。”

夏洛特又对安妮说道：“对不起，我那天欺骗了安妮小姐。”

安妮·布列塔尼还记得，两人第一次见面，夏洛特自称一阶超凡，却完全没有怪罪的意思，用小手掩住红唇，低声说道：“我不怪你。”

夏洛特也是没办法，他认识安妮也没多久，就算再怎么吹嘘，也没法解释短短时日怎么能从一阶突破至四阶。

众所周知，这么短的时间，想要如此大跨度突破力量层次，只有一个可能——召唤邪神！

但是，这事绝对不能说！这是要被活活烧死的大罪名。

夏洛特在三位女士心目中的形象，都有了翻天覆地的改变。

他把三位女士请到了小书房，薇妮·亚尔赛奴又让自己的三花肥猫去买了些果酒和糕点，四个人言谈甚欢，聊了一个上午，三位女士才一起告辞。

安妮本来不想告辞，但她不好那么明显，毕竟她是布列塔尼家的女孩儿，作为一名贵族小姐，有些矜持无可卸下。

希尔薇离开了爱丽舍田园大街 58 号，想要对自己的社长说点什么，但想了又想，还是决定保守这个秘密。

夏洛特不想让人知道两人曾经订婚，她也不想让人知道这件事。

一个曾经订过婚的少女，在社会上很受歧视，这也是没办法的事。

她心底暗暗称奇，忖道：夏洛特这个纨绔子，怎么忽然就变了？他和安妮小姐好像真的有点什么？难道爱情让人振奋？说起来，也是可气，这家伙那么烂，居然还能遇到安妮这么好的女孩儿。我当初要是不退婚……

希尔薇打了个寒战，她对夏洛特的负面印象实在太深刻了，虽然夏洛特已经改变了不少，但她还是没办法接受。

希尔薇可是曾经亲眼看到过，这位前未婚夫被某位夫人的丈夫持剑追杀，衣衫不整地在大街上慌忙逃窜。

薇妮·亚尔赛奴忽然说了一句："可惜了，如果前几天我知道这件事并且插手帮忙，也许就能招揽到一个好侦探。但听说他的上司，那位厉害的小姐出手，已经把这件事平息了，他应该会平步青云，再也不可能做侦探了。"

希尔薇·马丁这才晓得，自己的社长居然有过拉拢夏洛特的念头。

夏洛特送走了三位小姐后，雇了一辆马车准备去马丘比，他得对那些冒险者负责。

那些冒险者带的食物不多，若是一直走不出来，最多只能支撑几天，再久就要饿死人了。

在马车上，夏洛特尝试了一下"黑暗呼吸法"，再次品尝到了失败的滋味，叹气一声，放弃了修炼。

谢菲尔德大学受黑月女士庇护，这座大学的正统骑士修炼秘法是黑暗

呼吸法和进阶的黑月冥想术，梅尼尔曼就是以此法成就超凡，此法是旧大陆顶尖的骑士修行法之一。

夏洛特尝试失败，也没多沮丧，毕竟他也不是第一次尝试失败了。

他让马车兜了个圈子，在出城之前，去了一趟马恩区，回了基尔迈纳姆监狱。

夏洛特被批准三天后才上班，但并不影响他此时回去监狱转一转。

诚所谓荣耀不还乡，犹如锦衣夜行。

他很想知道典狱长马格鲁·特勒现在怎么样了。

“就去看一眼，看一眼就走！反正也不耽误什么工夫。”

夏洛特在监狱门口报上身份的时候，几名狱军看他的眼神都不一样了，态度特别恭敬。他进了基尔迈纳姆监狱，先去拜访了接待秘书帕斯卡尔夫人。这位夫人脸上有几条伤痕，行动也颇不方便，却容光焕发，气色很好，见到夏洛特也特别热情。

两人聊了几句，夏洛特告辞而去。他在典狱长办公室没见到任何人，马格鲁·特勒被免职，新的典狱长还没到。他知道这位上任不久就阴沟里翻船的典狱长，现在正在监狱“里头”，却没兴趣去见面。

先让马格鲁·特勒先生熬一熬，现在去也许会被骂，但过上几天，这位前典狱长的脾气应该就会好不少。

他正要回自己的办公室，故地重游——他以后应该都不会在这间办公室办公了，缅怀一次少一次——却遇到了一个意外的人。

那位看守武器室、满脸络腮胡子的中年军人迎面走了过来，不露声色地递上了一个沉甸甸的钱袋，说道：“梅克伦先生，这是您遗留在办公室的财物，我一直都帮您保管着，可以亲手把它们交还给您，简直太好了。”

夏洛特微微惊讶，他可没有在办公室留下什么财物。

这位满脸络腮胡子的中年军人低声说道：“马格鲁·特勒倒卖监狱没收的超凡武器，惹怒了一些人物，他们推动了‘吐赃’行动。

“虽然梅尼尔曼小姐让您来审理这个案子，但……我个人建议您不要插手。”

说完这句话，这位中年军人行了一个礼，默默地离开了。

夏洛特却心下雪亮，甚至差点就仰天大笑。马格鲁·特勒要查他倒卖监狱的超凡武器，这件事挺犯众怒的，毕竟这是一条隐秘的财路，上下不知道多少人过手。

他拿走三件超凡武器，等于承担了这些武器流失的责任。

其中一件流入黑市之后，折算成佛尔和生丁，会被监狱里无数人瓜分，那位中年军人不过是个底层军人，一个黑手套而已，可没胆子吞超凡武器，一件超凡武器，他八辈子都赚不到。

马格鲁·特勒动了潜规则，就要承担被反扑的后果。

梅尼尔曼站稳了脚跟，夏洛特跟着水涨船高，那么历年被“借走”的超凡武器，就被冰冷无情地扣到了马格鲁·特勒身上。

作为意外维护了这一潜规则的一员，夏洛特能够拿一笔“黑钱”，简直是众望所归。

要知道，这个案子需要夏洛特指证马格鲁·特勒贪污监狱的超凡武器，才能让整个程序完整。

夏洛特没有打开钱袋，而是把它随手揣入了怀里。

回去看一眼办公室的兴趣，忽然就不太大了，他更想回爱丽舍田园大街 58 号数一数金埃居。

夏洛特正准备离开的时候，监狱里却骚动起来。

夏洛特也没想到，自己运气这么好，居然遇到了新任典狱长上任。马格鲁·特勒上任的时候，他在翘班跟安妮小姐约会。

他现在已经恢复了一级文书长的身份，仍是基尔迈纳姆监狱的一员，也就跟着监狱的中高层们一起，去迎接新的典狱长。

新的典狱长是一位英俊的男子，非常年轻，只有三十出头，他见到夏洛特忍不住笑道：“梅克伦先生，你可不该在这里上班了。”

夏洛特不认识对方，对方却认识他，这件事颇堪玩味。

夏洛特也只能回答道：“我还没拿到调令，自然要恪尽职守。”

新的典狱长笑道：“我上任办的第一件公务，就给梅克伦先生签发调职令好了。”

新任典狱长果然把夏洛特叫到了典狱长的办公室，给他签发了调职令。

夏洛特拿到了调职令，才知道自己已经成了一名光荣的巡城军总领。

文职的文书长和军职的军士长都俗称底层权贵。

到了这个职务等级，就有一定机会成为管理者，拥有政务身份。巡城军总领是政务身份，夏洛特的新职务等级是三级文书长。

也就是说，夏洛特·梅克伦先生又一次越级升职了，他现在是帝国三十五等官员。

按照帝国法律，全国的巡城军都以区为单位，每个城区的巡城军有一名总领，属文职，一名总巡，属军职，两人协同处理日常事务。

全国的巡城军名义上都归太子殿下直接统辖，没有直属上级，但实际上，从未有过任何一位皇太子插手过巡城军事务。

法尔斯帝国各区巡城军办案能力低下，混乱不堪，根本原因就是几乎无人管束，也不需要对任何上级负责。

新工作地点是卢卡瓦罗区，夏洛特现在的身份是：卢卡瓦罗区巡城军总领夏洛特·梅克伦。

拿到了调职令，夏洛特跟新的典狱长道谢辞别。

上了马车之后，他犹豫了一下，决定先去自己的巡城军办公室看一眼，反正那些冒险者还能撑几天，也不差这几个小时。

夏洛特非常好奇卢卡瓦罗区巡城军的状况，因为他住的爱丽舍田园大街 58 号对面就是卢卡瓦罗区。在他的印象里，这个外城区似乎就没什么巡城军。

一个多小时后，他望着一片荒芜的庄园，反复确认这里就是燕隼大街 1 号，这才相信自己没找错地方。

卢卡瓦罗区巡城军的办公地点，在燕隼大街西边排头第一，对面是卢卡瓦罗区政务局，里头有多个部门联合办公。

如果只论面积倒是很气派，几乎和对面的区政务局不相上下，是一个占地六千多平方皮米的中型庄园，差不多有一个标准足球场大了，毕竟外十五区都比上七区更大，土地和房子更不值钱。

但是它已经荒弃了不知道多少年，根本没有人在这里办公过的迹象。

夏洛特捂住了额头，自言自语道：“我没记错，卢卡瓦罗区根本没有巡城军。”

他很确定自己是被针对了。他的确升职了，从三十七等的一级文书长，升为三十五等的三级文书长，薪水也增加了不少，从周薪六佛尔零十五生丁，涨为周薪七佛尔零二十五生丁，而且还成了听起来很气派，也很有实权的巡城军总领，执掌整个卢卡瓦罗区巡城军。

巡城军的总领和总巡的地位，以职务等级为准，巡城军的总领职务等级较高，所以地位通常高于总巡。

但一个彻底荒弃的空无一人的办公地点，不但说明这个总领堪称光杆司令，也说明肯定有人搞鬼了，他来这里是被发配，不是荣升。

夏洛特甚至还下马车，进入这座荒弃的庄园走了走，确定了这里的确没人，以及有不止一窝黄鼠狼，这才重新登上马车。

这一次，他再也没耽搁，直奔马丘比。

夏洛特不确定找梅尼尔曼学姐是否有用，但是他并不打算找这位学姐，虽然学姐的权力大，但他有自己的办法，男子汉大丈夫，靠自己比靠别人强。

夏洛特不知道的是，梅尼尔曼成了一名海军军官，回到斯特拉斯堡不久就被调去了某支舰队，今天已经不在首都，并且这会儿已经军务缠身，忙得不可开交了。

在半路上，他打开了钱袋，里头是厚厚的一沓五十佛尔纸币。

夏洛特虽然预计这笔“黑钱”会不少，但也没想到居然有这么多！他数了一下，一共是一百五十张，也就是七百五十埃居。

夏洛特从韦尔斯那里搜到了五埃居，又得到了路易·司米两百埃居的鉴定费，不算零钱的话，如今身上也不过才七百九十八埃居。

这笔“黑钱”等于让他的财富骤然翻了一倍。

夏洛特暗暗忖道：有了这笔钱，我也该把爱丽舍田园大街58号的房款付清，倒是可以考虑购买一辆马车了，或者想办法弄点自己的生意。不弄点赚钱的生意，怎么说得过去？

一天半之后，夏洛特再次回到了马丘比，心头很感慨。

马丘比彻底迷宫化之后，他与这座古代兽人王国的要塞废墟建立起了一种微妙的联系，甚至能够纯凭感知，知道这座迷宫的大部分地方正在发生什么事。

这种感知比洞察要弱，有点像七百度的近视眼，不戴眼镜看电影，能够知道故事的完整脉络，却不知道主角长什么样子。

当然，这种微妙的联系必须在一定的范围内，他在斯特拉斯堡对马丘比可没什么感知。

靠近这座古代兽人王国的要塞废墟，夏洛特跟马丘比产生了感应，他轻笑了一声，说道："有趣，雷奥勋爵居然也被困住了。"

夏洛特让马车夫在外面等候，孤身一人进入了马丘比。

会议厅已经没有人了，到处都凌乱不堪，地上和墙壁上都有刀剑的痕迹，还有巨斧、钉锤、大棒之类武器砸出来的凹坑，以及两具尸体，显然这里经过了一场战斗。

夏洛特在会议厅站了一小会儿，转身走入了要塞深处，他步履从容，甚至没有取出武器，宛如在自己的家里闲庭信步。

马逊手持巨斧，艰难地呼吸着，他要保护自己背后的队员。

他面前是一头如直立山羊的魔物，雄壮有力，拎着一根巨大的棒子，眼眸中全是残忍和嗜血。

前巨斧冒险团的汉娜已经失踪了，其他几个队员也都受了伤，马逊现在已经非常后悔让夏洛特加入了，不然他和同伴们不会遭遇如此危险。

山羊魔物大步冲撞过来，马逊的眼神里全是悲壮，准备赴死。

一刹那，山羊魔物却骤然消失了。

夏洛特大步走出黑暗，露出欣慰的笑容，叫道："幸亏我来得及时！马逊，何蒙莎，大家都跟上，我带你们去安全的地方。"

他还是第一次操纵迷宫，刻意营造了一场危机，并在最关键的时候出现在几个熟人的面前。

马逊心头的痛恨骤然消失得无影无踪，劫后余生的他带着队伍，大步跟上了夏洛特。

夏洛特很快就把冒险团的人都找到了，并且带回了那个会议厅。

值得庆幸的是，这支临时拼凑起来的冒险团，损失不算惨重，死了七八人，仍旧维持在百人以上的规模，只是大多数人受了伤，好在不严重，且治疗及时，都不会有生命危险。

马丘比迷宫化之后，把在这座古代要塞内游弋的动物、魔物、邪祟也吞并了进来，它们不知怎么跟冒险者们产生了冲突。

正常情况下，冒险者们应该全灭。但因为马丘比迷宫化的过程里，这些冒险者转为迷宫NPC，受到迷宫规则的偏袒，所以才没有大面积的伤亡。

十多支小型冒险团的团长聚集起来，隐隐有些仇视夏洛特，他们都是经验丰富的冒险者，猜测目前遭遇的一切都跟夏洛特有关。

一个叫亚斯的小型冒险团团长站了出来，说道：“我们不是拜罗恩的间谍，也不想跟那群吸血鬼扯在一起，放我们离开，我们保证什么都不说，报酬也不要了。”

夏洛特没有回答他，而是满面春风，大声说道：“首先，我要感谢大家！我已经找到了家族的宝藏！”

他这一句话，就压下去了所有的声音，几乎每个冒险者都被“找到宝藏”这个话题吸引。

宝藏，财富，金钱，永远比任何话题都吸引人。

“我曾对女神起誓，若是能寻找到宝藏，会拿出百分之五的部分给跟我一起找到宝藏的人。我会兑现自己的诺言！”

这一百多名冒险者的热情顿时被点燃了，再也没人想要追究为什么他们会被抛弃在马丘比，还遭遇了如此多的危险，每个人都在想自己能够分到多少钱。

夏洛特的目光从左边扫到右边，又从右边扫到左边，确定每个人都被他诱惑到了，这才说出恶魔般的话语：“但很遗憾，我得到的宝藏，并不是法尔斯的法定货币！

“所以，我没办法现在就给大家分钱。

“你们也知道，这批宝藏属于古代兽人贵族，需要在斯特拉斯堡变现，才能变成金埃居、银佛尔……至于生丁，那是什么东西？

“在座的诸位！以后都是有钱人了。”

他的话立刻赢得了这一百多名冒险者的欢呼。

夏洛特摊开双手，耸了耸肩，大声说道：“所以，要麻烦诸位跟我走一趟斯特拉斯堡，去取回你们应得的那份财富。”

“没有问题。”

“我们跟您去斯特拉斯堡！”

“您的慷慨，真是无与伦比。”

“能问一下，大概可以分多少钱吗？”

“去斯特拉斯堡，算不算雇用？”

面对冒险者们嘈杂的询问，夏洛特都耐心地一一作答，他等众人的情绪稍微缓和了一些，这才带着这些冒险者离开了马丘比。

临走之前，他望了一眼马丘比的深处，喃喃自语道：“上次说，我要把你找出来，暴晒在太阳之下，看着你化为灰烬。是我失言了！当时着急去办点私事儿。现在……”

夏洛特发现，杀了汉娜的魔物虽然被迷宫困住，却仍旧能够抵抗迷宫，还未转化为迷宫 NPC。

至于为什么雷奥勋爵都能轻松转为 NPC，这头魔物却不能，夏洛特一时间也无暇研究。

“我迟早会回来，兑现自己的诺言，把你暴晒在太阳之下，看着你化为灰烬。”

雷奥勋爵现在可太狼狈了。他只想带走自己的仆从，却没想到这座古代兽人王国的要塞废墟忽然化为迷宫，怎么都走不出去。

幸亏吸血鬼的生存能力是一等一的强大，虽然平时血族很讲究优雅，但在这种困境中，他们也什么都能吃。

雷奥勋爵甚至生吃了好几只地鼠，任何荒芜的废墟，最多的就是这种肥硕的小生灵。

夏洛特不知道该如何处置这位拜罗恩勋爵，决定暂时放弃跟他碰面，反正吸血鬼们很难被“养死”。

他的马车上带了一堆食物，还有饮水和美酒，都是离开斯特拉斯堡的时候购买的。出了马丘比迷宫的冒险者们，敞开肚皮吃了一顿，又都恢复了精神，满怀期待地跟夏洛特回了斯特拉斯堡。

这么多冒险者，夏洛特当然不会带回爱丽舍田园大街 58 号，他都送去了卢卡瓦罗区巡城军的办公处——燕隼大街 1 号。

虽然它已经荒弃了不知道多少年，但基本建筑还算完好，只要稍稍修葺一下，再打扫一遍卫生，住人没有问题。

这群冒险者经常露宿野外，也不是很挑剔居住环境，又心怀即将可以分到钱的憧憬，对夏洛特的安排毫无怨言。

夏洛特搞定了这群冒险者，来不及回家一趟，就直奔中央政府办公厅，找上了自己的“老领导”阿尔德冈德夫人，一位古板且很有威严的资深政府工作人员。

阿尔德冈德夫人对夏洛特的来访十分惊讶，问道：“你在基尔迈纳姆监狱怎么样？工作还顺利吗？”

夏洛特笑道：“我已经调去了卢卡瓦罗区，加入了巡城军。”

阿尔德冈德夫人微微疑惑，问了一句：“那边有巡城军？我记得外十五区的巡城军……你知道的，都是空饷。”

夏洛特当然知道，就算原本不知道，去一趟卢卡瓦罗区燕隼大街1号，也自然就知道了。

他笑着说道：“所以，我需要重新建立档案，不然没办法领薪水了。”

阿尔德冈德夫人微微颔首，表示明白。夏洛特曾经是她的属下，这点情面，她还是愿意给的，当即就给夏洛特出了一份文书。她的帮忙也就到此为止，更多的杂务事情，还需要夏洛特自己去跑。

夏洛特当然不是为了自己，他的履历完整无缺。

如果他想，他甚至可以做一只真正的“薪水小偷”，毕竟夏洛特法律意义上的那位上司——帝国的皇太子根本不会插手巡城军事务，他上班与否不影响薪水发放，他是为了给那群冒险者搞“编制”。

从被迫逃亡开始，夏洛特就打定了主意要做点什么事情出来。

一旦他把这群冒险者变成巡城军，他可就不是光杆司令了。

至于冒险者那边，根本不用担心。

巡城军是正式军职，虽然底层巡城军收入微薄，但胜在稳定，也更安全，一般不会有人对巡城军下手，生活比冒险者要安定得多。

夏洛特若是能搞定这件事，对这群冒险者来说，简直是天降喜事，极少有人会拒绝。

夏洛特拿到了阿尔德冈德夫人的文书，用佛尔开路，跑了几个部门，轻车熟路地“补”了一批档案。

他在中央政府办公厅待了两年，没有白白浪费光阴，深深地熟悉帝国的办事程序。

走正规流程，重新招收一批哪怕是底层公务员，都是非常困难的一件事。但若是原有的公务员档案丢失，补一批巡城军底层办事员的身份证明可就容易太多了。甚至都不需要向上级打报告，只需要走通几个关键的底层办事员的门路就可以。

当然，这些事最关键的一环，是他本身就是巡城军的总领！握有相当大的权力。

总计塞了五十几佛尔，夏洛特拿到了一百七十多人的卢卡瓦罗区巡城军的身份证明，其中三十几人的名额都是“猫腻”。

当然这不是“猫腻”的全部，他手下名义上有七百多人，至于另外五六百人，夏洛特是绝不敢深究的。

因为这批巡城军长久身份缺失，有关部门还补了一笔薪水，这笔薪水绝不会发到卢卡瓦罗区巡城军，至于会被什么部门、哪些人截留，夏洛特就不关心了。

这笔钱也是办事的通行证之一。

天色擦黑，夏洛特才回到了卢卡瓦罗区燕隼大街 1 号。

这批冒险者还不知道，他们都有了新的身份，正在眼巴巴等着夏洛特回来，并且给他们带来好消息。

夏洛特一进入办事处，这些冒险者就围了上来，不住地有人问他那笔宝藏处置得如何了，什么时候能拿到钱？

夏洛特满脸笑容，高声说道：“大家静一静，听我仔细地跟诸位说一下，今天处理拍卖的情况。

“我今天拍卖出了第一批宝物！不过！暂时还没办法分钱。”

听到没钱可拿，气氛一时剑拔弩张起来。

若非这群冒险者知道夏洛特是个超凡，肯定有人会直接动手。

夏洛特几句话把这群冒险者的情绪挑动起来，随即话锋一转，说道：“但我也不是空手而归！我拿到了一笔长期小额支付的合同，诸位每周都能拿到三十五到四十个生丁……

“持续终身！”

这群冒险者都惊呆了，马逊忍不住大怒道：“你这不是骗人吗？哪里会有这种长期小额支付合同？”

这种听起来就不靠谱的“长期小额支付合同”，换任何一个人都会觉得是一种拙劣的新型骗术。

不断有人七嘴八舌地发声：

“付钱！”

“我们要直接付钱。”

“这种骗人的话，谁会相信啊？”

“我们从未听说过，怎么可能有这种合同？”

“每周几十个生丁，终身有效，那得是多大的一笔钱？一年就是十几个佛尔，我要是能活几十年，岂不是能拿几十个埃居了！”

夏洛特双手高举，往下压了一压，说道：“我知道大家不相信，但请听我说完支付的方式。你们会得到一份工作，成为卢卡瓦罗区的一名巡城军，大多数人是五十三等的一级列兵，极少数是五十二等的二级列兵。

“只要诸位一直在卢卡瓦罗区巡城军供职，就能一直领取这份薪水。不过，如果诸位打算离开，那就遗憾了，这份长期小额支付合同会立即中断。

“这是第一批宝物，请诸位谨记，我们仅仅是第一次！我许诺过！这一次参与寻宝的人，我钱南向兽人祖先发誓，保证他们以后的身家不会低于一百个金埃居。我不会食言！

“现在诸位可以上前来，领取卢卡瓦罗区巡城军的身份证明。

“这可是正经的官方文书，发自中央政府办公厅，无可作假，诸位可以去政府相关部门验证。”

亚斯低声跟身边的一名同伴说道：“你真觉得，他有办法把我们这么多人都弄进巡城军吗？”

很多冒险者都参加过巡城军的选拔，但巡城军的选拔很看重身份清白，也就是需要有内部门路，他们中的大多数人根本无法通过。

这群冒险者虽然来自不同的小团队，但在这段时间里，相互间也建立了一些友谊，被亚斯问话的男子低声说道：“反正这事儿容易验证，他骗不了我们多久。”

亚斯点了点头，看着大家都去领了新的身份文书，也上去领了一份，拿了一份二级列兵的身份文书。

法尔斯帝国五十三等的职务序列，一般会招收接受过完整的中等教育

或高等教育的人，周薪是三十五生丁，也是帝国官方规定的最低薪水，当然实际上很多人拿不到这个最低薪水。

五十二等职务的周薪是四十生丁，光是中等教育，已经不能在入职的时候拿到这种职务了，需要等待每五年一次的升迁。这种低级政府职员，不能跟大学毕业的优秀学生媲美，升迁的时限要长两年。

公学毕业生起步就是四十九等，至于国家学院的毕业生，比如夏洛特在中央政府办公厅的直属上级阿尔德冈德夫人，入职就是四十五等的一级协理员。

本来他的前未婚妻希尔薇·马丁小姐也应该从协理员开始职业生涯，但……某些事情从来不按照规矩来。

夏洛特发完了身份文书，就大声说道："今天我请客！马逊，亚斯，何蒙莎……"他点了几个冒险者的名字，说道，"去附近买些东西回来，让他们送货，我来付账。"

被点名的冒险者凑到了一起，然后走出了卢卡瓦罗区的巡城军办事处。

夏洛特又让剩下的冒险者一起动手，把这个办公地点清扫、修葺一番。

燕隼大街 1 号有两栋办公楼，其中一栋是宿舍，另外一栋是办公室，足以容纳近千人生活和办公，还有一处马厩，只不过现在空空如也，一匹马、一辆马车都没有。

这里毕竟是外城区，生活设施比不上上七区，所以没有管道供水，只有一处水井。

等被派出去的人购买了食物和麦酒回来，这个办公点经夏洛特指挥，已经被冒险者们整饬得有点模样了。

吃了东西，喝了点酒，冒险者们也就放开了胸怀，甚至有几名女性冒险者还当众跳了欢快的舞蹈。

毕竟他们在城外的生活可没这么安逸，虽然大多数人仍旧不太信任夏洛特，但情绪已经都稳定了。

夏洛特没有陪这些冒险者，他叫了一辆马车回了自己在皮卡第区的住处。他推开房门就看到了两封书信。

爱丽舍田园大街 58 号的大门侧旁有投递信件和报纸的投递口，房间内有承接的杂物箱，这是稍微高级一点的住宅必有的标准设计。

一封来自学姐梅尼尔曼，一封来自安妮小姐。

夏洛特这几天都不在斯特拉斯堡，他猜测是两位没有找到他，所以都给他留了书信。

他先打开了梅尼尔曼的书信，上面很简单地提了一句："少安勿躁，不管现在什么职务都尽量忍耐，过段时间会把你调去海军。"

夏洛特微微一笑，暗忖道：看来学姐安排的职务出了点问题，原本我应该不是卢卡瓦罗区巡城军总领。

当初梅尼尔曼暗示过，他会转入军职，可能被调去很远的地方，离开斯特拉斯堡，大概是跟她一起加入海军。只能说帝国的政府黑手太多，黑幕重重，纵然梅尼尔曼这样出身顶级贵族的小姐也不能随心所欲。

安妮小姐的书信就长了很多，还询问他最近有没有时间，但最关键的是提了一句："贝希摩斯公国已经向南瑟拉夫宣战了，您请务必谨慎，减少外出，最好不要轻易离开上七区。"

夏洛特虽然是外来者，但还是长叹了一声，战争不可避免，接下来的局面，他都可以预测出来：南瑟拉夫人会向拜罗恩和黑凰王朝求助，法尔斯帝国亦会卷入战争……

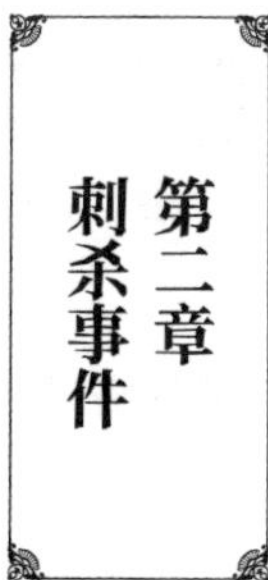

第二章 刺杀事件

三天之后，又到了周一。

法尔斯帝国的政府部门每周一发薪水，故而在法尔斯帝国，周一又被所有打工人亲昵地称呼为——帝国发薪日。

尽管非政府雇员未必在这一天发薪水。

卢卡瓦罗区的“巡城军”都拿到了当周的薪水。

夏洛特真正松了一口气，他的一番折腾，总算是没出意外。

不过，这一天，还是发生了一点小事件。夏洛特见到了一个熟悉的人。

他见到了本应该在亚历山大区供职的杜宾，也就是负责杨米尔斯杀妻案的那位年轻帅气的巡城军。

杜宾不是一个人过来的，他带了一百多名巡城军过来报到，看到夏洛特一脸惊讶，叫道：“您不是梅克伦先生吗？我记得您是在中央政府办公厅工作，怎么也来了巡城军？还跟我一样，被发配到了卢卡瓦罗区！”

夏洛特莞尔一笑，说道：“新大陆那边有句古话，叫作人生何处不相逢！我们不就是又见面了！重新自我介绍一下，夏洛特·梅克伦，卢卡瓦罗区的巡城军总领，三十五等三级文书长！你的直属上司。”

杜宾目瞪口呆，张大了嘴巴，良久后才问了一句：“能问一下，您是哪位大贵族家的私生子吗？”

他上次见到夏洛特，对方还自称一级文书，现在居然就变成三级文书长了，升职的速度未免太快了！

夏洛特微微一笑，说道：“如果是在大街上碰到，我还是一级文书。”

杜宾误以为夏洛特是不想出风头，上次没跟自己说真实职务，这才微微释然。尽管这么年轻就已经是三级文书长，升职依旧太快了，但已经勉强可以接受。

至于出身的问题，他也没指望夏洛特回答，这种隐私若非惊讶太过，根本不应该问出口。

夏洛特也有些疑问，说道：“您和您的同僚怎么来卢卡瓦罗区报到？”

杜宾答道：“我得到的消息是：有一批吃空饷的货色担心被清算，所以上蹿下跳，争取了这次调动。他们从卢卡瓦罗区调走，补入了上七区各处巡城军，我们这批兄弟因为后台不够硬，就被踢了出来，给这群吃空饷的填坑。

“好消息是，我们都晋升了一级！坏消息是，按照正常的职场升迁年限，我们最快也要半年后才能升职了。

“我是杜宾·阿尔杰！哈博斯克公学毕业，职务四十七等三级兵长，是您的第一巡逻队队长！”

夏洛特惊讶道：“哈博斯克公学？齐摩尔曼·阿克瑟尔·罗宾毕业的哈博斯克公学？你怎么会考不上国家学院？”

哈博斯克公学是帝国最好的公学，甚至没有之一，能够考入哈博斯克公学的人，虽然未必能上大学，但不至于连国家学院都考不上。

杜宾耸了耸肩，说道：“因为在学校里跟人打架，被惩罚不允许考国家学院了。”

夏洛特摊开双手，说道：“那还真是国家学院的损失。”

杜宾本来对这次调动充满了怨言，但遇到了熟人还是蛮开心的，至少夏洛特这个新上司不像是喜欢给人穿小鞋的人。

接着，他给夏洛特介绍了一下带过来的一百多名巡城军。

这些巡城军大多出身平民家庭，他们并非都来自亚历山大区，而是来自上七区各处的巡城军。

杜宾显然在巡城军体系内是“老油条”，跟其他区的人也很熟稔，俨然就成了这些人的领头。

夏洛特接受了这批巡城军的“老油条”，也挺感慨，他成了卢卡瓦罗区巡城军总领，应该是有人担心他“新官上任三把火”，预先跑路了吧！

杜宾他们还不知道，他们被调出上七区的罪魁祸首，就是眼前这个“浓眉大眼，貌似忠厚”的家伙。

夏洛特按照这群巡城军的职务，把那些冒险者打散了，调入了他们的手下。

没办法，杜宾等人的职务较高，最低也是四五级列兵，甚至有一部分还是兵长。这群冒险者都是一级和二级的列兵，只能给人家当手下。

法尔斯帝国的军队职务，从底层往上，分别是：列兵，兵长，士官，军士，军士长……

每一个大级别分为五等，下一个级别的第五等和上一个大级别的一等职务等级重合，打个比方：五级列兵和一级兵长都是四十九等。

就如五级文书和一级文书长都是三十七等。

杜宾他们过来报到，让这群冒险者再次感到困惑！他们被分配给这群真正的巡城军当手下之后，忽然就感觉似乎哪里有不对劲。

“怎么好像做了真正的巡城军？”

“不是说长期小额支付合同吗？”

“对了，他还不叫钱南。”

“大骗子！”

…………

夏洛特今天也拿到了薪水，他的薪水比所有人都高，“财大气粗”的巡城军总领立刻就宣布，要给新来的同僚接风洗尘。

杜宾自告奋勇带了七八个同事出门采买，很快就带了一大堆的食物和麦酒回来。

卢卡瓦罗区的巡城军办公处，可能头一次这么热闹，不管是冒险者们，还是新调来的巡城军，都被这种气氛感染，几杯麦酒下肚，人人都热络起来。

夏洛特不怎么爱喝这种麦酒，但这种麦酒胜在便宜，而且市场上大量出售，容易买到。

若是换成果酒，价格更贵不说，除非在爱丽舍田园大街那种热闹繁华的地方，很难购买到足够两百多号人饮用的酒水。

他喝了几杯，正要找机会早退，然后去约安妮看个歌剧，忽然眉心一跳，洞察异能自动开启，不但笼罩了整个办公处，而且扩张开来，让他看到了一个一身猎装，赤手空拳，却杀机凛然的男子，正大踏步地走入巡城军的地盘。

“奥布里条顿·亚特伍德？！”

夏洛特目前只有两个敌人，一个是基尔迈纳姆监狱的前任典狱长马格鲁·特勒，目前在大牢里，一个是烈马侦探社，他毕竟杀了八名烈马社的侦探。

他回来斯特拉斯堡之后，打听过很多次烈马侦探社的情报，似乎烈马社那位很厉害的社长——奥布里条顿·亚特伍德就是这个形象。

夏洛特一瞬息间就做出了明智的选择，他放弃了吸血手斧，也放弃了血蔷薇，虽然使用血蔷薇能够使出阿西洛氏的剑术，但他仍旧不认为四阶超凡可以对抗高阶超凡。他最终选了那杆出自法尔斯帝国六大炼金工坊之一火克威尔工坊的招牌货——反空间远程步枪。

夏洛特在近身搏斗上没什么天分，但在射击上略有些成绩。他单膝跪下，以标准射击姿势架好了反空间远程步枪，并且压上了子弹。

杜宾等人不知道他怎么忽然有这种反应，却迅速围成了一圈，面对危险，先全力自保，这是巡城军的老传统了。

身穿猎装，赤手空拳，杀机凛然的男子，似乎感应到了什么，在即将踏入射击圈之前，忽然停下了脚步，并且毫不犹豫地转身就走。

一刻钟后，夏洛特才一身冷汗地收了反空间远程步枪，他也不知道若是那个男人闯进来，究竟谁生谁死。

也许是他一枚破魔轰甲弹，把对方轰成齑粉，也许对方抵抗住了射击，或者避开了子弹，一旦这位高阶超凡冲到近前，他绝无逃生可能。

“要是在马丘比就好了！或者把雷奥勋爵弄出来，他应该能对付这家伙。唯一的问题是，雷奥勋爵不会听从我的话啊！”

“也不知道他识破了我的真面目没有？若是识破了，只怕下一次见面，他就要杀我了。”

夏洛特卸下了子弹，又把这把步枪拍入了炼金手杖，破魔轰甲弹太沉了，平时他身上只会带三枚，但以高阶超凡的速度，他大概也只有开出三

枪的机会，再多的子弹，也没机会打出去了。

他对杜宾说道：“你来负责卢卡瓦罗区巡城军的日常事务，我有点事要去办理一下。”

杜宾也感觉到了，刚才似乎有大事情要发生，虽然最后什么都没发生，但夏洛特肯定有着急的事要办。他没法插手超凡的战斗，但能够接手巡城军的事务，还是大喜过望。

杜宾自负才能不俗，却总是被傻瓜上级压制，若是没人管束，他相信自己能够把一个区的治安搞好，让这个区的居民安居乐业。

夏洛特沉着脸，离开了巡城军办公处。

他虽然知道自己跟烈马社算是结仇了，但他毕竟是政府官员，不认为烈马社会再派人过来。但刚才的一幕，让他生出了浓烈的危机感。

夏洛特不敢大意，开启了洞察，但一路上没再感应到危机。

他到皮卡第区的时候，没有回爱丽舍田园大街 58 号，而是穿过皮卡第区，去了位于阿尔卡特拉斯区马迪乐大街 22 号的猫侦探社。

能够对抗超凡的只有超凡，梅尼尔曼学姐去了海军某支舰队，他唯一能找到的超凡帮手，就是猫精灵侦探薇妮・亚尔赛奴。

阿尔卡特拉斯区是典型的居民区，到处都是有点年头的、典雅又凸显设计感的老房子，整体气氛非常温馨。

斯特拉斯堡的中产阶级都居住在这里，他们对安全感的需求非常高，帝国的巡城军又实在不靠谱，所以这个区对私家侦探的需求旺盛，七大侦探社有三家在阿尔卡特拉斯区，除此之外，这个区还有二三十家中小型侦探社，算是侦探们的天堂。

马迪乐大街 22 号的猫侦探社，是一栋具有歇洛克时代风格的楼房，一共三层，每一层大约有二三十个房间。

作为一家以女性为主的侦探社，猫侦探社虽然没有烈马侦探社规模那么大，但也雇用了近百人，其中正式侦探有二三十人。

敲开了猫侦探社的大门，夏洛特就见到了一个跟希尔薇年龄差不多的女孩子，她在大门一侧的小房间里，盈盈一笑，打了个招呼：“请问这位先生有什么业务要办理？”

夏洛特看了一眼对方桌子上的名牌：见习侦探梅蜜小姐，毕业于莺歌国家学院。

他微微一笑，说道："我有件事想要咨询一下亚尔赛奴小姐，没有预约，但我们认识，我的名字是夏洛特·梅克伦。"

梅蜜扯了扯房间内的一根绳索，法尔斯帝国还没有电话和电报，室内通信就有一点特别，比如这种扯绳子通信术，不同的暗号可以传递不同的消息。

不过，旧大陆实力强横的国家，有魔法炼金通信装置，长途通信便利程度不如电报电话，但传递距离足够远。

过了一会儿，房间内的一个小铃铛响了起来，这位梅蜜小姐微微一笑，说道："我带您上去吧！"

一个清丽的声音响了起来："梅蜜姐姐，我来带他上去好了。"

希尔薇·马丁小跑着下了楼，冲梅蜜微微点头，补了一句："夏洛特是我表哥。"

梅蜜露出恍然的表情，拉扯长裙，微微含胸低头，行了一个女士日常礼。

夏洛特一只手轻抚胸口，还了一个标准帝国礼，然后跟着希尔薇上了楼。希尔薇叽叽喳喳地说道："梅蜜姐姐人不错，比我早毕业一年，已经是非常优秀的见习侦探了，也许明年就能成为侦探助理，但你不可以打她的主意。"

夏洛特微微尴尬，说道："可以不提过去吗？"

希尔薇回头说了一句："好吧！我亲爱的表哥，你的变化还真是大。"

夏洛特心道："跟过去的社交关系彻底割裂，真是个聪明的选择，幸亏这位前未婚妻小姐没那么细心，不然早就露馅了。"

希尔薇把夏洛特带到了社长办公室，低头行礼之后，就退了出去。

夏洛特注意到，房间里还有一个人。

一个看起来异常年轻，但绝对不可能是年轻人的男子。

他的眼神实在太锐利，有一种看破世情的沧桑，充满了智慧和岁月。

夏洛特还是几分钟后才反应过来，暗忖道：怎么长得一样，但气质如此不同？他不是在燕隼大街 1 号想要杀我的那个人！

薇妮·亚尔赛奴湖蓝色的眼眸露出了古怪的惊诧，说道："不许在我

的办公室打起来。”

夏洛特微微讶然，问道：“我自问不是一个鲁莽的人，亚尔赛奴小姐为何有此叮嘱？”

男子微微一笑，说道：“薇妮是在说我呢！梅克伦先生！第一次见面，但您的大名可是如雷贯耳了。

“我是奥布里条顿·亚特伍德烈马侦探社的社长。

“梅克伦先生击杀了我八位手下，当真身手了得。”

夏洛特忽然就有一种感觉：我是不是该拼了，再召唤一次邪神？

奥布里条顿丝毫没有要动手的意思，显然薇妮·亚尔赛奴说“不许在我的办公室打起来”这句话起了作用。

夏洛特叹息一声，坐在了办公室的一张沙发上，说道：“我亦不想这么做，但奈何那位前任典狱长出的价钱太高了，以至于您手下的侦探过分勇敢！

“请允许在下做一次正式的自我介绍：夏洛特·梅克伦，卢卡瓦罗区的巡城军总领，三十五等三级文书长！梅尼尔曼·苏玫学姐的忠实‘走狗’！”

薇妮·亚尔赛奴没忍住，笑出了声音，笑声柔和，入耳舒适。

就连奥布里条顿·亚特伍德也莞尔一笑，说道：“是的，如果不是因为这个身份，我应该现在就杀了你，而不是另外雇用刺客。

“既然您已经到了马迪乐大街22号，那么我请的那位刺客失手了吗？

“您杀了他？”

夏洛特耸了耸肩膀，说道：“没有，他远远地看了我一眼，就转身走开了。”

薇妮·亚尔赛奴微微惊讶，说道：“奥布里条顿请的可是中阶超凡，你怎么可能击退他？”

夏洛特淡淡地说道：“他去了燕隼大街1号，不巧遇到了卢卡瓦罗区巡城军在操练，两百多人显得有些过分了。毕竟，亚特伍德先生只出了一份钱。”

夏洛特的回答，幽默又含蓄，不露锋芒。

奥布里条顿·亚特伍德露出沉吟之色，过了一会儿，说道：“我知道了，梅克伦先生虽然表现出的实力一般，但实际拥有的力量远远超出了表现。所以，我们第一次调查，得知您还是一阶超凡，我派出了韦尔斯和艾狄生，可您就不再是一阶超凡了。

“当我派出了温特伯恩，您的表现又超过了四阶！

“亚尔赛奴小姐约我过来，是想替我们解开过节，但我八名手下的命不能就这么算了。

“我有一个提议，用决斗来解决这件事怎么样？”

夏洛特问道：“您亲自出手吗？”

他已经打定了主意，要把决斗的场地选择在马丘比。

奥布里条顿·亚特伍德虽然是高阶超凡，但也未必能够闯出迷宫，若是还能引导他和雷奥勋爵战斗一场，说不定真能解决掉这个麻烦。

奥布里条顿·亚特伍德摇了摇头，说道：“我答应过亚尔赛奴小姐不亲自出手了。只不过，那时候我以为你已经被刺客干掉了。

“现在想来，还是小瞧了梅克伦先生，答应得太早了些，可我也不打算反悔了。

“出手的人会是韦尔斯、艾狄生、温特伯恩，又或者某位死在您手里的侦探的亲眷。

“血亲复仇，又是公开决斗，谁也不能说不公平，不是吗？”

夏洛特点了点头，他大概明白了，这位奥布里条顿·亚特伍德还是有点畏惧梅尼尔曼学姐，不然绝不会绕这么大一个弯子。

而且公然击杀帝国三十五等公务员，也不是什么容易搪塞过去的事。

毕竟按照帝国法律，夏洛特可没做错事。

奥布里条顿·亚特伍德微微一笑，说道：“那就请梅克伦先生静等决斗书吧！”

这位著名的侦探拿着帽子起了身，跟薇妮·亚尔赛奴微微点头，就那么步履从容地离开了办公室。

夏洛特长长地舒了一口气，说道：“还未谢过薇妮！”

薇妮·亚尔赛奴低声说道：“我本来想让您出一笔现金，抚恤那几位侦探的家属，把这件事和平解决。没想到奥布里条顿·亚特伍德已经早一步派出了杀手，最后还是不得不用决斗来解决问题。”

夏洛特问道：“我的决斗对象大概会是哪几位？”

薇妮沉吟片刻，问道：“梅克伦先生，您能诚实告诉我，您究竟是低阶、中阶还是高阶超凡吗？”

夏洛特毫不犹豫地答道：“四阶！”

在旧大陆，一至六阶为低阶超凡，七到十二阶为中阶超凡，十三阶到十八阶为高阶超凡，十八阶以上另有称号。

薇妮·亚尔赛奴摇了摇头，说道：“那您最好避免决斗！

“据我所知，您的挑战者至少有两位中阶、一位高阶！”

夏洛特忍不住愤愤骂道：“奥布里条顿简直是个无赖，我怎么可能斗得过中阶以上的挑战者？更别提还有高阶超凡了！”

薇妮·亚尔赛奴也想不出来办法，她建议道：“听说您修炼的是血腥荣耀，或者可以重金收购一件吸血武器。

“不过，吸血武器很少出现，您这会儿要购买，一定要隐藏购买的意图，不然会被人恶意加价。”

夏洛特不觉得这种事值得隐瞒，说道：“我有两件吸血武器！”

薇妮·亚尔赛奴松了口气，说道：“有了超凡武器，也许您可以跟两位中阶超凡斗一斗，不过那位高阶……

“他是艾狄生的哥哥，没有任何办法收买。”

夏洛特心道：我一定要把决斗地点选在马丘比，让这群复仇者有来无回。

他本来想求助薇妮·亚尔赛奴，但此时已经没了必要，起身告辞道：“多谢薇妮，我先回去了，以后要多多拜托您照顾希尔薇！

“她过于正直，也过于……善良！”

薇妮·亚尔赛奴点了点头，说道：“希尔薇是一名好侦探，我会照顾她的。”

夏洛特推开了房门，却见希尔薇·马丁站在门外，不由得微微一笑，说道：“我先走了。”

希尔薇有些焦急地问道：“决斗的事情怎么办？”

夏洛特愣了一下，他没开启洞察，不知道希尔薇一直站在门外，此时也只能回一句：“凉拌！”

他跟希尔薇·马丁擦身而过，丢下一句“想要我死也没那么容易”就从容走出了猫侦探社。

薇妮·亚尔赛奴在夏洛特走后，低声说道：“进来吧！”

希尔薇走入了社长办公室，脸上还是有些焦急，薇妮浅浅一笑，说道：“你的表哥还有底牌，不用太担心他，出去工作吧。”

希尔薇离开社长办公室，回到了文卷室，作为一名新入行的见习侦探，她这段日子都在翻阅档案，增长见闻，心里想道：我真的是过于正直，也过于善良？呸！夏洛特这家伙，不够资格说这么神圣的字眼。

夏洛特忽然轻松了下来，他回到了爱丽舍田园大街，先去了一趟猫与四叶草咖啡店，把自己的三只幼猫接了回来。

这三只幼猫毛茸茸的，一点也不怕生，小眼睛里充满了对世界的探索欲望，纵然被从妈妈身边抱走，也没怎么挣扎，蜷缩在新主人的怀里，还一脸惬意的小模样。

夏洛特为了这三只幼猫，还买了一点羊奶，虽然猫奶更好，但那只半大的伶俐母猫显然不太能承受这种挤奶强度。

他还顺带多订了一批咖啡，上次被搜捕，家里的东西能丢的都丢了，咖啡和果酒这种容易顺手牵羊的东西，丢得最为彻底，连空瓶子都没剩下。

咖啡店那位上了些年纪的夫人很欣喜地送上了几句祝福，夏洛特收获了愉悦，多给了一个生丁的小费。

他前脚才回到爱丽舍田园大街58号，安妮就过来拜访了，最近两人的关系颇有进展。

夏洛特欢喜不尽，问道：“我刚好买了咖啡，你要喝什么口味？”

安妮答道：“奶泡咖啡！”

夏洛特一面冲泡咖啡，一面笑着问道：“待会儿去吃点什么？”

安妮深深吸了一口气，说道：“你都要跟人决斗了，怎么还这么淡定？”

夏洛特微微讶异，他很想问安妮怎么知道自己要跟人决斗，但随即就明智地放弃了，而是笑着说道：“决斗而已，不是什么大事。”

安妮偷眼看了一会儿，低声说道：“在法尔斯，这种多人决斗是可以请人帮忙的。我可以帮你联络一位高阶超凡，是我的一位堂哥，他是十七

阶的骑士，奥布里条顿也不过是十四阶的骑士，保证稳赢不输。”

夏洛特知道布列塔尼家族是帝国顶尖大贵族，却没想到安妮居然可以找来一位十七阶的大骑士。

纵观整个帝国，高阶超凡都非常稀少，每一个都是身份不凡的大人物。

骑士是道路最宽广的超凡，也是最易成就的超凡，但骑士也是最难晋升高阶的超凡。斗气到了十级，就再也没办法靠苦修提升上去了，不管所学的呼吸法有多奥妙，配合的冥想术多么精巧，多么努力地修炼，天赋又高到了什么地步，都没法再以勤奋提升一分一毫，所有的骑士都必须在战斗中感悟骑士之证，只有获得了骑士之证才能晋升！

十七阶的骑士，只差一步，就能收集齐全八大骑士之证了。

任何骑士集齐了八大骑士之证，都可以在名号上冠一个“圣”的前缀，地位之高，无与伦比。

当年的齐摩尔曼·阿克瑟尔·罗宾纵横七海，击杀了海盗之王，才成功冠上“圣”，被誉为帝国最年轻的骑士王！

安妮的这位堂兄，在法尔斯帝国政坛，必然举足轻重！

夏洛特犹豫了片刻，说道：“这么大的事，我是否该当面向您的堂兄解释一下？”

夏洛特才不会傻乎乎地拒绝，他的确需要人帮忙，高阶超凡他根本打不过，就算有马丘比迷宫，也不一定能百分百过关，除非再次召唤邪神，但那可是一条死路！

若是有机会见一次安妮的这位堂兄，夏洛特自忖，必然可以扩展人脉，说不定还能为他和安妮的婚事争取来一位有力的支持者。

至于会否惹到对方反感，那不在夏洛特的考量之内，正经人做事绝不会因为可能失败就放弃，或是缩手缩脚，什么也不做，只会做足准备，然后勇于承受失败的后果。

安妮用力地点了点头，说道：“过几天，我堂哥回斯特拉斯堡，我帮你约他喝下午茶。”

夏洛特递过去一杯冲泡好的咖啡，说道：“安妮小姐，你真是我的幸运星！”

安妮微微羞涩，接过了咖啡，非常淑女地小口饮用。

夏洛特邀请安妮到三楼的露台上欣赏卢卡瓦罗河的风光，安妮欣然答应，两人在三楼的露台上消磨了一个下午的时光。

夏洛特仍旧没能获得陪佳人吃晚餐的特权，在晚餐前送安妮离开。他把安妮送到了小巷口，目送少女的马车离开，正准备找个地方吃饭的时候，身上忽然寒意大盛，洞察自动开启。

一个陌生的男子身上杀机凌厉，正伪装成路人向他迅速靠近。

这个男子已经非常近了，夏洛特顷刻间就判断出来，这么近的距离已经来不及使用反空间远程步枪，用这把步枪还有个上子弹的程序。他手腕一抖，血蔷薇划破空气，直接被他投掷了出去。

这名刺客也没想到夏洛特的反应如此直接迅猛，他本来以为隐藏得很好，目标不可能发现自己，面对破空而来的血蔷薇，来不及做多余应变，一个后仰使出了一招类似铁板桥的功夫，上半身几乎跟地面平行。

血蔷薇擦着他的鼻翼眼看就要射飞，这把吸血刺剑却神乎其神地轻盈一转，折返回来，绕着刺客的脖子兜了一圈。

叮叮叮！连续三声脆响。

刺客的手中多了一把匕首，跟血蔷薇在瞬息间对撞了三次，破解了夏洛特必杀的一招。

夏洛特催动了血焰气，操纵血蔷薇继续变招，同时把吸血手斧亮出，狠狠地冲着刺客的大腿投掷了过去。

刺客顾不得隐藏身份，斗气爆发，硬生生一脚踢开了吸血手斧，手中匕首连续变化数次，荡开了血蔷薇，然后扭转身子，撒腿狂奔起来。

刺客都找上门来了，夏洛特哪里会让他活着离开？

这名刺客的手段层出不穷，实力又比夏洛特强横，上一次预感到危机及时退走，这一次还能变化容貌。

虽然刺客暂时被血焰气操纵武器的技巧惊退，但也只是刺客谨慎罢了。如果他不顾一切战斗下去，有九成机会击败夏洛特。

若这名刺客卷土重来，可未必还有新晋三级文书长的活路了。

夏洛特把炼金手杖插在地上，取出了反空间远程步枪，对方刚才离得太近了，他来不及取出这把步枪，现在对方跑远了，刚好有了射击距离。

夏洛特半蹲下来，上臂架在膝盖上，摆出了标准射击姿势，他也没想

过自己开枪的时候，手居然这么稳！

第一发破魔轰甲弹飞出，打中了刺客的左肩。

特制的破魔轰甲弹，一发足以击毙泰坦人魔，就算斐迪南和雷奥勋爵这样的高阶超凡也顶不住一枪。

刺客的身体被破魔轰甲弹的余威震得飞出了好远。

夏洛特把反空间远程步枪拍入了炼金手杖，召回了吸血手斧和血蔷薇，快步跑到了刺客身边。这名刺客狠毒地看了他一眼，想要说点什么，还未来得及说出口就咽气了。

夏洛特摸了几把，从刺客身上拿到了一个钱包、一把匕首和一把炼金手枪，正要起身去通知巡城军，刺客的脸上掉下来一张薄薄的东西。

是一张薄薄的人皮脸！这张薄薄的人皮脸下，是另外一张陌生的面孔。

夏洛特微微恍然，暗忖道：原来他是用这件魔法物品改变了样貌，在燕隼大街 1 号伪装成了奥布里条顿·亚特伍德，这一次又幻化成另外一张面孔。可惜，他不知道，我有洞察！更不知道洞察还有针对杀机自行启动的特性。这个异能又救了我一命啊！

夏洛特向几个路边卖报的小男孩招手，说道：“愿意去一趟卢卡瓦罗区燕隼大街 1 号巡城军办公处报信的人，现在可以出发了，让杜宾至少带五十人过来。

“第一名到的我给五个生丁，第二名我给四个生丁，第三名我给三个生丁，第四名我给两个生丁，第五名也有一个生丁，五名以后没有奖励。”

几个卖报的小男孩撒腿就跑，都想成为第一名，拿到五个生丁的报酬。

不到一个小时，杜宾就带了一支巡城军小跑着过来，见到地上的刺客，忍不住说道：“头！您这是用了上次那杆步枪吗？这东西威力也太大了。”

夏洛特耸了耸肩，说道：“把尸体送去城外的乱葬岗，不用登记了！”

巡城军负责城市的治安，虽然这里是皮卡第区，但皮卡第区发生恶斗，巡城军没过来，夏洛特越辖区办公问题不大。

夏洛特拿了战利品，也就不想查案了，反正罪魁祸首是烈马侦探社，双方的仇越结越深。他相信决斗不能解决问题，就算烈马社肯暂时罢休，等他有了实力也会把烈马社连根拔起。

那群报童也回来了，夏洛特把他们叫过来，问起名次，果然给了小费，还每个人多给了一生丁的安慰奖，就连五名之后的孩子都能拿到一个生丁。

他就住在爱丽舍田园大街，这些报童都眼尖，有了这次豪迈出手，以后叫这群孩子办事会方便很多。

杜宾平时没少处理这种案子，用了一张裹尸布把刺客的尸体带走，等巡城军离开，爱丽舍田园大街又恢复了热闹。

这个时代就是这样，没人在乎陌生人的生死。

夏洛特回到了爱丽舍田园大街 58 号，取出了新得到的战利品，钱包里居然有十五张十佛尔纸币，还有少许零钱，除此之外，还有一张纸条，上面写了一个地址：阿尔卡特拉斯区龙堡大街 5 号，切尔西侦探社。

切尔西侦探社是一家小型侦探社，但很显然，他们除了侦探业务，还兼有其他业务。

夏洛特把这个地址记住，随手催动了血腥荣耀，把钱包和纸条一起震成齑粉。

那把匕首倒是不错，夏洛特查看之后，确定它是一件超凡武器。令人惊喜的是，这把匕首也是一件反空间装备，具有锋芒和坚固两个属性。

锋芒可以让这把匕首在被灌注斗气、魔力或者其他超凡能量的时候，吐出一小节气芒，锋锐尤胜钢铁。

坚固可以让这把匕首不易被损坏，所以它和血蔷薇硬拼时也不落下风。

这把匕首放在拍卖会上，甚至可以卖到两百埃居以上，已经是极上品的超凡武器了。

那把炼金手枪就只是寻常武器，跟夏洛特的魔法炼金手杖差不多，只是比普通手枪工艺更为精良，射程稍远，射速更快，射击精度更高。

夏洛特有两把马格南手梭，正好换下来一把。

最后的收获，就是那张薄薄的人皮脸了！

他用手指轻轻触摸，就有一股意识入脑："猫之假面！可以幻化六名不同生灵形象，并随机抽取幻化目标一项技能，仅限有过接触之存在，佩戴可在一定程度上提升敏捷性，亦为兽人刺客联盟的身份证明。"

他知道兽人刺客联盟！

旧大陆有五大刺客组织，兽人刺客联盟便是其中之一。

据说兽人刺客联盟的成员都是古代兽人王国的后裔，拥有许多来自血脉的特殊异能，一向在南方大陆活动，极少来法尔斯帝国。

猫之假面抽取不到目标的异能，只能抽取到对方的技能，这的确是个遗憾，但若是能够抽取到基础目标的异能，这件奇物未免也就太强大了。

即便如此，这张猫之假面的价值，只怕比那把刺客匕首还要高，只是他并非专业人士，已经不好估值了。

夏洛特·梅克伦作为一个普通政府雇员，根本没有接触过任何刺客组织，只是在大学看过一些文献。

夏洛特很好奇，为什么奥布里条顿·亚特伍德会去南方找一位兽人刺客来杀他？明明法尔斯境内就有血腥兄弟会。

“听说兽人刺客联盟，一旦接单，必保完成，死掉一名刺客，就会再派一名刺客，源源不绝，直到杀死目标。奥布里条顿·亚特伍德可是知情人！只要这家伙告密，我就不得安生。”

想到这里，夏洛特顿时就起了杀心。

若非不太好操作，他都想去烈马侦探社门口召唤邪神了。

夏洛特把战利品收了起来，决定不去想这事了，反正想也没用。

他默默运转血腥荣耀，开始了日常修炼。

自从回了斯特拉斯堡，夏洛特对修行就急迫了起来。

两次直面邪神，让他的灵性增强至不可思议的层次，修行的速度也是一日千里。

寻常超凡提升能量强度容易，但想要提升一点灵性难之又难，须得千锤百炼，锻炼精神，方能有一丝一毫的进步。

夏洛特偏偏反了过来，他的灵性之高，已可媲美高阶超凡，反而是能量强度不够。

修行血腥荣耀的人，大多是凝练了七八处血腥旋涡才开始着手修炼血宴冥想术，很多人终其一生也未能冥想成功任何一种符文。

夏洛特几乎是开辟一处血腥旋涡就同时凝练了相应的血腥符文。

如今只有左腿的轻捷术符文还差点火候，眉心的洞察符文、胸口的血焰气符文，还有左手的天使之刺符文都修炼得颇有成就，所以，他的实际战力远远超过了普通四阶超凡。

夏洛特几次战斗都能以弱胜强，便是这个缘故。

血腥荣耀之所以是吸血鬼的克星，有两个原因：一个是可以跨越氏族，兼修数种秘法；另外一个原因，也是根本原因，就是血宴冥想术！

只修炼普罗泰戈拉呼吸法，血腥荣耀平平无奇，只是速度略有见长，但配合血宴冥想术，血腥荣耀就变得异常霸道。

夏洛特遇到敌人的次数不多，每次情况都相对特殊，他总以为是靠计谋获胜，并不知道自己已经很强了。

夏洛特也不知道修炼了多久，忽然心脏怦怦狂跳起来，他也不知道这个世界有没有“走火入魔”这回事，有些恐慌，又知道这种情绪不好，只会坏事，于是强行镇定下来。

“究竟是怎么了？”

“是血焰气的符文出了问题。”

“难道我最近修炼的不对劲？可我是按照《吸血密卷Ⅱ≕》修炼的，不应该出问题啊？！”

夏洛特毕竟不是血族，血腥荣耀又是个冷门的超凡道路，谢菲尔德大学精擅此法的学者没有几个，仅靠自己摸索着修炼，难免会遭遇各种情况。

此时此刻，他也只有强行镇定，一遍一遍运转血腥荣耀，想要镇压住血焰气符文的异变。

只是，这枚宛如小巧心脏的血腥符文躁动得越来越厉害，夏洛特一个恍神，这枚血腥符文就爆开了，沿着血液流淌到了全身各处。

夏洛特感觉到自己的身体似乎要“畸变”了，心头更慌，不知道该继续强行镇压，还是想方设法把这股能量引导出去。

下一秒钟，他整个人都爆了……

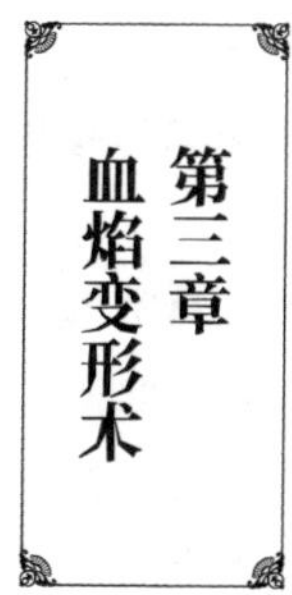

第三章 血焰变形术

一团血焰取代了夏洛特。十几个呼吸之后，夏洛特才后知后觉，在房间内飘荡了一圈，讶异地感知身体的变化。

“我现在是一团血焰？”

“居然不是出了问题，是把血焰变形术给修炼成了？！”

他逆转普罗泰戈拉呼吸法，无数细碎的金色符文重新聚拢，化为一枚无数符文组成的小小金色心脏，果然又从一团血焰的状态恢复成了血肉之躯。

夏洛特高举双手，观察自己的身体，还是跟原来一般无二，不由得啧啧称奇，感慨这个世界的魔法之奥妙。

夏洛特一直都想开启第五处血腥旋涡，退一步讲，也希望能尽快修成轻捷术的符文，却没想到是血焰气领先突破，修成了血焰变形术这一门奇技。

夏洛特再次运转普罗泰戈拉呼吸法，血肉之躯又一次化为血焰，在爱丽舍田园大街 58 号里，飘来荡去，十分奇妙。

他虽然以前也有异能，但还是第一次感觉自己已经不是普通人类了。

他尝试了七八次，从肉身化为血焰，从血焰恢复肉身，倒是让他越发熟练这门奇技了，已经能够在几秒钟内转换形态，血焰状态免疫大多数物理攻击，还可以飘来荡去，勉强算是飞行术了。

受限于夏洛特仍旧只是四阶超凡，血焰飞行速度不快，只比正常人跑步快一点，也无法飞太高度，飘到天花板就有些吃力了。

不过身体可以变化形状，倒是可以穿过很多普通人过不去的地方，以后至少不用怕被关在大牢里了。

“没有想象中化为一溜火光冲霄乱飞的潇洒不羁啊！”

夏洛特恢复了人类的模样，虽然吐槽，虽然嫌弃，但仍旧笑容满面。

血焰变形术是血腥荣耀所不曾有的秘法。

普罗泰戈拉毕竟不是血族，他虽然利用战斗在血族身上偷学了无数秘法，却仅限于各族入门层次，无法窥测高深秘术。

夏洛特取出日记本，翻到了《吸血密卷||☰》第三页。

这一页记载了亚度尼斯氏血族秘法——燃焰之手！

燃焰之手是把血焰气凝练，化为能大能小的手掌，最多可以修炼出十八只手掌，每一只燃焰之手都有汲取生命精气的异能。

一般情况下，亚度尼斯氏族人都不会直接使用燃焰之手攻击敌人。

他们会让燃焰之手持有武器，使用冷兵器也就罢了，配合枪械甚至能产生一支小型部队的杀伤力。

夏洛特翻阅燃焰之手秘法的时候，也注意血族邪神卡恩司坦降临的倒计时延长了，现在还剩：71 天，又 8 小时零 20 分 17 秒！这让他又多了少许欣慰。

煤油灯忽然熄灭，夏洛特打了个响指，指尖燃烧起一团血焰。他查看了一下油灯，发现是煤油没了，于是加了点煤油，把灯重新点燃。

此时窗外已经蒙蒙亮，夏洛特没有继续修炼，把日记本收了起来，去给自己的三只幼猫喂了一些羊奶，逗它们玩了一会儿，心情好了不少，然后取了几块面包，配着昨晚煮的咖啡，对付了一顿。

他走到窗边，望了一眼天空。今天的天气应该不错，天空蔚蓝，推开窗是扑面而来的清新空气，温度也非常舒爽怡人。

夏洛特暗暗忖道：今天就不上班了，我也该准备一辆马车了。

身为卢卡瓦罗区巡城军总领，唯一的上司又只是名义上的，完全不会插手具体事务，夏洛特想不上班，连请假都不需要，因为卢卡瓦罗区巡城军批复假条的“无上权力”，就在他自己手里。

夏洛特又煮了一壶咖啡，看了一会儿最近的报纸。

原来的夏洛特·梅克伦就有订阅报纸的习惯，他取消原主订阅的三份报纸，只是把送报的地点从储蓄会公寓改为爱丽舍田园大街58号。

看了一会儿报纸，爱丽舍田园大街开始热闹起来，夏洛特估摸车马行也开始上班了，这才拎着手杖从容出门。

他现在出门，身上会带着这么几样东西：魔法炼金手杖、储蓄联合会的存单、钱包、日记本、钥匙、一把炼金手枪、一把马格南手梭，血蔷薇藏于左手，吸血手斧别在后腰。

今天又添了一件武器，那把刺客匕首被他藏入了吸血手斧。

魔法炼金手杖是拎在手里，作为男士礼具佩饰，倒也不引人注目，钱包、钥匙、存单也就罢了，血蔷薇更是不占分量，但日记本、两把手枪和吸血手斧，这些零碎着实让他有点臃肿。

夏洛特也犹豫过，要不要买一件空间装备，但这玩意的价格，比反空间超凡物品贵多了，轻易就可以突破上千埃居，以夏洛特现在的身家，买了还不如不买，他总共财产也不过就一千多埃居。

夏洛特还特意去了一趟光辉之门，很巧的是，出来的方向，刚好冲着爱丽舍田园大街上最大的一家车马行，他就没多犹豫，直接过去了。

这家车马行规模极大，常年都有数十匹精心训练过的挽马等待出售，不但有全新的马车，也有二手马车，更负责提供经验老到的马车夫。

夏洛特刚踏入这家车马行，立刻就有人出来迎接，一名车马行资深经纪笑吟吟地问道："这位先生您是打算租马车呢，还是打算购买一辆？"

夏洛特答道："我要购买一辆马车，不用给我推荐新货，帮我推荐二手即可。"

二手的马车比全新的要便宜，大多数在七折上下，而且很多二手马车都装饰过，不像全新马车还得自己购买一些垫子、马车灯、缰绳、挂饰之类的小东西。

车马行经纪笑道："巧了，最近刚好有位贵族先生想要换一辆全新的款式，出手了他原本的马车。

"这辆二手马车，全新时也是从我们车马行购入的，原主人使用了才半年，几乎跟全新的一般无二。"

夏洛特点了点头，在这位车马行经纪的领路下，很快就看到了那辆“几乎全新”的二手马车。

它是一辆法尔斯帝国标准的尊贵型四轮马车。

法尔斯和旧大陆的几个大帝国，马车都是按照单人、双人、实用型、舒适型、优雅型、豪华型、奢华型、尊贵型这八个标准款来打造。

除了单人和双人马车是两轮，其余款式都是四轮。

尊贵型的马车一般都采用直径一点五皮米的大车轮，前方有带遮阳檐的马车夫驾位，后方有行李架，车厢内一般是长六皮米、宽二皮米或八皮米、宽二皮米，空间非常宽敞。

夏洛特检查了一下，甚至还使用了洞察，没发现这辆二手马车有什么毛病，随口问道：“这辆马车要价多少？”

车马行经纪笑道：“它全新的时候，售价五埃居零三佛尔，现在出售，只要四埃居！”

夏洛特果断地说道：“麻烦帮我换一辆。”

夏洛特虽然没拥有过马车，却经常乘坐公共马车，也经常蹭布列塔尼家的私人马车，当然知道这东西没这么贵。

车马行经纪含笑说道：“这么好的马车可遇而不可求，先生真不要再考虑一下？”

夏洛特立刻提高声音，大声说道：“麻烦帮我换一个经纪！”

这个声音立刻就引起了好多人瞩目，接待他的车马行经纪人脸色顿时涨红了，压低了声音说道：“抱歉，先生！请允许我道歉，这辆马车三埃居零八佛尔就可以交易。”

夏洛特冷冷说道：“我不想重复一遍！”

车马行经纪声音又低了一点，说道：“其实只要三个埃居！”

夏洛特摇了摇头，说道：“最后一次报价的机会了。”

这个时代的马车没什么科技含量，一个木匠可以包办从伐木到制造马车的全部流程，城市周围就是森林，木材几乎相当于免费，人工更是不值钱，一辆马车最值钱的反而是装饰。

即便是在斯特拉斯堡，也根本没有多少人买得起马车，加之木头打造的马车极度耐用，往往能用上几十年，甚至传个三五代，一辆全新的马车

打造出来，往往要几个月才能找到买家。

二手马车的市场更小，很多人都宁可花高价买全新马车，也绝不碰二手马车，毕竟是要用几十年的东西，没人愿意将就，如夏洛特这样的实用主义者极少，身为掏钱的金主，他可不想被人当成傻瓜。

车马行经纪一咬牙，低声说道：“两埃居零八佛尔，还送马灯、坐垫、缰绳！”

夏洛特点了点头，说道：“顺带帮我推荐一匹挽马！”

之后的交易就变得顺利多了。

夏洛特没有挑选通体纯金色、柔亮长毛，漂亮得好像天界神骏的阿尔金托马，没有挑选号称“白色大理石马”，全身纯白的布洛奈马，也没有挑选最为高大的夏尔马，而是选了一匹两岁的布拉班特马。

在这个世界，因为马匹太贵，养马成本太高，又有超凡力量，故而出现了代表高级战力的骑士，却没能出现大规模的骑兵，几乎九成马匹都被培养成了重型挽马。

英格利玛帝国有句谚语：拉车的马比骑乘的多。

布拉班特马在挽马中算是中等体型，力量也一般，但仍旧有超过两皮米的身高，远超地球上的大多数普马。

它们吃苦耐劳，不挑食料，偶尔饿上几顿也没问题，虽然力量较差，但耐力高，速度较快，唯一的缺陷就是，大多数布拉班特马毛色驳杂，红棕色、棕色、栗色、灰色、黑色交杂，是典型的花色马，卖相不好，所以价格在挽马中偏低。

这匹两岁的布拉班特挽马，花掉了夏洛特两个埃居，车马行还赠送了一年的草料。

夏洛特选购马车和挽马，早就被人关注到了。

一个三十多岁，身材强壮，面容刚毅若男子，穿着稍旧却浆洗得干干净净的中年女性拦住了他的去路，说道：“先生！您需要一位马车夫吗？我赶马的技术很好，薪水也低，还可以帮您干一点杂活，比如清扫卫生。

“我很需要这份工作，能请您雇用我吗？”

夏洛特微微犹豫，这位中年女性低声说道：“你旁边这位先生，可以替我做担保。”

车马行经纪犹豫了一下，说道：“这位南茜夫人比很多男性车夫的技术都好，她的上一任雇主十分满意她的技术，甚至给出了终身合约，却因为投资新大陆的金矿，血本无归，不得不出售个人财产渡过困境，也跟南茜夫人解约了。”

夏洛特问道：“这位夫人，您的周薪大约多少？”

南茜夫人咬了咬牙，说道：“八十五生丁！”

这个价格有点贵，夏洛特却没提出异议，笑着问道：“接受短期试用吗？”南茜夫人急忙答道：“我可以！”

希尔薇·马丁的周薪就是八十五生丁，但希尔薇是贝希摩斯国家学院毕业，作为高学历人士，拿这份周薪理所当然。

南茜夫人作为一个马车夫，价格也开到这么高，就只有一个可能，她原本是某位贵族家里专门培训出来的高级车夫。

一般人也不会用女性车夫，这位南茜夫人说不定还是某位贵族女士的“指定用品”。

周薪这么贵的马车夫，在市场上自然很难找到一份新的工作，要知道夏洛特不久之前，周薪也不过一佛尔又七十生丁，这位南茜夫人的周薪，快赶上一位四十一等帝国公职人员收入的一半了。

夏洛特挑选旧马车、物美价廉的挽马，是因为这些东西买贵了也毫无意义，除了面子，并不能提升他的生活质量。

但一位高级车夫带来的体验，可就不是普通马车夫可以媲美的，所以尽管南茜夫人报价稍贵，他也打算先试用一周。

交了所有的费用，夏洛特美滋滋地坐上了属于自己的马车，南茜夫人戴上了马车夫的帽子，轻轻地一抖手腕，驱赶着布拉班特挽马离开了车马行。

这位南茜夫人的车技果然不错，把马车赶得又快又稳。

夏洛特半躺在马车上，打量着车厢内的装饰，这辆尊贵型四轮马车，应该还是一辆定制款马车，比普通马车略长，肯定超过了八皮米。

内部设为前后两舱，前面的大约长六皮米多一点，是典型的主人舱，后面的两皮米见方，是给仆人和放置行李使用，采用全封闭结构，没有普通马车的敞开式行李架。

主人舱的两侧有用高阶炼金术制造，昂贵得令人发指的水晶玻璃窗，让马车内非常亮堂，那位车马行经纪说它原价五埃居零三佛尔，大概率没有说谎。

除了两排前后相对的座位，原主人还在主人舱后面设计了小型书房，虽然局促，但书桌、书架、沙发椅一件不缺，甚至还有一个固定的煤油灯卡位。

这个设计，夏洛特非常喜欢，但一般情况下，贵族们会在这个位置放一张软床。

夏洛特本想回家，但念头微微一转，打开了通话的铜管，说道：“南茜夫人！去高尔吉亚大学。”

在旧大陆，约会并不是一件方便的事。

毕竟这是一个没有电话、没有网络的世界。

每一次，要么是安妮在基尔迈纳姆监狱门外等候，要么就是夏洛特去高尔吉亚大学找人。

老实说，毕业后这么多年，夏洛特去高尔吉亚大学的次数，比回母校谢菲尔德大学的次数可多多了。

夏洛特坐在自己的马车上，望着斯特拉斯堡的风景，别有一番滋味。

之前他还总觉得，这个古老国家修建的道路实在太宽阔了，甚至比地球上很多道路都要宽阔，但此时此刻才发现，若没有这么宽阔的道路，马车根本跑不开，尤其是尊贵型的四轮马车。

这玩意虽然只有两皮米宽，但比起地球上的私人轿车或者 SUV 都要长很多，车厢尺寸只是稍大，但还有拉车的马儿呢，加上马车的转弯半径，灵活性比有各种技术加持的现代车辆逊色很多，若没有这么宽的路面，马车在很多地方都跑不开。

更何况，这个世家的旧大陆，包括五大帝国在内，加起来只怕也没有一亿人口，面积却远胜地球上的欧洲，大概相当于欧洲加非洲那么辽阔。

斯特拉斯堡上七区的贵族众多，很多大贵族的豪宅巨大，一座住宅就占了一个街区，每一栋豪宅都修建得宛如花园般美丽，一路上的风景相当宜人。

进入瓦勒德瓦兹区之后，建筑普遍高大起来，虽然上七区并列，但瓦勒德瓦兹区明显比其余的六个区更为特殊。

远远地就能看到皇宫的建筑屋顶，也能看到各种政府机构。在路过中央政府办公厅的时候，夏洛特的心里还有些波澜，他若是一直在中央政府办公厅，大概明年就能成为二级文书了，薪水会涨十几个生丁。

也许再努力几年，可以考虑买一处小公寓，但私人马车是永远都不用想了。

南茜夫人的声音从埋设在马车上的铜管里传了出来：“梅克伦先生，高尔吉亚大学到了！您要去哪一处教学楼？”

夏洛特推开车厢的门，从容地下了马车，说道：“您在这里等我就好，我大概会很晚回来，不必替我担心。”

帝国的四所大学并不允许外人随便进入，南茜夫人问要去哪一处教学楼，这个细节代表，她原来的主人怕是有点特殊权力。

夏洛特是正经的谢菲尔德大学毕业生，倒是有自己母校的永久出入证，他身为帝国底层权贵，花点小钱，走点门路，弄到高尔吉亚大学的多次出入证也不难。实际上他也早就办了高尔吉亚大学的多次出入证。

但永久出入证还没搞定，那个有点难办，不过夏洛特也不需要高尔吉亚大学的永久出入证，毕竟安妮再有一年就毕业了。

持有多次出入证的人，只能单独进入大学，也不能驾驶马车出入。

夏洛特来过多次，轻车熟路地找到了安妮·布列塔尼上课的地方，他知道安妮小姐今天上午有课，也没有闯入课堂的意思，就在安妮上课的教学楼外找了一条长椅坐了下来，继续研究自己的日记本。

夏洛特对轻捷术和燃焰之手都很感兴趣，但他优先选择的还是轻捷术，轻捷术可以让他的奔跑速度、弹跳能力、敏捷性和灵巧性得到全方位的提升，这也是提升战斗力的基础。

“不知道在接到决斗书之前，我能不能凝聚轻捷术的符文。”

夏洛特翻阅了一会儿日记本，感到有些气闷，把日记本合上，放入了怀里，恰好此时有一个女孩路过，行色匆匆，似乎还有点忧色。

她有一双幽蓝的眼眸，相貌非常漂亮，穿着手工刺绣的茶歇裙，衬托得身段窈窕，风姿若水仙花。

夏洛特经常来高尔吉亚大学，倒是认识这位女士，因为她实在太出名

了。高尔吉亚大学有一项传统，会从所有的在校女生中评选出十二位“女神”。谢菲尔德大学也有这个传统。

安妮·布列塔尼是本届的西风女神，桃乐斯·苏玫是桂冠女神。

没错，这位漂亮的女孩子还是梅尼尔曼的堂妹。苏玫氏是个大家族。

夏洛特认识对方，却不认为桃乐斯也知道自己，并无任何打招呼的意思，只当是欣赏一道路过的风景。

但他没想到，桃乐斯路过他的时候，却驻足问了一声：“是夏洛特·梅克伦先生？”

夏洛特惊讶地点了点头，说道：“您怎么知道我？”

桃乐斯淡淡地说道：“能够跟西风女神约会的男人，在高尔吉亚大学说一句无人不知，绝非恭维。”

夏洛特微微一笑，说道：“苏玫小姐！请问有什么事？”

桃乐斯似乎在沉吟，过了好一会儿才说道：“我的哥哥跟安妮的堂哥是军中好友！不久前，安妮的堂哥到我家做客提到了你。

“嗯，我就不复述原话了。

“就告诉你一声，不久后会有两位高阶超凡挑战你！”

夏洛特震惊莫名，表情也因此稍稍失控，他怎么也没想到，居然莫名其妙会有两位高阶超凡要挑战自己。

他正要问一句，究竟怎么回事。

桃乐斯已经扭身扬长而去。

他匆忙说道：“多谢苏玫小姐！”

桃乐斯淡淡地回了一句，说道：“我就是想看看你惊骇的表情，不用谢我。还有就是……他们两个今天也在高尔吉亚大学。”

夏洛特当即就想转身离开，但……他眼角的余光已经看到安妮跟一群同学一起走出了教室，远远地在跟自己招手。

夏洛特肯定不能转身就走，那可比直面两位高阶超凡的后果要严重得多，只能硬着头皮走了过去。安妮好奇地问道：“你跟桃乐斯说了什么？”

安妮的确很好奇，她出来就看到桃乐斯·苏玫这个“平生劲敌”在跟夏洛特说话，非常想知道两人说了什么。

夏洛特可不敢撒谎，老老实实地说：“她说，她的哥哥跟你的堂哥是好友，两人商量着要跟我决斗。”

安妮漂亮的眼睛顿时就睁圆了。

“安妮！这位就是梅克伦先生？”

安妮还未想好该如何安抚夏洛特，就听到了一个异常温柔的声音。

两名年轻的军官并肩而来。

两人都是二十七八岁，春风得意，神采飞扬。

一名年轻的军官，俊美异常，有一头纯金色的短发和翠玉一般的双眸，略有几分阴柔气质，跟安妮的相貌有几分相似。

夏洛特加入了巡城军，手下都是军职，不得不补了一些旧大陆的军事知识，认得对方肩绶军衔，居然是一位二十四等的一级准尉。

二十四等职务，在帝国被称作不可跨越的阶级，普通平民一辈子按部就班地升职，不出任何错误，即便有额外的嘉奖，都不可能升到这一等级。

另一名年轻军官，阳光和煦，矫健有力，黑发黑眸，天生带有一股逼人的压迫力，是二十五等的五级典军长，比夏洛特的三级文书长高了足足十个等级，若是没有外力帮忙，夏洛特至少要熬三十年的漫长岁月，才有机会臻至如此职务。

夏洛特尴尬地行了一个帝国礼，说道：“我是夏洛特·梅克伦，两位先生中午好。”

跟安妮相貌略有几分相似的年轻军官走上前一步，说道：“安妮委托我帮你跟人决斗。

“我虽然答应了，但也有个小小的要求。

“如果你能接下我三招，我就无条件帮忙。若是你接不下来，我还是会帮这个忙，但请以后远离安妮。”

安妮脸色微变，说道：“克雷尔堂哥，我可以不要你帮忙。”

克雷尔·布列塔尼微微一笑，说道：“梅克伦先生，您觉得呢？”

夏洛特深深地吸了一口气，说道：“我尊重安妮的意见！

“但是我个人非常希望能跟布列塔尼先生您这样的高阶超凡交手。”

夏洛特知道怎么做才能在布列塔尼家族的人面前“赚分”，他不能让安妮觉得自己是个胆小鬼，也不能在安妮的堂哥克雷尔面前退缩，给他留下一个糟糕的印象。

最重要的是，跟克雷尔决斗绝对不会有生命危险。

他即将面对来自烈马社的决斗邀请，能够有跟高手过招的经验，对即将到来的决斗有莫大的好处。

夏洛特可没有把所有的希望都押在别人身上的习惯。

他还是做了亲自出手的准备。

克雷尔挑了挑眉毛，对安妮说道：“我不会出手太重的。”

克雷尔身边的五级典军长退开了一步，把场地让了出来。

安妮有些焦急，但看了两个男人一眼，最终还是退到了一边。

这里是高尔吉亚大学，旧大陆几乎所有国家都尚武成风，如果夏洛特避让了这次决斗，用不了多久，他就会多一个胆怯者的绰号。反而决斗输掉了是相当常见的事，对名声无损。她也相信堂哥不会出手太重。

有人要决斗，这在大学里可是相当吸引人的事，很快这里就围上了数十名学生，而且陆续还有学生赶来。

克雷尔·布列塔尼和夏洛特相距十余步，他却并没有立刻动手，而是慢条斯理地取出了一双洁白的丝绢手套，说道：“不介意吧？”

夏洛特摇了摇头，说道：“不介意！”

克雷尔一面戴上手套，一面说道：“我个人有些许洁癖，决斗的时候，喜欢戴上手套，免得跟敌人直接碰触。”

夏洛特见对方没有使用武器的意思，也缓缓运转血腥荣耀，说道：“我刚刚过来的时候洗过手了。”

克雷尔莞尔一笑，说道：“请接招！”

他看起来斯文雅致，还有几分阴柔气质，但动起来却快如疾风，双手如利刃，在一瞬间就刺出了数十次，漫天都是并指如刀的幻影。

夏洛特在第一瞬间就开启了洞察，他在第二瞬间就判断出来，自己决计跟不上这位金发年轻军官的手速，身体在最短的时间内化为一团血焰。

克雷尔出身于哈廷根雷霆与暴风大学，这所大学与其他三所不同，是出大骑士最多的学校。不管是雷霆骑士，还是暴风骑士，都是旧大陆顶级的骑士传承。

谢菲尔德大学虽然有黑暗呼吸法和黑月冥想术，但黑月女士最正宗的传承并非骑士，而是暗月术士！

高尔吉亚大学得到了精灵之神的眷顾，最正统的传承是占星术和卡牌魔法，安妮·布列塔尼选定梦境行者，就是这一系的超凡道路。

顺带一提，薇妮·亚尔赛奴精通的猫精灵魔法，亦是出自高尔吉亚大学。

血焰状态免疫大多数物理攻击，但从哈廷根雷霆与暴风大学出来的骑士，斗气多少都带有雷霆或暴风属性，夏洛特亦没打算硬扛克雷尔的手刀，而是尽量放空“身体”，血焰在斗气的激荡下，宛如灵活的羽毛，黏着克雷尔突刺的双手，轻盈飘转。

夏洛特把洞察和天使之刺两大异能发挥得淋漓尽致。

克雷尔虽然是徒手出击，但使用的是哈廷根雷霆与暴风大学的正宗骑士剑术。

夏洛特凭着洞察，预感气流变化，凭着天使之刺带来的阿西洛氏一族的剑术感悟，判断对手的剑术变化，竟然在这位十七阶骑士的突击下，硬生生撑过了一轮。

克雷尔大为惊讶，他虽然的确有所保留，但也没想到夏洛特居然能屡次化险为夷，躲避掉了自己必杀的雷霆风暴剑术。

他变突刺为轻弹，一掌拍出，夏洛特应变不及，顿时被弹开了数十步。双方终究差了超过十个等级，克雷尔认真起来，绝对可以秒杀夏洛特，但他弹开夏洛特之后，没有再度出手，脱下了手套，随手催动斗气，将之震成细屑，问道：“你在大学里选了血腥荣耀？”

夏洛特恢复了人身，脸色煞白。

克雷尔不愧是十七阶的大骑士，虽然凭着洞察和天使之刺，他躲避过了对方一轮突刺，却宛如在刀尖上跳舞。即便使用了血焰变形术，他仍旧被克雷尔的斗气余威波及，受了一点轻伤。

“如果是在战场上遇到，我的洞察几乎起不到任何作用，就算预判了对手的出击方向，也没有办法抵挡。天使之刺虽然融合了阿西洛氏的剑术，招数足够精妙，但我的等级太低了……”

夏洛特深吸了一口气，血腥荣耀缓缓流转，尝试驱逐体内的斗气余劲，答道：“是的，我选了血腥荣耀。”

克雷尔看了安妮一眼，招了招手，说道：“我们换个地方说话。”

他伸手指向另外一名年轻军官，说道：“艾布纳·苏玫！我的至交好友，

是二十五等的五级典军长，也是十七阶大骑士，还是唯一逼得我需要脱下手套战斗的男人。”

那位年轻军官笑道：“我可是听说过你！我堂姐的忠诚部下。”

夏洛特讪讪地笑了一声，没敢接这个话茬，他总不能当着安妮的面说自己是梅尼尔曼这位“帝国第一玫瑰”的仰慕者之类的话，情商也太低了！

克雷尔和艾布纳，安妮和夏洛特，四人肩并肩离开了。

围观的高尔吉亚大学的学生们却都忍不住窃窃私语，他们很多都不是超凡，夏洛特能够在克雷尔这位十七阶大骑士的突击下从容躲避，还用了血焰变形术这种超凡技巧，很多学生其实看不懂其中的关键，误会了夏洛特的实力，让他的名声瞬息间就传遍了校园。

出了高尔吉亚大学校园，克雷尔就拉开了一辆军用马车的门，率先登上了马车。

夏洛特也只好跟着上去，这辆马车的内部跟普通的家庭用马车不一样，俨然是一个小会议室的模样，显然在战争的时候有小型指挥所的用途。

克雷尔接着刚才的话题，问道：“安妮跟我说，你只是四阶超凡？”

夏洛特点了点头，答道：“是的！”

克雷尔又问道：“你觉醒了血焰气的异能？”

四所大学都有血腥荣耀的传承，克雷尔必然翻阅过人族大哲普罗泰戈拉的密卷，夏洛特也没觉得此事需要隐瞒，答道：“是的！”

克雷尔笑道：“既然你能在四阶参悟血宴冥想术，还修炼成了一枚血腥符文，那后面的两招就不必试了，我和艾布纳会替你接下决斗。

“不过，你想要娶安妮，四阶超凡可不够。

“梅克伦先生，请继续努力吧！”

安妮顿时红了双颊，嗔怒道：“克雷尔堂哥，你乱说什么？我和夏洛特只是好友！”

她说了这句话，也觉得心虚。毕竟，只是好友，布列塔尼家的小姐可不会请堂哥帮忙。克雷尔·布列塔尼可是军中的新星，若非年纪还轻，未有建立足够的功业，早就独当一面，率领某支军队了。

克雷尔耸了耸肩膀，他可不会扫安妮的面子，说道：“好了，我们也该回军队了，就不打扰两位。”

目送安妮和夏洛特下了马车，克雷尔遗憾地说道：“我本来还想把安妮介绍给你，可惜有人捷足先登了。”

艾布纳·苏玫微微一笑，说道：“你就不要操心我的感情问题了，桃乐斯你也见过，有没有兴趣？”

克雷尔摇了摇头，说道：“你的妹妹脾气太古怪了，而且她好像对我也没什么兴趣。”

艾布纳·苏玫哈哈一笑，说道：“我忽然就平衡了。”

克雷尔忽然微微叹息一声，说道：“可惜我至今不能拥有战争之证，没来得及挑战那个男人。”

艾布纳·苏玫也一脸遗憾地说道：“听说他已经被处死了。

“我也恨自己，实力不足，未有机会替梅尼尔曼小姐挑战那个败类。”

两人都没说起那个男人的名字——齐摩尔曼·阿克瑟尔·罗宾。

军用马车缓缓而去，夏洛特问道：“今天刚买了一辆二手马车，我们要不要去兜兜风？”

安妮兴致勃勃地说道：“好！”

南茜夫人早就看到夏洛特出来了，但也看到夏洛特跟一个极美貌的女孩子，以及两位年轻军官上了一辆军用马车。她经验丰富，知道这种时候乖乖地在原地等候便可，不能擅自去跟雇主打招呼。

夏洛特带了安妮回来，她微微一笑，说道：“先生、小姐，请上车！”并且伸手一拉身边的铜钮，马车的拉门滑开。

这是很多高档马车都有的小功能，在车夫身边有打开车门的机括，方便主人优雅地上下马车。

夏洛特请安妮上了车，自己才一步踏上了马车。

安妮只打量了一眼，就不再关注这辆马车了。布列塔尼家的小姐出入都是乘坐定制马车，这种量产型马车在这位贵族小姐眼里，只算是代步工具，没有任何奢侈属性。

她低声说道：“你还凝聚了血焰气的符文？”

夏洛特摊开双手，说道：“是的！我真不是故意隐瞒，就是觉得这点微不足道的成就，不值得跟您炫耀。”

安妮可不是在意夏洛特没跟她说凝练了血焰气的符文，而是有些兴奋和开心。她虽然亲眼看到了夏洛特使出了血焰变形术，也听到他回答自己的堂哥，但还是想再多问一次。

得到了正式回答，安妮低声说道：“凝聚了血腥符文，您的真实战力，说不定已可媲美中阶超凡！”

“如果……”安妮沉吟了良久，没有继续这个话题。

夏洛特对南茜夫人说道：“去罗赛区，随便走一走。”

南茜夫人答应了一声，驱动了马车，缓缓沿着街道向罗赛区而去。

斯特拉斯堡的上七区功能各有不同。

瓦勒德瓦兹区是皇宫和四所大学所在地，有各种政府办公楼，以及大贵族府邸；亚历山大区是高档商业区，算是中古版的CBD，顶级富豪阶层的最爱；阿尔卡特拉斯区是中产阶级居住区，有最多的侦探社，以及各种私人公司；皮卡第区是商业手工业区，也是最大的市场，什么都有得卖；加龙区、罗赛区和马文萨多区都是歇洛克王朝时代的老城区，有很多风景名胜，比如几乎穿过斯特拉斯堡的罗塞河，两岸都是有名的老店，著名的爱情之桥，还有歇洛克时代的命运广场、群星之门、提灯塔等等。当然也稍显老旧，所以法尔斯帝国的新兴贵族都不太喜欢居住在老城区。

路过罗塞河畔一家很有名、开了三百多年的咖啡馆的时候，夏洛特让南茜夫人下去买了两杯咖啡。

这种有美貌的女孩子陪伴，乘坐在尊贵型马车上，喝着咖啡，观看罗塞河两岸风光的时光，分外美好。

夏洛特一面跟安妮闲聊，一面还有余暇修炼血腥荣耀，也许是这种轻松的环境有某种特别的加成，在路过为了纪念提灯老人所修建的提灯塔的时候，他左腿的血腥旋涡忽然微微震颤，一枚血腥符文悄然成型……

夏洛特禁不住喜上眉梢，暗道：太好了，终于把轻捷术的符文修炼成功。

夏洛特只感觉全身都似乎轻了一半，但在安妮的面前，也不好像蛤蟆一样乱蹦一通，来试演新的异能。

他压住了心头的冲动，仍旧云淡风轻，陪着安妮一路欣赏风景，偶尔两人也会下车去，在路边的某家很有风格的店铺转一转。

如果没有邪神的威胁，没有即将到来的决斗，以及跟烈马侦探社的仇怨，这样的生活简直是胸无大志的他最喜欢的一种。

夏洛特逃亡时激起的野心，在这种气氛下也消磨了百分之二。

安妮的马车还停在学校。

当他把安妮送回高尔吉亚大学，回到爱丽舍田园大街 58 号的时候，已经是傍晚了。夏洛特特意问了南茜夫人一句：“您是否回家？”

南茜夫人表示可以住家，只需要每星期给半天的假便可。

夏洛特敏锐地发现了问题，问道：“南茜夫人，您是否还有家人需要照顾？”

南茜夫人有些尴尬地说道：“我还有一个儿子！”

夏洛特问道：“还在上学吗？”

南茜夫人眼神黯然，说道：“已经辍学大半年了。”

夏洛特笑道：“我还缺一个跑腿的小男仆，让您的儿子帮我做些杂事吧。”

南茜夫人大喜过望，连声感谢，在问过夏洛特不会外出之后，驾驶马车离开了爱丽舍田园大街 58 号，她要去搬自己的行李。

夏洛特倒是不怕这位刚聘请的马车夫一去不回，车马行有提供担保的服务，而且他本身就是巡城军的高层。

平时巡城军破案效率低，但自己长官的案子，效率肯定就会变高，其他区的巡城军也会配合，毕竟这可是内部案子。

一个人独处，夏洛特就再也按捺不住，到了院子里，催动了轻捷术符文，整个人轻盈一跃，居然跃起七八米的高度。

这个高度已经非常吓人，就算某几种善于跳跃的羚羊，也不过就这个高度罢了。

夏洛特身子一弓，在院子里快速转了一圈，速度之快，几乎脚不沾地，好像拥有轻功一样。

夏洛特在自家的院子里反复试演轻捷术，越来越满意这项异能。轻捷术对血腥荣耀的消耗非常低，他是四阶超凡，可以开启轻捷术近乎一整天。

南茜夫人很快就回来了，作为车夫，她当然不会在楼上拥有住处，而是在地下室找了一个地方，安置了床铺。

夏洛特虽然有点不忍心，但如果他让南茜夫人上楼住下，只怕关于他

喜欢雄壮女性马车夫的八卦就会不胫而走，甚至会影响到安妮·布列塔尼的观感。

有了马车，的确便利了不少，刚好第二天下雨，夏洛特乘坐马车去燕隼大街1号，望着窗外的雨景，很有几分美滋滋。

当然，如果没有马车，他今天肯定不上班了。

毕竟在卢卡瓦罗区，他就是巡城军的老大。

夏洛特手下名义上有七百多人，其中一百多人是自己招揽的冒险者，另外还有杜宾带来的一百多名巡城军，实际可调动的人数是两百六七十人。他到燕隼大街1号的时候，巡城军实到一百九十余人，有七八十人请假，或者直接旷工了。

夏洛特知道，暂时还不是计较这事的时候。他当初从中央政府办公厅拿到了一百七十多人的卢卡瓦罗区巡城军文书，虽然其中三十几人的名额是“猫腻”，但给手下冒险者办完手续，还是有多余的几份文书的。

夏洛特先给南茜夫人办了一个巡城军的身份，不过南茜夫人只能办理底层的职务。她作为五十三等的一级列兵加入巡城军，周薪只有三十五生丁，并不能完全弥补薪水支出，夏洛特还需自掏腰包补足五十生丁。

普通的马车夫肯定不会这么贵，夏洛特也不知道南茜夫人凭什么这么贵。但……管他呢！试用期满，不满意的话，开除就是了。

不管是私人雇用人员，还是帝国公务员，都不是不可开除的人，法尔斯帝国可没有保护劳动者的法律条令。

就如他当时还是一级文书长，算是帝国的底层权贵了，仍旧被马格鲁·特勒给开除了。

夏洛特稍微处理了一些“公务”。

卢卡瓦罗区作为外城区，治安问题主要是靠各路帮会人员维持在一个微妙的平衡状态，原本这里的巡城军并不实际存在，但现在有了巡城军，就要跟原来的各路帮会起冲突。

只不过目前来看，除了杜宾做事比较积极，其余巡城军都是得过且过，有两三次小规模的冲突，还未有发生什么大事。

杜宾倒是把卢卡瓦罗区的帮会的底儿摸清了。

作为外城区，这里城乡交错，一共有二十多家帮会，但规模最大的五家占据了卢卡瓦罗区地下势力的九成以上。

夏洛特对这些事没有兴趣，仅仅了解了一下，毕竟他现在自己一堆烂账，哪里还管得起来巡城军的业务？

夏洛特在巡城军办公处待了一会儿，叫了十几个人谈了谈，这是他当年做老师积攒出来对付调皮捣蛋学生的经验。

被招揽的冒险者们还惦记着他许诺的钱，跟杜宾过来的巡城军，其实心态也蛮慌，都需要一定的安抚。

卷四：无尽的决斗，永恒的刺杀

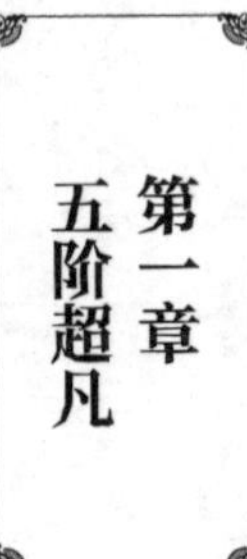

第一章 五阶超凡

夏洛特在吃过午饭后，就愉快地下班了。

刚下过雨的斯特拉斯堡，路面非常泥泞。

这种路况不合适约会，毕竟安妮小姐可是贵族家的女孩儿，沾不得地面的肮脏。

夏洛特准备直接回家，继续研究自己的日记本。

他已经没有了刚买马车时的兴奋，回去爱丽舍田园大街58号的路上，再没有欣赏风景，稍稍假寐了一会儿。

忽然间，夏洛特眉心的血腥旋涡震动，洞察自动开启，他“看”到了数十步外，一个大腹便便的熟悉的胖子，那人身上的大码军服被撑得滚圆，还有些残破，脸上都是怒容，正高举左臂，横在胸前，右手持了一把雷鸣铳，架在了左臂上，正瞄准了自己准备射击。

“天哪！马格鲁·特勒？他怎么出来了！”

这位基尔迈纳姆监狱的前任典狱长，应该被关在大牢里，而不是在这里“兼职”刺客。

夏洛特来不及多想，伸手推开了车厢的门，钩住了车厢的上沿，一翻身就如猫一样灵巧地翻上了车厢顶。

从炼金手杖里取出了反空间远程步枪，抛下了手杖，伸足踏住，免得掉下马车，单膝跪下，摆出标准射击姿势，同时压上了破魔轰甲弹。凭着

昨天新修炼成的轻捷术，在一秒钟内就完成了整个过程，然后毫不犹豫地扣动了扳机！

虽然马格鲁·特勒才是伏击的一方，但夏洛特凭着洞察的预警，以及轻捷术带来的三倍以上“手速”，抢先开了枪。

他没使用身上的马格南手梭和炼金手枪，毕竟这位前任典狱长也是七阶骑士，摸到了中阶超凡的入门，普通子弹未必能打破他的护身斗气。

破魔轰甲弹宛如一道神火，狠狠地轰在了马格鲁·特勒身上。

从小腹往下，被破魔轰甲弹打烂的马格鲁·特勒，在地上翻滚了一下，居然挣扎着爬了起来，脸上没有半分痛苦，却满是狰狞，大声喊道：“你让我家破人亡！我要你跟我一同下地狱！”

夏洛特忍不住吐槽道：“抄你家底的可不是我！”

他虽然得到了好处，但真没逼迫马格鲁·特勒吐出“赃款”。

他甚至不知道，究竟是谁动的手。

夏洛特同时也有点犯嘀咕：“这家伙怎么还不死？半边身子都烂了啊！该不会是也召唤了邪神吧？”

夏洛特只要联想到邪神，就心有余悸。

没办法，他现在还有两位邪神随时可能降临的危机！

夏洛特正要给这位前任上司补上一枪。

虽然七阶超凡的生命精华对夏洛特来说分外诱惑，可他没有尝试使用吸血武器，还是远程射击更安全。

马格鲁·特勒似乎感觉到了危险，身上忽然生出无数肉丝，肉丝触及地面，接着整个人猛然跳跃起来，向夏洛特快速靠近。

夏洛特瞄准了三次，都无法锁定目标，只能放弃射击，他毕竟不是超凡射手，实在没本事打中如此高速移动的目标。他伸足一钩，挑起了炼金手杖，把反空间远程步枪拍入其中，抖手投掷出了吸血手斧。

在血焰气的操纵下，吸血手斧画出诡异的路线，连续三次拦截了马格鲁·特勒，但每次吸血手斧斩中了这位前典狱长，都会被一股诡异的力量弹开。

马格鲁·特勒身上长出的肉丝，很快就化为八条细长的腿，八条长腿划动，宛如一只半人半蜘蛛的怪物，行动比普通人快出数倍。

夏洛特担心战斗会伤到南茜夫人，也担心会伤到路人，提前跃起，踏上了路边一栋楼房的屋顶。

马格鲁·特勒立刻就追了上来，他甚至能够在竖直的墙壁上跑动。

两人在房舍间跳跃来去，追逐战斗，南茜夫人并未表现出任何慌乱，她摸了摸怀里的一把手枪，但最终放弃了参与战斗的打算，叹了口气，自言自语道："抱歉了！梅克伦先生，我还有个孩子。"

夏洛特的轻捷术毕竟是初学，还没来得及多多练习，很快就被拉近了距离，马格鲁·特勒举起了雷鸣铳连轰了八枪。

雷鸣铳虽然比马格南手梭体积更大，但为了保证威力，弹匣反而小很多，只能装填八发子弹。

夏洛特用马格南手梭还了几枪，但马格南手梭使用的普通子弹威力一般，即便命中了马格鲁·特勒，也被一股诡异的力量弹开，根本无法伤到对方。

那把炼金手枪虽然工艺更为精良，射程稍远，射速更快，准线更高，但威力并不会更大，夏洛特知道不必尝试，把马格南手梭插回枪套，准备换血蔷薇战斗。

马格鲁·特勒打光了子弹，又从身上摸出一盒特制的子弹，一脸狞笑地把子弹压入了雷鸣铳。

夏洛特暗暗吐槽了一句："我可是不善战斗的文职人员，怎么就非要跟人当街开战？"

马格鲁·特勒连续射击了十八轮，夏洛特才后知后觉地惊道："这家伙有空间子弹袋！若不然，怎么可能携带这么多子弹？"

夏洛特本来还想用游斗的方式消耗马格鲁·特勒的战力。他毕竟是谢菲尔德大学毕业，早就识破了这位前典狱长的战力来源。

这是一种咒式武装，来自卡巴拉魔法体系的古典炼金术，如果说普罗泰戈拉号为大哲，卡巴拉就是大哲中的大哲。

卡巴拉是提灯老人的信徒，精研死海羊皮卷，并且创出了以自己名字命名的魔法体系，更是古典炼金术的开创者、祖师爷。

咒式武装是古典炼金术的巅峰产物，也是所谓的自身炼金的最高杰作。

旧大陆流行两种炼金流派。

一种名为古典炼金术，又被称作魔法炼金术，夏洛特的手杖便是这一系的作品，最高成就叫作自身炼金，把自己炼金成稀奇古怪的玩意。

比如马格鲁·特勒，现在半人半蜘蛛，明明下半身都被轰烂了，还不肯死去。

提灯老人的信徒并未创立大学，这个学派是秘密流传的，夏洛特只看过一鳞半爪的文献，不算了解卡巴拉魔法流派，也不知道该如何破解咒式武装。

另一个派系叫作经典炼金术，是另一位人族大哲赫尔墨斯开创，赫尔墨斯是机械与炼金之神的信徒，故而经典炼金术亦名为机械炼金术。

反空间技术、远程狙击步枪都是经典炼金术的作品，这一派系的最高作品是人造神祇。

虽然机械与炼金之神的信徒也没有创办大学，但大哲赫尔墨斯曾在哈廷根雷霆与暴风大学当过教授，故而四所大学都有经典炼金术的课程。

夏洛特在大学时代也曾羡慕过炼金术的华丽。他虽然出身商贾之家，执掌家庭财政的却是大哥。炼金术是有名的现金无底洞，家里不可能提供海量资金供他去学这么个“败家”的课程。

更何况，他一直都没有在超凡道路上展露才华，连斗气都练不好，家里也不相信他能在炼金术上有所成就。

好在，就算在四所大学里，能够负担起炼金术学习的人也不多，夏洛特在学校的时候，心态还算平和。此时见识到古典炼金术的厉害之处，他在被追杀之余，还有些可惜，没法拿战利品。

咒式武装根植于使用者的躯壳和灵魂，甚至在某种意义上，使用者的躯壳和灵魂也是咒术材料之一，根本无法分割；使用者死掉了，咒式武装也就毁坏了。

马格鲁·特勒很早就明白，他在超凡道路上走不远，成为七阶骑士可能就是他这一生的上限，故而才会倾尽资财去求炼金术大师奥秘十三，给自己量身打造了这一套咒式武装。

他见到夏洛特身法灵活，连续开枪都落空了，抛下了手里的雷鸣铳，手里多出了一柄巨斧，狞笑一声，狂号着冲了上来，速度比刚才更快了。

夏洛特也不想始终被动，凝运血腥荣耀，使出炼金手杖，跟朝他劈来的巨斧“擦”了一下，没有正面硬扛。

虽然夏洛特已经是四阶超凡，又炼成了四枚血腥符文，精通洞察、血焰气、天使之刺、轻捷四种奇术，但仍旧被一股巨力震得手臂发麻，不由得暗叫一声：“这家伙好大的力气！”

马格鲁·特勒已彻底化为半人半蜘蛛的怪物，运斧如风，虽然斧法也不算精妙，但配合他无与伦比的力量，让夏洛特汗流浃背。

马格鲁·特勒一面抡圆巨斧狠劈狂斩，一面高喝道：“你知道吗？一旦开启了咒式武装，这辈子就再也无法恢复了！我再也不能恢复人类形象了，这都怪你！”

夏洛特手持炼金手杖一点，施展轻捷术，跃开了十多皮米，心道：没有咒式武装，你这会儿应该已经死了。

但这会儿也没必要跟对方耍俏皮，夏洛特沉声喝道：“为什么找我报仇？我跟你可没仇恨！”

马格鲁·特勒勃然大怒，叫道：“若不是你叫嚷，说我陷害梅尼尔曼，我又如何会被上头抛弃，被免去了典狱长的职务，关押到了大牢里？

“基尔迈纳姆监狱里关押的都是垃圾，那些该死的狱军也都是垃圾，我根本就不应在那里。

“他们逼我吐出辛苦积攒一辈子的财富，还羞辱我，拷打我，恐吓我。

“我已经把他们都杀了，就只剩下你了。”

马格鲁·特勒的体力好似无穷无尽，抡了一把巨斧，高呼酣战了半个多小时，仍旧不见半分疲倦。

夏洛特尽力避免破坏周围建筑，可战斗并没那么可控，还是破坏了不少民居。

虽然两人的战斗已引起了无数人的注意，但仍旧不见巡城军出现。

夏洛特自己就是巡城军总领，当然知道巡城军是怎么一回事！

他也不指望会有人来阻止马格鲁·特勒，只能拼命思考，以自己的现有战斗力，该如何解决掉这个对手。

夏洛特有七八成肯定，只要马格鲁·特勒不动弹，他最多两发破魔轰甲弹就能把对方轰成渣渣。但这位前典狱长的移动速度实在太快了，他手里的破魔轰甲弹所剩无几，当初雷奥勋爵一共就给了二十发，一旦打光了

就没有了，所以此刻也不敢乱开枪。

吸血手斧被马格鲁·特勒身上的诡异能量阻挡，无法破开对方的防御，大概率血蔷薇也不行，马格南手梭和炼金手枪就更不行了。

夏洛特顷刻间想了七八条计策，但似乎没有一条真正有用。他只觉得自己处于下风，殚精竭虑，不能取胜，却不知道，在百米之外，两名观战者已经目瞪口呆，惊讶于他的强横。

雷吉·阿苏和卡伦达·莫迪两人都是中阶超凡，供职于烈马侦探社，也是此次要跟夏洛特决斗的人选之一。

两人带了奥布里条顿·亚特伍德拟定的决斗书，过来燕隼大街1号递送，也想顺带观察一下这个对手。

虽然按照资料，夏洛特只不过是四阶超凡，而且走的还是前期战斗力相对平庸的血腥荣耀路线，但毕竟之前战绩彪炳，杀了烈马社的八名侦探，还包括同为四阶的温特伯恩。

他们两人也没想到，居然能够看到夏洛特被人当街刺杀，出手的人还是中阶超凡。

当看到马格鲁·特勒和夏洛特在长街对狙，被打烂了半个身躯时，两人还只是感叹，这个小子居然有一把超凡级的步枪，出手也果断，的确有两把刷子。

当看到马格鲁·特勒使出了咒式武装，化为半人半蜘蛛的怪物时，两人才真正感到惊诧。

夏洛特的战斗经验太少，他可不知道这个状态下的马格鲁·特勒，已经相当于中阶高段战力，至少媲美十阶骑士了。

能够跟使用咒式武装的马格鲁·特勒打得有来有回，并且略略处于下风，雷吉·阿苏和卡伦达·莫迪对视了一眼，都决定回去劝说社长，把两人从决斗名单中画掉。

毕竟他们跟那八位死掉的侦探，不是真正的“亲戚”。

夏洛特可不知道，烈马侦探社的两位侦探在窥视自己，他这会儿分外庆幸，昨天修成了轻捷术的符文。

“可惜，我还未突破五阶，若是再把灵蛛术的符文练成，这头怪物肯定跑不过我。”

此时在夏洛特的心目中，马格鲁·特勒已经算是怪物了，反正这位前上司使用了咒式武装，再也不能恢复人类的形态了。

夏洛特依旧没有使出血蔷薇，在他看来，血蔷薇不能扭转战局，反而会暴露一张底牌，不如暂时不用。

他右手持炼金手杖，左手握吸血手斧，时不时还抛掷出去一件武器，虽然稍落下风，但场面并不难看。

雷吉·阿苏远远地观摩战斗，他也是剑术大师，曾感慨过韦尔斯的剑术，推举为侦探社内剑术前三，但夏洛特纵横来去，那把吸血手斧也就罢了，不过是可以隔空操纵，手中的炼金手杖却变化精妙，实为最上乘的剑术，明显还在韦尔斯之上。

这位占卜师虽然一个照面就被夏洛特杀了，但在烈马侦探社却是后起之秀，很得老侦探们看重。韦尔斯不但是占卜师，同时还是一名二阶骑士，他最得意的技巧是占卜子弹的弹道，但其实他也能占卜剑术的变化，只不过更优秀的一面掩盖了相对不太优秀的一面。

韦尔斯在烈马侦探社，在剑术方面甚至胜过四阶老侦探。

雷吉·阿苏低声对同伴说道："夏洛特至少拥有两项异能，血焰气和轻捷术，纵然不算异能，他的剑术也足以越级挑战，战胜很多五六阶的骑士。"

卡伦达·莫迪深深吸了口气，说道："幸亏我们来了，还看到了这场战斗，若是上了决斗场，我们两人都不是这家伙的对手。更何况，他还有好几件超凡武器。可气！政府职员就这么有钱吗？我们辛苦积攒好几年，才能买一件超凡武器，品质还不一定有多好。"

雷吉·阿苏凝神观战，有些疑惑地说道："怎么战斗的另外一方，好像是那位典狱长？不就是他雇用了我们侦探社吗？"

卡伦达·莫迪被同伴提醒，也看了出来，刺杀夏洛特的人是马格鲁·特勒，回答道："的确是那位典狱长，听说他失势入狱了，还被搜刮了大半财富，怎么又跑出来了？"

"也许！夏洛特的超凡武器，就是马格鲁·特勒的财富。"

两名侦探也不是什么消息灵通人士，胡乱猜测，自然距离真相颇远。

夏洛特连续运使炼金手杖，荡开了马格鲁·特勒的巨斧，体内的血腥

荣耀如血沸腾，在四处血腥旋涡之间来回游走。

他甚至感觉到全身发热，战意越来越高昂。

夏洛特只以为，这是战斗的正常现象，直到他偶然一记格挡，运力不纯，没能卸开马格鲁·特勒的巨斧，全身被一股巨力震荡，胸口烦恶，暗道一声不好，正要拼命退开，心脏处的血腥旋涡忽然吐出了一道血腥荣耀，分别贯通了其余三处血腥旋涡。

一股奇异的感觉蓦然生出，被血焰气催动的吸血手斧呜咽震鸣，速度骤然增快了三成，一举击破了前任典狱长的护体斗气。

马格鲁·特勒的生命精华如注狂泻，他大吼一声，斗气迸发，震飞了吸血手斧，而他劈向夏洛特的巨斧也因此减缓了三分，擦着夏洛特的脸颊劈在一处高墙上，把厚厚的高墙打成了粉碎，整整一堵墙都塌了。

夏洛特死里逃生，心怦怦乱跳，刚才的感觉却深深烙印在脑海，血焰气的符文震动，再一次送出血腥荣耀，分别注入其余三处血腥旋涡，果然那一股感觉又来了。

吸血手斧比正常情况下灵活了几近一倍，威力也大了四五成，比刚才的一击，还强了几分。

“原来这才是血腥荣耀的真正用法。”

改变了血腥荣耀的驾驭模式，吸血手斧再一次破开了马格鲁·特勒护身的诡异力量，在前典狱长伸手去拔吸血手斧的时候，夏洛特把这把吸血武器召唤了回来，免得落入敌人手里。

隔空操纵武器，也不是没有缺点，一旦被敌人硬生生抓住，武器就要易主了。夏洛特为了避免这种情况，出手攻击的都是对方的脖子、后背一类的地方。

马格鲁·特勒勃然大怒，把手中的巨斧挥舞得宛如风车，让夏洛特暂时再无机会可乘。

夏洛特两次得手，反而冷静下来，压住了攻击的欲望，开始琢磨，既然血焰气可以如此运转，那么其余三枚血腥符文行不行？

他深深地吸了一口气，一股血腥荣耀从左腿涌出，分别灌注到了另外三处血腥旋涡，身体骤然就又轻了三分。

夏洛特一跃而起，比正常催动轻捷术的时候多跃高了一两皮米，速度也快了三成！

马格鲁·特勒愤怒追击，但每一斧都只能斩中虚影。

夏洛特大喜过望，暗叫道："原来血腥荣耀是这么使用，我之前催动的方式都错了，怎么没在普罗泰戈拉密卷里发现这一诀窍？"

夏洛特却不知道，一般修行血腥荣耀的学徒，须得开启六七处血腥旋涡才会开始修炼血宴冥想术，参悟血腥符文，到了那个层次的修行者，自然早就知道贯通诸多血腥旋涡，增幅血腥荣耀的技巧。

他每开启一处血腥旋涡，就修成了一枚血腥符文，走的道路跟别人不一样，反而不知道这个入门级的小技巧。

领悟到了借助血腥旋涡增幅异能的窍门，夏洛特的战力骤然大增，觑得机会，身子一晃，凑近马格鲁·特勒，血蔷薇自掌心吐出，从一个诡异的角度贯穿了这位前上司的脑袋。

虽然有咒式武装，但如此要害的地方被贯穿，血蔷薇又是一把吸血武器，马格鲁·特勒的脸颊肉眼可见地塌陷了下去，整个脑袋随即就变成了一团血雾。

夏洛特收回魔法刺剑血蔷薇，看着马格鲁·特勒的身体摔落在地，咒术反噬出现，身体一寸一寸地崩解，最后化为飞灰。

夏洛特不由得暗暗叹息一声。对方本来可以不必死，甚至不必落入这般境地，但他非要投靠某一方，插手大贵族之间的争斗……

如果马格鲁·特勒不是想要查一下梅尼尔曼，不是硬逼着夏洛特出卖学姐，没人能够动摇他的地位，他可以在典狱长这个岗位上一直待下去。

夏洛特也不明白，这个世界上，为什么总有人为了向上爬不择手段。这也还罢了，他们总是只看到可能会有的好处，偏偏一点也不考虑，一旦被反噬会有多么惨。

马格鲁·特勒的出身并不算好，若是这位前典狱长稍微有点背景，也不会失势后无人帮忙，还被几个狱军整得这么惨。他能够爬到基尔迈纳姆监狱典狱长的地位，不知道付出了多少代价，又有多少辛苦。如今家破人亡，可恨之余，也未免有些可悲可叹。

夏洛特对封建王朝的贵族，本来还只有书本上的概念，但在见过了安妮的表哥克雷尔·布列塔尼，以及艾布纳·苏玫之后，就完全知道了，在

这个世界，贵族和平民是完全不一样的。

他真不相信这两位年轻的军官可以完全靠自己的实力成为十七阶的大骑士，一个年纪轻轻就是二十四等一级准尉，一个稍稍逊色，却也是二十五等五级典军长。

虽然是敌对关系，但夏洛特深深知道，烈马侦探社的社长奥布里条顿·亚特伍德和马格鲁·特勒典狱长，才是普通人所能成就的上限。

马格鲁·特勒死后，身体受到咒术的反噬，化为飞灰，在地上只留下了一小团黑乎乎的东西。

夏洛特上前踢了两下，没认出来这是什么。

他在考虑，是一脚把马格鲁·特勒的最后遗骸踩碎，还是捡起来找人鉴定。老实说，他有些抵触这种死人身体里析出的东西。这时一个急切的声音说道："这位先生，你能把脚下的咒术残骸卖给我吗？"

夏洛特抬眼看到了两名男子，他不认识他们，却认得他们穿的黑色大衣，那是烈马社的标志。

夏洛特有些玩味地问道："你们出多少钱？"

说话的人是雷吉·阿苏，他一眼就认出来那团咒术残骸，虽然咒式武装全毁了，但这团残骸经过处理，能够得到一些咒术材料。他很早就想请炼金术大师帮忙打造一套咒术武装，只是还没集齐材料。这玩意他就算用不上，也能用来跟人交易，炼金术材料有价无市，很多人根本不接受埃居，只接受以物易物。

雷吉·阿苏盘算了一会儿，答道："十个埃居！"

夏洛特故作高深地一笑，说道："我毕业于谢菲尔德大学。"

夏洛特当然不是炫耀自己的母校，而是隐晦地告诉对方，他"非常识货"，尽管他确实不认识这玩意。

谢菲尔德大学的金字招牌果然管用，雷吉·阿苏盘算了片刻，说道："二十五埃居，这是我能出的最高价格。也许你卖给那些商人，会卖出稍微高一点的价格，但他们还要鉴定，还要评估，会非常烦琐，你可能半个月内都拿不到钱。"

夏洛特倒是赞同对方的说法，他说道："现金！"

雷吉·阿苏点了点头，让同伴留下来，自己转身而去。

半个小时后，他拎了一个钱袋回来，里头是刚从储蓄联合会取出来的纸币，夏洛特点数了一下，用学校里教过的方法验证了钞票的真假，然后满意地说道："这团东西是您的了。"

两人完成了交易，各取所需而去。

卡伦达·莫迪回头望了一眼已经钻回马车的夏洛特，低声对同伴说道："他应该认出我们来了。"

雷吉·阿苏微微一笑，说道："但是他故意装作没认出来，不是吗？"

卡伦达·莫迪有些羡慕地说道："有了这团咒术残骸，你应该可以完成那套咒式武装了。"

雷吉·阿苏有些兴奋地点了点头，说道："过几天，我可能需要一些钱，你借我一点周转。"

卡伦达·莫迪摊开双手，说道："多年同事，借钱的事没有问题。"

夏洛特回到了马车上，对南茜夫人说道："回爱丽舍田园大街58号！"

马车缓缓启动，夏洛特却陷入了对血腥荣耀的钻研中。他经过战斗验证，通过每一枚血腥符文激发血腥荣耀，然后输送到另外一处血腥旋涡，每一处血腥符文可以增幅一成威力。

他开启了四处血腥旋涡，就意味着每一枚血腥符文催发的奇术，都可以增幅三成威力。

他现在总算明白，当年普罗泰戈拉为何能纵横不败，成为血族的克星了！这位人族大哲肯定炼开了十三处血腥旋涡，换句话说，他的每一门奇术，都在瞬息间增幅十二成！

试问在同样的境界下，有谁能够抵挡忽然暴增一倍以上力量的敌人？

领悟了这个秘法的夏洛特，试着以全新的法门消化吞吸来的生命精华，果然比原来快多了。马格鲁·特勒是七阶骑士，生命力浓烈，在回到爱丽舍田园大街58号的时候，夏洛特右腿微微一抖，终于把第五团血腥旋涡激活了。

换句话说，夏洛特终于晋升至五阶超凡。

第二天一大早，夏洛特刚刚起床就听到了敲门声，南茜夫人从地下室匆匆上来，问过了情况之后，打开了大门，安妮如旋风一样冲入了屋子，

毫无淑女矜持形象，直接闯上了三楼。

夏洛特还未把衣服穿好，就看到安妮冲进了房间，这位贵族小姐满脸惶急，说道："不好了！我堂哥他们的军队临时调动，已经开拔去了前线！他特意让人来跟我说抱歉，没法替你去决斗了。"

夏洛特也吃了一惊，不过他随即就镇定了下来，毕竟原本也没打算完全依靠外援，微笑说道："安妮小姐，谢谢你来告知，虽然我亦很遗憾，但很能体谅克雷尔和艾布纳，他们毕竟是军人，要服从国家的命令。我的事不过是私人决斗，不能干扰国家的安危，他们的选择是对的。"

安妮也知道军队的调动没道理好讲，她的堂哥和艾布纳没得选择，但她不想让夏洛特遇到危险，忧心忡忡地说道："那可怎么办？高阶超凡，你也对付不来啊！"

夏洛特也知道，自己绝无可能在决斗场上赢过一位高阶超凡，除非决斗场地在马丘比要塞。

他现在有点怀念那座完成了迷宫化的马丘比要塞。

夏洛特先把衣服穿好。他虽然是文职，但毕竟是巡城军总领，所以也领了好几套军服，这几天都是常服和军服换着穿，昨天南茜夫人把几件常服都浆洗了，还没干，所以今天他穿的是军服。

法尔斯帝国的军服分为三档：底层的士兵军服简陋，以便宜耐用为主；到了三十七等以上，被称作权贵底层的阶级，军服就以美观为主了，由一个团队的专门服装设计大师负责，单论款式，使穿着者看起来十分帅气。

二十四等以上，被称作不可逾越的阶级，军服都是超凡套件，每一件都可以被称作"传家宝"。

夏洛特还是挺喜欢帝国军服的。

他换好了军服，安妮眼前一亮。夏洛特和她约会的时候，一般都是穿常服，她还是第一次看到夏洛特穿军服，本来就英俊异常的夏洛特，换上军服之后，更显得雄姿英发，器宇轩昂。

安妮只是稍稍沉迷于夏洛特的美色一小会儿，就忍不住又开始担心起来。

夏洛特先让南茜夫人去准备咖啡，然后带安妮去了露台上，反而是他这个要决斗的人，安慰这位贵族小姐，给她做心理建设。

“没有克雷尔和艾布纳，也并非世界末日。

“我修成了几枚血腥符文，掌握了血腥荣耀的奇术，还有两件超凡武器，就算是寻常中阶超凡也奈何我不得。

“还有一个好消息要告诉安妮小姐，我刚刚晋升五阶了……”

夏洛特使尽浑身解数，才让安妮稍稍放松了一些。

她听到夏洛特晋升了五阶，露出了惊讶之色，叫道：“你怎么能够这么快？”

夏洛特耸了耸肩膀，说道：“也许是压力太大了吧！

“我说的不是决斗！

“是……想要跟安妮小姐继续交往的心，迫使我奋力向前，不肯停下脚步。”

安妮俏脸上顿时微微泛红，微微低头，展露出少女迷人的姿态。过了一会儿，她还是不能释怀，低声说道：“我也会想办法，让夏洛特你获得胜利。”

她陪夏洛特待了一个多小时就匆匆告辞，显然是去想办法了。

夏洛特也不好挽留，送走了安妮之后，他让南茜夫人去燕隼大街1号，找手下的巡城军们打听一下基尔迈纳姆监狱发生了什么事。

那些冒险者也就罢了，但杜宾带过来的那批人都是斯特拉斯堡的“地理鬼”，打听消息，正是他们的专长。

夏洛特今天不打算上班，也不需要请假，要在家里好好磨炼一下新突破的血腥荣耀。

南茜夫人很快就回来了，她面色有点凝重，对夏洛特说道：“巡城军那边知道的消息，那位前典狱长特勒先生在被审讯的时候突然暴起发难，杀了十多名狱军，逃出了监狱。据说，现场很惨烈！”

夏洛特不由得为那些前同事默哀，他也不知道，这场灾难里有没有自己的熟人遇害。好在他在基尔迈纳姆监狱的熟人不多，甚至都不超过三个，应该也没那么凑巧，就都被马格鲁·特勒杀了。

夏洛特在家里修炼了一天，到了傍晚时分，有一位意外的访客到来。

是有猫精灵侦探称号的薇妮·亚尔赛奴。

这位女侦探脸上的表情很复杂，开门见山地说道：“我是来替人送决

斗书的。你和那位前典狱长的决斗，被烈马侦探社两位侦探看到，他们恰好是原来的决斗人员之一，如今他们都放弃了参与决斗，这是一份新的决斗书。”

夏洛特想起来购买咒术残骸的两位侦探，微微讶异，他还以为对方只是路过，没想到还有这种牵绊。

他笑着说道：“少了两个决斗的对象也算是好事。”

薇妮·亚尔赛奴耸了耸肩，说道：“想必你也收到了坏消息！艾狄生的那位哥哥晋升了十四阶！”

夏洛特深深地吸了一口气，说道：“多谢，我还真没收到这个坏消息。”

他一直都打算把决斗的地点定在马丘比，后来安妮又帮忙请了堂哥代替出战，所以……夏洛特还真没关注自己的决斗对象。

薇妮微微惊讶，随即笑道：“你还真是处变不惊。”

两人聊天的时候，三只伶俐猫幼猫步履蹒跚地走了过来。

夏洛特把它们带回家，就任由它们在房间里自由活动，让它们肆意发挥酷爱探索和冒险的天性，只不过封住了一些容易让幼猫掉进去的地方，免得出什么意外。

薇妮·亚尔赛奴看到三只幼猫，十分开心，还摸出一小包特制的软质猫粮喂给它们。

“夏洛特先生，您怎么想到要养三只伶俐猫？”

夏洛特答道：“家里实在太空旷了，我需要一点生机。”

薇妮笑了一声，说道：“夏洛特先生有没有兴趣，学一点猫精灵魔法呢？”

夏洛特正要拒绝。他是谢菲尔德大学的学生，对高尔吉亚大学的精灵一系魔法兴趣并不大。虽然之前他也冒出来过想要学一学的念头，但也就是一闪念罢了，过后就没了冲动。

薇妮·亚尔赛奴微微一笑，说道：“猫精灵魔法的入门，只有两门小法术，分别是通灵术和变猫术！

“以您的灵性，大概只需要几个小时便可以学会。通灵术可以让你跟你的宠物们沟通，让它们更乖巧一些，变猫术也是蛮有趣的小法术。”

夏洛特思忖了一下，微笑说道：“那就拜托薇妮了。”

他上辈子也养过宠物，知道这群“逆子”不听话的时候有多么乖张，能够让猫咪们听话、乖巧、不做坏事的魔法，是应该学一学。

薇妮·亚尔赛奴想要传授夏洛特猫精灵魔法，有三个原因。其实她也知道，若是夏洛特想要学习猫精灵魔法，未必要跟自己学。安妮的超凡道路虽然是梦境行者，但她可是高尔吉亚大学的学生，找一本猫精灵魔法的教材不难。

夏洛特最近的战绩，实在太令人震惊了。

薇妮·亚尔赛奴非常想知道，这位梅克伦先生究竟还有多少底蕴。

学习猫精灵魔法的速度、表现，以及成绩可以试探出很多东西，比如灵性、领悟、天赋。

而且，猫侦探社虽然是斯特拉斯堡的大侦探社，但毕竟是一家以女性业务为主的侦探社，成员中女性雇员占七成，在很多时候都相对弱势，也不以战力著称。薇妮·亚尔赛奴一直致力于给侦探社拉外援，在危急时刻，可以请到强大的战力。

夏洛特虽然还是个低阶超凡，但潜力无穷，薇妮想要提前投资一把。

至于第三个原因，就比较复杂了，她始终觉得夏洛特藏有很多秘密……

夏洛特曾经两次直面邪神，灵性之高，已可媲美高阶超凡，学习入门级的魔法简直轻而易举，他很快就借助“猫之三手印”拔高灵性，感应到了三只伶俐猫的生命胎动。

夏洛特按照猫精灵魔法的仪轨，对三只伶俐猫做了一番安抚，很快就感应到，这三只小可爱对他相当依赖，并打开了“灵性屏蔽”，任由自己探索它们尚还幼嫩的心灵。

夏洛特跟三只伶俐猫做了一番沟通之后，退出了通灵术。

等他睁开双眼，三只伶俐猫果然对他更为亲昵了，甚至可以听懂他发出的一些简单指令。

在旧大陆，通灵术至少分为上百个流派。

猫精灵魔法是精灵之神传下的正统法术，这一派系的通灵术，虽然只是入门魔法，却有邪神法术和普通法术所没有的特质，它附带有一层庇护，任何被施展了通灵术的猫咪都会得到施术人的保护，排斥其他人再度对它们施展通灵术。

夏洛特初次施展通灵术成功，不由得大喜过望，对薇妮·亚尔赛奴说道："猫精灵魔法果然是很可爱的魔法。"

薇妮·亚尔赛奴脸上笑吟吟的，心底却大为震惊，夏洛特修炼成通灵术，宛如闲庭信步，这份天赋才情，几乎不低于帝国最有名的那一批天才。

"他能一练之下，立刻就施展通灵术，灵性足以媲美中阶超凡，甚至说不定更高，领悟力和天赋才华更是少见。我之前已经很高估梅克伦先生了，没想到还是估算得不足。他比我想象的还有才华。"

夏洛特虽然退出了通灵术，但仍旧能够隐隐约约感受到三只伶俐猫的情绪，它们想吃东西。

夏洛特莞尔一笑，取了一些羊奶，三只小猫立刻就舔食起来，憨态可掬。

薇妮·亚尔赛奴陪着夏洛特逗了一会儿猫，又诱惑他尝试变猫术，夏洛特也没拒绝，欣然尝试。大概半个小时，他灵性微微震动，眉心出现了一枚由无数纯白符文组成的伶俐猫形象，接着他整个人骤然缩小，化为一只年轻的伶俐猫。

伶俐猫天生具备稀薄的灵力，大约每几千只伶俐猫中，会有一只因为某个契机凝聚微弱的灵性。这种伶俐猫一旦被人发现，就能卖出极高的价格，成为最上品的灵宠。

这种凝聚微弱灵性的猫，落在修炼猫精灵魔法的人手中，甚至有机会在通灵术的加持下，开启超凡之路。

化身伶俐猫的夏洛特，忽然明白了薇妮·亚尔赛奴为什么怂恿他修炼猫精灵魔法，因为化身为猫的姿态，他的灵性竟然又提升了一个层次。

"猫咪状态下，我无法使用血腥荣耀！"

"血腥旋涡也都不见了。"

"所有异能……"

"不！洞察还在。"

"为什么只有洞察还在？"

夏洛特全身灵力涌动，汇聚在脑门上，形成一圈淡金色的斑纹，平添了几分呆萌可爱。

"不对，轻捷术也在！只不过，有点不一样了。"

夏洛特奋力一跃，小小的身躯腾空而起，直接跳到了屋顶上。他伸足在屋顶轻盈一踏，就蹿到了屋角，整个过程如行云流水，且没有半点声息。

伶俐猫版的轻捷术，比他以人身使出来的更为轻盈快捷，弹跳力也更强大。

薇妮·亚尔赛奴惊叫了一声，她也没想到，夏洛特学成变猫术，比学通灵术还要轻松自如，而且变化成的伶俐猫，直接晋升了超凡。

要知道，她学成猫精灵魔法，也是在学会变猫术一个月之后，才让猫身晋升超凡。当然她那个时候，本身也刚刚晋升超凡，并不像夏洛特已经是四阶了。

当然，她不知夏洛特不久前又晋升了一阶，现在已经是五阶超凡了。

纵然如此，薇妮·亚尔赛奴也明白，这位梅克伦先生的底蕴的确不凡，而且一定隐藏了巨大的秘密。

她没有继续试探，而是等夏洛特在房间内乱蹿了一通，玩到尽兴之后，恢复了人身，就提出了告辞。

夏洛特挽留了一下，但薇妮·亚尔赛奴拒绝了一起晚餐的邀请。

薇妮·亚尔赛奴也是乘坐马车来的，夏洛特送她出去的时候，见到了上次那头三花肥猫。这头肥猫见到夏洛特，本来懒洋洋地趴在马车上，却忽然精神了起来，跳下了车厢，围绕夏洛特转了几圈，“喵呜喵呜”叫了几声，这才潇洒地跟着主人登上马车。

薇妮·亚尔赛奴笑吟吟地抱起了自己的灵宠，跟夏洛特招手告别。在马车的座位上，她沉吟了起来，过了好一会儿，她才自言自语道：“梅克伦先生将来会成为大人物。”

夏洛特学成了通灵术和变猫术，还是挺兴奋的，在家里反复试练这两门猫精灵魔法，玩得不亦乐乎，第二天就起得迟了。

他刚刚起床，南茜夫人就把准备好的早餐端了上来，还把一封黑色封皮的书信摆在了餐桌上。

夏洛特微微愣神，在法尔斯帝国，只有给亲友的“讣告”才使用黑色信封。他拆开看了一眼，不由得微微叹息，居然是基尔迈纳姆监狱接待秘书帕斯卡尔夫人的讣告。

他想起南茜夫人昨天带回来的消息，有八九成肯定，帕斯卡尔夫人是

死于马格鲁·特勒之手，不然没这么巧。

他犹豫了一下，对南茜夫人说道："三天后，我有位朋友举办葬礼，但我有事去不了，您帮我去一趟，并送过去一佛尔礼金。"

夏洛特并不想再掺和这件事。

何况他和帕斯卡尔夫人并无多深的友谊，只是普通的同事关系，让私人马车夫代他去一趟并送上一佛尔的礼金，已经是很不错的礼数了。若是他亲自赶过去，那代表两人有"亲友级"的关系，反而是一种礼仪上的僭越。

南茜夫人答应了一声，并且从夏洛特手里取走了一佛尔。

夏洛特还多给了她两生丁，算是跑腿的费用。

夏洛特看了一眼外面的天气，天色阴沉，仍旧飘着雨，他果断地再次旷工。

解决了这件事，夏洛特边吃饭，边看薇妮·亚尔赛奴送来的决斗书，他昨天学习猫精灵魔法太上瘾，还未看过这封"人生第一份决斗书"。

决斗书是标准格式，有法律效应，跟房屋合同一样，一式三份，决斗的双方各一份，另外一份会送去当地的巡城军办公室保存。

决斗的时间是三天后。

决斗的见证人是薇妮·亚尔赛奴和奥布里条顿·亚特伍德。

决斗的双方是夏洛特·梅克伦和哈里特·阿尔瓦。

按照决斗的规矩，时间是提出决斗的哈里特·阿尔瓦决定，地点就该由接受决斗的夏洛特·梅克伦决定。

艾狄生的全名是艾狄生·阿尔瓦。

阿尔瓦家算是一个中产家庭，两个孩子都被送入了学校，哈里特甚至一直念到了国家学院，并顺利进入了军队，入伍的时候是四十四等二级士官，现年三十二岁，因为在军队中作战勇敢，升职速度不算慢，如今是一名四十一等的五级士官，职务等级和文职的五级协理员等同，也和一级军士和一级文书等同。

夏洛特如果不是出了点意外，现在大概还是四十一等的文书。

哈里特比夏洛特多了十几年的修为，而且还是在一线军队，战斗经验丰富，如果有选择，夏洛特绝不想跟这种铁血军人决斗。

吃过早饭，夏洛特签署了三份决斗书，把决斗地点定在马丘比要塞，留下两份，毕竟他本身就是巡城军总领，让南茜夫人把剩下的一份给烈马侦探社送过去。

早饭之后，天色还没晴朗，也不知道这场雨还要下多久。

夏洛特起身回到了三楼自己的房间，又开始钻研日记本，潜修血腥荣耀。

自从把马丘比迷宫化，夏洛特对《阿格米拉司的迷宫》的掌握就与日俱增，只可惜他暂时找不到第二座合适的废墟城市，至于像斯特拉斯堡这种有人居住的城市，根本不可能迷宫化，除非他是城市的主人。

好在距离这位来自阿格勒斯海的迷宫邪神降临还有八个月的时间，并不算急促。

夏洛特现在的主力还是研究《吸血密卷Ⅱ☱》，他已经完成了第一页，掌握了血焰气，也完成了第二页，掌握了血焰变形术，最近在第三页记载的燃焰之手上也大有心得。

修成了轻捷术的符文，夏洛特对灵蛛术的需求就没那么迫切了，他在权衡之后，选择了全力突破燃焰之手。

不知不觉，一天就过去了！

当房间微微昏暗，夏洛特起身点燃了煤油灯，他觉得有些饿了，看了一眼天气，天色早就晴了，走下楼，对从地下室上来的南茜夫人说道："我出去吃，您不必忙了。"

南茜夫人微微躬身，目送他离开了爱丽舍田园大街 58 号。

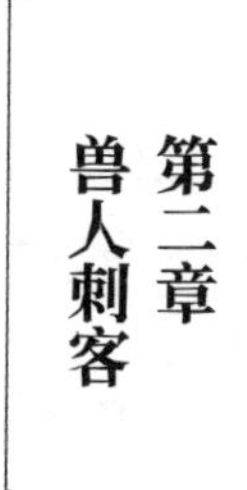

第二章 兽人刺客

此时的爱丽舍田园大街仍旧热闹，虽然有一部分店家已经休息了，但另外一部分店家却点燃了煤油街灯，最有钱的店铺甚至亮起了魔术灯，灯光透过昂贵得令人发指的水晶玻璃，把店铺内的奢华商品展现给每一位行人。

夏洛特选了一家没吃过的餐馆，点了一份套餐，正刀叉并举，吃得斯文雅致，一个目光深邃、鼻子挺拔、棕发灰眸的男子拉开了椅子，坐在了他的对面。

最令人瞩目的是这名男子的耳朵并非生在脑袋两侧，而是微微偏向头顶，带有细细绒毛，也比正常人类偏大一圈，这人是典型的兽人外貌，血统还颇为纯正。

这种行为很不礼貌，夏洛特却没有发作，而是第一时间拎起了炼金手杖，同时拔出了马格南手梭。

棕发灰眸的男子微微一笑，对夏洛特剑拔弩张的态度，似乎有些戏谑，做了一个“请安静”的手势。

“夏洛特先生，不要见到兽人就这么紧张！”

夏洛特回了一句：“按照习俗，您应该叫我梅克伦先生。我的确很紧张，您是兽人刺客联盟的人吗？”

夏洛特的洞察异能在疯狂地示警，这一次洞察没能提前发出警告，而是在棕发灰眸的男子坐下之后被迫开启。

实力强大，兽人血统，突如其来……

夏洛特可以打包票，这个棕发灰眸的男子就是兽人刺客联盟的刺客。

至于对方为什么不突然出手，八成是因为这个人有点特殊爱好。

刺客、杀手这类职业，正常人不多，不正常的人一抓一把，或多或少都有点精神上的怪癖。

棕发灰眸的男子笑了，说道："好吧！梅克伦先生，我的确来自兽人刺客联盟。有位同僚没有完成任务，我负责给他收尾。"

夏洛特深吸了一口气，正要全力出手，就听到对面的男子说道："我这个人有点小癖好！我喜欢在被刺杀的人面前，先杀了他的爱人……"

夏洛特心头大喜，叫道："我最喜欢的人，就是梅尼尔曼学姐！"

气氛一时诡异地安静。

棕发灰眸的男子深吸了一口气，说道："您换个爱人吧！比如……"

夏洛特抢先答道："梅苏女公爵！我就喜欢这种年纪大的！"

棕发灰眸的男子沉默了一会儿，淡淡说道："我也不是不能放弃这个小癖好。"

夏洛特把炼金手杖横叼在嘴里，身子一晃，化为一只年轻的伶俐猫，奋力一跃，冲上了屋顶，然后在屋顶伸足一踏，腰肢一扭，躲过了三支追踪而来的飞刀，如闪电一般蹿出了餐馆。

棕发灰眸的男子紧跟着冲出了餐馆，却早就找不到夏洛特的影子了。

他手上的飞刀转了一圈，收入了衣袖，微微一笑，正要说一句什么，但下一秒，就有如龙轰鸣，一枚破魔轰甲弹从远处射来……

夏洛特射出的这一枪是包含怨愤的。

他不过是个突然来到这个世界的大学老师，最高人生目标也不过是迎娶"白富美"，升官发财，怎么就陷入了连续被人追杀的境地？

在基尔迈纳姆监狱任职时，马格鲁·特勒这位新任典狱长私心作祟，非要逼他举报梅尼尔曼。他逃走了，马格鲁·特勒还不肯罢休，花费重金请了烈马侦探社的人追杀他，揭开了一连串的厄运。他为自保，杀了八名烈马社侦探，又被烈马侦探社的社长奥布里条顿·亚特伍德买通了兽人刺客联盟的刺客……

麻烦忽然就变得无穷无尽。

“马格鲁·特勒，你死得不冤！奥布里条顿·亚特伍德，我一定杀了你，毁了你的烈马侦探社，让你自食恶果！”

棕发灰眸的男子反应绝快，身子一晃，在空气里掠出了残影，硬生生躲过了这一发破魔轰甲弹。

破魔轰甲弹射在地上，把地面打出了一个脸盆大的深坑，子弹余势在地面划出一道长有七八皮米的深沟。

这名刺客眼神一紧，忽然奔跑起来，速度之快，宛如猎豹。

夏洛特射失了一发破魔轰甲弹，正要再补一枪，但看到这名刺客奔跑的速度，就知道自己已经错过了机会。他把反空间远程步枪收入炼金手杖，看似随意一抛，插入附近的墙壁，接着亮出了血蔷薇。

夏洛特虽然不是战斗人员，却在一瞬间做出了最正确的选择。

面对棕发灰眸的刺客，反空间远程步枪暂时用不上了，炼金手杖毫无战斗价值，只能暂时抛弃，顺手埋伏一记后招。

吸血手斧的杀伤力有限，如果对手速度跟他差不多，还能尝试远程攻击，但棕发灰眸的刺客的速度犹在他之上，根本拉不开距离，也没有给他分身操纵吸血手斧的余地。

所以夏洛特选择了阿西洛氏的剑术！

他的洞察异能全开，血蔷薇在灌注了血腥荣耀之后，发出微微震鸣，夏洛特的心情紧张至无以复加。

夏洛特还从未选择正面跟敌人硬撼，尽管这是他在短短数个呼吸间想出来的最完美的战术，但面对如此厉害的敌人，怎么可能轻松起来？

棕发灰眸的刺客一个垫步，跃至半空，手中的飞刀变化无方，夏洛特亦运剑还击，双方在十分之一的瞬息间交手了七八招。

夏洛特有轻捷术傍身，又有普罗泰戈拉所创的秘法增幅，速度还是略逊，但有洞察异能，魔法刺剑又比对手的飞刀更长，他每一剑都能预判敌人的出手，居然生生把棕发灰眸刺客的每一刀都抵挡了下来。

棕发灰眸的刺客轻轻“咦”了一声，说道：“阿西洛氏的天使之刺？

“你可不像是吸血鬼啊！”

夏洛特可没有对手那般好整以暇，他全力以赴还尤嫌不足，哪里敢分身答话？手中的魔法刺剑连续旋转，跟棕发灰眸的刺客手中的飞刀交拼了十七次，剑刃和刀刃发出的鸣啸，连绵成了一片，宛如一篇乐章。

剑术能运用得如此优雅，不是夏洛特的风格，而是阿西洛一族的风格，这一路天使之刺剑法共分十二乐章，夏洛特现在只能用出第一乐章：晨曦之火！

棕发灰眸的刺客本拟刺杀一名四阶超凡——他拿到的情报稍稍过时——不过是举手之劳，甚至都没怎么做计划。他原本是打算直接闯入爱丽舍田园大街58号，在家中击杀夏洛特。夏洛特出门吃饭，他就顺势改变计划，尾随而去，要在餐馆杀了夏洛特。

什么喜欢在被刺杀的人面前先杀了他的爱人……不过是他玩的心理战术。

他喜欢看着被刺杀的目标为了求生，出卖自己的爱人。当他一刀割断对方的咽喉时，再说几句：“我是一个崇尚爱情的人，若是你为了保护爱人，宁愿被杀死，我说不定会放过你……”然后看着对方渐渐绝望，无比后悔，情绪和人格崩溃。

嗯，是挺残忍又特殊的爱好。他可没想到，夏洛特比他还特殊，梅尼尔曼也是他能杀得了的？梅苏女公爵就更不必说了，兽人刺客联盟的七大首领加起来，也未必能搞定这位女大公。

其实，夏洛特也是高估了这个刺客！

安妮是帝国伯爵之女，他一个区区刺客，哪里有胆子去刺杀？有人下单，兽人刺客联盟都未必敢接。

两人恶斗了数十招，魔法刺剑和飞刀硬拼一记，各自分开潜运秘法回气。

棕发灰眸的刺客轻笑一声，说道：“低估你了！”

夏洛特深深地吸了一口气，说道：“你是中阶，不是高阶！只是懂得至少两种异能！”

夏洛特被这名刺客吓住了，一直误以为对手是高阶超凡，但恶斗了这么久，他才反应过来，这名棕发灰眸的刺客并没有自己想象中的那么强。

这名棕发灰眸的刺客，有一种能够隐蔽气息的手段，所以能瞒过洞察，还有一种加速的异能，只是这种异能虽然提速快，却不能持久，若不然他

早就给对方杀了，如何能够鏖战这么久？

棕发灰眸的刺客微微惊讶，说道：“你的观察力真敏锐。

“但可惜，并不能让你逃脱必死的命运。”

夏洛特嘿嘿一笑，说道：“那可未必！”

在数百米处，夏洛特丢掷下炼金手杖的地方，三只伶俐猫翻上墙，在通灵术的感召下，这三只伶俐猫齐心合力，把反空间远程步枪从炼金手杖里扯了出来。

三只小家伙累得呼哧呼哧喘息，却并不肯休息，而是借助附近的墙头，把反空间远程步枪架好，三只幼猫抱成一团，“喵喵”乱叫，六只小爪子奋力扣动了扳机。

破魔轰甲弹刺破空气，如一道神火，跨越数百米，直指棕发灰眸的刺客。

这名兽人刺客联盟的资深杀手，正一跃而起，扑向夏洛特。

兽人刺客所学的武技，有很多这种高跃下扑的凶狠杀招。

身在半空，在生死关头的瞬间，他觉察到了危机，身子一翻，硬生生在半空中转折了方向，破魔轰甲弹擦着肩头飞过，射向了远处。

棕发灰眸的刺客还未来得及庆幸，腰肋间一痛，血气汩汩涌出。

夏洛特一招得手，还未来得及进一步扩大战果，棕发灰眸的刺客就猛然挣脱了血蔷薇的剑刃，发出凄厉的长号，速度骤然提升，向外城区方向逃走。

三只伶俐猫毕竟还小，奋力开了一枪之后，就累翻倒了，吐着小舌头，趴在墙头上，再也没有了力气，根本没法把反空间远程步枪给它送过来，夏洛特只能遗憾地目送这名刺客遁走。

“能够隐蔽气息、潜伏偷袭的法术太多了，没法猜测是哪一种，但能够骤然提速的法术，每次都只能持续很短的时间，又是兽人惯用，应该是‘豹之追猎’。

“这项异能没有轻捷术那么持久，但瞬间爆发好厉害，若非他每一次爆发都只能持续两三个呼吸，我只怕撑不到多久。”

夏洛特也是在战斗中敏锐地发现，这名棕发灰眸的刺客每次出手一轮快攻之后，就会讽刺几句。他开始还以为对方秉性恶劣，喜欢戏弄对手，但很快就发现并不是，对方就是没法持续狂风暴雨般的攻击。

他抓住了对手回气的一刹那，指挥三只伶俐猫偷袭，同时悍然反击，果然只差一点就能杀掉对手。

夏洛特目送刺客的身影消失，暗道一声：可惜了！

他几个跳跃，找到了趴在墙头的三只伶俐猫，先把反空间远程步枪收入了炼金手杖，然后才把三小只纳入怀里，含笑说道：“多亏你们了，给你们弄好吃的。”

他先去刚才那家餐厅买了单，还丢了二十生丁算是补偿刚才战斗造成的破损，这才另外选了一家餐厅，除了给自己重新点了一份餐，还给三只伶俐猫要了最嫩的生牛肉，并让厨房切碎了送上来。

这家餐厅没有果酒，配套的佐餐酒是麦酒，夏洛特喝了一口，顿时眉头微微舒展，这家的麦酒几乎没有苦味，清爽甘洌，非常适合畅饮。

夏洛特一面用餐，一面看着伶俐猫幼崽开心地吃牛肉，不由得露出了几分笑意。他也没想到这一次战斗，三个小家伙居然立了大功，若是没有三只伶俐猫开出的那一枪，绝对没法逼退这名可怕的刺客。

虽然这位棕发灰眸的刺客也是中阶超凡，但实力可比上一位刺客以及那位前典狱长马格鲁·特勒强出太多了。

夏洛特很舒服地用完了晚餐，三只伶俐猫也吃得小肚子滚圆，躺在餐桌上“喵喵”乱叫。

夏洛特招呼了一声餐馆的侍应生，说道：“你们家的麦酒不错，我要三桶，待会帮我送过去。”

夏洛特把三只幼猫抱起来，丢下了餐费和麦酒的钱，步行回了爱丽舍田园大街 58 号。

他跟守候在一楼的南茜夫人打了个招呼，说道：“我买了三桶麦酒，待会儿餐馆的伙计送过来，你把两桶搬运到地下室，另外一桶给我送上来。”

夏洛特吩咐完这句话，就直接上了三楼，他把三只伶俐猫放下，给它们喂了一些水，任由小家伙们自己玩耍。夏洛特走到面向卢卡瓦罗河的露台，拉过来一张躺椅，一面眺望河对岸的风光，一面拿出那张猫之假面。

这件超凡奇物可以幻化六名不同生灵的形象，并随机抽取幻化目标的一项技能，仅限有过接触的存在，佩戴可提升一小部分敏捷，亦为兽人刺客联盟的身份证明。

夏洛特今天接触了那名棕发灰眸的刺客，就有点好奇，想要知道猫之假面能否幻化成对方的相貌。

手指轻触这张薄薄的人脸，六个不同的形象一一浮现，其中三个都是普通人，猫之假面抽取到的技能分别是：厨艺、赶车和巡夜。

夏洛特意识微微一动，其中一张普通人的形象，就被那位棕发灰眸的刺客取代，同时也有十余种飞刀术传入脑海。

夏洛特不觉微微一笑，他也没想到居然抽取到了这项技能。

飞刀术自然也并非异能，而是一门技能，它纯粹是由技巧、熟练、天赋和玄之又玄的“刀感”构成。

那名棕发灰眸的刺客在飞刀术上不知道下了多少苦功，不但有投掷的技巧，还有手持短短的飞刀近身作战的技巧，每一招每一式都透出千锤百炼之功，是单纯的杀人技巧。

若是论精妙繁复，棕发灰眸刺客的飞刀术，自是远远不及阿西洛氏的天使之刺。

天使之刺不但是超凡秘法，亦是超凡剑术，在旧大陆赫赫有名。

旧大陆有六七个版本的绝世剑术，有五大神圣剑术、七大神授剑术、十二霸主剑术之类。

每一种版本都有阿西洛氏的天使之刺。

每一个版本也都有罗宾家族的雄鹫剑术。对，就是萨罗塞斯·罗宾的那个罗宾家族，也是齐摩尔曼·阿克瑟尔·罗宾的那个罗宾家族。

但棕发灰眸刺客的飞刀术，胜在实用，针对实战、刺杀、巷战、短兵相接、仓促战斗都有非常精妙的应对方案，这是一门典型的刺客刀术。

夏洛特没有飞刀，但他有一把匕首，戴上了猫之假面，他飞出了匕首，在匕首飞远之后，又催动了血焰气召唤回来，玩得不亦乐乎。

他不太喜欢这把夺自上一位刺客的匕首，夏洛特尝试过多次，发现血焰气也能操纵普通超凡武器，却远不如吸血武器那么如臂使指，灵活自如，所以几次战斗都没使用，但这把匕首用来练习飞刀术却再合适不过了。

练习了一个多小时，夏洛特俨然已是飞刀高手，各种花式出手，飞刀总能精准命中目标。

摘下猫之假面，飞刀术随之消失，他尝试继续投掷匕首，发现飞刀技术虽然大幅下降，却没想象的那么拉胯，准头比预想的要高。

夏洛特重新戴上猫之假面，又练习了一会儿。

戴上了这张奇物面具，他就等若有了最好的教官，可以体验到投掷飞刀、近战短兵相接的各种最精深技巧，每一刀都千锤百炼，没有丝毫瑕疵。

夏洛特相信只要肯花些工夫，就能真正地掌握飞刀术，就算摘下猫之假面，也能运用娴熟。

“我大概是对射击和投掷这种远程攻击技能，真有点天赋吧！”

夏洛特玩到了天色全黑，收了猫之假面和刺客匕首，他对自己的练习很满意，预计再有个十多天，飞刀这项技术就能用于实战了。

不过，他也发现了自己在飞刀术上的一项短板。

他总要用血焰气去操纵飞刀，又要召回飞刀，血焰气控制武器也是有距离限制的，超出距离就要失去联系，导致不能尽全力出手，飞刀会慢许多。

当然，解决办法也很简单，买一批普通的飞刀，根本不打算回收，血焰气反而能增幅飞刀威力，提升速度。

更好的办法，就是订制一套能自动回归的超凡飞刀……

夏洛特舍不得花这个钱，也觉得没有必要，他还有反空间远程步枪呢！

夏洛特练习飞刀术，一是觉得这门技巧有点意思，另外就是，练习飞刀术之后，他用血焰气操纵血蔷薇和吸血手斧的时候，可以增加许多技巧。

猫之假面能幻化的另外三个形象，其中一个自然是奥布里条顿·亚特伍德，抽取到的技能是——射击！

这位烈马侦探社的社长的射击技巧可比夏洛特好太多，夏洛特在大学练出来的射击技巧，不过是二十步内能打灭蜡烛，而这位烈马侦探社社长的枪法，可以打落天上的飞鸟。

对夏洛特来说，奥布里条顿·亚特伍德这一手枪法，堪称神乎其技。另外两个对夏洛特来说都是陌生人，抽取到的技能分别是骑士枪法和剑术。

夏洛特只略略观摩了一下，就完全失去了兴趣。他虽然武技不怎么样，但当年在国家学院和大学，也是学过正统学院派剑术的，这两人的骑士枪法和剑术都很一般，根本不值一提，也没练习的必要。

此时已经是深夜，夏洛特没回房间，就在躺椅上，闭上了眼睛，似乎睡熟了过去。

一个多小时后，夏洛特仍旧没有任何动静，一道身影悄然掠起，手中三把飞刀刚刚亮出，就有枪声响起。

棕发灰眸的刺客运刀如电，叮叮当当，连续挡住子弹，他轻呼一声：“你早就觉察我藏在一边？”

夏洛特可没兴趣回答，他玩飞刀的时候，开启了洞察，没想到就那么巧，扫到了潜伏在屋顶的刺客。

洞察在遭遇危险的时候会自动开启，但这个刺客身具异能，可以完美隐藏杀意，所以洞察不能提前示警，但若是主动开启洞察，他可就藏不住了。

夏洛特故意等对方出招，他也知道普通子弹伤不了这名刺客，但反空间远程步枪实在太长了，没法隐蔽开枪。

打出子弹之后，夏洛特丢下了手里的马格南手梭，一跃而起，叫道：“学姐！一起出手。”

棕发灰眸的刺客悚然一惊，他可知道“帝国第一玫瑰”的大名，梅尼尔曼可不是纯粹以美貌著称，她可是货真价实的高阶超凡，一手剑术，狠辣无双。

这名刺客手中飞刀轮转，跟夏洛特硬拼了十余招，正要退开回气，却没想到脑后生风，一把吸血手斧翩然飞来，他勉强侧头躲过，这把吸血手斧却忽然“跳”了一下，一斧头砸中了他的后脑勺。

经过上次的战斗，夏洛特知道了对方“豹之追猎”无法持久的弱点，第二次交手已经能好整以暇，放心大胆地使用吸血手斧偷袭了。

棕发灰眸的刺客被吸血手斧硬砸了一记，虽然头晕脑涨，但智商回来了，叫道：“根本没有梅尼尔曼！”

夏洛特笑道：“当然！若是学姐在此，杀你只用一招，何须我多余出手？”

刺客大怒，发动了狂风暴雨般的攻击。

夏洛特见招拆招，阿西洛氏剑术在他手里，再次奏鸣了天使十二乐章的序曲——晨曦之火！凭着洞察异能和魔法刺剑的优势，稳稳守住周身。

双方交手过百招，夏洛特虽然一直处于下风，但比上一次战斗要从容许多。这其中一半是因为他学飞刀术的时候，习惯性地用阿西洛氏的剑术做对照，虽然没办法在短时间内提高自身战力，却对剑术领悟颇多。

阿西洛氏的剑术以诡异、狠辣、变化匪夷所思、快如电闪著称。

夏洛特虽然连续经历数次战斗，但很多剑术上的精微之处，他完全不懂，只是按照传承使出而已。

此时跟棕发灰眸的刺客恶斗良久，忽然脑海中灵光一闪，剑术就多了好些变化。

一柄魔法刺剑如火光飘曳，顿时带了一点晨曦之火的韵味。

棕发灰眸的刺客连出六刀，荡开了夏洛特的魔法刺剑，身子往后一退，就冲上了屋顶。

夏洛特刚抛出吸血手斧，就有两柄飞刀射来，他只能运剑磕开飞刀，对吸血手斧的操控减弱了一线。棕发灰眸的刺客轻松躲过了吸血手斧，几个起落就消失在夜色中。

夏洛特换了反空间远程步枪，也跃上了屋顶，但就连开启洞察都找不到敌人，很显然这名刺客已经遁走了。

夏洛特叹了口气，他也不想被这么一个厉害的刺客盯上。但对手有潜伏异能和豹之追猎，实在太难缠了。两次他都或重创，或轻创了对手，可还是让对方逃掉了。

“按照兽人刺客联盟的规矩，杀了这名刺客，他们还会继续派人来，该怎么解决这个难题？我现在也没办法解决掉这个刺客组织啊！”

夏洛特手持反空间远程步枪，在夜色下沉吟了良久，也学着雷奥勋爵把这把反空间超凡步枪藏入了衣领，回房间取了所有的破魔轰甲弹，也不走正门，施展变猫术，化为一只年轻的伶俐猫，直奔阿尔卡特拉斯区龙堡大街 5 号：切尔西侦探社。

他不知道那里有什么，却知道自己必须去一趟。

哪里有总被刺杀，绝不反击的道理？

阿尔卡特拉斯区是中产阶级居住区，距离皮卡第区不远，阿尔卡特拉斯区的很多中产都喜欢来皮卡第区购物，两个区之间有多条道路连接。

夏洛特化身年轻的伶俐猫，在屋顶上连续跳跃，宛如一道闪电。

他施展变猫术之后，只有洞察和轻捷术，灵性虽然保持了原样，但血腥荣耀却无法施展，被猫身封印了。

换句话说，施展变猫术之后，他除了速度，没什么战斗力。

夏洛特倒也不在乎，毕竟一只猫在黑夜的屋顶上撒欢奔跑，没一个大活人乱跑惹人瞩目。

几十分钟后，夏洛特看了一眼路标，他已经到了龙堡大街，顺着这条大街，他很快就看到了切尔西侦探社的招牌。

在斯特拉斯堡，所有的侦探事务所都会挂着招牌，方便寻求帮助的人找到合适的侦探社。

如今已经是深夜，本该沉寂一片的侦探社，二楼却有灯火透出。

夏洛特变成伶俐猫，身姿轻盈，奋力跃上了切尔西侦探社的屋顶，找了一个烟筒钻了进去。

切尔西侦探社的事务所是一栋三层的小楼，但房间并不多，每一层只有三个房间。夏洛特在三楼转了一圈，没发现碍眼的东西，也没发现有人，就顺着楼梯下到了二楼。

他到了亮着灯的那间房子门外，悄悄地趴了下来，听到房间里有人说话。

“菲蕾德翠卡，你轻一点！”

“我已经很轻了。你怎么会搞得这么狼狈？被人濒死反击了？”

“没有！”

“没有？那你怎么会伤成这样？对方还是个剑术高手，这一剑刺又毒又狠，有点像那群吸血鬼的剑术。”

“是的，没有！没有濒死反击。对方没有受伤，只有我受伤了。”

“阿尔杰农！你在说什么？你居然被人打伤了，却没有杀了目标？”

棕发灰眸的阿尔杰农摊开双手，带有细细绒毛的耳朵耷拉下来，说道：“我也没想到这次的目标如此难缠，我刺杀了他两次，一次被刺了一剑，被迫撤退，这次被打了一斧头。”他给房间里的少女展示后脑勺上被吸血手斧砸出来的大包，又圆又大，血色盈盈。

少女忍不住惊道：“你是被派去刺杀高阶超凡了吗？这些情报组越来越不像话了，连基本的资料调查都会出错。”

阿尔杰农叹了口气，说道：“应该不是高阶，也不是中阶，资料上是四阶，虽然不太准确，但最多也不会超过五阶！只不过他修炼的是血腥荣耀……”

被称作菲蕾德翠卡的少女是典型的猫耳娘，有俏丽的容貌、窈窕的身姿，一双耳朵又大又圆，碧色的眼眸充满热情和活力，健康的棕色皮肤上有些隐约的深色斑点，但她并非猫女，而是货真价实的豹女！

菲蕾德翠卡忍不住说道：“血腥荣耀？那种废物超凡术？旧大陆已经没什么人修炼了吧？修炼血腥荣耀要靠获取他人的生命力而提升修为，必然要屠戮生命，这可不为帝国的法律和各大家族所容。

“拜罗恩倒是不在乎这一点，但拜罗恩的那群吸血鬼，对修炼血腥荣耀的人深恶痛绝，只要发现有人修炼，就会处以极刑，没有任何宽恕。”

阿尔杰农低声说道：“他的血腥荣耀修为的确不高，但他领悟了血焰气和天使之刺！

“这家伙剑术精绝，战斗力强得可怕，他有一种可怕的直觉，可以随时看破我的刀法变化，用最克制的招数反击。

“而且此人极度狡诈，第二次刺杀时，他故意设下了陷阱，我刚现身，脑袋差点被打爆！”

阿尔杰农没好意思说细节，毕竟被人用最简单的诈术骗了，不是什么光荣的事儿。

夏洛特伸了个懒腰，心道：原来这家伙叫阿尔杰农！是该弄死他了！顺带也把那个兽人少女杀了吧！虽然她很无辜，但我也挺无辜的，希望杀了这两个家伙，能暂时断去兽人刺客联盟在斯特拉斯堡的触角，延迟他们派来第三拨杀手的时间。或者我放把火！把他们接单的账本之类烧了……

夏洛特心底盘算，该如何出手击杀两人。

那位棕发灰眸的刺客阿尔杰农实力犹在他之上，另外一个少女菲蕾德翠卡实力则未知，一旦失手，被两人联手反扑，他肯定抵挡不住。

“先杀菲蕾德翠卡！”

夏洛特打定了主意，四爪运力，整只猫腾空而起，猫在半空就化为一个英俊帅气的年轻人，反手从衣领抽出了反空间远程步枪，在落地之前就摆好了射击姿势，落地的一瞬间，他果断地扣动了扳机。

破魔轰甲弹穿透了房间的大门，把大门轰出了一个巨大的洞。

夏洛特一枪射出，微微感觉不妙，因为透过房间门的大洞，他没有看到那名少女。

“失手了！”

夏洛特毫不犹豫，把反空间远程步枪送入衣领，整个人瞬间弹起，直冲三楼。

他刚刚弹起，就有一条笔直又修长的大腿狠狠地踹在地面。

若是夏洛特反应再慢片刻，这一击，就能把他的肋骨全部踢断。

豹人少女菲蕾德翠卡纤腰一扭，整个人弹起来，娇叱一声："受死！"

回应她的是一把破空而来的手斧！

菲蕾德翠卡人在半空，却灵活得好像会飞翔，侧身躲过了这把飞掷过来的手斧，顺手一抄，就要抓住斧柄，这把手斧宛如有生命一般，突然改变方向，斩向了豹人少女的手腕。

菲蕾德翠卡手腕灵活地一翻，把这把会拐弯的手斧拍开。

吸血手斧打了个旋儿，呼啸一声，也冲上了三楼。

夏洛特虽然逼退了豹人少女菲蕾德翠卡，但心头震惊非常，这个漂亮女孩的速度犹在棕发灰眸的阿尔杰农之上。他若非有洞察异能，视角能笼罩整个阿尔卡特拉斯区龙堡大街 5 号，只怕一个照面就要被踢到吐血。

"那个刺杀我的家伙，不知道是兽人什么种族，但一定不是豹人！这个豹人族少女使用的才是正宗的豹之追猎啊！爆发的速度实在太快了。"

夏洛特刚刚冲上三楼，就看到了棕发灰眸的阿尔杰农，他露出了一个阳光般和煦的微笑，说道："早上好！"

阿尔杰农忍不住骂道："神经病，这是晚上！"

夏洛特弹出了血蔷薇的一瞬间，点出十二点寒星，把阿尔杰农全身笼罩了进去，还没忘了解释一句："我怕你见不到明天早上的太阳，死的时候未免有遗憾，这才好心问一句早上好！"

夏洛特把晨曦之火发挥得淋漓尽致，一招就逼退了阿尔杰农，身子高高拔起，他已经来不及找窗户了，后面的豹人少女菲蕾德翠卡随时会追上来，一旦两名敌人联手，就大势去矣。夏洛特直接撞破了屋顶，逃到了大街上。

刚刚嗅到清新的夜晚空气，就有两道杀机锁定而来，夏洛特没有半分犹豫，收了血蔷薇，变成了一只年轻的伶俐猫，仗着变成猫，身子小巧，跳入了附近一栋楼的烟筒。

下一瞬间，阿尔杰农和菲蕾德翠卡撞破了邻居的窗户，并准确地判断到了火炉的方位，联手“抓猫”。

夏洛特仗着洞察和轻捷术，在两名敌人攻击下，钻出了这栋房子，两人一猫开始了疯狂追捕和逃窜。

夏洛特翻身上了一栋房子的屋顶，解除了变猫术，抽出了反空间远程步枪，摆出了射击的架势。

阿尔杰农和菲蕾德翠卡刚刚失去了夏洛特的踪影，就感觉到了危机，两人几乎在同时分别蹿向两个方向，破魔轰甲弹穿过夜空，射上了半空，宛如放了一朵璀璨的烟花。

一击失手，夏洛特立刻把反空间远程步枪送入衣领，重新化为一只伶俐猫，蹿向了附近的小巷。

阿尔杰农和菲蕾德翠卡追过来，却再次失去了夏洛特的踪迹。

菲蕾德翠卡恨恨地说道：“他一定有什么别的异能，不然不可能每次都逃得这么容易。”

阿尔杰农也觉得，他们两个兽人刺客联盟的顶尖杀手居然围追堵截了半夜也没能抓住夏洛特，这家伙除了血焰气和天使之刺，一定还有别的异能。他沉吟道：“我们今晚很难抓到他了。”

菲蕾德翠卡也是职业刺客，知道这种情况下，最应该做的就是撤出战场，另外寻找机会。刺客应该永远藏于黑暗，根本不应该与人正面决斗。

她点头说道：“我们先离开斯特拉斯堡。”

阿尔杰农点头答应，两人同时施展豹之追猎，狂奔出去了几百米。

夏洛特恢复了人身，在两名刺客速度稍缓的刹那心头一动，但随即就摇了摇头，连反空间远程步枪都没取出来。

两人在非战斗状态，回气速度极快，很快就再次加速，又掠出了几百米，如此远的距离，又是如此快速移动的目标，以夏洛特勉强算普通优秀的射术，只是浪费珍贵的破魔轰甲弹而已。

夏洛特不紧不慢地尾随两人，一直到目送两人没入黑夜，这才转身又去了一趟阿尔卡特拉斯区龙堡大街 5 号。

既然都出手了，不摸点什么东西，就显得有点亏。

他再次闯入了切尔西侦探社，细细地搜索了一遍，没找到什么现金，也没找到什么书信和合同，只找到了一批武器，是数十把短枪。

这也能理解，刺客出手需要隐蔽，短枪是最合适的武器了。

不过，夏洛特比较诧异的是，这家侦探社居然没有第三个人，他以为这里怎么也该有七八个工作人员呢！

夏洛特把这家侦探社稍微值钱的东西都打包带去了燕隼大街1号，他才不会把东西带回自己家。

离开前，他一把火点燃了这家侦探社！

他也不知道两名刺客会不会卷土重来，虽然卢卡瓦罗区的巡城军并无超凡，但毕竟人数多，战斗起来，还是能顶点用。

夏洛特已经好几天没来上班了，半夜过来让部下们颇为惊讶，巡城军虽然不太像样子，但基本的军事素养还在，夜晚有巡逻的同事。

夏洛特让巡夜的部下不要惊动其他人，带着战利品回了自己的办公室。

他也没太把这批战利品当回事儿，毕竟真正值钱的东西，阿尔杰农和菲蕾德翠卡也不会留下来。

把东西丢在办公室角落，夏洛特就在办公室的软床上躺下，他还真有点困了。虽然不太舒适，但睡了一夜，养足了精神。

夏洛特第二天早上起来，还是神清气爽。他在办公室洗漱了一下，既然人都来了，也就顺带处理了一些公务。

让夏洛特非常意外的是，卢卡瓦罗区的巡城军今天有一个“大活”，斐迪南大公的尸体要运回贝希摩斯公国安葬，灵柩要经过卢卡瓦罗区，所以宫廷内发了命令，让沿途的巡城军负责警戒。

夏洛特心道：斐迪南大公都已经死了，不会再有人刺杀他了，这一趟活儿一定非常安全。我要不要去凑个热闹？我还没在帝国吃过席呢！

本来这件事杜宾已经安排得差不多了，有他没他都行，但夏洛特还是准备亲自带队去保护斐迪南大公的灵柩，也算是送这位大公一程。

毕竟他也是贝希摩斯公国出身，斐迪南大公算是他的故主。

夏洛特把部下们召集起来，他发现今天翘班的人非常少，居然来了一百八十余人，主要是这次行动，上头拨下来了一笔款。

夏洛特让几个手下去买了点喝的，因为要出护送任务，没有买麦酒。

出发前，夏洛特让一百八十多名巡城军饱餐了一顿，还把昨天带回来的短枪当作奖赏发了下去。

在旧大陆的主要国家都有禁枪令！只有军人、侦探、贵族，还有一些身份特殊的人才有持枪证，能公开拥有枪支。

这也是为什么，夏洛特招揽的冒险者们在围攻烈马侦探社的七位侦探时都是使用冷兵器，因为底层冒险者办不下来持枪证，获得枪支非常困难。

夏洛特成了卢卡瓦罗区巡城军总领还没几天，也没来得及跟中央政府办公厅军务后勤部申请装备。跟着杜宾过来的一百多名老巡城军倒是都有配齐刺剑和短枪，但冒险者们却没有枪支。

好在，持枪证不是单独的证件，是跟着巡城军文书一起下发的附件，如果是侦探的话，会随着侦探的文书一起下发，所以他手下新入职的冒险者们倒是都能合法拥枪。

杜宾颇为感慨，他对夏洛特这个长官越发满意了，基本不找事儿，还经常请部下们集体大吃大喝。

夏洛特带队到了卢卡瓦罗河边的胜利大桥。

这也是沟通上七区和外十五区的一座大桥。

胜利大桥本身是个小型要塞，战争时期可以封禁出入。

等了足足几个小时，快下午了，才有车队从对面的皮卡第区过来。

作为巡城军，他们自发地分成两队，保护在车队的两侧。

夏洛特徒步跟在队伍的后面，他昨夜出门没带炼金手杖，也没带炼金手枪和马格南手梭，吸血手斧藏在外套下，空着一双手，倒也很恣意自在。

这支车队的核心，自然是斐迪南大公的灵柩，但车队前方，有个三十几岁的年轻贵族更吸引人瞩目，他就是斐迪南大公的侄子，也即是贝希摩斯公国新任公爵弗朗茨·约瑟夫，就是他宣布了向南瑟拉夫宣战。

车队后方还有一辆马车，里头是刺杀了斐迪南的南瑟拉夫“勇士”，他用了一把超凡级的短枪，三枪都打中了斐迪南大公的胸膛，把这位帝国公爵当场击毙。

据说，当时大公神不守舍地抱着妻子，根本没用斗气护身，所以才会被打死。

不管怎样，这都是一场悲剧。

夏洛特心底暗暗叹息，陪着车队走了两个小时，眼看快要离开他的辖

区，这次的护送任务就要完事了，不由得微微松了一口气。

他打算完成护送之后就去找安妮约会，此时洞察却骤然开启，一个碧色眼眸的美丽少女，正在附近一条街道的屋顶上蓄势待发。

夏洛特吓了一跳，稍稍停下脚步，脱离了大部队，催动了轻捷术，一跃而起上了屋顶，几个起落就靠近了菲蕾德翠卡。

豹人少女却没有逃窜，也没有做出战斗姿态，而是轻笑一声问道："你要阻止我吗？"

夏洛特叹了口气，说道："能不能离开我的辖区？"

他很想杀了这个女刺客，但绝对不能在这种时候。

这时候开战可就出大事儿了。

等斐迪南大公灵柩离开卢卡瓦罗区，对方不动手，他都会抢先动手。

菲蕾德翠卡俏丽的脸上露出了戏谑的微笑，反问道："你愿意出什么代价？"

夏洛特双手摊开，说道："你们需要什么？"

菲蕾德翠卡快速地说道："听说你是卢卡瓦罗区巡城军的总领，若我们把侦探社搬到卢卡瓦罗区，会有什么政策优惠？"

夏洛特冷笑一声，说道："你们可还在刺杀我，此时跟我要政策优惠？"

菲蕾德翠卡说道："兽人刺客联盟有很多规矩，但只要是规矩都有办法绕过去，比如我可以让阿尔杰农三个月后才宣布任务失败。"

刺客是地下行业，跟侦探社这种可以公开办业务的正当行业不同，他们不能暴露在光天化日之下。

夏洛特昨晚大闹了一场，还放火烧了切尔西侦探社，兽人刺客联盟在阿尔卡特拉斯区已经待不下去了，必须搬出龙堡大街 5 号，并且要重建一个据点了。

阿尔杰农认为刺杀夏洛特实在太难了，他是拿钱的刺客，不是卖命的死士，没有必要为了一单生意把身家性命都押上，选择了放弃任务，当夜就离开了斯特拉斯堡，远走高飞了。

菲蕾德翠卡作为兽人刺客联盟在斯特拉斯堡的负责人，可没法这么潇洒，必须收拾这个烂摊子。

夏洛特是一个大区的巡城军总领，虽然巡城军没什么高手，但作为管理整座城市治安的军队，最不缺的就是人手。一旦被盯上了，菲蕾德翠卡会很难受，所以她拿到了阿尔杰农的承诺，来跟夏洛特做交易。

夏洛特自己还不知道，他已经在斯特拉斯堡有了举足轻重的地位，很多事情都必须得到他的允诺，才能悄悄进行。

他只要说一句话，在卢卡瓦罗区就有不小的影响力。

对付整个刺客组织，这种脸面还差点，但对付这个组织的本地分部，就游刃有余了。

夏洛特问道："没有办法彻底抹除刺杀任务吗？"

豹人少女说道："我不知道是否有办法彻底抹除任务，但至少以前没有人成功过，兽人刺客联盟从未打破过这个规矩。不过，兽人刺客联盟可有很多存在了上百年的老任务。所以……"

菲蕾德翠卡耸了耸肩膀说道："你也没有必要在乎这个规矩，不知道变通的组织早就消失在历史长河里了。

"我要重建在斯特拉斯堡的分部，你也要应付明天的决斗。

"三个月后会有第三位杀手过来，你跟他重新开战吧！"

夏洛特叹了口气，说道："三个月后再开战吧！"

菲蕾德翠卡得到了承诺，悄然离开。

夏洛特目送车队离开了卢卡瓦罗区，自己的手下也陆续撤回，这才微微松了一口气。

很显然，豹人少女并非来刺杀什么人的，而是来讲条件的。

夏洛特现在焦头烂额，暂时休战也好，能先处理掉决斗的事儿，再来解决兽人刺客联盟的事。

他正在屋顶上畅想杂事的时候，一声巨大的轰鸣从远方传了过来，一道黑灰色的火云冲上了半空。

夏洛特目瞪口呆地望着那个方向。

那里应该是运送斐迪南大公灵柩的车队。

卷五：天使十二乐章（上）

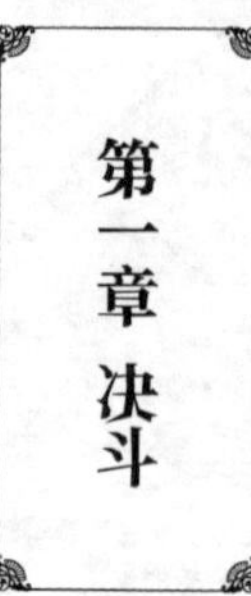

第一章 决斗

“究竟是谁又下手了？还用了炼金炸药！”

夏洛特手里的破魔轰甲弹就是炼金炸药的杰作。

若是用炼金炸药来直接制作爆炸物，威力会相当惊人。

夏洛特叹了一口气，除了暗自庆幸这场爆炸没发生在自己的辖区，也为受难死亡的人默哀。

他冲下了屋顶，对自己的部下说道：“杜宾，挑十个剑术好手跟我一起过去，其余的人守住辖区。”

杜宾兴奋地答应了一声，带了十个人跟上了夏洛特。

夏洛特没让所有人过去，是担心搞出爆炸案的刺客们冲入他的辖区，一旦有人从卢卡瓦罗区逃走，可就是天降“黑锅”了。

夏洛特带人冲出了辖区，就看到半条街都被炸毁，到处都是黑乎乎一片，街上死者遍地，现场触目惊心。

夏洛特虽然心头不忍，却极速通过，没有过多停留，不过他也注意到了一个细节，地上除了刺剑，居然还有几根折断的手杖，一个念头悄然浮起：“为什么刺客不用枪支？”

很快，夏洛特就看到了被彻底炸开的棺椁，斐迪南大公夫妇的尸体滚落出来，华丽的衣衫都沾满了黑灰，这对夫妇的尸体看起来宛如被煤油灯熏过，再也没有了平时的雍容高贵。

在不远的前方，有一个晶莹洁白的光球。

十二名神官组成了光辉魔法阵，把贝希摩斯公国新任公爵弗朗茨·约瑟夫保护在内。

夏洛特虽然不是皇家霍格威治大学的学生，但也听过光辉之主传下来的这个魔法阵。

光辉魔法阵以光辉为名，号称大陆第一防御魔法阵，有“诸神之咏叹”的美誉。

据说，光辉之主的大神官曾以此阵法抵挡了邪神的全力一击，守护光辉岿然不动。

贝希摩斯公国当然没有这级别的神官，弗朗茨·约瑟夫公爵也没资格号召光辉神官给他做保镖，这十二名光辉神官是帝国皇帝朱利叶斯六世的贴身护卫，地位极其崇高。

皇家霍格威治大学有皇家前缀，是因为光辉之主承认正统帝国的权柄，允许麾下信徒保护正统帝国的皇帝陛下。

除了拜罗恩这个由吸血鬼建立的帝国，旧大陆的几个大帝国皇帝身边也有光辉神官。

只不过其他国家的光辉神官，就不是法尔斯帝国的皇家霍格威治大学的毕业生了。

夏洛特没敢靠近，担心这些光辉神官把自己当成刺客，随手给净化了，他遥遥地行了一个帝国礼。

夏洛特让部下们把上衣脱下来铺在地上，先把斐迪南大公夫妇抱到衣服上。这样做当然于事无补，却能赚取功劳。

一地的巡城军上衣上面躺着斐迪南大公夫妇，任是哪位长官过来都要问一声：“谁干的？”

夏洛特开启洞察，现场除了弗朗茨·约瑟夫公爵和十二位光辉神官，再无任何活人。他不知道刺客是跑了，还是和斐迪南夫妇的尸体同归于尽了，总之没有追击的必要了。

过了好一会儿，十二位光辉神官才解除了光辉魔法阵，其中一位年轻的神官走到了斐迪南大公夫妇的身边，画了一个复杂的手势，立刻就有魔法波动拂过，让斐迪南夫妇的尸体重新变得干干净净。

他对夏洛特说道：“你是卢卡瓦罗区的巡城军总领？”

夏洛特点了点头，努力装出悲伤和愤怒，说道：“我们刚刚交接了任务，就看到这边的……变故！所以我带队赶了过来，看能不能做点什么！”

年轻的光辉神官神情波澜不惊地说道：“我记住你的名字了，会向皇帝陛下描述你的忠诚。但是，现在请你马上离开。”

夏洛特毫不犹豫，微微点头，立刻就带着手下转身而去。

杜宾忍不住问道：“我们就来这边看一眼，给大公夫妇盖几件上衣？我们不应该做点什么吗？”

夏洛特在回到卢卡瓦罗区之后才淡淡地说道：“如果你想全家人间蒸发，可以回去……”

杜宾顿时语塞，小声辩解道：“不至于吧？”

夏洛特挑了挑眉头，说道：“你可以赌一把！”

“赢了，满足好奇心和心头的骚动；输了，冚家铲。”

杜宾不知道“冚家铲”这句俗语是什么意思，但从夏洛特的态度，也能判断出来这不是好话。

他心底还是有些不服气，但这位年轻的四十七等三级兵长只是年轻气盛，并不是年幼愚蠢，当然知道夏洛特的做法才是对的。

过了好一会儿，杜宾才低声说道：“长官！你真的一点都不好奇吗？”

夏洛特微微一笑，说道：“好奇！但只有免费的好奇，我才会去看一眼。

“门票太贵的好奇，还是让那些家里人口多的人去欣赏吧。”

杜宾看着夏洛特脸上的微笑，不知怎么就心底一冷，吓住他的不是夏洛特，而是整个帝国……

身为巡城军的“老油条”，他当然知道有些事情不能太好奇，因为好奇心死掉的同事，不比因公殉职得少。

夏洛特带队回了燕隼大街1号。等了车队几个小时，又执行了护送任务，早就人人又饿又累，他立刻宣布，请所有人饱餐一顿。

杜宾亲自带人出去，买了一车的食物和二十桶麦酒，一点都没给夏洛特省钱。

等手下的巡城军吃饱喝足，精神愉悦，夏洛特正要宣布解散队伍，一辆马车驶入了巡城军的办公处。

马逊带了几个人上去拦住了对方，他现在已经在心态上完成了从冒险者到巡城军的转变，很尽职地问道：“这里是卢卡瓦罗区巡城军办公处，若无事情，请立刻离开。”

赶车的车夫是一位身材粗豪的女性，衣衫齐整，手法娴熟，很有些傲慢地说道：“我家夫人是卢卡瓦罗区巡城军总巡，让梅克伦先生过来。”

马逊吃了一惊，急忙跑去找夏洛特。

夏洛特听到自己的搭档来了，也有些意外，跟着马逊到了马车前，行了一个帝国礼，问道：“是梅薇思夫人吗？”

夏洛特很早就知道，跟自己搭档的总巡是一位女士，名字是吉蒂·梅薇思。她七年前毕业于高尔吉亚大学，娘家姓氏奥菲，嫁给一位帝国高官，如今是三十七等的一级军士长。

梅薇思夫人有两个军务身份，一个是卢卡瓦罗区巡城军总巡，一个是内廷侍卫，可以领两份薪水。所以她不来巡城军上班，是相当名正言顺的。

七年时间，梅薇思夫人就能从一级军士升至一级军士长，并拥有正式的军务身份，还能同时担任巡城军总巡和内廷侍卫，官运比夏洛特要亨通得多。

并且，夏洛特不能算正经升迁。

马车里传出一个微带爽朗的声线，答道：“是我！梅克伦先生，我在宫廷内还有个职务，这次过来是以内廷侍卫的身份，临时颁布一道皇太子殿下的口谕。”

夏洛特吃了一惊，心道：皇太子怎么知道我？

他微微低头，行了一个帝国礼，说道：“谨听从皇太子殿下口谕。”

梅薇思夫人走下了马车，她是一个身材高挑的女子，有一种普通女性所没有的英锐之气，五官端庄，别具风情，虽然年纪稍长，但仍旧是个一等一的美人。

夏洛特平生所见的女子里，跟梅薇思夫人气质最相似的就是学姐梅尼尔曼。

这位夫人说道：“你忠勇奋进，守护斐迪南大公夫妇的身体有功，奖赏特选一级职务，为三十四等四级文书长！

“额外赏赐五埃居给卢卡瓦罗区巡城军！中央政府办公厅的文书，明日就会送到这里，赏赐的现金，稍后就到。”

夏洛特心花怒放，说道：“多谢夫人。”

梅薇思夫人淡淡一笑，说道：“皇太子殿下很喜欢你的细心，公爵虽死，但身体仍旧需要得到尊重。”

夏洛特微微一震，梅薇思夫人的话透露出一个重要信息：皇太子殿下就在现场。他未想明白这意味着什么。

梅薇思夫人没有任何废话，回到了马车上。

这辆马车立刻就驶出了燕隼大街1号。

杜宾凑到了夏洛特身边，低声说道：“您有否听说过这位夫人的传闻？”

夏洛特耸了耸肩膀，表示从未听闻。

杜宾顿时就来了精神，小声说道：“我上任后特意找熟人朋友打听过这位夫人，几乎所有宫里的人都说，她是皇太子殿下的秘密情人。”

夏洛特心道：皇太子殿下的审美还算不错。

杜宾喋喋不休，把自己打听来的八卦都跟夏洛特说了一遍，其中甚至还有，太子殿下半夜带了梅薇思夫人出皇宫，马车在夜晚的斯特拉斯堡驰骋一圈，据说所有跟随的侍卫都听到了不该听的声音……

夏洛特不知道这些传闻的真假，但油然而生一种“皇太子殿下真会玩”的想法，颇有些亵渎法尔斯帝国皇位继承人的感觉。

过了没一会儿，果然有人送了一笔小面额现金过来，都是生丁硬币，没有纸币。

夏洛特当着所有人的面打开了钱袋，并且按照功劳，先给杜宾和那十位跟随去探看情况的巡城军发了犒赏，然后给所有出勤的巡城军发了一笔。

他做过数学老师，当然知道猴子分栗子的道理。

发完钱之后，手里还剩了大半，夏洛特故作姿态，一拍脑袋，笑道：“没想到还有剩余，那就再发一轮。”

他连续发了三轮，才算是把这笔奖赏发掉九成，剩下了几百生丁。夏洛特毫不犹豫地说道：“最后剩下这些钱，已经没办法公平发给大家了，我们不如买些麦酒，继续痛饮一场怎么样？”

夏洛特的提议惹得所有人欢呼和拥戴，不管是那些曾经的冒险者，还

是杜宾带来的老巡城军，没人不喜欢慷慨大方的上司。

夏洛特虽然时常旷工，但在这群手下人的眼里已经越来越具威严。

夏洛特可不想继续陪这群巡城军喝麦酒了，他把手里的钱交给杜宾，然后叫来了一个巡城军，让他去爱丽舍田园大街 58 号，告知南茜夫人把马车赶过来，并且在马车上准备一些果酒、麦酒、食物、清水、毛毯、换洗的衣物等物资，再把三只伶俐猫寄养到猫与四叶草咖啡店，准备这就出发去马丘比。

夏洛特回到办公室等南茜夫人赶马车过来的时候，一头微棕色短发的何蒙莎走了进来。

夏洛特见到是她，脸露微笑，说道：“有什么事？”

当初加入了巨斧冒险团，躲过了一次危机，后来也跟冒险团的五名成员相处融洽，虽然汉娜死在了马丘比，但其余队员都得到了他的优待。

何蒙莎从怀里取出了一把短枪，放在了夏洛特的办公桌上，说道：“我在爆炸现场捡到了这个。”

这把短枪造型奇特，类似齐亚帕犀牛式左轮手枪，通体银色，枪身棱角分明，枪管绘制了无数奇异的符文，握把上覆盖了某种兽皮，厚厚的很有手感。

夏洛特伸手稍稍碰触，就知道这是一件超凡武器，又联想到今天发生的事，以及何蒙莎是在什么地方捡到的这把短枪，顿时觉得困扰。

这把超凡短枪极大可能就是射杀了斐迪南大公的刺客所用的武器。

何蒙莎小声说道：“我知道它没法安全变现，我也不敢使用，你能帮我把它换成钱吗？我想要晋升骑士，非常需要钱。”

何蒙莎已经凝结了力量种子，但不代表就能破茧成为拥有斗气的骑士。

夏洛特也有力量种子，那是他在贝希摩斯国家学院修行拉弥亚呼吸法所得。拉弥亚呼吸法，又名水妖呼吸法，修炼到了精深处，可以代替睡眠，让修行者精通水性。

不过夏洛特至今也没让力量种子觉醒！

其中有一半原因，是他资质不合适骑士道路，另外一半原因，就只能推诿给虚无缥缈的运气了。

何蒙莎一脸紧张，她知道这件事很犯忌讳，也很危险。

这把短枪是刺杀斐迪南大公所用，在帝国会被视为不祥，若是被抓到偷窃此物，有极大可能上绞刑架。

若是夏洛特翻脸，她就只有死路一条。

若是夏洛特想要独吞这把超凡武器，她也是死路一条。

夏洛特沉吟了良久，叹息了一声，说道："你从未捡到过任何东西，今后不要提起这件事了，不然没人能保住你。

"至于你晋升骑士的事，我会竭尽全力帮忙。"

夏洛特只给了何蒙莎一个承诺。他暂时也给不了其他东西。

至于何蒙莎是否接受这种结果，夏洛特就管不着了。

这把射杀了斐迪南大公的短枪，是个很要命的东西，如果有选择，夏洛特绝不想碰触。

但既然何蒙莎把它拿出来，夏洛特也不可能让何蒙莎带走，她一定会继续出售这件超凡武器。

这把超凡短枪一旦出现，暴露在任何一个地下黑市，都会被人关注，而夏洛特一定会被牵连，谁让何蒙莎现在是他的手下呢？

而且，之前他就牵扯到了这件事里头。

老实说，若是没有梅尼尔曼保他，此刻他能不能活着都难说。

毕竟，这可是牵扯到两个大帝国宣战的事情。

何蒙莎想要说点什么，最后神色黯然，准备退出办公室。

夏洛特犹豫了一下，说道："不要跟马逊他们提起这件事，不然你会害死他们。"

何蒙莎微微一震，赶紧低头走出了办公室。

过了半个小时，南茜夫人到了，跟随她一同过来的人，还有安妮、希尔薇和猫精灵侦探薇妮・亚尔赛奴。

三位女士是在爱丽舍田园大街58号碰头，而后都放弃了自己的马车，跟随南茜夫人一起过来。

薇妮・亚尔赛奴是决斗的见证人，自然必须去，至于安妮和希尔薇，一个是"未来女友"，一个是"表妹"，都有合适的身份和理由观摩这次的决斗。

夏洛特也没什么好说的，带了那把超凡短枪，就跟着三位女士上路了。

他把射杀斐迪南大公的短枪和日记本放在一起，寄希望于两位邪神的力量，能够让某些占卜类超凡卜算失误。

夏洛特准备把它扔在马丘比那座迷宫要塞。

雷奥勋爵给他的那把反空间远程步枪，枪身又粗又长，能射出破魔轰甲弹，才有了击杀高阶超凡的威力。这把短枪居然也能有如此威力，可以打死斐迪南大公，必然不是凡品，可夏洛特一点查看其品质的念头也没有，他怕自己忍不住将之据为己有。

贪婪是生命的敌人。一如金钱是万恶之源。

一路上，安妮小姐都非常安静，脸色勇毅，似乎下定了什么决心。

希尔薇倒是忧心忡忡，反复劝说夏洛特要小心谨慎，一旦落于下风，就赶紧认输投降。

一般来说，绅士们的决斗，都愿意放过投降者……

当然，夏洛特相信，那位“大阿尔瓦先生”一定不会放过自己，做绅士哪有给弟弟报仇重要？

薇妮·亚尔赛奴倒是表现淡然，一路上都不太说话，只是看着窗外的景色，若有所思。

斯特拉斯堡距离马丘比有两百多公里。下午从斯特拉斯堡出发，明天就能准时到达马丘比。

夏洛特准备充足，在离开斯特拉斯堡之后，就开了一桶麦酒，请三位小姐饮用。

薇妮·亚尔赛奴倒是很豪爽，陪夏洛特喝了几杯，但安妮却紧张无比，根本喝不下去东西。希尔薇开始不肯喝，但很快就忍不住喝多了。

接近傍晚的时候，夏洛特让南茜夫人停下了马车，他们一路上也没看到能够休息的村庄，但夏洛特也不打算继续赶路了，一来马匹受不住，二来夜晚的路况太危险。

他把前舱让给三位女士，自己打算去后舱，旧大陆可没有帐篷，而且旧大陆的野外到处都是危险，也没有人会选择帐篷这种毫无防护力，又会阻碍快速逃走的睡觉工具。

夏洛特下了马车，就看到正前方站着一位夫人，大概四五十岁，雍容华贵，但从她身上的衣服可以看出，她不是一位贵族夫人，而是一位女管家。

夏洛特大为吃惊，随手就摸出来吸血手斧，这位女管家却行了一个女士日常礼，说道：“梅克伦先生，我是来接安妮小姐回家的。”

夏洛特还了一个帝国礼，问道：“您是？”

这位女管家稍微提高了一些声音，说道：“安妮，郊游结束了！”

安妮·布列塔尼下了马车，脸色很不好，说道：“凯伦嬷嬷，我可以不回去吗？”

被称作凯伦嬷嬷的女管家，有些溺爱却坚定地摇了摇头，说道：“安妮，我可以允许那件东西丢失三天，这已经是最大的让步了。

“伯爵他绝对不会允许女儿晚上不回家。”

安妮挣扎了好一会儿，才颓然说道：“我跟您回去！”

她把一个藏在裙子下、用报纸包住的东西递给了夏洛特，低声说道：“决斗开始，就使用这件武器吧！

“我明天、后天都会在爱丽舍田园大街58号等你。”

凯伦嬷嬷冲着也下了车的另外两位女士点了点头，对夏洛特说道：“不要弄丢它，后果会很严重。”

然后她全身都绽放耀眼光辉，伸手一扶安妮，腾空而起……

任何骑士集齐了八大骑士之证，都可以在名号上冠一个“圣”的前缀，地位之高，无与伦比。其他超凡职业，突破了十八阶，亦可以在姓氏之前冠“圣”！

圣阶最为众所周知的特征，就是不借助任何超凡奇物、魔法道具、血脉秘法，纯凭本身力量，就能摆脱大地，腾空飞翔。

这位凯伦嬷嬷其实可以叫作：圣·凯伦嬷嬷！

所以，安妮看到这位嬷嬷，就认命跟着回去了，因为就算反抗，她还是会被带回去。就算薇妮·亚尔赛奴、夏洛特，再加上希尔薇一起出手阻止，也改变不了这一结果。

希尔薇目送凯伦嬷嬷和安妮小姐离去，对夏洛特说道：“表哥！你压力大不大？”

夏洛特看了一眼这位前未婚妻小姐，微微一笑，答道：“不算大！我还可以。”

他是一个两次直面过邪神的男人！

第二次还是两位，区区一个圣阶……

“……其实压力还是挺大的。”

夏洛特知道安妮的家族不凡，也知道安妮的父亲是位伯爵大人，还知道伯爵位列帝国序列第五等……但一直都没什么直观的感受。

即便见到了安妮那位高阶超凡的堂哥都没什么特殊的感觉，没想到自己居然在一位嬷嬷身上真切地看到了阶级差距。

伯爵家的管家嬷嬷都是圣阶！

希尔薇同情地看着夏洛特，她绝不相信这位前未婚夫像表现的那样云淡风轻，暗暗嘀咕道：“他现在应该还是个地下男朋友，见不得光的那种，怪不得他的改变这么大……

“欸？！如果将来他跟安妮小姐成功结婚，我以前知道的那些小秘密，岂不是都是大把柄？

“我只要威胁他会揭穿以前的丑事……”

希尔薇犹豫了一下，她忽然觉得，这位前未婚夫大概率会杀人灭口。

在希尔薇·马丁的眼里，夏洛特·梅克伦一直都不是好人，杀人灭口这种事，她认为他做得出来。

薇妮·亚尔赛奴饶有兴趣地看着这一幕，只觉得看到了一出大戏，这出戏精彩绝伦，令人想看第二幕。

薇妮忍不住提示了一句：“安妮给你留下了什么？”

夏洛特打开了报纸，还看到了一则新闻，标题很惊悚：斐迪南大公遇刺，夫妇携手共赴黄泉。

副标题——贝希摩斯公国向南瑟拉夫宣战！

夏洛特略略扫了一眼，没有多看，打开了报纸，里头是一把银色的短枪，这把短枪的款式非常眼熟——

他几个小时前，刚好见过一把同款。

希尔薇没有认出来，她毕竟毕业不久，见识还不够广博，但薇妮·亚尔赛奴却忍不住惊呼出声，说道：“这是火克威尔·银犀！

“出自火克威尔工坊的超凡炼金短枪！

“自从银犀被火克威尔工坊的十三位炼金术大师齐心合力设计出来之后，至今一共生产了不超过二十五把！

“据说他们工坊一年只能生产五把！

“这一把应该有标号！”

夏洛特翻过枪柄，果然看到上头有个“十”，代表了它是火克威尔工坊出品的第十把银犀。

夏洛特隐约记得，何蒙莎捡到的那把银犀，编号是“五”，即代表是火克威尔工坊出品的第五把银犀，比手头这把银犀出品还早了几年。

银犀也能转化斗气、血能、魔力等各种能量为子弹，有效射程没有反空间远程步枪远，但也高达两千皮米以上。

同样也能使用破魔轰甲弹。也是一把反空间超凡枪械。

安妮给的报纸包里，除了这把银犀，还有六发破魔轰甲弹。

夏洛特一面感激安妮的帮助，一面惋惜这把银犀只能借用三天。

他随手耍了一下花式，作为一个射击水准还凑合的三流枪手，在大学的时候没少苦练这些手法，银犀绕着手腕翻飞，枪口指向了各种角度。

同时，夏洛特也凭着接触这把银犀，知道了它比反空间远程步枪优胜的一个地方。

那把反空间远程步枪只有一个空间弹匣，而银犀却多了一个灵能弹匣，可以储存灵力、斗气、血能、魔力、邪能等各种能量压缩的子弹。因为灵能弹匣不涉及空间，所以藏觅起来的时候，能量子弹不会被退出来。

安妮应该是托了好些人出手，如今银犀的灵能弹匣里有三十五发灵能子弹，大约出自七个人之手，每一种子弹的属性都不相同，但威力都相当不俗，显然出手的人实力都相当强劲。

薇妮·亚尔赛奴也对这把超凡短枪很有兴趣，接过去把玩了一会儿，也压缩了几发猫精灵魔法子弹，都是最基础的变猫术，挨了一发子弹，只要抵挡不住薇妮的魔法，就会当场变成小猫咪。

希尔薇也很好奇，也把这把超凡短枪借了过去，只不过，她虽然剑术不凡，还在曾经的夏洛特·梅克伦之上，却还未觉醒斗气，无法压缩超凡子弹。

三人又回到了马车上，夏洛特礼貌地对两位女士说了一声：“晚安！”然后上了后面的行李舱。

虽然是行李舱，但也有四平方皮米大小。

夏洛特这次出门，带了足够的饮水、麦酒、果酒和食物，但行李箱的空间还是蛮大，足够他整理出一个睡觉的空间。

夏洛特也带了足够的毯子，英格利玛帝国出产的羊毛毯品质相当不俗，据说比旧大陆的其他国家产的更为优质。

南茜夫人在驭手的位置，也裹好了自己的毛毯，她没资格进入前车厢，也不可能跟夏洛特睡在一起，只能在这个位置凑合。

翌日，清晨。

阳光灿烂，林间鸟儿鸣叫。

夏洛特揉了揉眼睛，起身下了车厢，去附近的小树林方便了一下，又摸了两把树叶上的露水，擦了一把脸。

等他回来的时候，希尔薇拉开了车厢，说道："可以上来了。"

夏洛特上了马车，看到两位女士都已经整理好了车厢，也打扮齐整，这才让南茜夫人继续驱动马车，直奔马丘比。

他们赶到马丘比的时候，这座要塞前已经停了另外一辆马车，烈马侦探社的社长奥布里条顿·亚特伍德和另外一位三十余岁的年轻军人站在一起。

奥布里条顿·亚特伍德见到薇妮·亚尔赛奴，含笑打了个招呼，薇妮也回以一个标准的帝国礼。

至于夏洛特，他不觉得还有跟奥布里条顿·亚特伍德打招呼的必要，反正已经是不死不休的关系了，何须再玩什么虚假的客套？

见到夏洛特他们过来，那名年轻的军人踏前一步，说道："我是哈里特·阿尔瓦！艾狄生的哥哥，毕业于第一国家学院，修行的是光辉呼吸法！"

夏洛特听到第一国家学院，顿时肃然起敬。

他毕业于勒曼公学，就读于贝希摩斯国家学院，都不算帝国的顶尖学府，后来考入了谢菲尔德大学，才算是弥补上了教育的短板。

没有人可以说一名大学毕业生学历不够硬扎。

但是听到有人毕业于第一国家学院，他还是有些羡慕。齐摩尔曼·阿克瑟尔·罗宾就毕业于第一国家学院，这家学院是皇家霍格威治大学的附属学院，毕业生首选的大学都是皇家霍格威治大学。

所以，第一国家学院也算是光辉之主羽翼下的学校，学生们可以学到光辉呼吸法。

夏洛特随口问了一句："可惜了，您为什么不报考大学？"

哈里特·阿尔瓦微微一笑，说道："因为我在第一国家学院读书的时候，有个好朋友叫齐摩尔曼·阿克瑟尔·罗宾。临近毕业的时候，他突然出手，把我打了一顿，以至于错过了报考大学。"

即便马上就要决斗，分个生死，夏洛特还是不禁露出了同情之色，问道："您的这个朋友，他是正经朋友吗？"

哈里特微微一笑，答道："如果能集齐八大骑士之证，我第一个要挑战的就是他，可惜他已经被帝国处以死刑，我再没有这个机会了。"

夏洛特犹豫了一下，心道：其实你还有机会，只要犯下无可挽回的罪行，被抓到真正的基尔迈纳姆监狱，就有机会挑战齐摩尔曼·阿克瑟尔·罗宾。就是不知道，被翡翠秘卷提取记忆之后，您还记不记得这件事。

他当然不敢暴露这个秘密！

齐摩尔曼·阿克瑟尔·罗宾还没死去，绝对是死都不能说的大秘密。

夏洛特现在也隐约明白了一点，为什么自己会被梅尼尔曼挑中去签署文件，自己确实展现出了才能，又是正经的学弟，分享秘密正是这位学姐隐晦的招揽。

后来，他表现得非常不错——

如今绝对堪称这位"帝国第一玫瑰"的铁杆忠诚部下。

哈里特·阿尔瓦表现得非常克制，面对杀害弟弟的仇人没有丝毫冲动。

他耐心地等见证人检查过了两人的武器，确认了文书的合法性，并且按照惯例询问两人是否取消决斗，互相拥抱，化干戈为玉帛……

夏洛特当场表示同意。

哈里特·阿尔瓦第一次露出了急躁，拒绝取消决斗。

经过了一套烦琐的程序，在两位见证人和希尔薇·马丁的目视下，两人步入了马丘比要塞，并且在一处空旷的场地，开始了对峙。

夏洛特凝神微微感应，迷宫化的马丘比热情地回应，他甚至得知了一个信息：马丘比迷宫的NPC，已经增至一千三百二十一位。

除了那批冒险者，很多原本游荡在马丘比要塞的野兽都被判定为NPC

了，一部分原本栖息在马丘比要塞废墟的魔物、邪祟、诡异也被判定为NPC了。

哈里特·阿尔瓦使用的武器是军队的制式军刀，身为一名四十一等的五级士官，他的财政颇为窘迫，时常还需要做侦探的弟弟接济，当然也就不可能准备什么超凡武器。

夏洛特使用的是炼金手杖，是熔解了一个歇洛克王国时代的魔法旧剑鞘，配合特殊木材打造而成的，坚韧度不输金属刀剑。

两人的武器都得到过见证人的检查，也都许诺不在决斗中使用枪械。

希尔薇不知道还有这个规矩，在得知不能使用枪械之后分外担心，小脸上全是担忧。

薇妮·亚尔赛奴反而淡定自若，她总觉得夏洛特应该有别的反击招数。

哈里特将军刀举在眉头，行了一个军礼，轻叱一声，光辉斗气爆发，一个简简单单的冲刺，须臾就跨过了十余步的距离，军刀以千钧之势劈下。

这一记劈斩，毫无花哨，但力量、速度、角度、时机均无可挑剔，透露出在战场上历经无数生死搏杀磨炼出来的干脆果断。

纯以速度而言，几乎不输给使用豹之追猎的阿尔杰农。

哈里特可是没使用任何异能。

夏洛特深吸了一口气，身子轻盈一退，退出了哈里特的攻击范围，两人一攻一闪，分别显出了高阶骑士的斗气强横，以及拥有异能的超凡在战斗中的机变。

哈里特·阿尔瓦随手变招，连劈了十二刀，每一刀都稳定得可怕，完全不像阿尔杰农，爆发一次只能持续很短的时间。他好整以暇地说道："我若是能考上大学，学到光明神冥想术，夏洛特先生，您不是我一招之敌。"

夏洛特心道："那可不是。"

哈里特·阿尔瓦若是还修炼了光明神冥想术，修炼出种种异能，他还打个什么呀？赶紧冲进马丘比迷宫深处，借助迷宫的力量对付这位高阶超凡才是正经。

夏洛特仗着轻捷术，把这十二刀都躲避了过去。

哈里特丝毫不以为意，脸上全是自信，喝道："我在军队历经无数战斗，如今已经取得了两大骑士之证！今日就请梅克伦先生，见识一下战争之证！”

哈里特身上骤然出现了一股血腥杀气，背后隐隐舒展开一面血色军旗。

“战争之证？！”

奥布里条顿·亚特伍德和薇妮·亚尔赛奴一齐惊呼，奥布里条顿·亚特伍德亦是一名高阶骑士，当然知道战争之证是八大骑士之证中最难集齐的一种。薇妮·亚尔赛奴虽然不是骑士，但也知道获取骑士之证有多么艰难，集齐战争之证更是难上加难。

安妮的堂哥克雷尔·布列塔尼，桃乐斯的哥哥艾布纳·苏玫都是十七阶骑士，但两人因为从未上过战场，从未经历过战争，都没能获得战争之证，以至于距离圣阶一步之遥。

夏洛特心头微震，他早就使出了人族大哲普罗泰戈拉的秘法，催动左腿的轻捷术符文，涌出四股血腥荣耀，并注入了其余四处的血腥旋涡，使速度提升了四成，已经再没可能继续提高了。

夏洛特虽然修炼出四种血腥符文，仗着洞察、血焰气、轻捷术、天使之刺，拥有了媲美中阶超凡的战力，但跟真正的高阶超凡决斗，还是差了好多。

哈里特使用纯粹的斗气，夏洛特还能仗着轻捷术和天使之刺与之周旋，对方催动了八大骑士之证的战争之证，夏洛特哪里会蠢到继续硬拼？

他毫不犹豫地一退再退，进入了马丘比的废墟中。

哈里特的光辉斗气也产生了变化，隐隐笼罩了一层血气，大踏步紧追，他绝不认为夏洛特可以在自己的手底下逃掉。

哈里特一把军刀使得气象万千，大开大合，夏洛特且战且走，偶尔借助血焰气催动炼金手杖隔空遥击，战斗极快地转移到了马丘比深处。

奥布里条顿·亚特伍德和薇妮·亚尔赛奴作为见证人，一起抬脚狂奔，要跟上两人。

希尔薇也想跟上他们，但她还未修炼出斗气，没有斗气加速，如何能跟上四位超凡？

尤其是这四人里，有三位高阶超凡。夏洛特虽然不是高阶超凡，但有了轻捷术和普罗泰戈拉秘法，速度不输给寻常高阶。

很快希尔薇·马丁就失去了所有人的身影，少女又奔跑了一会儿，发

现自己居然迷路了，这才微微感到害怕。

她大叫了几声，又担心惊扰到夏洛特，不敢再叫嚷，在附近寻找了一遍，却发现每一条道路都是那么陌生，完全不是来时的路，甚至很快就连方向都无法确定了。

奥布里条顿·亚特伍德和薇妮·亚尔赛奴比希尔薇好一点，但也没撑多久就失去了两人的身影，甚至他们也很快互相失散了。

奥布里条顿·亚特伍德是有经验的老侦探，他在只剩下自己一个人的时候，猛然反应了过来，伸手一拍地面，借助斗气余波，感知到了所处环境，露出骇然之色，叫道："是迷宫！

"这里怎么会生成迷宫？

"就算马丘比要塞被什么厉害的魔物侵占，也不可能在这么短的时间形成这么完整的迷宫啊？"

奥布里条顿·亚特伍德能够组建烈马社，是极有决断之人，毫不犹豫地转身狂奔，虽然眼前的道路变化莫测，但奥布里条顿·亚特伍德对付迷宫颇有经验，半个小时之后，他终于逃出了马丘比。

奥布里条顿·亚特伍德冲出了马丘比要塞之后，回头望去，心有余悸，眼神里露出了深深的忌惮。

薇妮·亚尔赛奴也很快感觉到不对，她可比同行轻松自如，这是猫精灵魔法的专长领域。她施展了变猫术，化身为一只以敏捷著称的沙漠猫，一跃上了附近的建筑，很快就消失在这座迷宫之中。

夏洛特要全神贯注地跟哈里特战斗，无暇分心操纵迷宫，虽然让奥布里条顿·亚特伍德逃了出去，心头有些遗憾，但也没法做更多了。

哈里特施展战争之证，背后隐隐舒卷的血色军旗，有削弱敌人、增幅自身的功用，被血色浸染的光辉斗气，带有一股摄人心神的怪异。

夏洛特的炼金手杖每次跟对手的军刀交拼，他体内的血腥荣耀就会开始沸腾，惊悸不安，有一种烦恶感。

他再度跟哈里特交手数招，长吸了一口气，身子一转，消失不见。

哈里特·阿尔瓦在军队里磨炼多年，经历过数十场战斗，内心强大无匹。不管夏洛特有什么花招，他都相信自己可以凭仗手中军刀一一劈开。

他军刀所向，背后的血色军旗漫卷，化为一道波纹散开，果然立刻就找到了“目标”。

哈里特一个突刺，跟一柄刺剑狠狠地硬拼了一记，然后被一股强大的能量反震了回来，他微微惊讶，叫道：“夏洛特！你居然还隐藏了实力？”

他军刀反手劈下，大喝道：“纵然你还有没拿出来的本事，此战也死定了。”

一柄刺剑荡出，随即展开了反击，剑术辛辣凶狠，血能雄厚，完全不惧战争之证的异象，出手之人正是雷奥勋爵。

雷奥勋爵也不知道哈里特是什么人，但反正都是法尔斯人，杀了也就是了，没必要问得太仔细。

哈里特这才看清楚，出手的人不是夏洛特，而是一个拜罗恩贵族。他心头一转，猜到了“真相”，叫道：“夏洛特！你是真厚颜无耻，居然勾结拜罗恩人，做了吸血鬼的走狗！”

夏洛特催动血腥荣耀，压下了被战争之证干扰的厌恶感，大喝道：“我的真名叫作钱南，本来就是拜罗恩人。你能死在亚瑟皇族的手下，真是几世修来的福分。”

哈里特大骂夏洛特无耻，夏洛特却没怎么搭理他，取出了反空间远程步枪，上好了破魔轰甲弹。

哈里特毕竟是高阶超凡骑士，心头警铃大作，匆忙一偏身，一道火光擦身而过，射在了地面上，炸出了一个深坑。

雷奥勋爵趁机快攻了数剑，杀得哈里特左支右绌，汗流浃背。

两人都是高阶超凡，雷奥勋爵剑术了得，精通亚瑟家族的诡奇秘法；哈里特久在军队，一身光辉斗气凝实刚烈，一手刀法凌厉无比。两人本来也算是棋逢对手，将遇良才，但有夏洛特在旁窥视，还持有反空间远程步枪这样的大杀器，哈里特就全然落了下风。

雷奥勋爵很有信心，二十招内可以击杀这名人类强者。

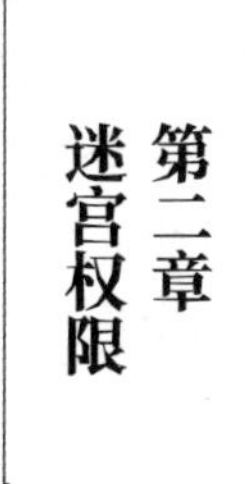

第二章 迷宫权限

夏洛特枪法寻常，射过一枪之后，就再也没找到机会打出第二发破魔轰甲弹。

他本来还想耐心等候，但怀中的日记本微微一震，一股意念入脑。

“可给 NPC 雷奥勋爵发布如下任务：杀死哈里特·阿尔瓦。奖励其获得更多迷宫权限。”

“NPC 雷奥勋爵可发布如下任务：解救我离开迷宫。奖励：传授血族真言术。”

“可给 NPC 哈里特·阿尔瓦发布如下任务：杀死雷奥勋爵。奖励其获得更多迷宫权限。”

“NPC 哈里特·阿尔瓦可发布如下任务：协助我杀死夏洛特·梅克伦。奖励：一些微不足道的友谊。”

夏洛特细细感悟了一会儿，他这才明白迷宫 NPC 究竟有什么特质？

他作为马丘比迷宫的主人，可以给 NPC 发布任务，而所有进入迷宫的人，也可以从 NPC 身上领取任务，并获得奖励。

马丘比迷宫化之后会呈现出这种游戏风，并不是迷宫邪神阿格米拉司的问题，也不是迷宫本身的问题，而是夏洛特这个主人的问题。

迷宫形成之后，会按照主人的心念，形成独属的风格和特色。

若是真正的夏洛特·梅克伦，马丘比迷宫必然呈现一股古老的气质，跟旧大陆的文化氛围相匹配，但现在的夏洛特的记忆中，跟迷宫最为吻合的世界结构，就是那些内容详尽丰富的游戏了。

所以马丘比迷宫化之后，应夏洛特的记忆，进行了粗糙的游戏化，出现了NPC这样不伦不类的东西，甚至还有“NPC哈里特·阿尔瓦可发布如下任务：协助我杀死夏洛特·梅克伦。奖励：一些微不足道的友谊”这样的奇葩逻辑，但它毕竟是邪神之力所化，核心并非游戏，夏洛特一时间还无法彻底掌握，只能慢慢探索。

夏洛特当然不会给两个NPC发布任务，让他们获得更多迷宫权限，属实是“倒持太阿，授人以柄”，他更不可能协助哈里特杀死自己，那就是纯粹有病了，唯一值得做的事，也就是解救雷奥勋爵离开迷宫。

吸血鬼三十七氏族，每一族的秘法都不同，而且都有一门根本秘法，各氏族的秘法都是从根本秘法衍生出来的。比如阿西洛氏的根本秘法是天使之刺，亚度尼斯氏血族的根本秘法是血焰气。

亚瑟家族的根本秘法，就是血族真言术。

身为三皇族之一，亚瑟家族号称血族第一法师家族，血族真言术秘法无数，奥妙无穷，凭此秘法，亚瑟家族历代都有圣阶。

普罗泰戈拉所创的十三奇技，并无血族真言术，夏洛特对此秘法还真有些渴望。

雷奥勋爵和哈里特此时已经战斗至炽烈状态。两人谁都不知道，他们为什么会打起来，但两人都觉得这不是个事，杀了对方才是正经。

毕竟两人分属不同国家，法尔斯和拜罗恩，人类和吸血鬼，有太多的理由拼个你死我活。

哈里特时时刻刻都要提防夏洛特的偷袭，每一刀斩出，都要留三分余力，越来越落于下风。他知道这么战斗下去，自己必输无疑，必须找出隐藏在暗处的夏洛特，将之杀了，才能全神贯注对付雷奥勋爵，当即低吼一声，开启了另外一种骑士之证——荣耀之证！

血色军旗之外，哈里特的背后隐隐又浮现出一尊虚像，是法尔斯帝国象征军神的萨罗塞斯·罗宾！

萨罗塞斯·罗宾是法尔斯开国大公之一，辅佐阿克瑟王从一介平民登上国王宝座，以忠诚和勇猛闻名于世。

这位罗宾家族的祖先，亦代表了军人的荣耀！

两大骑士之证并出，哈里特背后的血色军旗翻卷，发出了一道波纹，蔓延开去，军刀连斩，变得更加勇猛。

连续发出了三道血色波纹，哈里特还是没能找到夏洛特的踪影，不由得微微焦急。

雷奥勋爵战斗良久，也大略摸清楚了哈里特的底细，毕竟光辉斗气在旧大陆是非常流行的超凡道路，虽然因为与吸血鬼氏族力量相克，拜罗恩帝国不欢迎光辉信徒，但也不至于一无所知。

哈里特焦急之余，难免露出破绽，雷奥勋爵长啸一声，手中的刺剑化为骑士长枪，身体的影子中亦同时跃出两道身影，正是与他一同被困在迷宫的两位仆人。

山伦士的长矛，乃是亚瑟一族的著名武器，化为骑士长枪状态，才是威力全开的时候。雷奥勋爵骑士长枪在手，全身血能暴涨，再度提升了一阶，长枪化为漫天光影，封住了哈里特的每一道反击路线。

哈里特也没想到，这位血族勋爵居然还有如此手段。他在战场上没遭遇过血族高层，并无应对的经验，奋力抵挡雷奥勋爵的骑士长枪，却再也顾不上雷奥的两名仆从的偷袭。

两道精芒闪过，他的后背和肋下就被划出了两道深深的伤痕。

哈里特此时已经知道，大势已去，拼着挨了雷奥勋爵骑士长枪的一记横扫，喷了一口鲜血，毫不犹豫地向马丘比要塞外面逃去。

雷奥勋爵哪里允许猎物逃走？

他轻叱一声，快步追击，两名仆从左右伴随，如影子一般。

哈里特拼命狂奔了半个小时，这才发现，找不到出去的路了。

他心头大骇，还想仗着军中的经验寻找出路，却哪里想得到，这是夏洛特在挪移迷宫，改换道路。

雷奥勋爵在迷宫已经待了好久好久，早就知道这个鬼要塞走不出去，也不急躁，慢慢地跟在哈里特身后，反手从衣领处抽出了一把反空间远程步枪。

他跟夏洛特说，带了两把反空间远程步枪过来，并非撒谎。

雷奥勋爵的射术，可比夏洛特强多了，纵然在快速奔跑，仍旧稳稳打出一枪。

哈里特在战场上磨炼出来的警觉让他一个翻滚躲入了一栋建筑后面，让这一枪落了空。

夏洛特也取出了一把银犀，反空间远程步枪火力虽然猛，但远不如银犀使用起来灵活方便。他对这把超凡短枪还是挺有兴趣的，只可惜手上的两把，一把要归还，一把不能见光。

夏洛特开启了洞察，锁定了躲在一栋建筑后的哈里特，准备扣动扳机的时候，忽然有些可惜。他上次用反空间远程步枪射杀了一名刺客，根本没有机会汲取其生命力。

“哈里特可是高阶超凡，若是能够吞噬其精血，甚至有可能直接突破至中阶！我还有邪神的威胁，三个月后，兽人刺客联盟还会继续派出新的杀手，必须抓紧一切机会提升。”

夏洛特犹豫了一下，决定冒险。

马丘比是他的迷宫，这里已经是他的主场了，再没有比这更好的机会。

雷奥勋爵丝毫不吝啬弹药，连开了十多枪，把哈里特逼得像耗子一样四处逃窜。

夏洛特手持血蔷薇，选择了一处墙角，凝神催动了迷宫，然后倾尽全力，一剑刺出。

哈里特刚好躲避雷奥勋爵的射击，一个鱼跃加几个连续翻滚，刚刚躲到一处墙角，就有一把刺剑刺向了他的心窝要害，似乎预判了他的动作。

夏洛特是先出手，然后才催动了迷宫。

哈里特虽然拼尽全力，催动护身的斗气，但这一剑仍旧毫无滞碍地刺穿了光辉斗气，穿胸而过。

夏洛特的这一剑，放弃了轻捷术，催动了天使之刺的符文，灌注血腥荣耀到其余四处血腥旋涡，让天使之刺的威力增加了四成，血蔷薇又是罕有的超凡武器，种种条件汇聚，才能一招奏效。

哈里特奋力一脚踹出，但夏洛特早就撤开刺剑，从容跳开。

哈里特伸手想要抓住血蔷薇，拔出这把刺剑的时候，它剑柄上红光一闪，自动脱离，飞入了黑暗之中。

是夏洛特操纵血焰气，收回了血蔷薇。

哈里特想要寻找夏洛特，击杀这名可恶的敌人。

雷奥勋爵又调整好了角度，朝他开了一枪。

哈里特虽然躲闪过去，却被一枚弹片擦过了小腹，顿时血流如注。

夏洛特深深地吸了一口气，掷出了吸血手斧。

哈里特毕竟是高阶超凡，十四阶的光辉骑士，间不容发的瞬间，伸手一抄，居然握住了飞速斩来的手斧，但随即就小腹一痛——一把刺剑从地下刺出，贯穿了他的小腹。

哈里特忍痛奋力一踏，光辉斗气轰透地面，但泥土下面已经什么都没有了。

夏洛特把马丘比要塞的一条运输兵力的地下甬道挪移了过来，刺出这一剑后，就让运兵甬道归复原位。哈里特这一击，只是单纯轰击泥土罢了。

连续得手了两次，夏洛特虽然只汲取到了很少一部分生命力，但血腥荣耀微微沸腾，他稍稍调整姿势，准备下一次突袭。

雷奥勋爵跃上了附近的一栋建筑，冲着他比了一个手势。

夏洛特犹豫了一下，靠近了过去。

“勋爵大人，我完成了任务，击杀了斐迪南大公。本来想回帝国，但遇到了几个同僚，都说没见到您，猜测您可能有点麻烦，所以回来寻找了一次，遇到了几个我临时收的血仆，才知道您也被困在了这里。

“这段时日，我一直在附近徘徊，寻找解救您的方法。不久前遇到了附近一位隐士，他指点我说：需要找来一名高阶超凡，送入迷宫，才能把您给置换出来。我用尽了各种手段，这才把这位法尔斯帝国高级军官骗了过来。”

雷奥勋爵微微一喜，他在这个鬼地方待够了，不过身为大贵族，他还是矜持地摆手，说道：“我叫你过来，不是询问这件事。

“我知道你盯上了那位高阶超凡的浓烈生命和一身精血，但我要提醒你，我们血族虽然可以汲取敌人的生命力，用于提升自身的超凡等级，却不能完全依赖这种模式。

“高阶血族更看重血能的精纯，无节制地疯狂吞噬生命力，容易堕落成怪物，所以我们不会随意吞噬超凡等级低于自己的猎物，只是偶尔补充一点。

“你还是低阶血族，倒是问题不大，但你应该也到了需要凝聚血核，晋升男爵的关键时刻。

“我个人建议，不要把这位法尔斯的高阶超凡的一身生命精华用来提升等级，而是用来尝试凝聚血核！

“告诉你个秘密，血族越早凝聚血核，寿命就越长，也能有更多时间保持青春。”

夏洛特微微惊讶，普罗泰戈拉密卷里可没有凝聚血核的秘法，这位人族大哲虽然也算高寿，但仍旧如普通人类一样老死了。

雷奥勋爵见到夏洛特脸上的表情，忍不住惊讶问道：“你难道没学亚度尼斯氏的血族秘法？”

夏洛特深深吸了一口气，低声说：“抱歉，我是非规后代！”

众所周知，吸血鬼没有繁衍能力，只能通过秘术仪轨或者初拥来转化新的吸血鬼。

拜罗恩帝国立国之初，认为血族高贵，并不鼓励血族去发展新的成员，严厉打击肆意制造后代，所有的血族必须通过“审核”，拿到“初拥证”，才能按照规定数目发展“后裔”。

不管是秘术仪轨，还是初拥，都是效率十分低下的方式，这就导致拜罗恩帝国血族的人口一直都不多，目前三十一氏族总人口也不超过两万，甚至不到总人口千分之一的基准线。

尽管拜罗恩帝国在发展后裔上规矩十分严格，但仍有血族在没获得“初拥证”的情况下发展后代，这种后代就被称作“非规后代”。

这些血族的非规后代，严格来说，根本不应存在，更没有资格学习本氏族的秘法。虽然各氏族的长老对非规后代的审核并不严格，但这些非规后代非常受歧视，大多数得不到本氏族的正宗传承。

雷奥勋爵“哦”了一声，淡淡说道：“怪不得你在我面前，始终尝试隐藏超凡等级。”

夏洛特讪讪一笑，他隐藏超凡等级可不是因为这个，不过他也肯定不会解释。

雷奥勋爵随手扔出了一本书，说道：“虽然你无法修炼我们亚瑟氏的《吸血密卷》，但里头凝聚血核的秘法仍然可供参考，跟血族凝聚血核的

秘法差不多。”

雷奥勋爵淡淡说道：“虽然使用我们亚瑟氏的秘法，你凝聚的血核可能有点问题，对未来的成长不利，但你应该也不会在乎。”

夏洛特露出惊喜之色，说道：“我能够凝聚血核，已经是侥天之幸了，何敢奢望更多！勋爵大人的恩德，钱南终其一生都不会忘记。”

雷奥勋爵摆了摆手，说道：“按照帝国法律，你是没有资格翻阅《吸血密卷》的，我也就是爱惜人才，才借你一阅。不过此事，你永远不可说出去，不然我一定会亲手杀了你。”

夏洛特频频点头，心道：果然，按照我心念幻化的迷宫，底子里仍旧是古典迷宫，并没有真正的游戏化，NPC 也不是真正的 NPC。我只是说起要把雷奥勋爵救出去，还没真正执行，他就把亚瑟氏《吸血密卷》交给我了？

至于雷奥勋爵说：“使用亚瑟氏的秘法凝聚的血核可能有点问题，对未来的成长不利……”

夏洛特是真不在乎，他又不是吸血鬼。

血腥荣耀之所以能够压制吸血鬼，助普罗泰戈拉凭其单枪匹马屠杀了数以千计的血族，把血族三十七氏族灭绝了六支，是有其不凡之处的！

比如利用血腥旋涡提升秘法威力，比如能兼修十三族秘法，比如修炼血宴冥想术……

雷奥勋爵给的《吸血密卷》，夏洛特是不打算还了，反正雷奥勋爵也无法离开马丘比，即使他拿回密卷也没啥用了。

夏洛特把《吸血密卷》揣入怀里，一转身没入了废墟深处，雷奥勋爵又抬起了反空间远程步枪，继续开始战斗。

哈里特身上负伤多处，在雷奥勋爵的追击下，本来就岌岌可危，又被夏洛特盯上，他自知已经没有活下去的希望，忽然高声喊道：“我是哈里特·阿尔瓦！

“奥布里条顿·亚特伍德先生，薇妮·亚尔赛奴女士，如果你们能够听到，请帮我传递消息给帝国，拜罗恩有大阴谋，夏洛特是拜罗恩人……

“夏洛特他是个吸血鬼。”

他反复高声喊叫，声音在马丘比的废墟中回荡。

奥布里条顿·亚特伍德早就逃出了马丘比，自然不会听到他的喊叫。

薇妮·亚尔赛奴却听到了哈里特的声音，她微微一愣，不太明白这位决斗者为什么要陷害夏洛特。

薇妮·亚尔赛奴知道“夏洛特的底细”，毕竟夏洛特的“表妹”就在她的侦探社，而且夏洛特和希尔薇都是标准帝国教育体系下培养出来的人才，不可能是拜罗恩人。

尤其是，她知道夏洛特修的是血腥荣耀，修炼血腥荣耀的人绝无可能是吸血鬼。

希尔薇·马丁也听到了这些话，她比薇妮·亚尔赛奴更不相信夏洛特是吸血鬼，她可认识夏洛特的家人，也知道这家伙从小到大都是什么样。

虽然夏洛特最近有些古怪，尤其是实力提升得太快了，但希尔薇·马丁宁可相信这位前未婚夫曾召唤邪神，也不会相信他是吸血鬼。

夏洛特微微一笑，毫不在意这种“污蔑”，毕竟这里是马丘比要塞，这个地方是真正的“叫破喉咙都没人能救你”。

达成默契之后，雷奥勋爵的枪法就变得不那么精准了，经常向三点方向射击，逼迫哈里特去往某个角落，主动给夏洛特“送菜”。

夏洛特抓住了机会，又重创了哈里特一次。

哈里特逼退了夏洛特之后，忽然就再也不躲藏了，将军刀拄在地上，大喝道：“你们这群吸血鬼，不就是觊觎我的生命力吗？

“我偏偏不会如你们所愿！

“奥布里条顿·亚特伍德先生，薇妮·亚尔赛奴女士，请一定帮我传递消息给帝国！夏洛特是拜罗恩的奸细，他是一个吸血鬼……”

大喝声中，哈里特猛然一刀抹向了自己的脖子。

夏洛特远远地把血蔷薇投掷了出去，同时贯穿了这位帝国军人的身躯。

几分钟后，夏洛特从身体已经变得枯朽的哈里特身上抽出了自己的佩剑，同时也捡起了对方的军刀，默默行了一个帝国礼。

对方是个合格的军人，在生命的最后一刻，希望把拜罗恩人的情报传递回法尔斯。

虽然夏洛特决不能允许对方活着回斯特拉斯堡，但这并不会影响他对这位战斗到最后一刻的帝国军人的尊敬。

雷奥勋爵的视线里忽然就不见了刚才跟自己战斗的敌人，也看不到“忠诚的钱南”，这个迷宫的道路变得清晰起来。

他大喜过望，身躯高高一跃，化为无数只小蝙蝠，这一次再也没有任何阻碍，他冲破了某种无形的屏障，越飞越高，直入云端。

不像前几次，他施展血蝠术腾空，却始终无法飞高。

飞出了好远，雷奥勋爵才想起来自己的两个仆从以及“忠诚的钱南”都还在那座要命的迷宫里，但他没有半点犹豫，让小蝙蝠们加速飞行，同时在心里默默说道：“你们的牺牲是有价值的。我回去后，会把你们的功劳禀报军部，绝对不会让任何人抹杀你们的功劳。”

从始至终，这位血族勋爵都没想过回去救人。

夏洛特目送雷奥勋爵飞走，展开了手里的亚瑟氏《吸血密卷》，他犹豫了一会儿，又把《吸血密卷》合上了。

雷奥勋爵说得对，真正的吸血鬼的确应该考虑凝聚血核，为晋升男爵做准备，但他不是血族，两大邪神随时可能降临，他还要面对兽人刺客联盟的第三波刺杀，他需要快速提升实力。

夏洛特催动了血腥荣耀，缓缓消化吞吸来的生命力，并且选择把这一次的收获尽数投入突破“燃焰之手”。

《吸血密卷Ⅱ亖》共计十七页，记录了十七种亚度尼斯氏血族秘法，他若是不能在限定时间内娴熟地掌握亚度尼斯密卷，将会失去作者的身份，并被重新降临的血族邪神卡恩司坦取走灵魂。

虽然邪神降临的时间一再延迟，但仍旧不足七十天了。比较起来，凝聚血核并不急迫，也不必须。

一只只血焰构成的大手，漫天飞舞，不断做出种种手势。

夏洛特的脸上全是欣喜之意，哈里特不愧是高阶超凡，生命力特别雄厚，居然能凝练出七只燃焰之手。

燃焰之手在亚度尼斯氏《吸血密卷Ⅱ亖》第三页，并不算什么高深秘法，但每凝练一只燃焰之手，往往需要一两年的时光才能凝练出下一只燃焰之手。

普通血族修炼第一只燃焰之手需要三到五年，修炼出第二只燃焰之手就需要五年以上，所以大多数亚度尼斯氏吸血鬼，修炼了一只燃焰之手后，并不会继续钻研此一秘法，而是继续向上突破。

年轻的高阶亚度尼斯氏吸血鬼，往往也只会拥有三五只燃焰之手，对他们来说这已经很够用了。除非是极老的吸血鬼，漫长的岁月无所事事，才会凝练更多的燃焰之手。

夏洛特不是吸血鬼，普罗泰戈拉密卷里也不会提及这些细节，毕竟大多数人会觉察到修炼这东西太耗时间，所以会自动停下来，选择突破更高的等级。他吞了一位高阶骑士的生命精华，对他修炼这门秘法如虎添翼。夏洛特一口气凝练出七只燃焰之手才后知后觉，自己好像整过头了。

夏洛特一个念头之下，一只燃焰之手五指轮转，突然多了一把火克威尔·银犀，这把超凡炼金短枪枪口上下左右，连续指向了七个方向，如臂使指，跟真正的手持一般无二。

另外一只燃焰之手，则飞出了一把魔法刺剑血蔷薇，剑刃如雪，翩翩翻飞，把阿西洛氏的剑术使得出神入化，比手持时的变化还要诡异三分。

夏洛特暗暗忖道：这岂不是传说中的三头六臂？我还多一只手呢！多那两个脑袋似乎没什么用，没有也罢。

他玩够了，打了一个响指，七只燃烧血焰的大手渐渐缩小，飞入了他的身边，消失不见。

夏洛特随手摸了一下日记本，脑海里传来意念，血族邪神卡恩司坦降临的时间又推后了十八天。

“《吸血密卷Ⅱ三》第四页是炎炽烈鸣弹，是一种徒手发射灵能子弹的异能，也能将其压入超凡枪械，比徒手发射威力要大许多。以我的血能雄厚程度，修炼此秘法有成大概不难，估计最多一两个月。”

“但是，我并不缺乏远程攻击的手段，还是先把灵蛛术修炼成功，再考虑炎炽烈鸣弹吧！修成灵蛛术应该用不到两周！”

夏洛特拍了拍因为战斗沾到身上的泥土，扭转迷宫，一步就走到了希尔薇·马丁的身边。

希尔薇可没想到他会出现，将手里一直握着的匕首奋力刺了出去。亏得夏洛特也是个五阶超凡了，又有轻捷术傍身，身子一晃就躲过了这一击，微笑说道：“不要紧张，希尔薇表妹。”

希尔薇见到是他，小嘴轻轻呼吸，吐出了一口空气，放松了下来，没

好气地说道：“不要叫我表妹。”

夏洛特耸了耸肩膀，说道：“只怕，从今往后，你都要是我的表妹了。

“除非，我们以后再不联络。

“虽然我想你无所谓，但我和薇妮的业务可能会挺多，你也不会离开猫侦探社了，还是尝试接受这个身份吧。”

希尔薇撇了撇小嘴，说道：“也行吧！总比另外一个身份让我容易接受点。”

夏洛特并不知道希尔薇为什么讨厌自己。

就算那位真正的夏洛特·梅克伦也不知道，他衣衫不整在街上狂奔，被人追杀的丑陋模样，曾被这位前未婚妻小姐看到。

他也不是很在乎这件事。希尔薇对一位一级文书来说，还算是一个挺好的结婚对象，两家门当户对，双方的父母还是朋友，希尔薇绝对算是个小美女，又是国家学院毕业生，性格品德均无可挑剔。

但对一位三十四等四级文书长来说，这门婚姻就很一般了。希尔薇对他的事业毫无帮助，最多只能做个贤内助，但偏偏这位小姐并不甘心回归家庭，更喜欢出来工作，也就是说她拒绝扮演贤内助这个角色。

夏洛特是个传统的人，如果希尔薇不主动拒绝这门婚事，他会非常头疼，现在的情况，却让他轻松得多。

夏洛特莞尔一笑，带上希尔薇，很快就找到了薇妮·亚尔赛奴。虽然这位猫精灵侦探化身为沙漠猫，躲藏得很好，还找到了几条密道，但夏洛特身为迷宫的主人，找到她还是轻而易举。

薇妮·亚尔赛奴看到夏洛特带着希尔薇出现在面前，忍不住惊讶地“喵喵”叫了两声，发现对方听不懂，这才就地一个翻滚，恢复了人类的模样。

薇妮问道：“你杀了哈里特？你真的是个吸血鬼吗？”

夏洛特取出了血蔷薇，伸手在剑刃上轻轻一抹，给这位女侦探展示了一下手掌，剑刃划过的地方，有鲜血微微渗透出来，他当然不会给自己开个大伤口，只是稍微划破点皮，意思一下。

薇妮·亚尔赛奴本来就不相信这事，见到他手上的伤口，就更不相信了。

吸血鬼没有血液，他们就算被划破伤口，也只会泄出雾状血能，而不是流出鲜血。

希尔薇扯过了夏洛特的手，看了一眼，又放开，伤口太浅了，根本没有包扎的必要。

夏洛特打了个手势，示意薇妮·亚尔赛奴跟上自己，他带着两位女士，很快就离开了马丘比。

当两位女士回头望向这座要塞废墟的时候，都有些感慨。

她们并没有感受到这座迷宫的恐怖，只是没想到哈里特这样的高阶超凡，却陨落在了这里。两人都没有问夏洛特怎么击杀了哈里特。

薇妮觉得夏洛特藏有无数秘密，这只是其中一个，作为侦探，探索秘密是无上乐趣，直接询问可就无趣了。

希尔薇是懒得问，反正只要夏洛特还活着，管他是怎么活下来的呢？她并不想太过关心这位前未婚夫。

南茜夫人一直等候在马丘比外。

夏洛特正要登上马车，就看到奥布里条顿·亚特伍德下了马车，这位烈马侦探社的社长居然一直都没离开。

夏洛特耸了耸肩，说道："抱歉，我没能带回哈里特先生的尸体，这座要塞废墟有些古怪的东西。"

奥布里条顿·亚特伍德深深地望了夏洛特一眼，问道："你选择这里，是因为跟某一头魔物签订了契约吗？"

这是最合理的解释！

夏洛特没有反驳，也没有承认，只是微微一躬身，把哈里特的军刀递给了奥布里条顿·亚特伍德，说道："这是哈里特先生的遗物，请您还给他的家人。虽然我亦不想出现这种悲剧，但我无能为力。"

说完这句话，夏洛特上了马车，在两位女士都坐稳之后，打开了通话的铜管，说道："南茜夫人！回斯特拉斯堡。"

奥布里条顿·亚特伍德站在马丘比要塞的废墟前，目送夏洛特乘坐的马车驶远，沉吟良久才上了马车。

他越发看不透夏洛特·梅克伦了。如果时光能够倒流，奥布里条顿·亚特伍德绝不会接下马格鲁·特勒的那份订单。

因为区区几个埃居的利润，他不仅损失了八位侦探，其中还包括了三

位超凡，更损失了哈里特这样的军中人脉。哈里特如此年轻就晋升高阶超凡，日后前途不可限量，必然会成为烈马侦探社的有力臂助。

除此之外，还需要面对兽人刺客联盟的责问。

兽人刺客联盟的确会不断派出刺客追击目标，但这种让他们损失人手的单子，他们也会追加费用。雇主如果无法支付追加的费用，也会被列入些杀手的刺杀名单中。

兽人们从来不是善男信女。麻烦可太多了。

回到了斯特拉斯堡，夏洛特先把薇妮·亚尔赛奴和希尔薇·马丁送回了阿尔卡特拉斯区马迪乐大街 22 号。

然后才让南茜夫人驱车赶回爱丽舍田园大街 58 号。

他下了马车，感觉气氛有些不对。

这栋平时只有他一个人，最多也不过算上南茜夫人和三只伶俐猫的房子，门前居然停了三辆马车，其中两辆马车上有布列塔尼家族的徽章，另外一辆是军用马车。

夏洛特让南茜夫人把马车赶去马厩，自己踏入了一楼大厅，大厅里有三个人。

其中一个自然是安妮，另外一个人是她的堂兄克雷尔·布列塔尼，最后一位居然是那位圣·凯伦嬷嬷！

夏洛特压住了心头的震撼，微微一笑，说道："没想到会有这么多客人，寒舍真是蓬荜生辉。"

克雷尔笑道："我有军务在身，能逗留的时间不多，请允许我长话短说。第一件事，我要为不能替您决斗道歉。

"尽管军队调动非我所能抗拒，但我应该提前安排其他朋友帮忙，这是我的疏忽。

"好在您安全归来，我也松了一口气。

"我克雷尔·布列塔尼愿意终生为夏洛特·梅克伦的朋友，在任何事情上都站在您的一边。"

克雷尔摆了摆手，阻止了夏洛特说话，继续说道："第二件事，就是我想问一声夏洛特先生，您是真的想要娶我堂妹安妮·布列塔尼为妻子，并愿意为之做出努力吗？”

安妮一脸惶急，一双小手紧紧地抓住了裙子，却不敢说话，脸上满是患得患失的神情。

夏洛特伸手抚胸，笑道：“我在谢菲尔德大学的一位老师曾说过：生命诚可贵，爱情价更高！

“我愿意为安妮做任何事，赴汤蹈火，在所不辞。”

克雷尔露出了笑容，安妮也明显松了一口气。

这位帝国军中精英说道：“夏洛特先生，恕我直言，四阶超凡不够资格娶布列塔尼家族的小姐。

“您修炼的是血腥荣耀，若是在和平年代，全无机会把此一门秘法修炼到高阶。

“修炼血腥荣耀，必须屠戮生命，而且还不能是低级的生命。而在帝国，杀人犯法，想要击杀超凡，获取其生命力，更是不能为帝国的法律和各大家族所容。

“但现在你有机会了。拜罗恩已经向您的家乡贝希摩斯公国宣战。

“最多一周内，法尔斯也会向拜罗恩那群吸血鬼宣战。

“我虽然尚不能代表布列塔尼家族，但我个人愿意帮您，在这件事上站在您这一边。只是，现在需要您上战场。”

夏洛特吸了一口凉气，说道：“我还是个文职。”

他大概明白了，克雷尔的来意。

这位堂哥还是真的挺支持他和安妮恋爱的，所以才会怂恿他上前线。

只有在前线战场，才有生命力浓烈的高阶超凡，他们可以让夏洛特的血腥荣耀飞速增长。只有成为高阶超凡，夏洛特和安妮才有可能在一起，而且战场上也是最容易建功立业的地方，可以让他很快晋升。

当然，纯粹的立功并不一定能晋升，可有了克雷尔的帮忙，绝对没人会抢夺夏洛特的功劳。

克雷尔淡淡地答道：“文职也可以上战场，转为军职也并不算什么麻烦事。”

夏洛特看了一眼安妮，断然答道：“我愿意为了安妮小姐，为了帝国，为了人类的和平，去战场上走一趟。”

克雷尔点了点头，说道：“我的话说完了，我回斯特拉斯堡是为了催促一批物资，只能停留两个小时，若是你再晚半个小时回来，我们就没机会见面了。

“接下来，就请夏洛特先生努力建功立业吧。”

说完，他匆匆告辞。

房间里少了一个人，夏洛特身上的压力不减反增，若是可以选，他是真不想面对这位圣·凯伦嬷嬷！

凯伦嬷嬷笑了一声，说道：“我过来只是为了说一句话：那把银犀你可以无限期借用，也不用担心损毁、丢失。”

这位嬷嬷伸手一指地面，那里摆着一个红色的小箱子，她温和地说道：“这里是一百二十发破魔轰甲弹！”接着，这位圣·凯伦嬷嬷对安妮说道：“请您务必不要太晚回家。”然后也跟克雷尔一样翩然离开。

凯伦嬷嬷一走，安妮就扑到了夏洛特的怀里，眼泪如珍珠一般落了下来，喃喃说道：“我是个坏女人，我是个自私的女人，我挣扎了好久，但还是……选择了自私。

“梅克伦先生，我知道这句话非常没有道德，但我仍旧想要说——能请您为了我上战场吗？

“我安妮·布列塔尼以家族的名誉发誓，若您不能归来，我将终身不嫁！或者，您也可以拒绝我。”

夏洛特拍了拍安妮的后背，低声说道：“可这亦是我梦寐以求的事情，请允许我不能拒绝这个请求。您也知道，这是一个穷小子唯一能够娶到伯爵女儿的机会。”

安妮扑哧一声笑了出来，但随即又难过得泪眼婆娑。

夏洛特不算是穷小子，但他是商人之子，天然跟贵族们隔了一条鸿沟，若是不能靠个人能力飞黄腾达，纵然赚再多钱财，也不能获得伯爵首肯把女儿下嫁。

夏洛特并不怎么害怕上战场，他有洞察和血焰变形术等异能，生存能力可比普通的超凡强太多了。

而且，他也真的需要一个能快速提升实力的机会。

毕竟他还有邪神降临的危机。

这个提升实力的机会只能是上战场。

安妮走出爱丽舍田园大街 58 号，擦了一把眼泪，上了马车。

马车拐出了爱丽舍田园大街，就有一辆马车在等候，凯伦嬷嬷仪态优雅地走下了马车，说道：“小姐，你赢了跟伯爵大人的赌约。”

安妮却没有特别欢欣，难过地说道：“我觉得自己是个坏女孩。”

“我在逼自己最爱的人上战场，我深深地愧疚和不安。”

凯伦嬷嬷轻笑说道：“小姐，您不需要自责，您没做错什么。

“也不要怪罪伯爵大人。

“纵使伯爵大人也有做不到的事情，他担心自己家里最娇艳的玫瑰会被无心人采摘，不得已才出此下策，做了这些试探。”

安妮低声说道：“他跟我初识，就不顾生命危险，冲入邪神回廊救了我，这种试探根本没有必要。”

凯伦嬷嬷微微一笑，心底暗道：若没有那次的挺身而出，他连这次被试探的机会都不会有。伯爵大人已经派人去贝希摩斯公国调查过这个年轻人了。调查的结果，伯爵大人当天就烧毁了，没有给任何人看，也没有跟任何人提起，就是发了足足一天的脾气。他九次摸向了爱剑，抓起来过两次银犀……伯爵大人应该很想亲手杀了梅克伦先生。我猜，梅克伦先生还是个挺有趣的年轻人呢！应该有不少黑历史。

安妮喃喃自语道：“我从未如此期望过，这场战争打不起来。”

凯伦嬷嬷说道：“每一个帝国都想要扩张，中小国家被帝国裹挟，这场战争已无可避免。小姐也不需要太担心，你父亲不会把他调去危险的部队，毕竟他不像克雷尔先生一样志向远大。伯爵大人这次利用了克雷尔先生，希望他不会生气。”

安妮很想反驳这一句，但细细想起夏洛特平日的所作所为，似乎的确没有什么远大的志向，而且夏洛特这种富商之子，无论如何都比不上克雷尔这样的贵族年轻人，后者拥有的资源太多了。

夏洛特送走了安妮之后，忍不住吹了一声口哨。

他对南茜夫人说道：“请您去一趟猫与四叶草咖啡店，把我的三只小可爱接回来，顺带买几斤牛肉、几斤羊肉、一些猪肉，还有圆葱、生菜，

香料也买一些，再多买两桶麦酒，今天要庆贺一下。”

南茜夫人答应一声，出门而去。

没多久，就有各家店铺的跑腿过来送东西，夏洛特让他们把东西都送到后院。

夏洛特早就弄了一套烧烤工具，只是他本身没那么勤快，而且住在爱丽舍田园大街58号这种繁华的商业街，出门吃饭太方便了，偶尔不想出门，还有南茜夫人提供私厨服务，更是懒得弄了。

虽然三楼的露台风光更好，但弄完烧烤还要收拾，楼上楼下跑来跑去比较麻烦，夏洛特自己不想做，使唤南茜夫人又总觉得不太好，于是将烧烤地址选在了后院。

南茜夫人带了最后一批东西和三只幼猫回来的时候，夏洛特已经削了几十根签子，穿好了各种肉块，撒上了香料和细盐末，在火盆上烤得香气四溢。

三只幼猫见到了主人，立刻从南茜夫人拎的竹篮里跳了出来，“喵喵”乱叫，奔向了夏洛特，在他的裤管上擦来擦去。

夏洛特见到三只幼猫，亦是颇为开心，用通灵术跟它们沟通了一会儿，先给猫崽们准备了吃的，这才招呼南茜夫人道：“一起吃点吧。”

南茜夫人也没客气，接过了烤肉的工作，让夏洛特解放出来。

夏洛特看她熟练的样子，有些惊讶，问道：“南茜夫人，你怎么好像很熟悉烤肉？”

南茜夫人一面烤肉，一面答道：“我有位熟人，她是一位厨娘，跟我一起在以前的主人家做事，特别擅长烤肉，我上一任雇主很喜欢吃烤肉，我经常跟着帮忙，也学了点。”

夏洛特顿时生出兴趣，问道：“那位夫人现在有新工作了吗？”

南茜夫人摇了摇头，说道：“她跟我不一样，并非旧大陆人士，而是新大陆的土著，来自遥远的东方，因为战争被掳掠来法尔斯，不是自由人。雇主本来是答应了，只要服务满五年，就给她签发自由证书，可惜雇主投资新大陆的金矿，血本无归，破产之后，就食言而肥，把她卖掉了。”

夏洛特顿时就沉默了，他知道旧大陆有人口买卖，甚至爱丽舍田园大街就有人口市场，只是并不愿意去多想这些事。

南茜夫人觉得自己似乎说错了话，也沉默下来。

夏洛特举起一串烤肉，笑着活跃了一下气氛，问道：“那位夫人叫什么？”

南茜夫人把一串蘑菇放上火盆，说道：“她的名字太长，我只记住了她的昵称——乌梅子酱夫人。”

夏洛特忍不住一笑，说道：“好有趣的名字，可惜我吃不到这位夫人的手艺了。”

南茜夫人犹豫了一下，低声说道：“其实，我刚才买东西，路过人口市场，碰到了乌梅子酱夫人，她的相貌不好，又比较胖，没有雇主看中，情况很糟糕。”

夏洛特给自己倒了一杯麦酒，喝了一大口，缓缓说道：“南茜夫人，如果你想要帮忙旧同事，就去一趟人口市场把人带过来吧！”

南茜夫人微微一震，连忙起身，说道：“我这就把人带回来，她的手艺真的很棒，保证您满意。”

南茜夫人匆匆离开，夏洛特又变成了一个人，他喝了一杯麦酒，又倒了一杯。来到这个世界这么久，他已经在很努力地适应这个世界，但很多时候仍旧感觉到自己和世界格格不入。

“真想多一些能力，可以改变一个世界啊！”

夏洛特也不是没有过幻想，凭自己的知识和眼光，在这个世界大展拳脚。但他不过是个普通文职，虽然“不择手段”疯狂向上爬，短短时间就混成了一个底层的小权贵，但距离改变世界仍旧有蛮远的距离。

“不知道，布列塔尼家会把我弄去哪里？

“其实，我执掌了卢卡瓦罗区巡城军，若是努力一点，再把卢卡瓦罗区的二十多家帮会都收服，也是蛮大一股势力了。

“再搞一点生意……

“要不开一家药店？也不要真的卖药，以药店的名义卖一些凉茶、花茶、美容膏泥之类的玩意。这个生意好就好在，原料成本低，单品利润高，市场竞争还不大。”

夏洛特吃吃喝喝，很快就有些醉意，脑子里的想法也变得非常凌乱。

南茜夫人带了一个四十多岁、身材较胖的夫人回来，她没有南茜夫人

那么高大健壮，有一股常年劳作的敦厚气质。

跟随她们两人过来的，还有一个人口商人，见到夏洛特就浅笑一声，说道：“这位先生，您是要找一位厨娘吗？

“请允许我介绍一下这位夫人。

“她来自新大陆，出身高贵，因为出生的国家战败，才流落到了法尔斯。是资深专业人士用最严格的体系培养出来的高级厨娘，原本从业于某位男爵家族，兢兢业业，很得原主人欢心……”

夏洛特乜了这个人口商人一眼，打断了对方的喋喋不休，说道：“我是卢卡瓦罗区巡城军总领，明天打算跟皮卡第区这边的巡城军联合执法，扫一扫混乱的人口市场。你有什么意见？”

这个人口商人迅速把“五埃居”的报价吞咽了下去，讪笑道：“您只需要支付成本价即可。”

夏洛特嘟囔道：“明天还是联合执法，狠狠地扫一扫人口市场吧！这群没心肝的，不抓起来几个狠狠地拷打，他们就不知道什么叫尊敬女神。”

南茜夫人和乌梅子酱夫人目瞪口呆地看着，夏洛特就是那么嘟囔几句联合执法什么的，那个人口商人就一面擦汗，一面把乌梅子酱夫人免费送给了夏洛特。

夏洛特也不习惯欺负人，就是看不惯这个世界的一些规则……

虽然已经妥协很多了，但这种事还是妥协不来。

夏洛特知道自己帮不到很多人，他还没能力改变世界，但能帮一个人也是好的。拿到了乌梅子酱夫人的卖身契约，他打算去燕隼大街1号的时候，签发一份自由证书。虽然雇用一位自由人厨娘比使用免费的仆人要支付更多钱，但他宁可多花点钱雇用一位厨娘。

嗯！再把这位夫人也转成巡城军。多发一份帝国薪水，就当是给乌梅子酱夫人的补偿了。

乌梅子酱夫人去洗漱了一番，尤其将双手洗得干干净净，这才过来帮夏洛特烤肉。

不得不说，这位夫人的手艺不错。

夏洛特自从开始修炼，食量就变得非常大，南茜夫人和乌梅子酱夫人没怎么吃东西，他把买来的几十斤食物吃得干干净净，还喝了大半桶的麦酒。

吃饱喝足之后，夏洛特把院子留给两位夫人，自己回到了三楼。

乌梅子酱夫人今天一天都在大街上做“展示”，已经非常疲倦了，刚才忙忙碌碌，其实是强撑着。

夏洛特一走，她就一屁股坐了下来，大口喘着粗气，说道：“南茜，谢谢你。”

南茜夫人低声说道：“这位新主人脾气非常好，除了不喜欢有人去打扰，只有上班后才能去打扫房间，就没什么别的禁忌了。

“还有就是，这里经常会有三位小姐过来，你千万不要在她们面前乱说话。夏洛特先生虽然平时脾气很好，但他同时还是一位超凡，不久前杀了八位侦探，又击杀了两名刺客，还跟人决斗过一场……

“总之，你我都不能承受触怒这位先生的后果。”

南茜倒了一杯麦酒，递给了这位昔日同僚。

乌梅子酱夫人接过酒杯，一口饮尽，说道：“我还真有点饿了，昨天就没吃饱，今天干脆就没吃任何东西。那个可恶的人口商人，还叮嘱我不要乱说话，打算让我配合他，把自己卖一个高价。”

南茜夫人双手灵活地烤了一些剩下的肉、蘑菇、蔬菜，然后递给了乌梅子酱夫人，看着她狼吞虎咽地大口吃掉，温柔地说道：“苦难总会过去，不要再想以前的事了。”

第三章 西风骑士团

夏洛特在三楼的露台上，敲了敲眉心，关闭了洞察，微微一笑，对新来的厨娘颇为期待，又开始了日常的修炼。

他要在最短时间内，把灵蛛术的符文修炼成功。有了灵蛛术，再配合轻捷术使用，就算遇到高阶超凡，他也能且战且走。

旧大陆的超凡体系，从低阶到高阶，是纯粹以能量强弱划分。

很多低阶超凡几乎不掌握特殊异能，甚至很多中阶低段超凡都没有异能。拥有异能的超凡和不曾掌握异能的超凡，几乎是天壤之别。

如夏洛特这样凝聚了四枚血腥符文，拥有洞察、血焰气、轻捷术、天使之刺四种异能的低阶超凡，堪称百中无一。

夏洛特在家里“休整”了三天，才重新开始“勤奋”上班工作。

他到了燕隼大街 1 号，先巡查了一遍。

身为长官，必须熟悉属下，倒不是为了体现他的勤勉，夏洛特是担心有刺客混进来，自己又毫无觉察。

夏洛特敏锐地发现，来上班的人多了起来，已经超过了两百人，他觉得奇怪，回到办公室，把何蒙莎叫了过来。

他答应过帮对方晋升骑士，总不能什么也不做。

夏洛特仔细问了她的修炼情况，如他所预料，何蒙莎很早就“失学”了，并非在国家学院学到正统骑士呼吸法，而是跟一位路过家乡的流浪骑士学的呼吸法。

这门呼吸法并不完整，何蒙莎修炼了七八年，卡在突破力量种子这一关，始终不得寸进。

旧大陆不比地球，地球上文化开放，任何知识都能通过网络以及一些专业学校获得。

法尔斯的四所大学内部倒是有学术交流，但大学之外，就算是国家学院也几乎不对外交流，外人很难学到正统的骑士呼吸法。

夏洛特沉吟了一会儿，说道："你修炼的是炎魔呼吸法，它在南方大陆很流行，但其实这门呼吸法有很大的缺陷。一百多年前，有位教授改进了炎魔呼吸法，并重新命名为'黄金禁炎'！"

"我可以帮你找一份黄金禁炎的教材，等你改正呼吸法之后，我还可以找一位学长，尝试用强行灌输斗气的方式，帮你破开力量种子。"

夏洛特正在尝试给何蒙莎找出一条超凡道路，就听到了敲门声，一个微带爽朗的声线在办公室外响起："梅克伦先生，我可以进去吗？"

这个声音很耳熟，夏洛特急忙说道："请进来吧！"

一个身带英锐之气、五官端庄、别具风情、年纪稍长的美人，走进了他的办公室，正是他的搭档卢卡瓦罗区总巡兼内廷侍卫梅薇思夫人。

这位身份复杂的美人微笑着说道："抱歉，打扰了。"

夏洛特按照礼仪寒暄道："不打扰。"同时打了个手势，让何蒙莎离开。

梅薇思夫人并未多看何蒙莎一眼，待她离开才说道："卢卡瓦罗区的巡城军即将被整编成自由骑士团，随时可能上战场。"

"我还有内廷侍卫的职责，无法跟随骑士团离开，所以会暂时卸任总巡的职务，您的新搭档大概会在几天内到任。"

夏洛特倒是知道帝国的军队制度，法尔斯帝国的军队分为五种，地位从高到低，分别是：隶属于皇帝的皇家骑士团，各大贵族的私人骑士团，地方军队，自由骑士团和雇佣军。

皇家骑士团、各大贵族的私人骑士团和地方军队都是常设军队，自由骑士团属于临时征召部队，战争时期组建，战斗结束后解散，雇佣军属于外包，一般不会支付报酬，也没有薪水，只能拿到帝国颁发的掠私证，可以合法抢劫战争中的敌对国家。

巡城军属于地方军队，一般不允许离开驻地，但遇到战争的时候，因为巡城军本来就是政府的军队序列，不需要额外发一份薪水，就有可能被赋予自由骑士团的番号，拥有奔赴战场的权力。

不光是法尔斯帝国，旧大陆的各国都还挺喜欢整编地方军，将其投入战场做炮灰。

当然，大部分自由骑士团并非地方军队兼职，是纯粹的“临时征召部队”，战争结束后，往往就要面临解散的命运。

顺带一提，大多数侦探社在官方的注册分属是雇佣军，冒险团的官方注册分属也都是雇佣军。帝国里负责侦探社、雇佣军、冒险团注册和管理的机构，就是各地的巡城军。

他微微惊讶，问道：“我的新搭档是谁？”

梅薇思夫人微微一笑，说道：“我也不知道。”

“不过，您更应该关心，成为自由骑士团之后会被派去哪里。”

夏洛特下意识地问道：“我会被派去哪里？”

梅薇思夫人答道：“您是贝希摩斯公国出生，大概率会被派去贝希摩斯公国，跟南瑟拉夫人战斗。”

夏洛特微微皱眉，他还真不想回贝希摩斯公国，他最希望的是跟过去割裂，免得被过去的熟人看出破绽。但他随即想道：我回到贝希摩斯公国，不一定非要跟以前的熟人圈子厮混，只要躲在军队里就好了。

梅薇思夫人说道：“还有一件事，因为要整编为骑士团，也因为可能要派上战场，所以您得到了扩编的权力，卢卡瓦罗区巡城军可以扩编至三千人。还有一件事，帝国会给您补充一批人手，但大多数人需要您自己征召。我这次过来，给您带了一批巡城军和自由骑士团的任免文书。”

梅薇思夫人微笑着，没有任何动作。

夏洛特明白了这位夫人的暗示，说道：“我不会阻拦任何人离开。”

很多人害怕上战场，所以那些吃空饷的人会想方设法调离卢卡瓦罗区巡城军，梅薇思夫人这次过来的主要目的，就是给这部分人说情。

见夏洛特如此知情识趣，梅薇思夫人才微笑说道：“文书太厚重了，都在马车上，待会儿我让马车夫给您送过来。”

夏洛特微笑点头，表示知道了，又跟梅薇思夫人说了一些闲杂的话，这位夫人才从容告辞。不过片刻，她的马车夫就送来了一个大皮箱，里头都是新的任免文书。

自行征兵这件事对旧大陆的军人来说，是一件非常棘手的事情。

毕竟短时间内征兵几千人实在太不容易了。

但对夏洛特来说，这件事又实在太容易了。他总算知道了，为什么今天来上班的人会多起来，他们是来办调职手续的。

夏洛特在办公室坐了一会儿，吩咐南茜夫人备好马车，然后去了自己的前工作单位——基尔迈纳姆监狱。

新任的典狱长叫安东尼，他对忽然来拜访的夏洛特十分热情，两人友好地交谈了一会儿，夏洛特才说出了来意："我的巡城军即将被整编成自由骑士团，但帝国没法给我补充足够的人手，所以我特来请您帮忙！"

安东尼也是个聪明人，微笑说道："抱歉，基尔迈纳姆监狱关押的都是重刑犯。"

夏洛特耸了耸肩，说道："我当然知道基尔迈纳姆监狱的犯人不行。您是基尔迈纳姆监狱的典狱长，应该认识其他监狱的人，不知道能否帮我做个引荐呢？"

夏洛特不知道安东尼的来历，但他百分百可以肯定，这位也是学姐梅尼尔曼的人，不然对方不会认识自己，也不会那么痛快就签署了调职令。

这种人脉怎么可以不利用一下呢？

安东尼典狱长果然犹豫了一下，沉吟了片刻，笑道："如果是从其他监狱给你一批犯人，倒是没有问题。"

"这样吧！明天我会让那些犯人去燕隼大街 1 号报到，具体能有多少人，我也不确定，但肯定会有一千人以上。"

夏洛特大喜，又闲聊了一会儿，临走的时候，故意把十埃居遗忘在座位上，安东尼也没有做出任何提醒，亲自把夏洛特送出了基尔迈纳姆监狱。

夏洛特回到了马车上，他现在总算知道，为什么有权有势的人总能领先别人一步。几天前，克雷尔·布列塔尼就跟他提过："最多一周内，法尔斯会向拜罗恩那群吸血鬼宣战。"

今天梅薇思夫人又把卢卡瓦罗区巡城军即将整编为自由骑士团的消息告诉了他，甚至把文书都带了过来，让他能合法提前征兵。

偏巧夏洛特以前就在基尔迈纳姆监狱上班，新的典狱长又跟他同一个阵营，所以他就能在别人之前，在监狱内弄出来一批犯人，先把自己的骑士团支棱起来。

等法尔斯帝国正式宣战，有人想起来可以从监狱征兵，早就为时已晚。

当然，更高位的人物知道的消息会更多，知道消息的速度也会更快，可他们不会有夏洛特的烦恼，贵族们的军队必然是满编制。

夏洛特在马车上沉思了一会儿，对南茜夫人说道："回去燕隼大街1号。"

安东尼虽然答应了会帮他运作一批犯人，但一来数量未必够，二来兵员的素质堪忧，他还需要再找一批新兵。

回到燕隼大街1号，夏洛特就让杜宾去把卢卡瓦罗区内所有帮会的首脑都请过来。

两个多小时后，杜宾等人请回了五六十人，总计十三家帮会的首脑和代表。

卢卡瓦罗区内最大的五家帮会，只有三家派了人过来，分别是独狼帮、暗夜凶兽和古洛夫兄弟会，另外两家都没让杜宾见到正经处理事情的人，态度相当傲慢。

虽然帮会并不怎么在乎巡城军，但大多数也不想跟巡城军对着干，难得夏洛特派人客客气气地请人，有些帮会的首脑也好奇这位本区巡城军的总领要干什么。

不过大多数帮会首脑不敢亲自过来，怕被巡城军一窝端了，只是派了手下人过来做代表。

独狼帮是首脑亲自过来，他因为脸上曾被人砍了一刀，自称"刀疤"，身材雄壮，凶气四溢，虽然不是超凡，但武力精强。

暗夜凶兽过来的是二当家，绰号"黄熊"，是位一阶超凡。

黄熊身材高大，没有走骑士道路，而是成了一名猎魔人！比夏洛特认识的那位绰号"白狼"的猎魔人还要雄壮，要知道白狼已经是身高超过两皮米的彪形猛汉了。

古洛夫兄弟会是由三兄弟组织的帮会，但古洛夫三兄弟都没来，来的是个不起眼的人物，身材瘦小，腰间挂了一把匕首，自称"金毛鼠"。

除了三大帮会的代表，最引人瞩目的是一个小帮会的首脑，是个身材略显粗壮，相貌却还不错的女士，她自称“玩偶姐姐”，也是一名超凡，亦是此番来巡城军总部的帮会分子里唯二的超凡，走的是玩偶师的道路。

夏洛特面对这些帮会首脑和代表态度相当友善，一脸微笑，但说出来的话却相当霸道：“卢卡瓦罗区必须在巡城军的管辖之下！”

闻言，好几家帮会的人都骚动了起来，若非早就有传闻，这位巡城军的总领不但是超凡，还曾击杀了八名烈马社的超凡侦探，这群帮会分子肯定会暴动！

独狼帮的刀疤目露凶光，问道：“夏洛特总领，您这是什么意思？”

夏洛特微微一笑，说道：“我手里有一批空白文书，我需要你们各自出一批人加入巡城军，参与到卢卡瓦罗区的管理当中来。”

这一次，这群帮会分子的骚动就更大了。

不过态度却和刚才有了天壤之别，刀疤狞笑着问道：“不知道您有多少文书？可以把这些名额都交给我们独狼帮！我会替您管好整个卢卡瓦罗区。”

卢卡瓦罗区五家最大的帮会，只有独狼帮的首脑亲自过来，刀疤虽然不是超凡，但他自负武力强横，寻常超凡也不是他的对手，很想压一压夏洛特，给这位巡城军总领一个下马威。

夏洛特微微一笑，提高了声音说道：“卢卡瓦罗区只能有一个声音，那就是我夏洛特·梅克伦的声音。我不介意有人挑衅，我也不介意把挑衅的人杀了。”

夏洛特把银犀取了出来，把破魔轰甲弹一发一发压入了空间弹匣，拍在了桌子上。

刀疤看到这把超凡短枪，虽然眼神仍旧凶狠，却不说话了，他知道一件超凡武器落在一位超凡的手里，足以越两三个等级击杀对手。

黄熊和玩偶姐姐也都安静下来，他们两人虽然是超凡，但都是一阶，并无自信可以跟夏洛特抗衡。

这群骚动的帮会分子终于冷静了下来。

夏洛特也算是“凶名在外”，卢卡瓦罗区的巡城军虽然大半是吃空饷的，但日常上班的人也有两百多人，并非一股小势力，就算卢卡瓦罗区最强大

的五家帮会，也没有自信能够单独吃下巡城军。

何况，夏洛特不是要为难大家，而是要给各大帮会“分权”，没人愿意错过这场“盛宴”，立刻就有人说道：“你们独狼帮吃不下这么大的蛋糕，我们暗夜凶兽愿意帮夏洛特总领分担一些责任。”

独狼帮的刀疤虽然不服气，但也知道若是他继续挑衅，夏洛特真敢开枪杀了他。刀疤自问可没本事在破魔轰甲弹下活命，他瞪了一眼暗夜凶兽刚才开口的人，冷冷说道：“你也能代表暗夜凶兽？”

黄熊闷声不响，往前迈了一步，表明了自己的态度，也给说话的人撑腰。

刀疤虽然不惧黄熊，但也不想跟这位猎魔人冲突，心底暗暗发狠道：“哼，等我们独狼帮加入巡城军，迟早会让巡城军听我们的指挥。这个猖狂的年轻人，根本不知道什么叫社会，他以为我们的人进入巡城军就会听他的？简直幼稚。”

没有人反对。夏洛特按照帮会的大小，以及来参与这次聚会的帮会中人的地位，把手上的扩编名额分出去大半。

夏洛特做了分配之后，就笑眯眯地看着这群帮会分子为了名额争得面红耳赤，偶尔拉个架，稍微做调节，足足一天的时间，才大致确定了每家帮会派出多少人加入卢卡瓦罗区巡城军。

他就一个要求，这些帮会必须实际派人过来燕隼大街 1 号，参与巡城军的日常训练，若是不肯来，就会免去名额。

十三家帮会的人对此并无异议，反正被派过来的也只会是帮会的底层打手，这些人辛苦一点，多跑几趟，对他们这些首脑而言并无影响。

这些帮会中人可不知道，卢卡瓦罗区的巡城军已经整编为自由骑士团，随时可能开拔，前往贝希摩斯公国打仗。

夏洛特只要找个借口把人都带走，等这群人到了战场上，这些帮会的首脑想把人弄回去可就没那么容易了。

战场是最能磨砺人的地方，几场战斗打下来，这些人就只会听长官的话，不会再听从原来帮会老大的命令了。何况，巡城军也是帝国正规士兵，待遇不差，做帮会底层打手能有什么前途？

确定了十三家帮会加入巡城军的名额之后，夏洛特除了让他们明天一早就把人都派过来，什么也没有说，就把这些帮会分子打发走了。

第二天一大早，夏洛特非常勤恳地坐了马车上班，这是他极其罕见地连续上班。

安东尼典狱长果然是个很有信誉的人。

从早晨开始，斯特拉斯堡的六大监狱就陆续送来一批批囚犯，而且大部分是年轻力壮的囚犯，男性占了七成。

卢卡瓦罗区的十三家帮会也陆续派人过来报到，让夏洛特无法理解的是，年轻的女性帮会分子居然也不少，有人短装打扮，有人穿着枫叶裙，还有人穿着男装，真是千姿百态，稀奇古怪。

到了下午，夏洛特的手下已经扩增到了近三千人，其中一千两百人来自监狱，剩下的一千多人来自十三家帮会。

夏洛特把自己的“老部下们”，包括那些被他忽悠来的冒险者，以及杜宾带来的那批巡城军，都提拔为队长和副队长，把囚犯和帮会成员打散，每一队按照五十人为满额，整编出七八十支战斗小队，当然很多小队都未满额。

整编完毕，已经是傍晚了。

夏洛特催动了血焰气，全身红光沸腾以壮声势，大喝道：“想必大家都饿了，我带你们去吃顿饱饭。”

旧大陆的地方军，尤其是巡城军，可没有管饭这种福利，都是自行解决吃饭的问题。这些人从早上到现在，又是报到，又是分队伍，不管是囚犯，还是帮会成员，都是刺头，也不知道有了多少次冲突，早就都又饿又累了。

听到夏洛特要带领大家吃顿好的，人人都兴奋起来，跟着夏洛特出了燕隼大街 1 号。夏洛特把马逊和何蒙莎叫到了身边，低声说道：“你们带了自己的小队，先去购买一批食物，送到黑蝎帮那边。”

两人都不知道夏洛特要干什么，但都听话地带了手下人马去购买食物。

很快就有人发现不对劲了，因为夏洛特不是带大家去卢卡瓦罗区的商业区，而是直奔五大帮会之一黑蝎帮的驻地。

杜宾看到黑蝎帮的总部出现在视线中，忍不住忐忑，找上了夏洛特，问道：“头儿，我们要干什么？”

夏洛特没有回答他，而是取出了反空间远程步枪，大喝道：“我们十三家帮会已经达成了联盟，凭什么要把好处分给那些不加入的人？”

“我现在宣布：攻下黑蝎帮，所有的财富大家平分。”

他单手把超凡步枪指向前方，姿势潇洒无比，一枪就把黑蝎帮的大门轰得粉碎。凯伦嬷嬷不仅允许夏洛特长期借用银犀，还给他带了一箱一百二十发破魔轰甲弹，他再也不用担心火力不足了。

夏洛特手下的巡城军骨干是那批被骗入伙的冒险者，听到指令后，立刻就鼓动手下冲锋。那群来自各大监狱的囚犯，更是不在乎什么黑蝎帮。

十三家帮会的人虽然感觉到不大对劲，但被裹挟着也冲入了黑蝎帮的驻地。

黑蝎帮作为卢卡瓦罗区最大的五家帮会之一，足足有七八百人，实力强横。帮会中虽然没有超凡，但首脑黑蝎早年是个资深雇佣军，武艺超群，实战经验丰富，平时在卢卡瓦罗区割据几条大街，根本无人敢来招惹。

杜宾上午过来请人的时候，黑蝎没有露面，直接让他离开，态度非常恶劣。杜宾只带了几个人，不敢在黑蝎帮的地盘闹事，只能忍气吞声离开。

黑蝎也没把撵走杜宾当回事，他作为地头蛇，知道卢卡瓦罗区勤恳上班的巡城军还没有黑蝎帮三分之一人多，就算是正面硬拼，他也不怵，哪里能料到夏洛特一天之内就让巡城军扩增到了将近三千人？

黑蝎听到破魔轰甲弹打碎大门的声音，还不知发生了什么，暗道：难道是独狼帮的人？又或者暗夜凶兽？最近我跟其他几家帮会并无冲突，他们怎么会突然来攻打我们黑蝎帮？

他自持战力，拎了一根铁链冲出了房间，却看到了比黑蝎帮人数多出数倍的人涌入了驻地。

为首的一个年轻人，单手持一把超凡步枪，英武若神人，瞄准了自己。

夏洛特不认识黑蝎，但这位帮会首脑气势不凡，他就毫不犹豫地杀鸡儆猴。

就算高阶超凡，也不能纯凭护身斗气抵挡破魔轰甲弹，黑蝎一个区区黑帮首脑，又不曾晋升超凡，如何能挡得住？

夏洛特一枪就把黑蝎崩了。

他为了树立威信，震慑这群乱七八糟的下属，刻意表现得肆意张狂，单手开枪，但居然准头还不错。

这位黑蝎帮的首脑挨了一发破魔轰甲弹，全身都爆成了一团血雾，尸骨无存。夏洛特也没想到，破魔轰甲弹打普通人居然有如此巨大的威力。

杜宾是巡城军的“老人”，认识黑蝎，见夏洛特一枪就把黑蝎击毙了，当即大喝道：“黑蝎已经死了！黑蝎帮的人，愿意投降者不杀，负隅顽抗者格杀勿论。”

没有了首脑，黑蝎帮又不是什么训练有素的战斗部队，在巡城军的攻击下一溃千里，纷纷弃械投降。

不到半个小时，夏洛特就占据了黑蝎帮的这处据点，到处都是肆意乱翻、寻找财物的巡城军。

望着乱哄哄的场面，夏洛特微微松了一口气。他在出发前也毫无把握，毕竟他也没真正带领过军队，只是按照人心设计了这场战斗。

目前来说，结果还不错。

杜宾带领部下奋力约束巡城军，喝令投降的黑蝎帮帮众丢下武器，蹲在地上，围成一圈。

当马逊和何蒙莎带着大批食物赶过来时，黑蝎帮的驻地总算是恢复了一点秩序。

黑蝎帮在这场战斗中几乎没掀起什么有力的反抗，死伤数十人，一百多人逃走了，还剩下五六百人。

夏洛特把这批人打散了，塞入手下的各支战斗小队，又把马逊和何蒙莎带来的食物分了。在大家兴致勃勃吃东西的时候，夏洛特一跃跳到了黑蝎帮驻地的一座雕像上，居高临下，大声说道：“我说过，要把黑蝎的财富分给大家！

“我的老部下们都知道，梅克伦先生一向说话算话。

“大家吃了东西，可以开始收集财富了。我会请专业人士评估，换成佛尔和生丁，按照今日战斗的出力大小，分给每一个人。”

夏洛特没有收缴部下们私自藏起来的财物，能私藏的东西只能是小物件，稍微大一点的东西也就没法私藏了。

毕竟这支巡城军鱼龙混杂，他也不会为了这点财物去激怒他们。

夏洛特的喊话得到了如雷般的欢呼，谁都不会拒绝金钱。

夏洛特本来还想一鼓作气，再去挑战另外一家大帮会，但看这群人兴奋过后露出了疲态，只能放弃这个想法。

等这些人吃过了饭，夏洛特让他们就地休息，自己也挑选了一处房间。

夏洛特怕半夜出事，没有睡觉，修炼了一夜的血腥荣耀。

第二天一大早，黑蝎帮的驻地骚动起来。

夏洛特惊醒之后，出来问了一声，居然是昨天没去燕隼大街 1 号的几家帮会派了人过来，要求见一见他。

经过昨天覆灭黑蝎帮的战斗，这群乌合之众多少有了点气势，把这几家帮会的人围了起来，让他们等夏洛特睡醒。

夏洛特洗了把脸，稍稍整理了一下仪表，让自己看起来有点威严，这才叫人把那几家帮会的人带过来。

来的几家帮派成员里，最引人注目的是一个有点年纪的男人，他的穿着非常得体，看起来根本不像是帮会成员，但从旁人的眼神里，夏洛特知道这家伙还挺有地位。

这个男人抢先开口，说道：“我是巴德商会的罗斯·巴德！作为卢卡瓦罗区本地商会的会长，我愿意带领巴德商会全体加入巡城军。”

卢卡瓦罗区的五家最大的帮会中，巴德商会最为特殊，它不算是常规意义上的帮会组织，而是十七家商铺联合组成的一支带有帮会色彩的保安团，极少跟其他帮会冲突，只保护十七家商铺的生意安全。

昨天夜里的战斗，早就惊动了各方势力。

罗斯·巴德得知黑蝎帮一夜之间就彻底覆灭，毫不犹豫地说服了商会的其他成员，一大早就过来投靠。

他生怕自己行动迟了，夏洛特把巴德商会当成下一个目标。

夏洛特也没想到巴德商会居然如此识趣，笑呵呵地说：“很好！欢迎巴德商会加入巡城军的大家庭。”

他扫了一眼其余的人，问道：“你们呢？”

这些帮会成员面如土色，忙不迭地叫道：“我们也愿意加入巡城军。”

夏洛特对杜宾说道：“查一查，是否还有不愿意主动加入巡城军的本区帮会，我将会帮他们体面地加入。”

夏洛特这句话说得云淡风轻，但这些帮会成员却听得不寒而栗。

昨天黑蝎帮的覆灭，实在太过震慑人心。

谁也想不到，卢卡瓦罗区的这位巡城军总领如此心狠手辣，手段酷烈。

夏洛特本来打算去找自己的老熟人路易·司米评估一下黑蝎帮的财富既然罗斯·巴德主动投靠过来，他就把这件事交给这位新加入的“商人”。

接下来的几天，夏洛特什么也没有干，只是继续每天上班。

黑蝎帮的一夜覆灭，让独狼帮、暗夜凶兽和古洛夫兄弟会变得恭顺多了。夏洛特并没有趁势逼迫他们，甚至也没有去扫灭几家还在犹疑的小帮会，他在努力消化吞下来的势力。

又是一个周一，再次到了帝国发薪日。

法尔斯帝国终于向拜罗恩宣战。

这个消息顿时在帝国上下掀起了轩然大波，各种报纸都在热议这场即将到来的战争，不过最高层保持缄默，很显然已经有了默契。

卢卡瓦罗区巡城军也终于迎来了变化。

中央政府办公厅一纸文书，命令卢卡瓦罗区巡城军整编为自由骑士团，给予了扩编权，并且把原本的总巡梅薇思夫人调走，调入了一位新的总巡。

拿到文书的夏洛特，有一种松了一口气的感觉。当他看到文书上中央政府办公厅指派的新总巡简历，又顿时有一种“百花缭乱，女神飞舞”的感觉。

卢卡瓦罗区巡城军的新总巡是一位四十等二级军士。

这个军务等级理论上是毕业一两年，甚至更久一点的社会新鲜人。

但实际上，这位新总巡是刚毕业的大学生，名叫桃乐斯·苏玫。

她是高尔吉亚大学的桂冠女神，梅尼尔曼的堂妹。

不过，桃乐斯已经毕业了，不再是高尔吉亚大学的在校生，也卸下了“桂冠女神”的称号。

夏洛特看到这个名字，也就明白了，为什么他毕业时是四十一等一级文书，而对方是四十等二级军士，而且还能“破格”获得政务身份，成为一名实权总巡。

只是，他想破脑袋也想不明白，为什么新搭档会是桃乐斯·苏玫。

这位高尔吉亚大学的前桂冠女神倒是很有效率，夏洛特接到中央政府办公厅文书的下午，她就出现在了燕隼大街1号。

当这位有一双幽蓝的眼眸，风姿若水仙花的漂亮少女站在夏洛特办公

室的时候，她的第一句话就是：“我就是想看看你惊骇的表情。”

夏洛特摊开双手，问道：“您怎么会来巡城军？”

桃乐斯非常自来熟，在夏洛特的办公室里找出了花茶，并随手掏出一张卡牌，垫在水壶下，很快就把水烧开了，给自己冲泡了一杯。

夏洛特眼睛都看直了，问道：“这是高尔吉亚大学的卡牌魔法？”

桃乐斯一面轻轻吹着热水，一面回答道：“没错，就是高尔吉亚大学首任校长袁·阿瑟·柯南·道尔·野所创的卡牌魔法。这张卡牌是篝火！

“在野外用来烧煮热水和食物非常方便。”

夏洛特虽然羡慕，但他知道自己已经没有精力去修炼什么卡牌魔法，只是随口问了一句：“桃乐斯，你是几阶超凡？”

桃乐斯·苏玫说道：“三阶的卡牌魔法师！比安妮稍微强那么一点。”

夏洛特可不想继续这个话题，以桃乐斯的恶劣性格，他说的每一句话，都有可能传到安妮的耳朵里，而且必然是添油加醋之后的魔改版本。

桃乐斯捧着花茶，小心翼翼地慢慢饮用。

不得不说，她不愧是高尔吉亚大学的桂冠女神，“帝国第一玫瑰”梅尼尔曼的堂妹，相貌几乎无可挑剔，举止也极有气质。

只不过性格方面……夏洛特不想吐槽。

他也给自己倒了一杯咖啡。他实在不习惯这个世界的咖啡，实在太酸了，所以自己买了一批豆子，土法烘焙，弄成了炭烧咖啡，虽然口感一般，但总算是适口了。

桃乐斯小鼻子轻轻动了一下，问道：“这是什么咖啡？”

夏洛特示意道：“要不要尝尝？”

桃乐斯放下了手里的花茶，按照夏洛特的冲泡步骤，在咖啡里加了糖和奶，还用魔法卡牌篝火稍稍加热了一下，轻轻试了一口，眼睛顿时一亮。

“你哪里弄到的咖啡？略有苦味，但苦得恰到好处，加糖加奶之后，就转为馥郁的浓香，我从未喝过这种口味的。”

夏洛特也没故作高深，解释道：“我把咖啡豆深度烘焙了一下。”并把烘焙咖啡豆所需注意事项详细地跟桃乐斯说了。

桃乐斯默默记忆，说了一句：“你要是开一家咖啡店，生意一定不错。”

夏洛特笑了一声，说道：“我更希望能开连锁的奶茶店。”

奶茶店在地球可是赚钱的“大生意”，深得全球女性的欢心。

夏洛特想过很多在旧大陆能做的赚钱生意，除了药局，也想过开奶茶店，只不过前者是旧大陆既有的生意，只需要调整贩售的商品，后者却未免太过“石破天惊”，他也不知道生意会不会好。

桃乐斯既不知道什么叫连锁，也不知道什么叫奶茶，她皱起了眉头，思索了一会儿，说道：“奶和茶放在一块，不像是会好喝的样子。这个生意稳赔不赚。”

夏洛特没有解释，问道：“桃乐斯，你难不成还真的打算上班吗？”

桃乐斯收了自己的魔法卡牌，说道：“我还带来了你急需的那批兵员。不过，你好像已经解决了这个问题。”

夏洛特这才记起，梅薇思夫人提过，帝国会给他补充一批兵员。最近这些天，他手下吃空饷的巡城军已经调走了大半，但因为来了一批囚犯，又招揽了本地的帮会人员，他一时间就没想起来这事。

桃乐斯没有带人过来，她只是带了一份名单。

按理说，夏洛特可以拿着名单去这些部门把人要过来。但这支巡城军有可能上前线，根本没人愿意过来。

夏洛特只看了一眼名单，就把这件事抛到脑后了。

桃乐斯对夏洛特充满好奇，她知道这个男人是自己堂姐的部下，是安妮的男朋友，是一个卑微的小人物，是一个飞黄腾达的钻营者……

至于夏洛特超凡的身份，以及最近彪悍的战绩，桃乐斯反而不是很在意，苏玫家族不缺高阶超凡，更不缺年轻天才。

她若不是女孩子，可以拿到家族的资助，她甚至有信心在这个年龄晋升中阶超凡，甚至能够在几年内摸到高阶超凡的边缘。

正常来说，大学生和毕业才几年的年轻人里，多是低阶超凡，三十岁往上的准中年人里，多是中阶超凡，而大多数高阶超凡是四五十岁的大叔了。所有的超凡道路都需要时间来磨炼，极少数天才可以走得更快一些，但那种事情不在平凡人的计划之内。

喝了一小口咖啡，桃乐斯说道：“还有一件事！我们需要一起去中央政府办公厅注册骑士团。”

夏洛特在中央政府办公厅待过两年，知道那边的办事程序，说道：“那

我们这就走吧，再晚一会儿，我怕他们就停止办公了。”

桃乐斯端着咖啡，从容走出了办公室。

夏洛特看着桃乐斯上了自己的马车，也只能跟上。

桃乐斯占据了马车内的小书房，还从书架上抽了一本书，慢慢地翻看，夏洛特识趣地不说话，只是给南茜夫人报了地址。

马车到了中央政府办公厅，两人下了马车，肩并肩走入了夏洛特之前的工作单位。他还有点感慨，心道：希望不要碰到熟人，不然不太好解释现在三十四等四级文书长，以及卢卡瓦罗区巡城军总领的身份。

奈何天不从人愿，夏洛特才进入中央政府办公厅，就看到了一位前同事埃德加先生，对方满面红光地走出来，差点就跟他擦肩而过。

夏洛特微微侧身，本想避让过去，却没想到埃德加眼尖，认出了这位前同事，叫道：“是梅克伦先生吗？听说你去监狱了。可惜了，过去那边要重新计算升职年限，您错过了这一次升职。”

冲着夏洛特微微点头，埃德加这才神采飞扬地对桃乐斯说道：“您和夏洛特是朋友？他可是好人，就是运气不好，错过了这次升职，又要等三年才行。我是中央政府办公厅的二级文书，说不定很快就可以升三级。”

桃乐斯是高尔吉亚大学的桂冠女神，中央政府办公厅可很少有这个级别的毕业生，她的美貌已经超出了这个政府部门所有的女职员。埃德加大献殷勤，甚至他的脑海里都已经浮现出对方对自己生出仰慕，抛弃夏洛特，投入自己怀抱的情景。

夏洛特无奈地打断了这位如同孔雀开屏的前同事，说道：“我们来办点事，若是再不抓紧时间，大家就要休息了。您也知道，中央政府办公厅从不等人。”

中央政府办公厅甚至有个老笑话，前线的士兵持着手令来要求调拨一批武器，遇到了中央政府办公厅下班，当时有位公务员傲慢地说道：“就算是战争，也不能影响我们下班。”然后把那位前线士兵撵出门，优哉游哉地去喝下午茶了。

故事的结局很不美丽，帝国的那支部队因为没有得到补给，全军尽灭，丢失了战线。而那位傲慢的公务员，也被以玩忽职守罪送上了绞刑架。

但这个故事却流传了下来，几乎每一个中央政府办公厅的公务员都听过，也几乎每个人都会把这句谚语挂在嘴边：“就算是战争，也不能影响我们下班。”

埃德加无可奈何，只能目送两人离开，还不忘在背后大声叫道：“这位美丽的小姐，我能否知道您的名字？”

桃乐斯根本没有回头，走远了之后，低声抱怨道：“你们中央政府办公厅没有女职员吗？为什么他一脸没见过女人的样子？”

夏洛特笑道：“他当然没见过像您这么美丽的女孩。即便是我，也不能常常见到。”

桃乐斯露出狡黠的笑容，问了一个直击灵魂的问题：“我和安妮谁更漂亮呢？”

夏洛特毫不犹豫地快速反击：“新大陆有句谚语：在热恋的男士心目中，没有任何女性能比得上自己的心上人。”

桃乐斯扑哧一笑，说道：“我怎么没听过这句谚语？”

夏洛特耸了耸肩膀，没有解释，这是他现编的谚语。

两人很快找到了中央政府办公厅军务骑士团部，他见骑士部内几十名工作人员一脸轻松，说说笑笑，似乎要下班了，赶紧抓住了一个颇为沉默的中年男子，塞了一佛尔过去，说道：“我们是卢卡瓦罗区巡城军，要整编为自由骑士团，请问怎么办理手续？”

沉默的中年人捏了一下手里的佛尔纸币，说道：“我就能办理，你们有文书吗？”

夏洛特递过去，桃乐斯带过来的文书，中年人审核了文件，说道：“我还需要两位的身份证明，以及骑士团申请文件，这份文件必须标注好骑士团的名字、驻地、归属管辖……”

夏洛特一一作答，至于骑士团的名字，他毫不犹豫地就报上了“西风骑士团”，毕竟安妮·布列塔尼是高尔吉亚大学的西风女神。

虽然前桂冠女神就在身边，但是他要敢起个“桂冠骑士团”的名字，怕是这辈子都要当单身“蛤蟆”了。

桃乐斯没有提出异议，附在夏洛特耳边用很小的声音说道：“你欠我一个人情。”

夏洛特耸了耸肩膀，把这个人情承认了下来，能够欠苏玫家小姐的人

情，也是一种荣誉。

最后，中年人若不经意地问了一句："注册年限？"

夏洛特的眼睛顿时就亮了，他心底只有一个念头："这一佛尔花得好值。"他把声音压得极低，淡淡地说道："九九九！"

一般来说，自由骑士团这种临时征召的军队，都会在战争后自行解散，但由于法尔斯帝国的运行机制并没有如齿轮般精密，实际上很多骑士团都会在战后运行一阵子，多领一段时间的薪水。

帝国对这种事情，大多数时候也就睁一只眼，闭一只眼。

自由骑士团的注册年限，一般是一年、三年、五年，视战争规模而定，经常会出现前方的骑士团正在打仗，注册年限到了，薪水停发，军队哗变，导致战争失利。

骑士团续申注册年限，甚至是个很冷门的工作。

一佛尔的威力有多大？

它可以让一个骑士团注册到帝国法律规定的最高年限！

尽管帝国还从未出现过能够在非战争状态下吃空饷超过二十年的骑士团，但这仍旧是一笔非常划算的人情。

夏洛特接过骑士团的注册文书，礼貌地行了一个帝国礼，他和中年办事员都默契地什么都没说，甚至连一个眼神都没有。

夏洛特和桃乐斯出门而去。中年办事员正常下班，跟上了同事的脚步。

夏洛特出了中央政府办公厅，问了一句："桃乐斯，你要去哪里？"

桃乐斯毫不犹豫地说道："回大学！"

夏洛特也正想去高尔吉亚大学找安妮，当即跟南茜夫人说了一句，于是马车驶向了高尔吉亚大学。四所大学和中央政府办公厅都在瓦勒德瓦兹区，所以马车很快就到了地方。

夏洛特本想在大学门口就跟桃乐斯分开，但没想到她冲着通话的铜管说道："直接进去。"

她看了一眼微微诧异的夏洛特，说道："你是谢菲尔德大学毕业，我可是高尔吉亚大学毕业，有自己的母校永久出入证，有什么好奇怪的？"

夏洛特伸手抚额，心道："我是奇怪这事吗？我是不希望我们一起出现，引得安妮误会！"

夏洛特耐心说道："我只是觉得不方便。"

桃乐斯掩口轻轻一笑，说道："我知道，你怕安妮误会，但她不会误会的。我考入大学，就在女神面前发誓终身不婚。"

夏洛特脸色微微一变，问道："你是神契者！"

桃乐斯点了点头，夏洛特心底微微生出了几分同情。苏玫家的这位贵族小姐淡淡说道："可不用同情我，这种同情我受够了，一如受够了家族给我安排的亲事。"

夏洛特叹了口气，说道："我倒是曾经巴不得家里给我安排一门亲事。后来……"

夏洛特故意停顿了一下，却没有继续说下去，这引起了桃乐斯的好奇，她问道："你虽然出身一般，但能够考上大学，又当了帝国公务员，应该是很好的结婚对象，为什么家里没给你安排亲事？"

夏洛特淡淡地说道："因为家里是我大哥主事。"

桃乐斯顿时就生出同情，脑补出可怜的弟弟被霸道的哥哥和嫂子欺负的各种戏码。

夏洛特的哥哥若是知道有人这么想他，肯定会大大地抱屈。他不希望弟弟插手家族的商业，主要是因为弟弟是个典型的浪荡子，名声差，还败家，担心弟弟插手家里的生意，把几代人的心血糟蹋掉，并非不顾念兄弟情谊。夏洛特答应放弃继承权后，他也给弟弟汇了五百五十埃居，几乎是梅克伦家七成的现金存款，这件事做得无可指摘。

梅克伦家虽然是商人家庭，但也不是什么财富滔天的商贾，也就是一两千埃居的身家而已。

夏洛特这么说，主要还是为了跟过去切割，他努力在所有人的面前经营一种孤单的形象，并不因为和桃乐斯关系一般，就表现出不一样。

形象经营这种事，就要始终如一。

桃乐斯为了安慰夏洛特，说道："也别太难过了，你要知道，当年家族给我安排的结婚对象，还曾包括齐摩尔曼·阿克瑟尔·罗宾，而且还是在那件事发生之后，你可知道我有多绝望？"

夏洛特顿时顾不得经营形象了，骇然问道："夜窗事件之后？"

桃乐斯白了他一眼，说道："不然呢？难道你以为是帝国玫瑰事件之

后？那我可真的要疯掉了。”

夏洛特想象了一下，发现自己无法理解旧大陆贵族们的脑回路。他能够想象，梅尼尔曼学姐发现了前未婚夫的丑陋面目，撕毁婚约之后，苏玫家族的耆老们开会商议的结果是换个堂妹，该是什么样的一种情绪。

他也能想象，桃乐斯当时该何等震惊……

夏洛特问道：“然后你就成了神契者？”

桃乐斯点了点头，说道：“我当时就决定了，上了大学立刻就做了神契者，我永远都不要结婚。”

夏洛特深表理解，同样的家庭环境，换成他可能也不想结婚了。

帝国教育界有句俗话说得好：国家学院服务于皇室和帝国，帝国大学服务于神明。

但大多数大学毕业生还是选择了加入政府，做一份高收入的工作。

只有极少数人，在大学时期感受到了神明的“眷顾”，宣布成为神契者。

也就是说，神官见习！毕业后可以加入正神教派，拥有一份神职。

夏洛特也曾想过走这条道路，但加入正神教派，虽然能获得种种特权，却再也无法染指世俗的权力，生活也要被教条约束，比如终身不能结婚，不能拥有世俗财产，非常不方便，他就放弃了这个想法。

当然，也可以毕业后不加入正神教派，自谋生路，但仍旧要遵守各种教条，比如终身不能结婚，不能拥有世俗财产。

神契者也能主动放弃身份，只是代价会非常大，会被神明降下厌弃，所信奉神明体系的超凡能力都会被抹去，终身都要背负比邪神诅咒还要糟糕的负担。

夏洛特可不知道，自己以西风女神追求者的名头，却跟桂冠女神神态亲密，徜徉在高尔吉亚大学的校园里，有多么令人嫉妒。

桃乐斯不说回学校要做什么，夏洛特也没想问，但是他在等候安妮的时候，催促了桃乐斯几次，可桃乐斯就是不走，这让他警惕了起来。

虽然桃乐斯是神契者，但夏洛特可不敢保证安妮就一定大度，他正在绞尽脑汁想对策，就听到了一声陌生的呼唤。

第四章 血族真言术

“是梅克伦先生？”

夏洛特看了一眼，发现自己不认识此人，喊他的人一派斯文，戴了一块单片眼镜。虽然旧大陆已经出现了带“腿”的框架眼镜，却还未彻底淘汰老旧款的单片眼镜，目前来说，单片眼镜因为历史较久，还是相当贵重的男士装饰品。

夏洛特点了点头，说道：“是我。”

他不承认没用，高尔吉亚大学不认识他的男士，可不太多了。

“我是汉斯！我认为你追求安妮的同时，还跟桃乐斯在一起，是非常违反公序良俗，非常不道德的行为，我要向你提出决斗。”

夏洛特大惊，正要解释，这位汉斯先生已经双拳一错，施展了一套踢拳法，直接攻击了上来。

桃乐斯抿嘴一笑，退开了一步，让出了战斗场地。

夏洛特也学过踢拳法，这是旧大陆最流行的七种徒手搏斗技巧之一，在国家学院就能接触，到了大学也有专业老师传授，只不过他并不精通。

如果不是有了天使之刺传承，后来借助猫之假面学了一些刺客飞刀术，夏洛特现在还是个近战废柴。晋升超凡之前，他最多能应付两三个普通没学过搏击术和剑术的壮汉。

此时此刻，这场决斗虽然突如其来，夏洛特却已经能应付裕如了，他

身体微微一晃，凭着轻捷术带来的速度和平衡，轻易躲过了汉斯的连环攻击，翻身一脚，使用了踢拳法中的海蛇蹴，把这位挑战者踹翻在地。

海蛇蹴是踢拳法中非常刚猛的一招，讲究出腿如海中巨蛇一般迅猛有力，方位变化不定。

夏洛特胜过了对手，正要说两句场面话，就听到有人高声喊道："梅克伦先生？请允许我，为了安妮向你提出决斗。"

夏洛特还未开口，就有一团旋风扑来，一个高尔吉亚大学的学生舍身飞起，施展了高尔巴斯搏击术，双腿施展令人眼花缭乱的踢法。

夏洛特仍旧施展海蛇蹴，一脚高踢，把第二位挑战者从半空踢了下来，但还未等他喘口气，就有第三名挑战者开口了……

夏洛特在跟哈里特·阿尔瓦决斗之前，从未进行过任何一场决斗，但今天一口气接到了二十三场决斗，挑战者都是高尔吉亚大学的学生。

当第二十三名对手败于夏洛特的踢拳法之下，他习惯性地喊了一声："下一个！"却没有第二十四位挑战者了，周围响起热烈的掌声。

夏洛特抬眼四顾，看到了俏脸通红的安妮，顿时有些莫名的心虚，问道："你下课了？"

安妮微笑道："你打败第六名挑战者的时候，我刚好下课。"

夏洛特没有看到桃乐斯，明智地没有问起这位前桂冠女神，安妮也没提及这位学姐。两人上了马车之后，夏洛特提议去看歌剧，安妮欣然答应。

两人甜蜜地看了一场歌剧。

傍晚时分，跟安妮分别的夏洛特回到了爱丽舍田园大街 58 号，他对南茜夫人说道："明天让乌梅子酱夫人准备烤肉的食材，我要请一位先生吃饭。"

夏洛特还未接到开拔的命令，但已经拿到了骑士团的注册文书，他也要未雨绸缪一番。

巴德商会的罗斯·巴德虽然是个不错的商人，但巴德商会经营的只是普通商品，夏洛特想要买一些战场上用得着的东西，就只能找路易·司米。

他准备明天亲自去请路易·司米到家中吃饭。

吩咐完南茜夫人，夏洛特回了三楼，按照日常，先逗了会儿猫，便开始修炼血腥荣耀。

他最近主攻的方向还是灵蛛术，不过也没放弃修炼其余几枚血腥符文，完成了一个半小时的呼吸法配合灵蛛术冥想，他依次把洞察、血焰气、天使之刺也修行了一遍，只是时间缩短为半个小时。

在修行天使之刺快要结束的时候，夏洛特脑海里无数诡异狠辣、匪夷所思、快如电闪的剑术，忽然生出了全新的变化。

新出现的剑术，如一缕微光，看似柔弱，却潜力无穷。每一招平平无奇的剑术，却蕴藏着更多更奇诡的变数，于一剑之内陡然生出数十种变化。

夏洛特心头顿生明悟，这是天使十二乐章的第二乐章：曙光天色！

他在近战上全无天分，虽然得了天使之刺的传承，但始终没把剑术当成主修功课，虽然从未停止修炼，但也从未付出更多。

夏洛特也没想到，灵蛛术还未修成，却把阿西洛氏的剑术突破了。

他扣指一弹，血蔷薇飘然浮现。

夏洛特探手抓住了血蔷薇，随手挽了一个剑花，他自己都能感觉到自己在剑术上的突飞猛进，这把魔法刺剑灵活得宛如身体的一部分，似乎与他的思想合一，脑海中意念微微一动，剑刃已经翩然翻转，指向目标。

夏洛特持剑静立良久，这才把血蔷薇收入了左臂，稍稍洗漱了一下，上床睡觉。

第二天，夏洛特出门了一趟。

中午时分，带回了路易•司米。这位商人对夏洛特的态度明显热情许多。

他已经知道了夏洛特最近做的一切，也知道了那天遇上夏洛特的时候，刚好是这位卢卡瓦罗区巡城军总领在逃亡，更知道了这个年轻人绝地翻盘，不但扳倒了基尔迈纳姆监狱前典狱长马格鲁•特勒，还重新获得了帝国第一玫瑰。除了赞叹，他深憾当初的“投资”太少。

路易•司米知道夏洛特成为帝国三十五等三级文书长的时候，第一个念头就是：“我当时应该把山伦士长矛送给他！”一把吸血武器虽然昂贵，但一位帝国三十五等权贵的友谊可比这要贵重得多。

后来夏洛特又升了一级，路易•司米已经在准备礼物，计划登门拜访，不过他没想到，自己还未行动，夏洛特却过来请他吃饭。

路易•司米绝不会拒绝夏洛特抛出的友谊橄榄枝，尽管他跟不少帝国官员都有交往，但夏洛特这种相识于未发迹、升职速度又快如闪电的年轻

才俊，跟那些人有本质的不同。

回到了爱丽舍田园大街 58 号，夏洛特笑着说道：“我的厨娘乌梅子酱夫人，精擅新大陆传过来的精美烧烤，我很想跟人分享，但路易你是知道的……安妮是位淑女。”

路易·司米也笑着说道：“是的，布列塔尼小姐可不适合这种粗犷的食物。不过，我就没有问题。我久闻新大陆的烧烤味道奇特，却未曾品尝，还真要多谢夏洛特你的慷慨分享。”

乌梅子酱夫人早就准备好了烧烤的一应东西，南茜夫人也在旁辅助，夏洛特和路易·司米一面畅饮麦酒，一面品尝烧烤，闲聊着最近的帝国新闻。

夏洛特在寒暄过后，说道：“我可能也要上战场了，所以我想问一问，路易你手里有没有什么能在战场上提高生存概率的东西？”

路易·司米笑道：“我本来有几件盔甲，但已经被人预定了，你也知道，帝国高层从不缺乏消息灵通的人士。”

夏洛特听到路易·司米手里没有所需的东西，不由得微微失望。

路易吃了一串美味的小羊腰子，沉吟了一下，还是说道：“其实我觉得，你现在最需要的是立一份遗嘱。虽然说这事有些不吉利，但我仍旧衷心建议，你先把这件事处理了。没有人可以保证自己一定能活着下战场，若是没有遗嘱，处理财产会很麻烦。”

夏洛特沉吟了一会儿，居然觉得路易·司米的建议挺好的，说道：“我的确应该立一份遗嘱。”

路易·司米笑着说道：“我之所以建议你立下遗嘱，还有另外一个原因。

“唯一能在战场上提高生存概率的东西，就是幸运。

“你应该也知道，上战场的战士立下遗嘱之后，可以送去光辉之主神庙焚化，一般都会获得一次光辉之主的祝福。

“在战场上，没有比光辉之主的祝福更能提高幸运值的了。”

夏洛特眼睛一亮，他顿时觉得这一次没白请客，光辉之主亦是一位赐予信徒幸运的神明。他开心笑道：“路易，你也堪称幸运的路易！每次我遇到你，都会有好事情发生。”

路易·司米微微一笑，说道：“大约是因为我也信奉光辉之主。”

现在是黑月纪元，旧大陆信奉女神的人最多，但仍旧有人信仰其他神明，甚至信仰邪神的也不少，比如拜罗恩帝国，几乎都崇拜祖先神，那群吸血鬼的祖先全都是邪神。

夏洛特再不说话，频频劝酒，吃过东西后，他又请路易到三楼露台上喝咖啡，顺带撸猫，三只伶俐猫极尽卖萌之能事，让路易整个人都放松了下来，显得十分惬意。

路易也跟桃乐斯一样，对新式的炭烧咖啡赞不绝口，并愿意出十埃居买下配方。

夏洛特直接把烘焙炭烧咖啡的法子慷慨地送给了对方，他真不觉得这个法子值什么钱。只是旧大陆没人想到要这么烘焙咖啡豆，一旦有人想到了，迟早能够想出正确的烘焙步骤。

路易•司米拿到了新咖啡的配方，大喜过望，立刻通知了自己的马车夫，很快就取来了一件东西。

他把一个巨大的箱子递给了夏洛特，说道："拿到了咖啡的配方，我开心无比，恰好我收到了一件很有趣的东西，本来想作为你升职和乔迁新居的礼物，只是我得到消息的时候太晚了，总觉得现在才送过来没有诚意，兼且不合时宜，现在总算有借口把它送出去了。"

夏洛特没有拒绝这份礼物，拒绝礼物有时候也代表拒绝友谊，他并不想拒绝一位商人的友谊，尤其是路易这样的魔法物品商人。

夏洛特以前觉得，自己跟路易不会有太多交集，但现在觉得，自己很需要一个稳定的交易通道。

嗯，虽然手里的某把银犀不能卖，其他的武器暂时也用得上，但迟早有"武器富裕溢出"的一天，总要处理掉一些用不上的东西。

夏洛特当着路易•司米的面打开了箱子，里头是一对金属护腿，箱子里居然还有说明书。

"这是传说中的神行马？"

夏洛特微微吃惊，他倒是知道这东西，神行马是法尔斯帝国六大炼金工坊之一——群星工坊出品的炼金物品，虽然不是超凡奇物，却非常受欢迎。

神行马平时是护腿的形态，使用的时候会弹出两根极具弹性的延长胫足，能提高二至三倍的奔跑速度，也能小幅增加弹跳力。

如果没有轻捷术，这对神行马绝对是夏洛特渴盼之物，此乃紧急时刻的逃命神器，但有了轻捷术之后，他对这东西就不怎么有需求了。神行马本身颇为沉重，会抵消一部分轻捷术的效能，而且这玩意只能直线加速，并不够灵活。

夏洛特当然没有表现出来，路易明显不知道他有轻捷术的异能，这件礼物也算是挑选得很用心，他露出一个惊喜的表情，说道："多谢路易，这东西我很需要。"

路易微微一笑，说道："只希望你逃命的时候，不会因为身姿太过出色，被长官注意到。"

夏洛特哈哈一笑，这个旧大陆的老笑话，还是挺应景的。

两人聊了一个下午，路易·司米这才告辞而去。

第二天，夏洛特果然写了两封遗嘱，一封送给安妮·布列塔尼，言明自己若是不行，所有财产一分为三，一半送给至爱的安妮，另外一半又分成两份，一份送给自己的兄长，一份送给自己的姐姐。

另外一封遗嘱亲自送去了光辉之主神庙焚化。

夏洛特就是想单纯地立个人设，顺带多博得安妮的好感。

但是他也没想到，去光辉之主神庙焚化了遗嘱之后，果然"幸运"爆表。当天"西风骑士团"就接到了开拔的命令，夏洛特都没来得及去跟安妮道别，就在督战队的催促下匆匆启程，离开了斯特拉斯堡。

启程之前，中央政府办公厅军务后勤部给这支地方军队临时转职的骑士团送来了五辆军用马车和一批补给，包括一批军用粮食和武器。原本要补充给他的那批巡城军有七成没来，只有一百多人迫于不同的压力前来报到，随即就被夏洛特打散，分到了各支战斗小队。

夏洛特出城之后，卢卡瓦罗区的本地帮会才后知后觉，他们的帮会成员都被这家伙给裹挟走了，脱离了他们的控制范围。各帮会的反应不一，大多数在咒骂夏洛特，但也有个别的人物做出了不一样的选择。

玩偶姐姐孤身一人，在城外追上了夏洛特，要求加入骑士团。

夏洛特很意外，刚刚答应下来，暗夜凶兽的二当家黄熊也带了一批人追了上来，同样要求加入骑士团。

夏洛特的巡城军原本都是普通人，只有他一个超凡。这也是夏洛特能轻松执掌巡城军的根本原因，他拥有能镇压一切的武力。

后来桃乐斯代替梅薇思夫人成为总巡，这支巡城军才有了第二名超凡。玩偶姐姐和黄熊的加入，让这支才转职没几天的西风骑士团，悍然拥有了四位超凡，已经称得上“兵强马壮”了。

烈马侦探社这种拥有一百余名侦探、数百名侦探助手和见习侦探的老牌侦探社，在法尔斯帝国的侦探行业，甚至能排入前五，但正式侦探中也不过就十余名超凡。

督战队把西风骑士团送出了斯特拉斯堡的范围，就撤回了首府，他们只是督战队，可不是“战士押运官”。

督战队一走，夏洛特就下达了驻扎的命令，他也要给出征的西风骑士团“统一思想”。

夏洛特一剑斩断了一株大树，跳到了一人多高的树桩上，大声宣布道：“我出发前，已经接到了帝国的文书，卢卡瓦罗区巡城军整编为自由骑士团。我已经拿到了骑士团的注册文书，我们的新名字是——西风骑士团！”

夏洛特并没有给任何人看中央政府办公厅的整编文书，梅薇思夫人本来就不常来，也没人敢问桃乐斯这样的贵族小姐为什么来巡城军，所以这些前巡城军还不知道，他们已经不“单纯”了，还兼职了骑士团，更不知道总巡已经换了人。

今天忽然有一支督战队过来，逼着“巡城军”离开斯特拉斯堡，所有人都在蒙圈之中，只是夏洛特老神在在，其他人也就闷声听从命令。

督战队隶属于皇家骑士团，是一支特殊的军队，人人武功精强，都是贵族子弟，小队长以上的人物都是超凡。

没有人敢反抗督战队，因为反抗的后果，一定是被就地屠杀。

当这支来源复杂的“巡城军”听到自己已经是骑士团的成员了，都不禁喧哗起来，不光是正式的巡城军想要被调走，即便是囚犯和帮会成员也一样不想上战场。

夏洛特运足了血腥荣耀，大声喝道：“大家无须担心，我们只是换地驻防，不需要上战场。我们骑士团的副团长桃乐斯小姐出身苏玫家族，你们相信这样的贵族小姐会上战场吗？”

这句话过于有说服力，又有杜宾等老牌巡城军不断呼吁，众人都暂时

安静了下来，耐心地听夏洛特讲话。

夏洛特大声说道：“我们的西风骑士团行军的目的地，是贝希摩斯公国！众所周知，斐迪南大公被那些南瑟拉夫的复国者刺杀了，他们当地的军队要去报仇，所以我们会接替他们驻守贝希摩斯，干的还是巡城军的老本行。

“我们只要什么都不做，等战争结束，人人都能晋升一两级，躺在功劳簿上养老。

“这是一个难得的机会……”

夏洛特绞尽脑汁，舌灿莲花，连他自己都快相信了，这才把西风骑士团的人心暂时安抚下来。

他宣布了几项人事任命。桃乐斯在注册骑士团的时候，就已经是副团长了，三千人的骑士团肯定不能就两个人管理，夏洛特把杜宾提拔上来做了后勤官，还把新得手的神行马送给了这位得力干将，这玩意他用不着，但给杜宾用刚好合适。

又临时把几支战斗小队捏合组成了两支旋风队，让玩偶姐姐和黄熊带领。

夏洛特使尽了浑身解数，在人事上辗转腾挪，务求让这支骑士团不要在半路上就散了。他故意拖到了傍晚，等大家又累又饿的时候，宣布开始晚餐，等这三千余人美美地饱餐了一顿，一部分不满就烟消云散了。

夏洛特把几个“老部下”、桃乐斯，以及玩偶姐姐和黄熊这两位超凡叫过来一起吃了晚餐，也问了他们为什么要追上来。

玩偶姐姐给出的理由是，她希望成为帝国贵族。

黄熊的理由也差不多，希望自己能有一份稳定的体面工作，他已经有了家庭和孩子，不想继续混帮会了。

夏洛特什么也没有说，吃过晚饭，让大家各自去做事，又尽心尽力巡查了一遍。他没有回马车上休息，反而离开了扎营地，走了几百米后，在只剩下自己一个人的时候，低声说道：“菲蕾德翠卡！出来吧。”

玩偶姐姐轻笑一声，从附近的树梢上跳了下来，问道：“你怎么知道是我？”她拿下面具，露出一双充满热情和活力的碧色眼眸。

夏洛特耸了耸肩，说道：“你带了一把短枪！”

豹人少女一双又大又圆的耳朵抖了两下，沮丧地说道：“我忘记了，你从阿尔卡特拉斯区龙堡大街5号掠夺了一批短枪，我还以为大家都用这种短枪，更容易隐藏身份。”

刺客们炸毁斐迪南大公棺椁的时候，居然还在现场遗留了几根折断的手杖，连炼金炸药都用到的刺客，怎么可能弄不到枪支？

那么唯一的解释，就是他们准备的枪支出了问题。再联想到自己从切尔西侦探社拿走的那批短枪，一切就都呼之欲出了，这批刺客兽人刺客联盟有关，他们这次行动准备的短枪，被夏洛特给一窝端了。

因此夏洛特对这款短枪格外关注，当这位“玩偶姐姐”出现在他面前的时候，他首先注意到的，就是对方多了一把同款短枪。

夏洛特慢条斯理地扣指一弹，血蔷薇浮现在手边，他抓住了这把魔法刺剑的剑柄，淡淡却自信地说道：“亲爱的豹女小姐，请竭尽全力反抗吧。”

菲蕾德翠卡轻轻挑了挑秀气的眉头，说道：“你要知道，我可是十阶兽人刺客！”

夏洛特回了一句：“巧了！我不久前刚刚跟一位十四阶的光辉骑士公开决斗，将其击杀。”

豹人少女顿时气势一滞，她其实也收到了这个消息。上次她和阿尔杰农联手，还差点让夏洛特反杀。两人都认为，这家伙实力未必多强，但异能诡谲怪异，不管是正面对决还是偷袭暗杀，都有一手。

尽管如此，豹人少女觉得，自己打起精神，堂堂正正地战斗，未必就会输，可收到哈里特·阿尔瓦在决斗中被杀死的消息后，她就再也没有这种信心了。

中阶超凡和高阶超凡之间的实力差距还是蛮大的。

菲蕾德翠卡扣住一把飞刀，却并无要出手的意思，说道：“那些人等斐迪南的灵柩离开了你的辖区才动手，可是我的功劳。”

夏洛特思忖了一下，微微点头，说道：“你想要靠着这点换一个全尸吗？”

菲蕾德翠卡有些气结，说道：“如果这还不够，我可以用一个秘密跟你交换，我需要借助你的骑士团逃离斯特拉斯堡。”

夏洛特有些好奇，问道：“你怎么要逃走？”

菲蕾德翠卡说道："这就跟你没关系了，但我知道的秘密，可跟你有莫大的关系。"

夏洛特虽然天使之刺有所进境，对战胜豹人少女有了更大把握，但若是可以不战斗，也不想战斗。

夏洛特沉吟片刻，说道："好！我可以带你去贝希摩斯。"

菲蕾德翠卡说道："苏玫家族遇到了大难题，有几家大贵族想要揉碎这朵帝国第一玫瑰。"

夏洛特惊讶道："为什么？"

他随即就明白过来，惊叫道："是那些齐摩尔曼·阿克瑟尔·罗宾手下的亡魂的家族？！"

豹人少女瞪大了眼睛，叫道："你怎么会这么聪明？"

夏洛特知道齐摩尔曼·阿克瑟尔·罗宾在决斗中杀了不少人，但从未想过这件事会产生什么影响，因为这件事跟他没有关系。

但他一经思考，顿时就明白了事情的关键。

这件事叫作"帝国玫瑰事件"，决斗中的年轻人都是打着"为梅尼尔曼小姐"出气的旗号。当这些年轻人被杀死，他们背后的家族会深深地痛恨齐摩尔曼·阿克瑟尔·罗宾，也会深深地痛恨梅尼尔曼·苏玫。

若是没有梅尼尔曼·苏玫，这些年轻人就不会枉死。这就叫红颜祸水。

至于梅尼尔曼是不是无辜，根本无关紧要，这些家族死了年轻人，必然会非常怨恨有关的人。

夏洛特忽然就明白了，为什么那位倒霉的前典狱长马格鲁·特勒，非要逼自己陷害梅尼尔曼学姐。马格鲁·特勒的背后，必然有大贵族撑腰。

当暴露了，他也就被毫不犹豫地牺牲了，只怕这位前典狱长当时也没得选。

菲蕾德翠卡还想找补一点，说道："你可知道，究竟是谁在背后推动这件事？"

夏洛特毫不犹豫地答道："我当然知道！"

笑话，他可是帮忙梅尼尔曼找过夜窗事件和帝国玫瑰事件文件的一级文书，那些文书的内容历历在目。

齐摩尔曼·阿克瑟尔·罗宾在决斗中杀了哪些人，这些人的背后又是什么家族，夏洛特一清二楚，只不过之前他从未往这方面想过，毕竟这破烂事跟他半毛钱关系也没有，不值得去浪费脑细胞。

豹人少女漂亮的碧色眼眸生出了几分怒气，说道：“你什么都知道，为什么还要我说？”

夏洛特收了血蔷薇，淡淡地说道：“因为我之前没在这事上用脑子。”

他身子微微一顿，忽然就明白了，为什么桃乐斯·苏玫会成为自己的“副手”。这位高尔吉亚大学的前桂冠女神，是到他身边来寻求庇护的。

同时他也明白了，为什么要把自己弄去军队的梅尼尔曼学姐没能成功，更明白了，为什么是梅尼尔曼去接斐迪南大公，因为本来那口保护大公不力的“黑锅”是要扣在亲爱的学姐脑袋上的。

他忍不住嘟囔道：“我是不是该换个大腿？”

旧大陆可没有“抱大腿”这种俗语，菲蕾德翠卡听到他的嘀咕，急忙低头看了一眼自己那双修长笔直、结实有力的大腿，忽然就生出了一股危机感。

夏洛特头一次感觉，法尔斯帝国的政坛也挺诡谲复杂，自己卷入了一个不知道多大的旋涡，有些头疼。他正要回营地，忽然想起了一件事，问道：“真正的玩偶姐姐被你杀了吗？”

菲蕾德翠卡戴上了面具，重新化为身材略显粗壮的玩偶姐姐，说道：“我杀人的报酬可是很贵的，没人出钱，我不可能杀人。我就是把她打晕了，捆绑好扔在床上，现在估计已经醒过来了，以她的玩偶秘术，脱身不难。”

夏洛特得到了回答，特意看了一眼菲蕾德翠卡身上的衣服，无视了豹人少女，走回了营地。

夏洛特回到了军用马车上，摸了摸怀里的猫之假面，暗暗嘀咕道：“原来这玩意是兽人刺客联盟的标配。”

菲蕾德翠卡使用的面具，显然也是一件相似的超凡奇物。

纵然在行军，夏洛特也没有放松修炼，他仍旧按照日常，先修炼了一个半小时的灵蛛术，然后才依次修炼其他四种血腥符文，修炼完成之后，又小睡了一会儿。

第二天早上起来，夏洛特发现，有十多个人逃走了。

旧大陆的军队训练程度和精锐程度，跟地球上的现代军队完全不一样。

就算是最基本的长途行军，都会有无数人逃走，甚至有可能全军崩溃。更何况他的这支西风骑士团还是拼凑起来的部队：只有极少数的正规巡城军，剩下的都是冒险者、囚犯和帮会成员。

一晚过去，只有十多个人逃走，已经是他昨天“画饼”的极大成效了。

夏洛特先是花了一点时间把骑士团再次聚集起来，又给这群乌合之众“打鸡血”，而后宣布开饭，等吃过早饭，众人继续赶路。

第二天的行军途中，又有三十余人逃走，夏洛特无奈之下，稍稍调整了行军的方向。

在第五天的时候，已经先后逃走了近三百人，西风骑士团的人数又跌到了三千以下，但也终于让他把这支自由骑士团带到了马丘比。

西风骑士团进入了迷宫化的马丘比要塞，所有成员完成了 NPC 化。

夏洛特藏在怀里的日记本忽然传出了一股意识：“夏洛特·梅克伦的马丘比迷宫，获得了大量 NPC，满足了晋升条件，可以布置第二座迷宫了。”

夏洛特也没料到，马丘比要塞废墟居然还能布置第二座迷宫！

他又惊又喜，翻开《阿格米拉司的迷宫》第二页按在地面上，随即感应到手掌下的日记本，又有一页消失不见，一股无形的东西扩张开来，邪异之力再次侵蚀这座古代兽人王国的要塞废墟。

那一股意识再次泛起：“马丘比完成双重迷宫需要十八日，在此期间不得离开此地。”

同时，夏洛特也知道了，第二座迷宫布下后，马丘比就会形成两重迷宫世界，他对 NPC 的掌控范围也会增加，可发布任务增多，NPC 身上的可领取的任务也会增多。

当然，对夏洛特来说，更重要的是，他可以大致了解手下士兵们的动向。若是在马丘比，他们根本无法逃走；马丘比之外，只要这些士兵在夏洛特身边的某个范围内，亦会提供方位标示，每个逃跑的士兵，都等于把自己的动向“报告”给夏洛特。

夏洛特安排骑士团驻扎下来，自己捧着日记本揣摩了好久，这才消化了新得到的信息，对迷宫之术的掌握又复深湛了一些。

夏洛特拿到的文书，是让他尽快前往贝希摩斯公国，却并没有说明“尽快”是多快。

骑士团中的冒险者们倒是对马丘比非常熟悉，有了这群“识途老马”，骑士团的新成员们很快就适应了环境。

旧大陆没有任何一个国家支持长途奔袭作战的能力，西风骑士团自然也不能，他们并没有带足补给，本来应该是一路上由沿途的乡镇或者城市提供，就这样也要一路忍饥挨饿，勉强能支撑到贝希摩斯公国。

夏洛特停留下来，自然无法沿途获得补给，他选择让战斗小队们分批出去“征粮”。

在夏洛特的叮嘱下，征粮的战斗小队还带回了一批种子。夏洛特虽然知道，十几天内种不出来粮食，但他总觉得以后可能会在马丘比建立基地，所以未雨绸缪，带领骑士团在马丘比附近进行开荒工作。

转眼几天过去，夏洛特虽然忙得焦头烂额，却奇迹般地让骑士团没有逃兵了，这让桃乐斯和菲蕾德翠卡都啧啧称奇。

黄熊则跟杜宾一起，成了夏洛特的左膀右臂。他虽然出身帮会，却没沾染帮会分子的恶习，处事非常公正，又是超凡，很快就获得了众人的爱戴。

夏洛特挑选了一天，避开大家，去了埋葬汉娜的地方。

虽然夏洛特和这位女冒险者并没什么深厚感情，但汉娜是他组织队伍之后死掉的第一个人，他还是有些介怀。

他面前有一团黑雾飘来荡去，但被迷宫之力圈禁，始终无法逃走。

夏洛特行了一个帝国礼，淡淡说道：“我答应过你，会帮你报仇，虽然迟了一些，希望你不要介意。”

他翻掌虚虚一压，迷宫之力收束，这头魔物顿时爆碎，化为一团青烟。

这件事虽然不算什么，夏洛特却始终放在心中，此时替汉娜报了仇，他总算是了却了一桩心事。

夏洛特默默静立了一会儿，亮出了血蔷薇。雷奥勋爵逃走的时候，把两名仆从留下了，他准备干掉这两个仆从，让自己的实力再提升一级。

雷奥勋爵是高阶超凡，他的两名仆从也是从数百血仆中挑选出来的强者，论实力也有中阶。夏洛特相信，干掉这两个雷奥勋爵的仆从，至少可以让自己节省几十天的修炼时间。

他默默感应迷宫给的回馈，很快就找到了正在吃地鼠的两名雷奥勋爵的仆从，身子一晃，就在原地消失。

这两名仆从在雷奥勋爵离开之后，活得相当艰难，迷宫里能找到的食物太少了，两人经常好几天吃不到东西，体力日渐衰弱。

夏洛特出现在附近，盯着他们看了一会儿，非常确定这两名仆从不是吸血鬼。

吸血鬼们相当高傲，也相当排外，越是年老的吸血鬼就越高傲，也越排外。就算拜罗恩帝国没有严厉打击发展后裔，甚至搞出了“初拥证”来限制，很多年长的吸血鬼也轻易不会发展后代，喜欢发展后裔的多半是一些年轻血族。

雷奥勋爵的这两名血仆，就只是被吸血鬼控制的“仆从”，拥有一定的吸血鬼特征，却因为没有得到“初拥证”，比真正的血族差了甚远。

比如，他们就不能通过汲取生命精华补充身体的血能消耗。

雷奥勋爵被困在马丘比迷宫，靠着吸血鬼的天赋异禀，仍旧活蹦乱跳，实力维持在全盛，但这两名血仆的实力却早就跌至六七成。

夏洛特伸手一画，雷奥勋爵的两名仆从不知不觉被分开，两人反应过来的时候，已经不见同伴了。

夏洛特摸出了吸血手斧，催动了血焰气投掷出去。

血族各氏族天生身体构造不同，大多数血族只会凝聚一个血腥旋涡，以血能的强弱决定等级，修为到了一定层次，吸血鬼们就会积蓄血能，凝聚血核来晋升高阶。

夏洛特如今是五阶超凡，血焰气精微、浑厚远胜之前，再加上血腥荣耀的其余四处血腥旋涡增幅，吸血手斧破空发出呜咽的鸣啸，一名血仆当场就被劈中了后心，扑倒在地，连反应都没有。

夏洛特偷袭得手，耐心地等这名血仆的一身精血都被吸血手斧吞噬，这才从容地把这件吸血武器召唤回来，当他尝试消化这股生命力的时候，体内血腥荣耀骤然沸腾，异变骤生。

雷奥勋爵的这名血仆的生命力，宛如“剧毒”，在体内肆虐，所过之处灼烧如烈焰，酷烈若玄冰，破坏身体的一切机能。

夏洛特又惊又惧，催动了血腥荣耀，想要逼出这股生命力，却哪能轻易做到？他拼命回忆普罗泰戈拉密卷上面有无记载，遇到这般情况该如何解决。

夏洛特两次直面邪神，除了提升了灵性，记忆力也得到了增强。大学时代读过的《普罗泰戈拉密卷》，每一个字都历历在目，却没有提到过这种情况。

夏洛特惶急之下，想起来自己手里还有两册《吸血密卷》，急忙把亚度尼斯氏的《吸血密卷‖亖》和雷奥勋爵所赠《吸血密卷》，一面强行对抗体内如剧毒般肆虐的古怪生命力，一面飞速阅读。

亚度尼斯氏的《吸血密卷‖亖》只记载了秘法，并无任何多余文字，夏洛特翻过之后，一无所得。

当他怀着最后一份希冀，翻起亚瑟密卷的时候，眼睛骤然一亮，其中一门秘法描述的情况刚好跟他现在一模一样。

当年吸血鬼三十七氏族没建立国家的时候，曾肆无忌惮地利用吸血特质，屠杀超凡，以提升超凡等级，吸血鬼们也因此激怒了各大帝国，引起整个大陆的反击，迎来了以普罗泰戈拉为首的人族超凡的无情杀戮，有六支吸血氏族直接被屠戮殆尽，被人类灭族。

拜罗恩建立帝国之后，血族向人类帝国许诺，不肆意猎杀超凡，各大帝国也允诺，禁止人族无故猎杀超凡来修行血腥荣耀，双方达成了微妙平衡。从此非是战争状态，极少有人类选择修行血腥荣耀。

但吸血鬼们仍旧担心，人族再次出现普罗泰戈拉这样的人物，故而密卷编纂委员会集合三十一吸血氏族最具天才人物的智慧，殚精竭虑，创出了一门秘法，名曰：原血沸腾！用以对抗血腥荣耀。

这门秘法本质并不复杂，就是借助上古时期晋升邪神的九大原祖之力，让每一家氏族修炼的血能之中都带有特殊的烙印。

每一位修成原血沸腾的血族，血能之精纯都会远超同辈，不能被任何别家的吸血鬼吞噬，也不能被修炼血腥荣耀的人类吞噬，实力增幅一日千里。

这是一门辅助型秘法，却比任何攻击型秘法更为珍贵。

这门秘法因为需要借助九大原祖的邪异力量，只有三皇族和六王族才能修炼，也不能禁止同族之间相互吞噬。

雷奥勋爵正是亚瑟氏，所以他的血仆体内亦有这种来自邪神的烙印。

“该死！这可怎么办？

“只有修行亚瑟氏族的血族真言术，才能化解亚瑟氏原血沸腾的反噬……”

夏洛特瞬息间就明白了自己没有选择，只能把这股如剧毒般的生命力引入喉咙，以血腥荣耀的秘法，开启了第六团血腥旋涡。

喉咙处的血腥旋涡开启，这股诡异的力量，反而愈发增强。

夏洛特让其余五处血腥旋涡陷入沉寂，接着按照亚瑟氏秘法，强行凝聚血族真言术的血腥符文。

当年大哲普罗泰戈拉也不曾获得亚瑟氏的秘法，他所得的血族秘法，以阿西洛氏为最，其次便是亚度尼斯氏和同为六王族之一的贝罗斯氏，其余十种秘法都来自血族大公级氏族，甚至侯爵级氏族。

此时夏洛特没有前人古法可循，只能参考血腥荣耀和亚瑟密卷，自行开创秘法。

夏洛特开始只觉得，血族真言术的符文庞大繁复，全无头绪，连续尝试数十次尽皆失败，忍不住吐了一大口黑色瘀血，这团黑血落在地上，发出哧哧的声音，极具腐蚀之力。

便在此时，一个悠然的声音自无尽虚空传来：“小家伙！亚瑟氏秘法，可不能这么乱来。”

夏洛特心头大惊，随即就有一股意识侵入了脑海，这股意识什么都没做，就像有意无意地拨动了一下琴弦。

夏洛特心头灵光一现，大叫道：“我知道了！我知道了……”

原本不得其门而入的血族真言术符文，忽然就在脑海中被拆分开来，就如数学符号一般，脉络清晰……

喉咙处的那一团血腥旋涡里，无数碎金色符文攒聚成了一册黑色封皮无数金光点耀的书，本来不断侵蚀身体，宛如剧毒的生命力也安静了下来，任由夏洛特催动血腥荣耀将之消化。

半个小时后，夏洛特终于把这名血仆的生命力消化，喉咙处的第六团血腥旋涡也渐渐稳定下来，他感应着这处血腥旋涡内黑色封皮无数金光点耀的书，想起那一道神秘的声音，无上的意志，心头却彻骨森寒。

他知道那是什么东西。因为他不是第一次见到这东西了。

那是一头血族邪神。

夏洛特甚至忍不住想道：我是不是有什么特质？特别爱招惹邪神？怎么就不能给我整点正神的神眷？九大正神不成，他们的侍神或者仆从神也可以啊！

夏洛特仰望天空，他当然什么也看不到。

区区一个六阶超凡，可没有跨越虚空看出点什么的本事。

开辟了第六团血腥旋涡，还是血腥荣耀所不曾记载的一处，夏洛特也正式晋升六阶了。最难得的是，他还同时凝练了血族真言术的符文，拥有了第五种异能。

只不过亚瑟氏的每一种法术都需要苦修，他刚刚修成血族真言术的血腥符文，还没开始修炼具体的某种秘术，不能施展任何一种血族真言法术。

尽管如此，夏洛特也相当满意了，他埋葬了那名血仆的尸体，又去寻找另外一名血仆了。

这一次，夏洛特仍旧是远远地投掷吸血手斧，这名血仆的疑心较大，尤其是同伴突然消失不见，心头更是警惕，居然反手一挥，用血肉之躯跟吸血手斧硬拼了一记。

吸血手斧被反弹了回来，夏洛特探手一招，收回了吸血手斧，十分惊讶这名血仆的肉身如此强横。随即他就找到了原因，亚瑟氏的《吸血密卷》上有一门淬炼身体的秘法，名曰“血屠夫”。

他翻阅密卷的时候，无意中掠过一眼，这门功法十分粗俗，专门给血仆修炼，正经血族反而从来不学。

血屠夫亦算是一种骑士，可以把身体的每一个部分都修炼成武器，筋肉骨骼坚若钢铁，体力强横，可以一直战斗到生命终结。

夏洛特催动了吸血手斧，又尝试了两次，都被雷奥勋爵这名仆从硬碰硬地挡了下来，于是他不再尝试了。

反正对方在他的迷宫里，只要再过一段时间，待对方体力彻底枯竭，终将让他予取予求，何必非要现在费劲？

夏洛特收了吸血手斧，任由这名血仆自生自灭，返回了西风骑士团的营地。

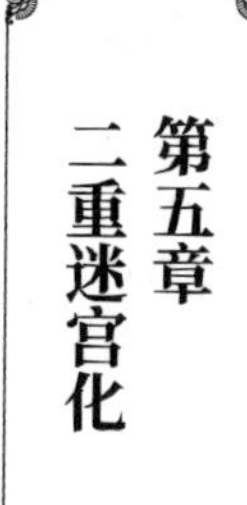

第五章 二重迷宫化

桃乐斯见到他回来，忍不住说道：“我们不能继续待下去了，附近根本没有足够的村子让我们征粮。我们必须尽快赶路，在路上获得补给。”

夏洛特摇了摇头，说道：“我们必须在这里待足十八天！削减一下口粮，让大家饿几天也没事。”

他要等第二座迷宫布置完成，比起这件事，让西风骑士团饿上几天，根本无所谓，反正夏洛特计算过，饿不死人。

桃乐斯低声说道：“你也不怕大家造反吗？三千多人一旦混乱起来，根本没办法平息。”

夏洛特微微一笑，说道：“我最不怕的就是他们造反。”

在马丘比的迷宫里，一群 NPC 还能造什么反？

夏洛特甚至觉得，让这些骑士团成员多饿几天，有助于他们理解什么叫“纪律”！他已经决定了，二重迷宫化完成之前绝不会离开，并且也会行使粮食管制，只有听话的人才有东西吃。

桃乐斯见夏洛特不听她的建议，很有些无奈，只能未雨绸缪，多做几手准备。

不管是囚犯，还是帮会成员，甚至冒险者里，都有女性存在。

桃乐斯出发后，就跟夏洛特要了一百多人，组成了一支纯女性的队伍，她受过正规大学教育，把手下管理得还不错。

旧大陆的村子人口一般不多，存粮也不会太多，马丘比是古代兽人王国的废墟，附近本就没什么村子。在夏洛特“一意孤行”的情况下，这支骑士团的处境很快就艰难起来，不得不执行粮食配给制度，每个人只能吃一小块黑面包，清水倒是管够，马丘比要塞内有一处水源。

最糟糕的是，夏洛特经常消失不见。除了每天的征粮队伍，其他人想要逃走，却时常会在要塞内迷路。有时候距离要塞大门不过一步之遥，却几步就走到了莫名其妙的地方。骑士团内部渐渐怨声载道。

杜宾、黄熊、桃乐斯，还有“玩偶姐姐”，实则兽人刺客联盟的菲蕾德翠卡，都被迫参与了安抚工作，每个人都疲于奔命，毕竟三千人的骑士团暴动起来，后果相当严重。

唯一比较淡定的，就是夏洛特最早的那批部下，也就是被他忽悠来的冒险者们。这些人经验丰富，在回到马丘比的头几天就偷偷藏起来了一些食物。

时间一天一天过去，西风骑士团就好像一个即将爆炸的火药桶，随时都可能在一颗不经意的小火星点燃下，忽然爆炸开来，把所有人都炸得粉身碎骨。

直到某一天的早上，就连征粮队都无法离开马丘比要塞，骑士团彻底炸了，无数人高声叫喊，让夏洛特出来给他们一个交代。纵然杜宾、黄熊、桃乐斯，以及菲蕾德翠卡拼尽全力安抚，仍旧无济于事。

很快就有人动起手来，虽然杜宾带了巡城军的老同僚镇压了十多起争斗，但三千人也太多了，他很快就压不住了。

这支东拼西凑出来的骑士团，终于被点燃了，他们互相指责、谩骂，甚至有些人围住了几个头领，随时可能付诸武力。

桃乐斯虽然是三阶卡牌魔法师，但也无法应付这么多人。她捏了一张“魔法卡牌·开门”，这张卡牌可以在任何墙壁上打开一道门，随时能够溜走，但她仍旧在做最后的努力。

就在此时，有人大喊一声：“这几个浑蛋骗了我们，我们抓住他们，逼问出来离开的道路。”顿时有人应和起来，情况糟糕至只差最后一线，就要沦落至无可挽回的境地。

夏洛特正在闭目修炼，一股意念入脑：“马丘比二重迷宫化完成！”

他睁开双眼，微微一笑，感受了一下全新的马丘比要塞。这座古代兽人王国的要塞面积相当巨大，毕竟当年号称——永不陷落的马丘比。

它建造在两座山峰之间，本身亦是交通要道，当年最多曾驻扎过二十七万大军，有数百座兵营，是守护斯特拉斯堡的最后堡垒。

歇洛克王朝攻陷这座要塞之后，选择放火烧了马丘比，让这座古兽人王国的要塞化为废墟，就是因为它实在太难攻打，歇洛克王朝损失了太多的兵力，当时又急着去攻占斯特拉斯堡，没有足够的兵力驻扎。

后来覆灭了古代兽人王国的歇洛克王朝，干脆另外修筑了一条官道绕过马丘比，放弃了修缮这座要塞。

马丘比二重迷宫化完成，夏洛特对这座古代兽人王国的要塞废墟能做的事情更多了，他甚至可以铲除一些倒塌的建筑，重新设置一座全新的建筑，只不过生成全新的建筑非常消耗时间，还需要NPC们的配合。

夏洛特的意识在这座迷宫中传荡，很快就感应到了正在发生的事情，他毫不犹豫地迈出一步，瞬间抵达了事发现场。

夏洛特站在高处，居高临下，断然暴喝道：“西风骑士团的人，愿意听我命令者，走向东边！”

他伸手一指，有一座石拱门出现，这是马丘比要塞原本的建筑，叫作荷马之门，因为纯粹由石块建造，并未被烧毁，只是生满了青苔和藤蔓。

夏洛特把这座大门挪移了过来，顿时震慑住了所有人。

马逊和何蒙莎等冒险者出身的骑士团成员，立刻就向荷马之门狂奔而去，他们都有丰富的经验，知道这个满嘴承诺天花乱坠的家伙，跟这座要塞之间有点猫腻。

杜宾略微犹豫，也带了一批人，直奔荷马之门。

黄熊、菲蕾德翠卡和桃乐斯是第三批投奔荷马之门的人，跟随他们过来的也有七八百人，剩下的人都不肯罢休，吵吵闹闹，大声谩骂。

夏洛特伸手打了个响指，顿时有无数石墙出现，把这些人切割开来，荷马之门却稍稍上升，让所有人都能看到那些遵从夏洛特命令的人。

夏洛特站在一根高高的柱子上，巍然若神明，大喝道：“我再给你们最后一次机会，愿意听从我命令者，高举左手；不愿意者，将会被永远留在这座要塞废墟，直至化为枯骨。”

旧大陆虽然有超凡，却没人掌握迷宫一系的秘法，这群出身囚犯和帮会分子的骑士团成员，已经被夏洛特震撼住了，只是一时情绪到了，不肯下台罢了。

此时夏洛特站在高高的柱子上，目光扫下，冷漠无情，还在吵闹的人，声音越来越小，直至没了声音，很快就有人高举左手，也有人把右手举了起来，更有人把两只手都举了起来。

在地球上，小学生们都会训练分辨左右手，但在法尔斯帝国可没人会教这个，很多人直至成年都分不清左右手。

夏洛特也不为难这群乌合之众，只要举起手的，不管是哪一只手，都给开出了一条通道，很快所有人都走了出来。

夏洛特也微微感慨，马丘比对他来说，是个很特别的地方。他犹豫了一下，让马逊和何蒙莎这两个老部下带一百人留下，他准备把马丘比重新打造成要塞。

虽然这么点人，不过杯水车薪，但总也是个“种子”。

夏洛特也有点担心何蒙莎上战场会出什么事，把她留在马丘比，他会安心不少。

留下了马逊和何蒙莎，夏洛特带着这支西风骑士团继续赶路，向贝希摩斯公国进发。

夏洛特坐在马车上，看了一会儿日记，他心头暗道：原来阿格米拉司的迷宫不一定非要找十五座废墟，也可以叠加迷宫到同一座城市。不知道想要叠加第三座迷宫会是什么条件？或者，我能不能找到另外一座城市废墟呢？

夏洛特又把日记本翻过来，看了一会儿《吸血密卷Ⅱ亖》。《阿格米拉司的迷宫》有十五页，《吸血密卷Ⅱ亖》却有十七页，夏洛特已经掌握了其中三页的奇技——血焰气、血焰变形术、燃焰之手，目前正在研究第四页炎炽烈鸣弹。

翻看了一会儿，夏洛特把日记本收了起来，他拍了拍自己的右腿，右腿中的血腥旋涡内，有一只淡金色的符文蜘蛛，在马丘比待了十八天，他终于把灵蛛术的符文也修炼成了。

如果六阶超凡也分档次，夏洛特大概在最高的那一个档次，他一共拥有六种异能：洞察、血焰气、轻捷术、灵蛛术、天使之刺和血族真言术。

血腥荣耀在六处血腥旋涡内激荡，偶尔就会如潮汐一样，被增幅数成，在体内运转骤然加速。

夏洛特心头暗忖道：修成了灵蛛术，凭我的速度，就算寻常高阶也追不上了。只要再多小心一些，此去贝希摩斯公国应该没有生命危险。

夏洛特正这么想的时候，就有西风骑士团的斥候回来禀报，前方发现两支军队在战斗。

西风骑士团在马丘比迷宫待了十八天，虽然爆发过危机，但危机过去后，反而形成了一股凝聚力。经常被夏洛特派出去征粮的战队，摇身一变，转为斥候，居然也做得像模像样。

就连桃乐斯都有些惊叹，还以为他在大学选修过军事项目。

夏洛特当然没有选修过这门课程，能够让这支东拼西凑的杂牌骑士团有如今的凝聚力和气象，只能说一句“好运气”罢了。

夏洛特又派出了几支斥候小队，他根本不想掺和两支军队的战斗，只想找一条能够绕过去的道路。

可还没等斥候回来，就听到前方有山崩海啸的声音，然后就有无数嘈杂的呐喊声响彻云霄。

这支骑士团里战场经验最丰富的人，其实是豹人少女菲蕾德翠卡，她脸色微微一变，说道：“有一方被打垮了，这是胜利者追击的呐喊声。”

夏洛特正要应变，菲蕾德翠卡就提醒道：“逃跑已经来不及了，一旦队形被逃兵冲散，我们会很危险，只有正面迎击才能维持不乱。”

夏洛特虽然只会纸上谈兵，但也知道菲蕾德翠卡说得正确无比。战斗开始，西风骑士团中的那些囚犯只怕就要逃走，接着就会引发雪崩般的连锁反应。

他立刻下令，让西风骑士团摆出铁桶防御阵，准备迎接可能到来的冲击。他也不知道战斗的双方都是哪一家的军队，只能希望胜利的一方是友军。

巡城军虽然是地方军队，除了管理治安，基本没上过战场，但基本的铁桶防御阵还是摆得蛮扎实，因为街头上偶尔会有大规模的帮会混战，这种阵型能最大限度保证巡城军不受伤。

至于反击？巡城军从没有这种要求。

过了半个小时，漫山遍野都是逃兵，后面有一支骑兵正有条不紊地追击，一看就是训练有素的精锐。

夏洛特一眼就认出来，前方四散逃逸的是家乡贝希摩斯公国的军队，甚至因为从小见惯了，还能认出来这是菲乐男爵的雅虎骑士团。

历代菲乐男爵都是公爵的属臣，领地就在贝希摩斯公国的东边。这一代的菲乐男爵跟斐迪南大公交情极深，祖父一辈还是互相通婚的友谊。

至于后面的追击部队，如此精锐，肯定不是南瑟拉夫人的军队。南瑟拉夫没有自己的军队，都是帝国派出军队管理。南瑟拉夫的复国者们根本没接受过正规军事训练，除了一腔热血，也不会比巡城军好多少。

旧大陆有骑士，但骑兵极少，能够成队形追击的骑兵，肯定是各大帝国的精锐。这支追击的骑兵穿的虽然不是拜罗恩的暗红色系军服，但从习惯用的弯月散兵追击阵，可以精准地推断出来，这是拜罗恩的骑兵。

夏洛特骂了一句："怎么会遇到拜罗恩人？"

按理说，贝希摩斯公国刚刚向南瑟拉夫宣战，拜罗恩也刚刚向贝希摩斯公国宣战，拜罗恩的军队根本不会这么快出现在战场。

尤其是，他们还没到贝希摩斯公国，这里还是法尔斯帝国的领土。

夏洛特最怕遇上拜罗恩人。

他修炼的是血腥荣耀，拜罗恩的吸血鬼们最恨修炼血腥荣耀的人类，平时遇到都可能拔剑相向，要是在战场上遇到，肯定是不死不休。

这支拜罗恩的骑兵，若是得知这里有人修炼血腥荣耀，甚至有可能放弃追击这些贝希摩斯公国的逃兵，全力攻击西风骑士团。

夏洛特对手下这支骑士团的战斗力非常不自信，虽然追击的拜罗恩骑兵只有一两百人，但他相信在这种精锐骑兵冲击下，训练极差、人心散乱、来源复杂、毫无奋战之心，又没有长矛和大盾等防御骑兵冲击武器的西风骑士团，可能抵挡不住一轮攻击。

夏洛特环顾左右，正要找一根长矛来遮掩身份，但随即就暗骂了自己一声："蠢货！找什么长矛，用步枪啊！吸血鬼们再精明，还能从反空间远程步枪看出来使用者的武技来源不成？"

面对拜罗恩的精锐骑兵，吸血手斧和血蔷薇都不能用了，这类武器容

易招致吸血鬼军队的集火，但其他超凡武器却不会，夏洛特毫不犹豫地探手从衣领抓出自己的“爱枪”。

他因为要出门行军，肯定不能带炼金手杖，战场不是展示风度的地方，所以他把手杖、马格南手梭、炼金手枪，以及私人马车都留在了家里。

现在，爱丽舍田园大街58号有南茜夫人和乌梅子酱夫人照顾，他走的时候，也不用把三只幼猫送走寄养，十分安心。

夏洛特摆了摆手，就有手下把装着破魔轰甲弹的箱子拎了过来，他平时只带三发破魔轰甲弹，这个子弹数目在街头决斗足够了，开头三枪打不死的敌人，也没机会再对其开枪了，但在战场上明显不够。

夏洛特填装了二十发破魔轰甲弹，又悄悄取出来两把银犀，也都填装好了子弹，然后插入了身上的枪套。

取出了三把枪，夏洛特稍稍安心了一些。

就在这个时候，杜宾脚踏神行马，狂奔了回来，大叫道：“敌人只有两千人，我们能打赢！”

虽然他知道对方只有两千人，但也绝对不会投入战斗。

杜宾见夏洛特不为所动，急忙补充道：“他们只有这一支骑兵，剩下的都是南瑟拉夫人，战斗力比咱们还糟糕。”

夏洛特这才神情微微一动，稍稍犹豫了一下。

就在他深深思考过后，还是打算放弃冒险的时候，雅虎骑士团的逃兵看到这边有法尔斯帝国的军队，都一窝蜂地冲了过来。

夏洛特虽然没实战经验，但知道肯定不能让逃兵把自己的阵营冲开，若是阵型被冲开，拜罗恩人的骑兵只需要一个冲锋，就能打垮自己带领的这支骑士团。

他虽然不大忍心，但还是把手高举，喝道：“靠近者格杀勿论，让他们绕开我们，在后方集结。黄熊，带上五百人，在后方拦截这群败军，不能让他们逃走，不听命令的就地斩杀。”

夏洛特连续几条命令下去，虽然在内行人看来乱七八糟，但这会儿却稳定住了军心。

这支新成立的骑士团，虽然人员复杂，但在夏洛特的各种手段下，勉强有了一点凝聚力，至少听从命令这件事能执行无误。

立刻就有三百人架起了步枪，发出口头警告之后，面对仍旧冲过来的败军开始了射击。

帝国给骑士团补充的军械，只有三百把步枪，剩下的都是军刀、盾牌等武器。

在旧大陆上，虽然出现了枪支，但还未大规模装备军队，也只有皇家骑士团和大贵族的私人骑士团才会普及枪支，地方部队都不会普遍装备枪支，比如基尔迈纳姆监狱的狱军，就能配备马格南手梭，但夏洛特的巡城军，就一直没有配备足够的枪支，上了战场还做不到人手一支步枪。

夏洛特的西风骑士团，除了这三百把步枪，还有一部分人使用短枪，都是他大劫阿尔卡特拉斯区龙堡大街 5 号的切尔西侦探社的收获，剩下的都是军刀，甚至有一部分还使用不适合上战场的刺剑。

唯一值得欣慰的是，夏洛特至少没让手下拿着一根手杖上战场。

但确实有很多地方的部队，基本武器就是价值几个生丁的手杖，最多再配一把廉价匕首。西风骑士团好歹也是首都斯特拉斯堡出来的地方军，非其他地方军可比。

夏洛特不由自主捂上了眼睛，他实在不忍心看着这么多人被射杀，尤其是……还是他下的命令。

自己下令射杀这些人，还假惺惺地捂上眼睛。

这一幕落在西风骑士团大多数人的眼里，是这位原总领大人，现在的骑士团团长心思冷酷、手段狠辣无情的表现。

莫名其妙的是，西风骑士团上下更愿意听从夏洛特的命令了，不是因为敬重，而是因为恐惧。

两轮射击之后，逃兵总算是听话了，不再直接冲过来，而是绕过西风骑士团逃窜。这些人绕过骑士团，却被黄熊带人拦截了下来。

虽然场面还是乱哄哄的，但在黄熊的强力镇压下，大多数逃兵已经被收服了。

拜罗恩骑兵发现了夏洛特的西风骑士团，放弃继续追击逃兵，而是收拢队形，逼近骑士团的防守阵地，在其两百步外的地方停了下来，这也是法尔斯帝国制式步枪的射击极限。

一名骑士催动坐骑，离开了自己的队伍。夏洛特下令，让部下们不得

命令，不得射击，自己也扛着反空间远程步枪，出了铁桶防御阵。

夏洛特身为六阶超凡，并不畏惧在战场上来一次主将对决。

两名主将在战场上打了个照面，对面的骑士摘下了面罩，是一个面容粗犷的大汉，从各种生命体征上看，这不是一个吸血鬼，应该也是血仆。

拜罗恩几乎没有走其他道路的超凡，要么是血族，要么是血仆，脑子正常的超凡都担心会被吸血鬼们干掉。

虽然拜罗恩跟其他国家有协议，但这个协议只能保证吸血鬼们在其他国家境内会收敛，却不能保证踏入拜罗恩境内的超凡的安全。

毕竟这是一个吸血鬼建立的帝国。

夏洛特耸了耸肩膀，说道："抱歉了，此路不通。"

对面的骑士冷冷说道："我不方便报上姓名，你可以叫我南瑟拉夫的复国者，我本来也是南瑟拉夫人。这场战争，是南瑟拉夫对贝希摩斯的复仇，贝希摩斯人都是卑劣的背叛者。这不关你们法尔斯人的事。"

夏洛特叹了口气，说道："我就是贝希摩斯人，我的骑士团也都是在法尔斯生活的贝希摩斯人。所以，我不得不来，不得不战。"

夏洛特当然是贝希摩斯人，但骑士团中的贝希摩斯人不会太多，他总觉得对面的这名骑士有点"天真"，如此说说不定能唬住对方。

自称南瑟拉夫复国者的骑士冷冷地说道："那就没办法了。"他拉下了面罩，大喝道，"冲锋！"

这支来自拜罗恩的骑兵，果然不愧是精锐，在粗犷骑士的号令下，立刻就发起了冲锋。

夏洛特一脸呆滞，他完全不能明白为什么忽然就要开战了。

他愣了一秒才反应过来，对方把自己骗了。自己身为骑士团团长，现在处在战场中央，手下就不可能开枪，步枪的优势完全发挥不出来。

在那一瞬间，夏洛特微微羞愧，自己居然做了一件蠢事。

他暗叹一声："我终究是没上过战场的蠢货啊！居然以为在战场上，还要讲究什么绅士风采。就算讲绅士，我跟一个血仆穷讲究什么？"

夏洛特大脑乱转，但身体却很诚实，把反空间远程步枪单手抬起，扣动了扳机。

粗犷骑士催动了斗气，全身都笼罩在一层血色光晕之中，大喝道："我是血屠夫，区区步枪，打不穿我的身体。”

他人马合一，手中的骑士长枪遥遥指向前方，整个人生出了一股惨烈的气势，背后更有一面血色大旗隐隐飘扬，那是经历了无数场战斗才培养出来的战争之证。

骑士的八大证明，并无前后的关系，但战争之证必须在战场取得，所以底层的骑士很容易获得，贵族的骑士们反而因为极少上战场，都缺乏战争之证。

战争之证配合血屠夫，的确能够在战场上震慑敌人，堪称无敌。

在生死关头，夏洛特的手特别稳。

这一枪不偏不倚地击中了粗犷的南瑟拉夫复国骑士。

破魔轰甲弹就连高阶超凡都能打死，更别说这位粗犷的骑士，即便有战争之证和血屠夫的加持，仍旧抵挡不住一颗破魔轰甲弹。

在双方军队的注视下，一方气势万千，骑士冲锋，一方轻描淡写，一把步枪点射。

终究是炼金术超过了血屠夫。夏洛特一枪就解决了这名粗犷的骑士。

战马驮着主人残破的尸身狂奔了数十米，冲到了夏洛特的身边，才茫然地停了下来。

血屠夫可以把身体的每一个部分都修炼成武器，筋肉骨骼坚若钢铁，体力强横，可以一直战斗到生命终结，抵挡普通子弹不在话下，但遇上炼金术制造的破魔轰甲弹，亦只有这个悲惨下场。

出手击杀了骑兵主将，但夏洛特的处境却一点都没有变好。

他在战场中央，前方是冲锋的骑兵，虽然主将被杀，但全无停下的意思，身后是自己的骑士团，他要是仓皇逃跑，这支西风骑士团非但不会接应，大概率会抢先崩溃……

夏洛特深深地吸了一口气，狂喝道：“冲锋！给我冲锋！杀了这群拜罗恩人！”

他稍等片刻，若是他的部下不听命令，放弃冲锋，他就什么也不管了，使用轻捷术和灵蛛术逃命吧。

但出乎夏洛特的意料，西风骑士团呐喊一声，居然真的开始了冲锋。

夏洛特想象不到，身为主将的他在战场与对方主将对决，并击杀了对

方的主将，究竟有多么提升士气！

见西风骑士团开始冲锋，夏洛特则安定下来，左臂抬起架住了步枪，连续开枪射击，都是挑对方的主力骑士。

当双方大军撞击到了一起，夏洛特已经击杀了七八人，他匆忙卸下了破魔轰甲弹，把步枪送入衣领，取出吸血手斧和血蔷薇，进入了短兵相接的战斗。

虽然这两把超凡武器都不适合战场，但夏洛特毕竟是六阶超凡，这两件超凡武器仍旧能够发挥极大的作用。

开战之前，夏洛特还想隐藏自己修炼血腥荣耀的事，但既然已经开战了，就没必要继续隐藏了。

按照夏洛特开战前的构想，围成铁桶防御阵，又以步枪和短枪射住阵脚，拜罗恩的骑士评估战损后，说不定会自行退去。但他也没想到，自己一开场就被对方的主将骗出战场，发动了攻击，让战斗朝着谁也预料不到的方向发展，并且一发不可收拾。

夏洛特在拜罗恩骑兵冲锋的时候，用反空间远程步枪几乎把这支骑兵的超凡灭尽，也让这支拜罗恩的精锐骑兵的气势一再衰落，冲锋的势头外强中干。

桃乐斯也没想到，第一次上战场，就遇到了这种战斗，这位苏玫小姐家学渊源，并没有使用什么攻击性的魔法，而是取出了一张“狂风”卡牌，在两支军队刚要接战的时候，冲着拜罗恩人使用了。

扑面而来的风，卷起的尘沙，让这支拜罗恩人不约而同地闭上了眼睛。

闭上了眼睛的骑士，在战场上等若行走的军功牌。

夏洛特的骑士团中，还有黄熊和菲蕾德翠卡两位超凡。

黄熊是猎魔者，他的魔物心核是一头魔熊，所以他皮糙肉厚，力大无穷，在战场上，作用不输血屠夫，目前在后方收拢逃兵。

菲蕾德翠卡是十阶的兽人刺客，真实战力还在夏洛特之上，远远超过了黄熊。她在战场上换了一把骑士长枪，勇猛豪迈，几乎没有一招之敌。

无数的条件累积起来，让本来弱势的西风骑士团顿时士气大涨，近两百名的拜罗恩精锐骑士一瞬间就死伤大半。

夏洛特连战数人，干脆连吸血手斧都收了起来，凭着阿西洛氏的剑术，只使用一把刺剑，在战场上犹如鬼魅游走。

铮铮一声脆鸣！夏洛特的刺剑，在战场上第一次被人挡住。

出手的人手持一面铁盾，挡住了魔法刺剑，接着一斧劈来，力量沉雄。

夏洛特轻盈地转开身子，随手一剑，又杀了一名拜罗恩骑兵，大喝道："血屠夫？"

对方闷声不吭，一斧一盾狂舞。他力大无穷，使用的又是厚重兵刃，虽然不是超凡武器，却能抵挡住血蔷薇。

双方交手数招，夏洛特占尽上风，但也破不掉对手铁罐头一般的防御。他的剑术一变再变，想要找到一处破绽，但这名血屠夫亦是中阶超凡，若不是在战场上，夏洛特还有许多小手段，这会儿四面八方都是敌人，他却没办法随机应变了。

夏洛特把剑法从晨曦之火，变为曙光天色，剑光如银星满天，无孔不入，奈何敌人身上就没空洞。

夏洛特把三个想要上前帮忙的拜罗恩骑兵杀了，血腥荣耀忽然微微沸腾，左臂的血腥旋涡内，宛如刺剑的符文生出微妙变化，隐隐多了一层无色光芒。

与此同时，血蔷薇的剑刃上，亦吐出了一截淡金色气芒，长不过数指，伸缩不定，宛如灵蛇吐信。

夏洛特大喝一声，长剑翩然斩落，手持铁盾巨斧的血屠夫想要荡开这一剑，但剑刃上多了一层淡金色气芒，骤然变得锋锐无匹，血蔷薇一划之下，把这名敌人连人带盾牌一起斩开。

夏洛特收了血蔷薇，却发现战场上已经没有还能站着的敌人了。

遍地是敌人的尸体，西风萧瑟。

夏洛特斩杀了对手，脑海里却翩然浮现出一个念头："干吗要跟他比剑术啊？我施展燃焰之手，掏一把银犀打死他不好吗？"

他此时才感觉到自己全身冷汗，刚才的战斗不知道有多么紧张。

经过了一场胜利的磨炼，西风骑士团已经隐约有了一点正规军的影子。

夏洛特站在那里，不用任何命令，整支骑士团都鸦雀无声，静静等着团长发言。

过了一会儿，夏洛特才提气大喝道："我们是西风骑士团，我们胜

利了！”

战场上顿时响起了欢呼声，一波比一波大！

等大家的欢呼声稍稍停下，夏洛特才继续说道：“在我的带领下，骑士团会不断获得胜利，并且平安回家。现在，我们开始打扫战场，所有收获的财富，尽皆平分。”

这一次夏洛特收获的欢呼声又大了一些，刚才的欢呼声中有些人不过是敷衍，但现在的欢呼声都是由衷的、发自内心的。

毕竟金钱比夏洛特可爱。

杜宾忍不住凑了过来，说道：“我们已经全歼了这支拜罗恩的骑士团，正应该顺势把剩下的南瑟拉夫人的军队也一并击垮。他们只有两千人，而且士气和训练都非常糟糕。”

夏洛特可不想打仗，打仗就要死人，而且这也不是什么保家卫国的正义战争，几个大帝国的争霸，每一个死掉的人都是无辜的。

他说道：“你挑五百人，先过去侦查一下，我随后带大部队就来。切记，切记，一定要等我带主力过去，不要提前交战。”

杜宾不疑有他，兴冲冲地叫了十来支战斗小队去。

夏洛特指挥手下们打扫战场。他没打算跟南瑟拉夫人交战，只想拖一两个小时，也许那些南瑟拉夫人会趁机逃走，最后皆大欢喜。只是他会因为“贻误战机”，让杜宾有些不满。

夏洛特把贝希摩斯公国的败军收拢起来，居然大约有五千多人。

菲乐男爵是贝希摩斯公国的大贵族，地位仅次于斐迪南大公。

斐迪南大公夫妇离世后，菲乐男爵的地位变成了仅次于贝希摩斯公国新任公爵斐迪南大公的侄子弗朗茨·约瑟夫——约瑟夫大公。

夏洛特从败军那里打听到，可怜的菲乐男爵在一个多小时前被那位粗犷的骑士在两军阵前当场斩杀，就如他在两军阵前杀了那位粗犷的骑士一样，然后菲乐男爵的雅虎骑士团崩溃了。

夏洛特几乎复制了不久之前拜罗恩和南瑟拉夫联军击败菲乐男爵的雅虎骑士团的那一幕。

如果是正经的军事家，会对这些败军非常头疼。

但夏洛特是个“门外汉”，很豪迈地大手一挥，把这五千余名败军打散了，扩充到了自己的西风骑士团中。他丝毫没想过，他其实没权力处置这批败军。

这个命令下达之后，雅虎骑士团立刻就有数名骑士站了出来。一个全身盔甲、脸上有两撇漂亮小胡子的中年人，气急败坏地大叫道：“夏洛特团长，你无权处置我们！我们不是法尔斯人。我要求与身份对等的待遇，我要求你把雅虎骑士团的指挥权交还予我，我要求你立刻派兵去找回男爵的尸体……”

这家伙一口气提了十多条要求。

夏洛特从衣领抓出了反空间远程步枪，说了一句：“你是谁啊？”

对方正欲表明身份，夏洛特·梅克伦先生就已经无情地扣动了扳机，把这位“勇敢”的先生一枪轰了。

开枪之后，夏洛特才反应过来，自己冲动了。其实战争过后，夏洛特的情绪一直都不太稳定，他自己都没觉察这种不正常……

周围的人看他的眼神也都不一样了。

夏洛特知道，这种时候只能硬撑下去，不能反思，深深吸了一口气，大声叫道：“西风骑士团只能有一个声音……”

奉命去收拢败军的黄熊，一直都为没能参与战斗而遗憾，此时听到了这句话，他暗叫道：“这个我熟悉！”

当即就扯开了粗犷的嗓子，大叫道：“就是夏洛特·梅克伦团长的声音！”

参加过那次会议的帮会分子，都想起夏洛特拿着银犀恫吓刀疤的画面，以及不久之后巡城军屠灭黑蝎帮的事情，很快，整个战场都是“就是夏洛特·梅克伦团长的声音”这句嘶吼。

这一幕把雅虎骑士团的败军吓得噤声了，再没有人敢站出来。

夏洛特心道：黄熊你的路走宽了啊！这货还真有点东西。

他微微一笑，但在雅虎骑士团的败军眼里，却比恶魔还要恐怖。

毕竟这位骑士团团长刚刚指挥军队全灭了拜罗恩的精锐骑兵，而这支精锐骑兵不久前击溃了他们。

夏洛特慢条斯理地说道：“如果还有人想表达不同意见，欢迎你们勇敢地站出来。我刚才冲动了！我保证下次不会。”

整个战场鸦雀无声。

夏洛特表现得喜怒无常，动辄杀人，谁能信啊？

夏洛特松了一口气，如果真的还有勇士站出来反对，他还真不知道怎么办才好了。

没有人再出来表示反对，夏洛特的整编工作就进行得特别顺利，按照一支战斗小队五十人进行分配，这一次整编了近两百支战斗小队出来。

夏洛特故意让一部分战斗小队不满员，他觉得这么干有点“残缺美”。

另外，他给自己，以及杜宾、黄熊、桃乐斯，还有菲蕾德翠卡分别组织了一支直属战斗小队，每支战斗小队两百人，挑的都是身材健壮、武艺不凡的战士。

还没整编完，就听到从上一场战斗的方向传来嘈杂的声音，很快，夏洛特就看到杜宾踩着神行马，脸上神采飞扬，押着两千多人回来了。

夏洛特目瞪口呆，非常想问一声：“不是让你不要提前交战吗？而且，怎么看起来好像没有战斗过的样子？”

杜宾收了神行马，大声叫道：“这些人只是普通农夫，被强迫来作战，我才带人过去，他们就投降了。我们怎么处置这批南瑟拉夫人？”

夏洛特心道：“我怎么知道？”

想归这么想，但他下令的时候却很干脆，就按照“惯例”，把这两千余南瑟拉夫人打散编入了各支战斗小队。

因为多了这两千多名南瑟拉夫人，西风骑士团的战斗小队增长到了两百六七十支，人数也膨胀到了上万人。

夏洛特向投降的南瑟拉夫人打听了一下，才知道两支军队为什么跑来法尔斯帝国境内作战。

菲乐男爵想要偷袭南瑟拉夫的重镇，在没有通知法尔斯帝国的情况下，想要从其境内绕道入侵南瑟拉夫，但他的情人偏巧是南瑟拉夫人，这位女士冒死把消息传递了出去。

南瑟拉夫的复国者立刻就派出一支军队来拦截，他们当然知道，这群农夫的战斗力不行，所以请拜罗恩人帮助。

夏洛特并不同情那位菲乐男爵。贝希摩斯公国和南瑟拉夫之间的仇恨，根本不可化解。这位男爵居然还找了个南瑟拉夫人做情人，这也就罢了，居然还让这位女士得知了自己的行军路线，真是死有余辜。

夏洛特甚至想，如果能够找到这位男爵的尸体，他就给这家伙立个碑，写上“菲乐男爵，死于作死，把军事情报告诉了南瑟拉夫情妇……

“后世人大概会疑惑男爵的愚蠢，我亦不能理解，只能推诿为男爵的智商有恙！”

务必让这位菲乐男爵“名留青史”。

夏洛特指挥西风骑士团缴获了两支军队的辎重，然后优先补充给了自己的老部下，又派出一支战斗小队，带着斩杀的“首级”，回去斯特拉斯堡报捷，其他人继续向贝希摩斯公国行军。

当天夜里，现实就给“门外汉”夏洛特·梅克伦结结实实地上了一课。他这么不分来源地胡乱收拢部队，存在很大的隐患，当晚大概有两千人趁夜逃走了。

夏洛特匆忙又开始了一轮“打鸡血”，以及再次整编部队，但到了下午吃饭的时候，又逃走了差不多三百人，他只能遗憾地放弃了游说。

虽然夏洛特也想过将众人带回马丘比，把这些人都转化为NPC，但随即就放弃了这个念头。纵然缴获了雅虎骑士团和南瑟拉夫复国者两支军队的物资，仍旧不足以支撑人员增加后的西风骑士团几天的生活。

马丘比附近没有能提供充足粮食的村镇，来回折腾一次，只怕就不只有逃兵问题了，没准全员会原地崩溃。

唯一值得庆幸的是，夏洛特把物资都拨给了老部下，逃走的那些人并未带走任何东西。

夏洛特在全灭了拜罗恩的骑兵后，还缴获了一百余匹战马，他分出了二十匹给杜宾，很干脆地把这位得力部下当成专业斥候培养了，也给桃乐斯、黄熊、菲蕾德翠卡的战斗小队分了几匹，剩下的战马都划入了自己的直属战斗小队，组建了一支业余骑兵。

连续行军数日后，西风骑士团终于进入了贝希摩斯公国的领土。

一路上逃走的人太多，如今只有六千多人了，这让夏洛特指挥千军万马的美梦破碎了大半。好在进入贝希摩斯公国境内，逃跑人数奇迹般降低到了个位数。

夏洛特接到的命令非常含糊，只让他支援贝希摩斯公国，并没给出具

体的指示，所以他到了贝希摩斯公国境内，就派人向约瑟夫大公报信，也同时把“战报”递交了上去。

夏洛特对约瑟夫大公并无尊重，他的战报里写道，雅虎骑士团已经被南瑟拉夫人全灭，自己击退了南瑟拉夫的复国者，斩杀了数百人……

至于收编雅虎骑士团，招降南瑟拉夫复国者的事，半句都没有提，重点提了自己率领了上万人前来，途中为了击退南瑟拉夫复国者，折损极重，现已不足六千人了，希望约瑟夫大公能补充物资，补充兵员，甚至要求驻地。反正只要能提的要求，夏洛特都提了。

夏洛特相信，这群王公贵族不太重视情报，应该也不会识破这些谎言。

反正他也不怕约瑟夫大公会跟他这个法尔斯帝国的骑士团团长翻脸。

几天后，夏洛特没拿到约瑟夫大公的回信，却拿到了约瑟夫大公夫人的回信。

回信里提及，约瑟夫大公报仇心切，倾尽公国所有的军队，正在狂攻南瑟拉夫，人在前线，还要过几天才能拿到战报，回信还要更晚一些。

同时也拒绝了西风骑士团进入贝希摩斯公国首府莫斯塔尔堡，给夏洛特安排了其他的驻军地方，正是菲乐男爵的银鸽堡。

夏洛特不知道，此时的约瑟夫公爵夫人，已经慌乱至不知道该怎么办才好了。

约瑟夫公爵的确带领了贝希摩斯公国所有的军队去进攻南瑟拉夫，但战况却非常不好，公爵被困于一座叫因特拉肯的小城，始终无法突围。

公爵夫人一直苦苦等候丈夫最信任的菲乐男爵援军，却得到其已经全军尽没的噩耗。这还不是最令约瑟夫大公夫人恐惧的，帝国一直想把贝希摩斯公国变成贝希摩斯领，或者同名郡，直接归属法尔斯中央政府直辖。

现在贝希摩斯公国，内无兵马，外有强敌，大军被困，友军尽没，“居心叵测”的帝国大军却兵临城外。

约瑟夫大公夫人都想逃回娘家了。

把夏洛特的西风骑士团安排到菲乐男爵的银鸽堡，也是无奈之举。

菲乐男爵战死沙场，他也没想到，最后连自己的家都保不住。

夏洛特本来也不想上战场，并且他也没有情报系统。

杜宾带领的战斗小队转职为斥候没几天，还十分业余，也只能向农夫之类的人问一问消息，根本打听不到什么有价值的情报，所以能够有驻扎的地方，已经十分高兴了。

又是数日的行军，当西风骑士团进入银鸽堡的时候，堡内很是鸡飞狗跳，最后还是男爵夫人带着三个孩子亲自出来迎接夏洛特。

双方见面的时候，男爵夫人点头微笑，伸出右手作下垂式，夏洛特却当作没看见。

当然这么做的结果，就是场面一度极为尴尬。

菲乐男爵的长子挺身而出，斥责道："梅克伦先生，您不觉得十分没有礼貌吗？"

夏洛特知道这不太礼貌，再次看了一眼男爵夫人，说道："并非我没有礼貌，只是今天没有漱口，非常不方便。如果我吻过男爵夫人的手背，只怕气味之芬芳，夫人的手就不能要了。"

男爵夫人收回了自己的手，神色冷淡地说道："多谢梅克伦先生，自帝国而来，还带来了帝国皇室的友谊。您的军队可以驻在银鸽堡的军营。"

说了这句话，男爵夫人就转身而去，连预先已经安排好的宴会都不提了。夏洛特无所谓，他并不想陪男爵夫人吃饭。

跟男爵夫人吃饭，只会让他如坐针毡。

安顿好了骑士团，夏洛特准备带着杜宾游览一下银鸽堡，顺带吃饭。虽然银鸽堡的军营也提供餐饮，但质量一般，夏洛特不是会跟部下同甘共苦的长官，他更喜欢偷偷溜出来吃点当地美食。

菲乐男爵的银鸽堡，是旧大陆有名的古老城市，被誉为"北方赛尼斯"。

这座城市保存完整的歇洛克王朝风格，也是法尔斯帝国拥有最多天然河流的城市，拥有许多精美的古老建筑和拱桥，以及姜饼屋式的房子、如诗如画的歇洛克风街道、各式各样的博物馆和画廊，最著名的景点是市政厅和银鸽堡提灯塔楼。

此外，银鸽堡的麦酒也很出名，有多至几十种口味，尤其是糖果口味的麦酒，驰名整个旧大陆。甚至在新大陆那边，每年也有许多商贾过来，不远万里把银鸽堡的麦酒贩运过去。

夏洛特刚刚离开军营，就听到了一个柔美的声音在背后叫道："你要去哪里？"

夏洛特回头就看到一双幽蓝的眼眸。

风姿若水仙花的桃乐斯，今天穿了一身枫叶裙，显得非常利落。

夏洛特答道：“去找点当地的美食，银鸽堡的麦酒驰名整个旧大陆，怎么能不去品尝一下？”

桃乐斯微微一笑，说道：“可以请我一同去吗？”

夏洛特微微犹豫，还是一口答应了下来。原本他并不想邀请桃乐斯，毕竟他即将有女友，跟桃乐斯暧昧对他来说，有碍前途。

但既然桃乐斯跟了上来，夏洛特也无所谓一起吃个饭。

三人结伴同行，还没走出多远，就看到了拿掉面具的菲蕾德翠卡，豹人少女俏皮地行了一个日常礼，说道：“我可以加入吗？”

杜宾可不认识菲蕾德翠卡，但是他并没有发言权。

桃乐斯却好像遇到了老朋友一样，说道：“多一个人热闹些。”

夏洛特大惊失色，让杜宾前头“探路”。支开了这位忠诚的手下，他就迫不及待地问道：“你认识菲蕾德翠卡？”

桃乐斯低声说道：“你难道不知道？菲蕾德翠卡也是高尔吉亚大学的学生。她伪装成了那位女性帮会成员，加入骑士团的第一天，就跑过来找我了。”

夏洛特更是震惊，低声叫道：“她也是高尔吉亚大学的学生？我怎么从未见过？”

桃乐斯耸了耸肩膀，说道：“她是我的学姐，比我毕业还早两年，你当然没有见过。菲蕾德翠卡在大学的时候，可是森林女神，风头不输给安妮。”

夏洛特震惊之余，忽然想起精灵之神的十二位侍神，有五位是兽人形象。森林女神就是豹女的模样，精擅狩猎和培育植物。

换句话说：精通刺杀和下毒。

高尔吉亚大学之所以有选十二位女神的传统，就是因为精灵之神的座下有十二位女性侍神。

分别是：西风女神、桂冠女神、森林女神、宠爱女神……

宠爱女神是猫女的形象，也是猫精灵魔法的源头。

谢菲尔德大学亦有这个传统，自然是因为黑月女士座下也有女性侍神。

夏洛特忍不住说了一句："毕业于高尔吉亚大学，怎么会去当一名刺客？"

桃乐斯什么也没说，菲蕾德翠卡却冷笑一声，反问道："你在中央政府办公厅见过兽人公务员吗？"

夏洛特顿时就不吭声了，他岂止没见过兽人公务员，连听都没听说过，而且也明白为什么没有兽人公务员。整个帝国对兽人的歧视，是深刻到骨子里的。兽人王国湮灭之后，子民颠沛流离，在哪个国家都是下等人。

路易·司米就曾吐槽过："布列塔尼家的小姐绝无可能跟兽人交朋友，哪怕只有一点兽人血统都不行。"

这件事说起来有些讽刺。

人类信奉兽人模样的女神，也会用兽人形象的女神尊号称呼大学里最漂亮的女生，并且视之为一种荣誉。却歧视兽人……

夏洛特醒悟过来，对菲蕾德翠卡行了一个帝国礼，说道："抱歉了，我对跟自己无关的事情，一向不爱用脑。我不是不知道兽人被歧视，只是从未想过要加入歧视者的行列，所以一时间忘记了这件事。"

菲蕾德翠卡碧色的眼眸里，隐约有些感动，她看得出来，夏洛特在那一瞬间的确觉得她可以加入政府，成为一名公务员。

菲蕾德翠卡哼了一声，说道："我原谅你了。"

同时，豹人少女也在心底想道：冲你的态度，我帮你把第三波追杀延长六个月。

夏洛特还不知道，自己无意中的一句话，推迟了"死神"的行程。

虽然他也并不害怕被再次刺杀。

可怜的杜宾提前去探路，但等他找到了几家还不错的餐馆，回来找人的时候，却发现两位长官和那位少女都不见了。

还好夏洛特心细，在地上写了一行字："我们有事，先去吃饭了，你可以自由行动，不必管我们。"

杜宾在风中凌乱了足足七十秒。

第六章 保卫银鸽堡

夏洛特在地上写字的时候，桃乐斯和菲蕾德翠卡一起惊呼出声：“无色之刃！”

他的指尖冒出了一截淡金色气芒，虽然没有附着在血蔷薇上那么耀眼，却仍旧可以切金断石，锋芒锐利。

夏洛特耸了耸肩膀，说道：“阿西洛氏的秘法，果然名传大陆，尽人皆知。”

人族大哲普罗泰戈拉学习了数十种技艺，并且深入血族，跟无数血族高手战斗，利用种种手段，得到了十三氏族的秘法，从而创出血腥荣耀。

血腥荣耀容纳的血族十三氏秘法，可以分为一皇二王，三公七侯！

其中阿西洛氏是唯一的皇族，也是血腥荣耀的核心，天使之刺不但是超凡秘法，亦是超凡剑术。无色之刃是修行天使之刺到中高阶才会觉醒的一种异能，附着在剑刃上，甚至可以洞穿高阶超凡的护身斗气。

夏洛特在战场上杀了数十名拜罗恩的骑兵，因为“品质不高”，所以没能获得晋阶；又因为阿西洛氏剑术使用得太多，就顺势而为，修成了这项异能。

也不怪桃乐斯和菲蕾德翠卡一起惊呼出声，这两个女孩儿都不是没见过世面的人，但夏洛特能够修成无色之刃，就等于不管持有任何武器，都相当于持有神兵利刃，战斗的时候极占优势。

豹人少女曾经跟夏洛特战斗过，所以更加吃惊，暗忖道：我改主意了，应该想办法让那几个跟我有仇的家伙来刺杀夏洛特。保管他们有来无回，跟我恩怨两消。

夏洛特带两个少女去吃饭的时候，还不知道菲蕾德翠卡已经起了“不良之心”，准备拿他当销毁“垃圾”的小道具了。

银鸽堡倒是的确不愧“北方赛尼斯”的称号，城市内大大小小的河流交错成了数十条河道，时时都能看到连接两岸的拱桥，两岸不但有画廊和小型博物馆，还有许多极具特色的杂物店，以及只有在银鸽堡才随处可见的小酒馆。

斯特拉斯堡虽然也有小酒馆，但并不密集，很多商业区都是咖啡店居多，跟银鸽堡的气质迥然不同。

夏洛特找了一家用帆船做招牌的酒馆，带了两个女孩子走了进去，高声喊道：“先来一打麦酒。有什么吃的？帮我们准备一些。”

夏洛特刚开始还不太习惯每一家餐馆都没有菜单，但现在已经入乡随俗了，知道在旧大陆的各国，到了餐馆只能有什么吃什么，没什么可挑剔的余地。

这些小酒馆都兼餐馆，可以提供独家特色美食。

酒馆的主人见夏洛特气势不凡，身边还有两个漂亮的女士，忙不迭地说道：“我们今天有最好的小羊肉，还有新打到的鲜鱼。至于麦酒，不是我吹嘘，整条街最多只有三家可以跟我酿造的麦酒相比。”

夏洛特顿时来了兴致，问起其余三家酒馆的名字。

他一面跟酒馆的主人闲聊，一面让酒馆里的伙计把桌椅重新擦了一遍，同时也给自己选了一个方便随时逃窜的位置。

夏洛特被刺杀过几次，留下了心理阴影。

很快酒馆的主人就把麦酒端了上来，夏洛特拿起一杯，痛饮了下去，只觉得心旷神怡，清爽宜人，比斯特拉斯堡的麦酒要好太多。

他当即就问了一句：“我购买多少麦酒，可以给我送货到斯特拉斯堡吗？”

酒馆的主人笑道：“多少都可以，我们这里有商队，每天都会出发，只要给商队足够的费用，他们能把麦酒送去新大陆，更别说斯特拉斯堡了。”

夏洛特果然订了十桶麦酒，不是他没钱订更多，而是还想订其他几家酒馆的麦酒。而且麦酒有保质期，并不能存放太长时间，就算没放坏，品质也会变差。

他和两位女士吃饭的时候，银鸽堡的男爵府正在发生激烈的争吵，男爵的三个孩子都在痛骂夏洛特，男爵夫人虽然没说话，但显然也非常不满。

尤其是菲乐男爵刚刚战死，就有一支军队进入了银鸽堡，这件事实在太让人疑心了。

三位贵族少爷和小姐都认为，夏洛特是约瑟夫大公派来要吞并银鸽堡的坏人，他们不能理解，约瑟夫大公领兵在外，唯一盟友菲乐男爵全军尽没，男爵夫人是多么惶恐，他们幼稚的心灵不能运转更复杂、更符合逻辑的想法。

菲乐男爵的长子斩钉截铁地说道："母亲大人，银鸽堡是我们家的产业，必须撵走这个人。我们不能让这个叫夏洛特的人和他的骑士团，在这里长久地待下去。

"听说他只是一个三十四等的文书长，我们找个管家以长官的名义下达命令，让他去前线跟那些南瑟拉夫人厮杀。"

菲乐男爵的次子大叫道："哥哥说得对，让那些浑蛋互相争斗，我们什么都不用做，就等着战争结束好了。"

男爵夫人虽然思考不了那么多，但好歹有些见识，帝国公务员虽然分为五十三等，却并非什么时候高等公务员都可以对低等公务员下令。

男爵的部下有二十四等以上号称不可逾越阶级的官员，但这些人可不能对斯特拉斯堡的文书长下命令，哪怕是一级文书长。

男爵一家人正在吵闹，一个年轻人兴致勃勃地冲到了房间内，他大叫道："姐姐，你猜我发现了什么？那个什么夏洛特，他根本就没有自己的军队，他的西风骑士团全都是我们的人。

"我已经打听到了，他在战场上招降了我们军队，自以为就能统领这些人了。姐姐，你知道有多好笑吗？当天夜里，就逃走了三千人，第二天又逃走了两千人……"

很显然，男爵夫人的弟弟数学不大好，但他自己并不这样认为，故作神秘地说道："现在只要我们振臂一呼，他的手下就会回归银鸽堡，为我们作战，毕竟他们原来就是雅虎骑士团的人。”

年轻人的话，顿时让男爵夫人稍稍振作了一些，问道：“这是真的吗？”

男爵的长子大叫道：“布勒舅舅！这件事非常重要，你确定吗？”

年轻人拍了拍手，走进来十余人，男爵夫人居然认得其中的几个，都是自家的雅虎骑士团的士兵，这些人口中的夏洛特跟年轻人刚才所描述的一样。

甚至说到后面，他们都跪了下来，大声叫道：“我们只是不幸中了埋伏，才被那些该死的南瑟拉夫人暂时击溃。后来有几位勇士稳住了阵脚，带领我们反击了那些南瑟拉夫的复国者，这个叫夏洛特的混账却横空出世，抢夺了所有胜利果实。

“他还趁我们雅虎骑士团连番战斗太过疲劳，硬逼迫我们投降。

“男爵夫人，只要您出面，什么都不用说，我们就会回归银鸽堡。”

男爵夫人还有些慎重，问道：“夏洛特原本有多少人？”

年轻人热切地说道：“他只有两三百人，据说都是出发前，帝国几个监狱送出来的囚犯。”

男爵夫人点了点头，断然下定了决心，说道：“我们去军营。”

男爵的三个子女都兴奋起来，他们四下跑开，等回来的时候，都已经穿好了定制的盔甲。

男爵的长子今年不过十五岁，因为不够聪明，连高等教育都没完成，现在请了私人教师，在家里学习。他腰间配了宝剑，虽然不怎么英武，却自信满满，抢先出去登上了马车，尚还稚嫩的脸庞上满是阴鸷，心里想的都是要怎么弄死那个夏洛特。

“一剑杀了，便宜他了。应该当着所有人的面，把他绞死在军营里。也震慑一下那群泥腿子，让他们知道，在银鸽堡只能听我们家的命令。”

男爵一家人乘坐了六辆马车，带了一堆仆人、侍女、管家，以及那些从夏洛特的西风骑士团逃走的士兵，一齐兴冲冲地直奔军营。

男爵夫人的弟弟布勒，比男爵一家人还要兴奋，菲乐男爵战死，他甚至还有点庆幸。男爵不大瞧得起这个妻弟，原本他也是一个小贵族，但继承家业之后，花天酒地，夜夜笙歌，又不精通理财，过于败家，连领地都卖掉了。布勒几次跟姐夫借钱，都没能借到多少，菲乐男爵每次最多给他

几十埃居，但他总是用不了多久，就花得一干二净。

布勒暗忖道：这一次，我帮姐姐他们夺回银鸽堡的控制权，重新执掌军队，怎么也要让姐姐给我一个财务总管的名头，以后我从账上拿钱，就不需要看任何人的脸色了。这个叫夏洛特·梅克伦的家伙，真的是我的福星，若不是他到了银鸽堡，让姐姐一家人感觉到了危机，怎么可能有我上下其手的机会？虽然他可能都不知道，姐姐为什么要冲他下手，但就让他做个糊涂鬼吧。我布勒可不会给他解释的机会。他是因为挡了我的道，才被我操纵这一切，弄得身败名裂。等杀了他之后，给他安排个叛国的罪名，就说他是拜罗恩的间谍！区区一个四级文书长，居然这么好运气，可以带领一支骑士团，等我夺下兵权，把雅虎骑士团留给姐姐，他的骑士团当然就归我了。

布勒越想越美，甚至纵马狂奔，抢先闯入了军营。

经历过被困马丘比，鏖战拜罗恩骑兵的西风骑士团，上下都挺神经敏感，忽然有人闯入军营，所有人都下意识地互相靠拢，组成了铁桶防御阵。

非常糟糕的是，夏洛特不在，桃乐斯不在，就连杜宾都不在，菲蕾德翠卡也不在，黄熊威望不足，西风骑士团堪称群龙无首。

当布勒大声喊道：“跪下，臣服吧！你们这群杂碎，我是来拯救你们的！”

有人慌乱之中，冲着这位男爵的妻弟开了枪。

布勒肩头中枪，心头大怒，叫道：“居然有人敢冲我开枪？我会把开枪的人绞死！我可是男爵的妻弟……”

枪声响起，这支西风骑兵团就再也没人能控制了，也没人管布勒是什么身份，数十把步枪一通乱射，顿时把这位雄心壮志的年轻人乱枪轰倒了。

男爵的长子十分兴奋，拼命地催促车夫，把马车赶得飞快，眼看自己的舅舅抢先进入了军营，他心里老大不痛快。

当马车冲入军营时，这位男爵的长子跳出了马车，连地上的死尸是谁都没顾得上看一眼，就拔出了腰间的佩剑，喝道：“我是菲乐男爵的长子，所有人都要听从我的命令，凡是不肯听从的都要死！”

迎接他的又是一轮步枪齐射。

这位可怜的贵族男孩，连力量种子都没凝聚，如何能够抵挡步枪的子弹？脸上残忍的笑容还未收敛，就从马车上摔落了。

赶车的车夫吓得浑身发抖，刚才的步枪齐射奇迹般地没有打中他。车夫猛地跳下马车，撒腿狂奔，想要逃出军营，又有人开了枪。

此时，马车内的男爵夫人和两个孩子终于反应过来，吓得簌簌发抖……

夏洛特和两位女士吃饭的地方，距离军营虽然有一段距离，但也并不算远，他听到了枪声如爆豆一般响成了一片，顿时就担心起来，对桃乐斯说道："我得回去看看，你们等我一会儿。"

桃乐斯丢下一佛尔，说道："我跟你一起回去。"

夏洛特点了点头，对酒馆老板说道："找钱！"

法尔斯的物价可没那么贵，这一餐绝对用不上一佛尔。

酒馆的主人匆忙找了一把生丁，夏洛特收了起来，桃乐斯翻了个漂亮的白眼。

三人匆匆出了酒馆，夏洛特也顾不得惊世骇俗，一纵身跃上了旁边的屋顶，有轻捷术和新修炼成的灵蛛术，他身轻如燕，飞檐走壁，宛如在平地上散步。

菲蕾德翠卡催动了豹之追猎，居然还险些跟不上，不由得大为惊讶，心道："他的实力怎么提升得这么快？"

桃乐斯目送两位同伴飞檐走壁而去，取了一张魔法卡牌——变猫！她伸出纤长的手指弹了一下，化为一只白灵猫，一跃上了屋顶，跟上了两人。

夏洛特狂奔回了军营，看到男爵一家人的尸体，愣在了原地。

他就是出去吃个饭，人就在几条街远的地方，随时能赶回来，怎么还能发生这种事？

他急忙把留在军营的黄熊抓住，问发生了什么事。

黄熊倒是很老实，把事情的经过原原本本地说了一遍。

夏洛特又问过了几个人，大致明白了，原来是男爵夫人在某些人的怂恿下，想要夺走西风骑士团。

其实夏洛特也没那么重视这支骑士团，虽然西风骑士团人数够多，但实在太混乱了。

这一路上，他已经吃足了苦头，日日焦头烂额，管理一支军队有无数

的事情要做。

如果男爵夫人愿意支付一笔钱，他甚至可以考虑把西风骑士团卖给她。

菲蕾德翠卡和桃乐斯赶回来之后，看到这个场面，很有默契地站到了一边，什么也没有说。

夏洛特把麾下的士兵都召集了过来，大声说道：“刚刚！发生了一件不幸的事情。有南瑟拉夫的复国者冲入了银鸽堡，打死了男爵一家。我们虽然奋战打退了入侵者，却没能救下男爵夫人和他们的孩子……

“我建议，大家都为男爵夫人默哀。”

此时西风骑士团的人都已经知道了，他们刚才击毙的是帝国的大贵族，男爵是帝国的第七等阶，掌握着一处领地的生杀予夺大权，就连帝国皇帝都不会过问他们领地内的一切事情。

他们犯下了足以把大家一起送上绞刑架的罪名，很多人都开始默默祈祷，也有人已经准备逃走了。

当他们听到夏洛特的发言，犹如在地狱中见到了一缕阳光。

“都是那些该死的南瑟拉夫人！”

“没错，是南瑟拉夫人杀了男爵夫人。”

“我们拼命了，也没能阻止那群恶徒。”

“我们会给男爵报仇。”

在夏洛特的努力下，几乎所有的西风骑士团成员都痛快地承认了，是南瑟拉夫人杀了男爵一家。

夏洛特深深吸了一口气，大喝道：“但是，如果我们中间有人给南瑟拉夫人通风报信，那些今天离开骑士团的人，我都会如实上报，在给帝国的战报上标注他们的名字，他们参与了杀害男爵全家的事情。”

西风骑士团的士兵们稍稍沉默了一会儿，但很快就有人跟着夏洛特喊口号了。

夏洛特说得唇干舌燥，好不容易把这支骑士团安抚下来，然后又让黄熊带人去把菲乐男爵全家的尸体收殓起来，亲自带队把这批尸体弄到郊外，一把火烧了个干干净净。

菲乐男爵战死，男爵夫人和三个孩子被“南瑟拉夫复国者们”杀害，整个银鸽堡就这么莫名其妙地落入了夏洛特的手里。

他当然毫不客气地带了一批人入住了男爵府。

夏洛特和桃乐斯、菲蕾德翠卡刚吃过饭，在男爵府安顿下来，正好一起转一转。

豹人少女已经恢复了本来面貌，西风骑士团正是人心惶惶的时候，没人注意到团长身边多了一个美貌的女孩子，就算有人注意到了，也没人敢问一声。

夏洛特在众人心中已经树立了一定的权威，全骑士团上下都知道这位团长心狠手辣、酷烈无情，没人敢挑战他的权威。

男爵的府邸在法尔斯帝国不算是一等一的豪奢，至少看起来不如瓦勒德瓦兹区第六大道58号有底蕴，布列塔尼家族可比菲乐家族强出不止一点。

但菲乐男爵的家仍旧让夏洛特夸赞不已。银鸽堡并非一座城堡，而是跟斯特拉斯堡一样，是一座城市，但菲乐男爵的府邸却真的是一座城堡，名为鸽堡！

这是当初第一代菲乐男爵邀请了拜罗恩的著名艺术家米兰布达索耗时十三年建造起来的。

当时的鸽堡选址处有一座小山，米兰布达索就把小山削了一半，冲向城外的一面做了四层的露台，跟整个银鸽堡的城墙浑然一体，冲向城里的一面，设计了一个高出城内十皮米以上的院子。

从外面看，鸽堡高耸巍峨，十分气派，从鸽堡往外看，却有一种居高临下的感觉。

整座鸽堡占地超过十万平方皮米，有五座主体建筑，近千个房间，数代男爵搜罗了无数艺术品、名画、古董、雕塑，乃至超凡奇物，每一件都价值不菲。

夏洛特看得目驰神摇，不断地评估这些物品的价格。

他还需要写一份报告递交给帝国，但是，一旦帝国派人来彻查这件事，就要脚底抹油，赶紧跑路。

夏洛特这次是出门作战，不是逃亡，所以没随身带着现金，而且把全部身家都存在了储蓄联合会，储蓄联合会没有在银鸽堡开设业务，没法把存款取出来。如果被帝国通缉，这些资产怕是也要没了，只能寄托希望，

菲乐男爵的这些资产能够弥补一些自己的损失。

一想到跑路的时候也没法带什么金银珠宝、房屋马厩，夏洛特感到十分遗憾。

“嗯！如果有万分之一的侥幸。帝国相信了我那些胡话，必然会派人来接手银鸽堡，毕竟这是一位男爵的领地，绝无半分可能将之交给一个三十四等的四级文书长。那我更得多搜刮点财物，不然岂不是白忙活一场，两手空空，为人做嫁衣？”

一位管家跟在三人身后，一直都在轻微地发抖。

这位男爵府硕果仅存的管家，生怕也有性命之忧，此刻只想着尽心尽力服侍新主人。

夏洛特忍不住问了一句：“达特管家，你知否男爵一共收藏了多少件超凡奇物？”

达特管家振奋精神，牙齿上下打战地说道：“历代男爵只肯收藏精品，所以鸽堡的超凡奇物并不多，只有四十五件！”

夏洛特大喜过望，心道：“四十五件？虽然还不如基尔迈纳姆监狱历年收缴的多，但这可都是精品，监狱里的那些可都不怎么样。”

夏洛特又问了一声：“可有名录？”

达特一面擦汗，一面说道：“有的，男爵每年都会把家里的藏品重新编订一遍，还配上介绍。”

夏洛特说道：“取来与我。”

很快，夏洛特就拿到了菲乐男爵收藏品的名册，他直接翻到了记载超凡奇物的页面。菲乐男爵给每一件超凡奇物单独设一页，写满了详细的介绍。

夏洛特一眼就看中了一把骑士长枪，他手上的几件超凡奇物，不是吸血武器，就是经典炼金术的作品，但这把骑士长枪却是古典炼金术的经典之作。

这把骑士长枪除了有超级坚固和破甲两个属性，还附带了一个很特别的属性——持有这杆骑士长枪的人，可以召唤一匹魔灵马！

魔灵马并非存在于旧大陆的生物，它们生活在另外一个世界，被召唤过来的魔灵马，是战场上最好的坐骑，它们冲锋陷阵，几乎不会疲倦。

夏洛特伸手一指，问道：“这杆骑士长枪存放在何处？”

达特管家两股战战，低声说道：“被男爵带走了。”

夏洛特回想了一下，并未在战场上见到这杆长枪，暗忖道：杀了男爵的那个粗犷骑士，使用的不过是普通长枪，那么男爵的超凡骑士长枪去哪了？

他立刻叫人去询问投降的南瑟拉夫人，很快就得到了答案，那位粗犷骑士缴获了男爵的六件超凡武器，并且都派人送回了拜罗恩。

夏洛特顿时生出一股“这家伙死得不冤”的念头。战场上得到了东西，居然不收为己用，要送回拜罗恩，这是什么处事风格？

不过一想到他是个血屠夫，也就不足为奇了。

血屠夫亦算是一种骑士，但跟正经骑士不同，血屠夫的力量种子来自主人的恩赐。

血屠夫可以把身体的每一个部分都修炼成武器，筋肉骨骼坚若钢铁，体力强横，比同阶的骑士防御力更强，但也不是任何武器都不能破坏，体力强横，可以一直战斗到生命终结，但也不是永动机，超强的耐力是以生命力为代价的。

换句话说：血屠夫只是血族的狗，从来不被当成人看。

不管是在法尔斯，还是在拜罗恩。

菲乐男爵出门打仗，自然带了最好的收藏品。这六件超凡奇物，每一件都让夏洛特垂涎欲滴，奈何都遗失在了战场，被一头血屠夫送去了拜罗恩。

夏洛特在剩下的三十九件超凡奇物里筛选了一遍，这一次他没盯上武器，而是盯上了一辆超凡马车。

夏洛特现在最关心的是，如何把男爵的财富神不知鬼不觉地带走，这辆马车能够满足他的迫切需求。

这辆马车也是古典炼金术的造物，在不使用的时候是一枚戒指，使用时可以释放出一辆由八匹魔灵马拉拽的黑色马车。

按照收藏册上的介绍，这辆魔灵马车是百余年前的圣·炼金术大师星尘所造，当时一共制造了十三辆，被称作黑暗奢华。

黑暗奢华不仅的确担得起“奢华”二字，而且是旧大陆最快的马车之一。

当年黑暗奢华一问世，就被旧大陆各国权贵疯狂追捧。如果它的整体色调不是黑色，且不符合各国的皇室风格，肯定都会被各国皇室收入囊中，大公和伯爵都不一定能够买到，更不会落入一位男爵的手里。

当年，菲乐男爵投以重金买下了这辆黑暗奢华，这辆马车的价格高达三千六百金埃居。

夏洛特问了一声马车所在，达特管家急忙说道：“今天男爵夫人乘坐黑暗奢华出门了，此时也不在鸽堡。”

夏洛特这才后知后觉，今天他缴获的六辆马车中，居然有一辆超凡奇物，心头暗骂：居然看走眼了。

他急忙去询问，得知六辆马车已经都从军营带了回来，如今都在鸽堡。

夏洛特这才放了心，又问起其余的物品，再次得知居然有三件被男爵借了出去，当下大为惋惜。那可都是他的东西，男爵怎么能随便借给别人呢？

夏洛特知道自己名不正言不顺，根本没法去讨要那三件超凡奇物，干脆就不挂怀了，问起了鸽堡的现金流。

达特管家不敢怠慢，说道：“鸽堡的现金一直不多，男爵要收藏各种艺术品、珍稀物品，以及超凡奇物，男爵夫人每年也要举办宴会，还要置办各种奢侈品，以及出门旅游，花费甚巨，如今只有不到一万埃居，如果把金埃居都算上，倒是有五万六千埃居。”

夏洛特听到“只有不到一万埃居”，相当痛心，堂堂一个男爵，怎么可能就这么点资产？尤其是听到达特说起，菲乐男爵把金钱都花在了毫无价值的艺术品和珍稀物品上，而男爵夫人更是把埃居用在了没有意义的宴会、奢侈品，以及旅游上，更是心疼得要晕厥过去了。

心里只有一个念头：那可是我的钱！这对夫妇就这么糟蹋我的钱……待听到加上金埃居居然有五万六千之多，顿时心花怒放，暗忖道：这也是好几个小目标了。

不过他也犯愁起来，毕竟金埃居是金币，相当之沉重，他要是孤身一人，拿不走多少。

“我把这些金埃居送去马丘比，应该没人能找得到。”

夏洛特正在心里安排这笔意外之财，杜宾就闯了进来，大叫道：“出事了！南瑟拉夫人的军队已经到了城堡外，我们必须出去迎敌！”

夏洛特大吃一惊，急忙问道：“大概多少人？”

下一秒，杜宾的话打破了夏洛特的幻想，他说道：“大概有一万多人，而且不是临时抓的农民兵，应该是南瑟拉夫复国者的主力。”

夏洛特也有点慌，问道：“他们的主力，不是在跟约瑟夫大公作战吗？怎么会跑来鸽堡？”

杜宾当然无言以对，他哪里知道，为什么南瑟拉夫复国者的主力会出现在鸽堡呢？

桃乐斯说道：“我们的确应该赶紧把人聚集起来，出城堡去迎敌。”

夏洛特瞧了桃乐斯和杜宾两人一眼，心道：有城堡做依托，西风骑士团又是一群乌合之众，不跟南瑟拉夫人打防御战，出城堡战斗送死吗？

菲蕾德翠卡看到夏洛特的表情，大概知道他什么想法，低声说道：“对方阵营中必然有超凡，城堡不足为依托。”

夏洛特心道：超凡能决定胜负，可不能决定战果啊！

夏洛特虽然是个军事方面的门外汉，但也知道战争的本质是利益，高阶超凡能决定胜负，但没有足够的士兵，决计无法收获胜利果实，没有足够的战争红利，一个国家就会越打越弱。

超凡不能决定一切。古代兽人王国和歇洛克王朝都曾兴盛一时，高阶超凡无数，但仍旧没落了。

他深深吸了一口气，说道：“让西风骑士团所有的士兵上城堡的城墙，还要在银鸽堡内征招年轻人，就说南瑟拉夫人要屠杀整个银鸽堡，杀死每一个家庭，报当年的灭国之仇，让所有人为了家人和银鸽堡而战。”

桃乐斯说道：“这是毫无意义的事情。”

夏洛特深深吸了一口气，说道：“我是统帅！一切都听我的。”

桃乐斯没有争辩，匆匆去军营传令。

菲蕾德翠卡其实很想说：“我要离开了。”兽人刺客联盟内部出了点问题，需要暂时躲避风头，她本来就是借助夏洛特逃出斯特拉斯堡。但此时此刻，豹人少女却说了一句：“我也去帮忙。”

夏洛特点了点头，对达特管家说道：“让鸽堡内的年轻人集合，我带他们去为银鸽堡而战。”

菲乐男爵的鸽堡有数百名仆人，也是很强的一股力量了，让他们优哉游哉地躲在鸽堡里，那是对在外奋战将士的不尊重。

达特管家不敢争辩，赶忙去召集城堡内的仆人了。

半个小时后，夏洛特站在银鸽堡的城墙上，城头密密麻麻，除了西风骑士团的士兵外，还有各行各业的人物，他们被夏洛特描述的“屠杀”吓到了，没有人希望自己的家人被屠杀，所以很多人踊跃响应。

夏洛特又匆忙地扩编了一次，把银鸽堡的居民们改编为辅军，辅助各支战斗小队。

银鸽堡的城墙外，一支万余人的大军正在列队，他们居然没有安营扎寨，而是打算直接攻城。

银鸽堡内河道纵横，地势不太高，限于男爵的财力，银鸽堡的城墙也只有三米多，防御力实在算不上很强，夏洛特极目远眺，也没看出什么东西，他甚至连敌军队伍都无法全部纳入视线。

一支很小的队伍从南瑟拉夫复国军的阵列里出来，在距离银鸽堡城下几十米的地方停了下来，其中一个穿着皮甲的中年人大喝道：“我是南瑟拉夫复国军的乔纳恩！你们很多人应该都听过我的名字。

“我命令你们立刻出城投降！

“若有抗拒，我的剑会血洗此城。”

城头上一片哗然，银鸽堡的很多居民都彻底相信了夏洛特所说的“南瑟拉夫人要屠城”，立刻就有人大喝道：“滚蛋吧！卑鄙的南瑟拉夫人，你们就不配拥有一个国家！”

“南瑟拉夫人都是坏种！”

“帝国会灭了你们南瑟拉夫人！”

“你们会连南瑟拉夫都保不住！”

贝希摩斯公国和南瑟拉夫之间的仇恨，绵延了几代人，双方本来就互相瞧不顺眼，此时银鸽堡的群众都被激怒了，顿时破口大骂起来。

夏洛特还真没听过乔纳恩的名字，他猜测对方可能是南瑟拉夫复国军的领袖。夏洛特估算了一下距离，从衣领里抽出了反空间远程步枪，瞄准了乔纳恩，扣动了扳机。

破魔轰甲弹如一条火龙喷射，火焰在空气中拉出一道红线，直指这位南瑟拉夫复国军的将领。

瞬息间，乔纳恩身边的骑士们身上冒出了暗红色的光芒，形成了一层魔法护罩。破魔轰甲弹击中了这层魔法护罩，只是让一层暗红色的光幕微微晃动，炸开了一朵璀璨的火花，却没能击破这一层魔法护罩。

夏洛特没有再开出第二枪，心头震惊，大叫道：“终极之壁！”

光辉魔法阵以光辉为名，号称大陆第一防御魔法阵，有“诸神之咏叹”的美誉。

血族亦有一门防御魔法阵，名为“原血界限”。

原血界限跟光辉魔法阵一向并称于世，号称“终极之壁”。

单纯论防御能力，大概也不会逊色于光辉魔法阵多少。

原血界限出自亚瑟氏，是血族真言术极高深的秘法之一。

乔纳恩的身边居然有血族的超凡，这十余名血族超凡发动了原血界限，生生挡下了破魔轰甲弹。

乔纳恩的脸上波澜不惊，似乎对这次偷袭没有半点感觉，他沉声说道：“银鸽堡的人已经做好了牺牲的准备，有了赴死的觉悟。攻城吧！”

乔纳恩把手一挥，身后的大军缓缓开拔，呐喊的声音震撼琼宇，让银鸽堡众人都脸上变色。

夏洛特提气大喝道：“胜利永远属于银鸽堡人。”

“我们的身后是自己的家园，是自己的亲人，是自己的一切，决不能容许任何一个南瑟拉夫人踏入银鸽堡半步。”

他喊完口号，就冲着乔纳恩大喝道：“我是西风骑士团团长，银鸽堡的统帅，乔纳恩先生，我们在战场上决斗吧。”

夏洛特虽然提出了决斗，但他早就打算好了，只要乔纳恩离开守护他的骑士们，自己就再来一发破魔轰甲弹。

乔纳恩深深望了他一眼，什么都没有做，无视了夏洛特的挑战。

夏洛特正要借机会讽刺一下这位南瑟拉夫复国军的统帅胆小，提振一下士气，胸口微微一热，一股意念入脑：“夏洛特·梅克伦正以银鸽堡临时统帅身份，对抗南瑟拉夫复国军，满足了布置第三座迷宫的要求，银鸽堡即将迷宫化，请抵抗南瑟拉夫复国军十八次进攻，在此期间，不得离开此地，亦不能投降。”

夏洛特忍不住想："就不能先迷宫化，后打退南瑟拉夫人十八次进攻吗？"

如果银鸽堡能够迷宫化，夏洛特有信心把来犯的南瑟拉夫复国军都变成 NPC。

虽然脑海里的想法乱七八糟，但夏洛特的指挥却按部就班。

他先后收降了菲乐男爵的败军和两千南瑟拉夫士兵，虽然有接近四成的逃兵，但武器却都收缴了下来，再加上银鸽堡库存的武器，已经能凑到三千把长短枪支，甚至还有一批弓箭。

夏洛特按照射程远近，把步枪安排在第一轮，短枪和弓箭手安排在第二轮，两轮射击之后，南瑟拉夫的复国军倒下了数百人，但也冲到了城墙脚下。

紧接着就有六七名超凡越众而出，纷纷腾空跃起，要踏上城头。这些超凡或者有魔法护体，或者有斗气傍身，身上散发出五颜六色的光芒，朝他们射去的子弹和羽箭或者被他们随手用兵刃扫开，或者直接被他们的魔法斗气弹开，整个银鸽堡的防卫军都被这六七名超凡的气势镇住。

桃乐斯摸出了一把卡牌，低声说道："让他出城作战，非要打城堡防御战。"

菲蕾德翠卡双手一正一反握住了两把飞刀，叹了口气，准备替夏洛特收拾烂摊子。

夏洛特手持反空间远程步枪，目睹这六七名超凡勇敢无双的冲锋，心头就一个念头："呵呵！这次我可有经验了，不会再放着燃焰之手和火克威尔·银犀不用，跟你们玩近战了。"

他高举反空间远程步枪，扣动了扳机，同时背后浮现了七只血焰构成的大手，两只分别持有火克威尔·银犀〡和火克威尔·银犀十〡〡，另外三只燃焰之手分别持有血蔷薇、吸血手斧，以及刺客匕首，还有两只手空着，但指尖隐隐有淡金光芒，却是催动了无色之刃。

这已经是夏洛特的最强形态了。

一名跃起至半空的血屠夫，首先被破魔轰甲弹击中。

第二个被破魔轰甲弹击中的是一位正经的骑士，他目睹同伴被击中倒下，人在半空，已经来不及改变方向了，匆忙运起全身斗气，大吼一声，想要用长枪挑破魔轰甲弹。

他的战略很不错，但行为却跟不上想法，亦是连人带枪被轰成了一团璀璨的火光。

第三名超凡也不知施展了什么秘法，人虽然在半空却横移了半皮米，躲过了致命的一击，整个人脸都吓绿了。

夏洛特靠着一把反空间远程步枪和两把银犀，打出了一轮小型“炮击”的效果，两名超凡被击毙，其余的超凡在夏洛特进行第二轮射击的时候，总算能及时应变，先后匆忙退回了队伍中。

夏洛特一个照面就逼退了登上城头的超凡，让守城的西风骑士团和银鸽堡的民兵士气大振，跟冲杀到了城墙下，开始攀登城墙的南瑟拉夫复国军厮杀起来。

夏洛特开始还担心，西风骑士团和银鸽堡的民兵会在战斗开始时就崩溃，但没想到，经历了一次战斗的西风骑士团，比他想象的要顽强，至于银鸽堡的民兵，为了守护家园，比西风骑士团的斗志还要旺盛。

双方厮杀了四五个小时，南瑟拉夫复国军死伤了近千人，乔纳恩这才发出号令，南瑟拉夫复国军有秩序地如潮水般退走。

见南瑟拉夫人退了下去，夏洛特压住了身心上的疲累，先安抚了一番西风骑士团的士兵，又给银鸽堡的民兵灌了一轮“鸡汤”，这才开始统计战死的人数。

虽然占据了地利，但经过这场激烈的战斗，西风骑士团和银鸽堡民兵死了三百多人，伤者甚多。

战争毕竟不是游戏，夏洛特目睹无数生命消失，还有那些受了重伤的战士，心头郁结——他不明白这些人为什么要战斗。

如果是为了反抗暴政，如果是活不下去了，他也会揭竿而起，但南瑟拉夫并入法尔斯已经好多年了，不说安居乐业，至少没到活不下去的地步。

其实南瑟拉夫人对帝国没有多痛恨，只是单纯地痛恨贝希摩斯公国而已。可……这份仇恨被几个大帝国利用了啊！

夏洛特是亲身经历者，当然知道斐迪南大公夫妇被刺杀就是一场阴谋，不管是贝希摩斯公国，还是南瑟拉夫，都是被人利用的棋子，他们的死活，他们的仇恨，根本没人关心。

这两个地方的民众，被大帝国当成引发战争，一点就着的导火索，他们就是牺牲品……

不管是贝希摩斯公国，还是南瑟拉夫，都被法尔斯帝国收复了，但是这两个地方的人，却一点也不痛恨帝国……

夏洛特无法理解，不能共情。

他一面不断地下达命令，把战死士兵的尸体收殓起来，一面让人把伤者搬运到鸽堡，并且把银鸽堡所有的医生都召集起来，去照顾那些伤者。

忙活完了，夏洛特再也没心思去查看男爵的财富，他站在城头上，远眺准备二次进攻的南瑟拉夫复国军，忍不住自言自语道：

“我终究是个政治白痴。

“只希望人间和平，希望最好不要有无意义的战争……

“可能在这些人眼里，这场战争很重要吧。

“愿你们的死亡，是为了理想，不是为了阴谋。

“若有选择，我真的不想杀人。”

夏洛特很担心乔纳恩派出的身边那十余名骑士，原血界限的防御力太强了。但南瑟拉夫复国军第二次攻城的时候，夏洛特没有在战场上见到这十余名血族超凡。连在第一次攻城时最后退走的几名超凡都没再次出现。

夏洛特完全不明白，为什么乔纳恩会放任这些复国者去送死，难道这些人不是他的“同胞”？

乔纳恩只要退出反空间远程步枪的射程，就不再需要这些人的保护了。即便如此，他依旧没有踏上战场，也没有派出可以发动原血界限的骑士。

普通士兵能够牺牲，统帅就不能稍稍冒点风险吗？

夏洛特一直都觉得自己已经对这些旧大陆的贵族有所了解，但现在才发现自己还是了解得不够深入。

夏洛特带领西风骑士团和银鸽堡的民兵，苦苦鏖战一场，虽然又死了两百多人，但又一次击退了南瑟拉夫人，银鸽堡城墙下又躺了七八百战死的南瑟拉夫复国军。

两场攻防战打了下来，天色已经渐渐黑了，南瑟拉夫复国军居然还是没有安营。夏洛特认为乔纳恩疯了！这么继续战斗下去，简直不把手下的士兵当人，如此激烈的战斗，这些普通士兵还能支撑到第三轮吗？

夏洛特虽然没什么军事经验，但此时也感觉到，不能再继续作战了。他把西风骑士团一分为二，让其中一半的将士去休息，同时也把银鸽堡的民兵一分为三，只留下其中一部分继续守城，让其余的两支民兵，一支暂时休息，另一支回城里运送物资，继续征召人来守城。

夏洛特一面抓紧让麾下战士休息，也从城中调了一批食物，分发给所有人，一面盯着南瑟拉夫复国者的动向。

夜色深了下来，夏洛特刚刚令人准备好火把，就看到南瑟拉夫复国军再一次行动了，除了漫天遍野的大军，他还骇然地看到了乔纳恩身边的十余名骑士这次也跟着大军一起行动了，伴随他们一起的还有第一次攻城时被击退的几名超凡。

这一次，南瑟拉夫复国军堪称倾尽全力，再无丝毫保留。

夏洛特顿时就忘了刚才他吐槽乔纳恩的事……

原来这老家伙，比他想象的还要“老佛尔”。

桃乐斯、菲蕾德翠卡、黄熊，以及杜宾等人都脸色凝重，他们都明白事态的严重性。

桃乐斯低声说道：“守不住了……”

她其实很想劝夏洛特撤出银鸽堡。

菲蕾德翠卡倒是更单纯一些，她想的是：银鸽堡陷落与否，跟我一个兽人刺客联盟的刺客可没什么关系，我不会为银鸽堡拼上性命。对不住了！我会撤出战斗。

杜宾几次瞧向了腿上的神行马，低声对夏洛特说道：“团长，你穿上神行马吧！”

黄熊脸上没有表情，他是猎魔人，皮糙肉厚是猎魔人的优势，但逃跑却非猎魔人的专长，他已经不抱有希望了。可惜自己投靠夏洛特，他本想给孩子们和妻子争取一个前程，现在前程没有，性命也要没有了。

他们几个人都知道，夏洛特最依仗的破魔轰甲弹无法击穿原血界限，也就无法抵挡乔纳恩身边的十余名骑士，何况还有数名超凡一同行动。

南瑟拉夫复国军的这一次攻城，他们抵挡不住了。

普通的西风骑士团成员，还有银鸽堡的民兵都没有意识到这一点，都

强行提振精神，要打退敌军的第三次攻城。

夏洛特什么话都没有说，一个极度疯狂的念头在他的脑海里回旋不去。

他看着乔纳恩身边的十余名骑士已经冲到战场中央，握了握拳头，又张开了双手。他摸了摸身上，想要摸出一根烟来，但随即就想到了，这里是法尔斯帝国，这里根本没有香烟这种玩意。

在如此千钧一发之际，夏洛特脑子里居然转过了一个奇葩的念头："我要不要在法尔斯贩卖香烟？这可是一本万利的买卖，即便是在东方超级大国，也能支撑住军费的大产业。

"算了！不是想这事的时候。刚才我想什么来着？那个想法太疯了。

"我可是个文职官员，实际上就不应该上战场，为什么会有那么疯的念头？

"我有轻捷术，灵蛛术也未必不能成功……

"呸，乱想！我不是应该想，我有轻捷术和灵蛛术，逃命完全没有问题吗？

"那些能使用原血界限的骑士一旦联手，在这个战场就是无敌的存在。就算有三把超凡枪支，有破魔轰甲弹，也奈何他们不得……

"但是……我怎么又有这么疯狂的想法了？"

杜宾见夏洛特没有回应，伸手拍了拍他的肩膀，他下意识地反手一拉，把这位好部下给按在了地上，等他发现是杜宾，才急忙抱歉说道："我下意识地出手，没想到是你。"

杜宾一脸尴尬地站了起来，把刚才的话重复了一遍："您要不要穿上神行马？"

夏洛特摇了摇头，说道："我用不着！"

他看了一眼准备迎战的西风骑士团战士，还有那些为了保护家园，正准备豁出性命的银鸽堡民兵，忽然就热血上头了，说道："桃乐斯，菲蕾德翠卡，黄熊，杜宾，你们替我守住银鸽堡。"

这些人都微微一愣，没有人知道夏洛特要去做什么。

桃乐斯没好气地反问道："你要去干什么？不要以为我不知道，你想要带走菲乐男爵的财产！"

菲蕾德翠卡也摇了摇头，说道："我也要逃命了。多谢你一路的收留，但我不会为了银鸽堡拼尽生命。”

黄熊却闷声闷气地说道：“团长，能帮我照顾一下家人吗？如果有可能，让我的大儿子也进巡城军吧。我不想他跟我一样混帮会，也帮我告诉他，爸爸不能陪他过十五岁生日了。”

杜宾想要说什么，但最后什么也没说，只是敲了敲胸口，说道：“一切有我。”

然后他们就看到，夏洛特拔出了血蔷薇，从银鸽堡的城头上一跃而下。

番外 第一次魔法工业革命

番外 第一次魔法工业革命

我姓梅克伦！

梅克伦可是旧大陆的大姓，据说当年的夏洛特·梅克伦公爵酷爱收养孤儿，并且把他们都改姓梅克伦，不但给这些小梅克伦提供生活上的资助，而且尤其重视这批孤儿的教育，很多天性聪颖又肯努力的“梅克伦”甚至考入了大学，成为社会精英。

嗯，如果两个人在大学里听到对方报出姓氏都是梅克伦，就会莞尔一笑，滋生一点点的兄弟情分。

我的名字——阿奇柏德·梅克伦。

就如九成“梅克伦”都是孤儿一样，我也是个孤儿，只是我运气好一些，天生就比较聪明，灵性偏差值也稍高，又知道这个世界上唯有自强不息才是改变人生的唯一态度，所以在得到夏洛特·梅克伦公爵的收养和资助后，一直都有勤奋读书，修炼武艺，成功在今年考上了梅克伦大学。

准确一点说，我在昨天刚刚拿到梅克伦大学的录取通知书。

大家是不是觉得，这一段话里“梅克伦”这个单词出现的有点多？

没办法，我生活的国家还叫梅克伦公国呢！

嗯，梅克伦公国的首都叫作梅克伦堡。

我并没有操心学费的事儿，因为在我从邮差手里拿到梅克伦大学的录取通知书的时候，同时还拿到了来自梅克伦公爵府邸的现金支票，上面有资助人梅克伦公爵的亲笔签名，以及梅克伦大学的奖学金领取凭证。

小声说一句，很多小梅克伦拿到公爵的签名支票，都不是兑换成现金，而是拿出去拍卖，往往可以获得比支票上面数字更高的金额。

也有很多人会把它装裱起来，视为人生中最宝贵的私藏品，打算作为传家宝，永久留在身边。

几乎所有的小梅克伦都对公爵的感情复杂，我亦如是。

我很希望有生之年能够见公爵一面，其实见公爵也不难，他经常出席各种盛大的活动，尤其喜欢在各国的大学演讲，并且借机招揽人才，而且他还经常举办签售会，公爵大人还是个闻名新旧大陆的作家，大概率旧大陆上数十九个纪元，都没有人能与之媲美，至于为什么不追逐更早一些……

因为人类的历史记录就只记载了那么久。

在旧大陆唯一能媲美梅克伦小说的作品，就是五花八门，大概有几百个版本的《梅克伦传》了。

对了，“唯有自强不息才是改变人生的唯一态度”这句话，就出自梅克伦公爵的一本小说《第一次魔法世界大战》。

房门外传来敲门声，一个中年男子的声音响起：“梅克伦先生，我是您预定好的马车。”

我看了一眼收拾好的行李，再扫了一眼居住了六年的房间，我在这里度过了公学和国家学院的学习生涯，忽然就要离开，还真有些舍不得，但我就要上大学了，大学会安排住处，这里会被收回，并且转租给另外一位好学的少年。

梅克伦公国对教育的投入，简直丰厚得令人匪夷所思，只要努力读书并且卓有成绩的孩子都会获得来自公爵本人乃至政府的资助，甚至还能拿到各级学校的奖学金。

这也导致了努力求学的年轻人源源不断。

我拎起了行李出了房间。我住的公寓是老式的平房，推开门就是一条僻静的街道，没有大厅。看到一直等候的马车夫，我微微一笑，正要说话，一辆马车慢慢地停在了门口，车上下来了一个金色头发的女孩子，容貌娇俏，身上的枫叶裙做工精湛，价格应该相当不菲，她见到了我背后的住处，就惊呼了一声：“我未来几年就要住在这里？看起来好像没有热水的样子。”

我忍不住微微一笑，说道：“它其实有热水，它后面还有一个小小的院子，居住起来非常舒适。我种了一些花花草草，希望你能帮我浇浇水，照顾它们。我正要搬离这里。我在这里住了六年，一直都很愉快，也祝你喜欢这里！”

少女明显是正要进入高等教育的年纪，她撇了撇嘴，说道：“我可不是姓梅克伦，我是跟家里闹翻了，才搬出来一个人住。”

我再度哑然失笑，姓梅克伦的人身上大概总有一股特别的气质，让人一望便能认出，我刚刚就觉得对方不像，所以没有自我介绍。

我摘下了半高丝绸帽，冲这位小女士微微行礼。自从梅克伦公爵推行摘帽礼，它就几乎取代了旧大陆流行了几百年的帝国礼，很多人称呼它为绅士礼。

金发少女回了一个女士日常礼，匆匆进了房间，过了一会儿，又跑了出来，对马车夫说道：“请帮我把东西搬运进去。”

我稍微犹豫了一下，打消了帮忙的念头，对方是个单身的年轻女孩子，而且过于年轻了，我随便进出她的房间并不合适，虽然几个小时前，这个房间还属于我。

但我也没离开，而是稍稍等候了一会儿，等马车夫把东西搬运完，这才跟我的马车夫说了一声“抱歉”，登上了自己雇的马车。

金发少女走了出来，见我还在，优雅地说了一声“谢谢”。

我刚才的守候，也算是一种新兴礼节，隐含保护的意味，这个新兴礼节也来自梅克伦公爵的推广。

我登上了马车，心情颇为愉悦，知道自己的房间被转租给一位可爱的少女，虽然我们之间不会再有任何牵绊，也不太可能再见面，仍旧有一种很微妙的开心，大概是知道了，这个房间会被下一任房客好好照顾。

马车，很快就驶出了我居住多年的街道，一个半小时后，我就见到了未来要就读几年的梅克伦大学。

梅克伦大学建造得气势雄浑，尤其是命运之蛇大神庙，更是全大陆最大的神庙，也是唯一一座不提供任何娱乐项目的神庙，它是旧大陆炼金术最高的殿堂，里头生活了一批炼金术师。

据说还有古代的炼金术师的灵魂徘徊……

嗯，这就属于学院怪谈的范畴了。

学校的门口有接待的学长、学姐们，我拿出了录取通知书，在一位黑长直头发的学姐手里领了学生卡，还有一份资料，里头有我的宿舍门牌号、

课程表、体检表、舍友和同学的名单及联络方式，以及学校附近各种饭馆、理发店、咖啡厅乃至医院的优惠券。

总而言之，梅克伦大学在接待新生上，是有口皆碑的周到。

外来的马车不能进入大学，我把自己的行李拎下来，给了车夫车费，换乘了校园内的陆地战舰。

嗯，梅克伦堡有很多退役的陆地战舰，它们看起来就像是一个个长长的巨大箱子，通过活动插口连接在一起，有八对十六个巨大的轮子。在战场上，它们是令敌人闻风丧胆的武器，但现在武器都被拆除了，只保留了一部分魔法阵，充当交通和运输工具。

这些陆地战舰非常能装，我登上车后，发现这个车厢里至少有十五六人，这些新生，脸上都热情洋溢，对未来几年的生活充满渴望。

嗯，每一个大学毕业生都会有极其光明的未来。

毕竟整个旧大陆的大学加起来也不会超过三十所！

每年的大学毕业生也不过区区数万人，其中梅克伦公国的大学毕业生，占了整个旧大陆的接近一半，也不过一万余人，几乎每个毕业生，一踏出校园就被各级政府机构乃至各种商团一抢而空。

毕业最多五年，只要不是花天酒地，就能在定居的城市安家落户，甚至结婚了。

这是最好的时代！嗯，没有之一。

就好像是一个在小说里都不曾出现的美好年代。

【未完待续……】

永恒黎明能够给人带来无穷的希望。

“防守！防守！我们要给夏洛特争取时间。”

“银鸽堡人！抬起你们的头颅，看我如何打退南瑟拉夫的圣阶。”

“这一幕，将永远记载于你们银鸽堡的历史上。”

《第一次魔法世界大战 .2》剧情加载中，敬请期待……